Annemarie Nikolaus. Königliche Republik
Reihe *Welt in Flammen*

Königliche Republik. Historischer Roman. Reihe *Welt in Flammen*
2. Auflage
Copyright © 2012-2019 Annemarie Nikolaus
Buchumschlag: Fotos Annemarie Nikolaus, Design Jasmin Weigelt
Alle Rechte vorbehalten
ISBN: 9782902412471
Impressum: Annemarie Nikolaus, F-03240 Tronget/Allier, Frankreich

ANNEMARIE NIKOLAUS

KÖNIGLICHE REPUBLIK

– Welt in Flammen –

Historischer Roman

Neapel

Donnerstag, 18. Juli 1647

»Man hätte den Fischer liegen lassen sollen, wo der Pöbel ihn verscharrt hat.« Der Sekretär des spanischen Vizekönigs zog die Mundwinkel verächtlich nach unten. Er warf einen letzten Blick auf den Trauerzug, der den Platz vor dem Schloss überquerte. Ein Dutzend Männer mit phrygischen Mützen führte die düstere Menge an, als wollten sie alle daran erinnern, dass Masaniello einer der ihren gewesen war. Die Rufe der Menschen auf dem *Largo di Palazzo* kamen nur gedämpft an – aber immer noch deutlich genug: »*Viva il Re di Spagna; mora il malgoverno.*«

»Solange sie ihrem König treu sind, mögen sie schreien.« Rodrigo de Arcos steckte unbeeindruckt die Feder ins Tintenfass zurück und streute Sand über das Dokument, das er gerade unterzeichnet hatte.

Der Sekretär zog die schweren Vorhänge zu und hüllte den Raum in Dämmerlicht. Eine Öllampe ließ Herzog de Arcos, Vizekönig Seiner Katholischen Majestät in Neapel, das nötige Licht zum Schreiben. Sein Besucher dagegen, der Erzbischof von Neapel, wurde zu einem Schemen im Hintergrund des Arbeitszimmers.

»Ich teile Eure Meinung nicht, Don Rodrigo.« Ascanio Filomarino erhob sich und ließ den Rosenkranz in den Falten seines Kardinalsrocks verschwinden. »Mit Masaniello hat die Revolte zwar ihren Anführer verloren, aber nicht ihren Kopf.«

»Dafür tragt Ihr die Verantwortung, Monsignore.« Filomarino hatte die Rolle des Mittlers zwischen den Aufständischen und dem Vizekönig inne gehabt; nun konnte de Arcos ihm das Ergebnis vorwerfen. »Der Trauerzug hat ihnen die Gelegenheit gegeben, sich zusammenzurotten.«

»Ihr habt auf die Privilegien geschworen, die der Rat Euch vorgelegt hat.« Filomarino trat an die Fensterfront und zog einen der Vorhänge wieder auf. Halb Neapel hatte sich dort draußen in Reue über die Ermordung seines Generalleutnants versammelt. Wer auch immer jetzt das Kommando übernahm, er würde keinen Frieden bringen. »Aber nun, da Ihr die *Gabella* auf das Obst doch wieder erhebt, fühlt sich das Volk betrogen.«

»Wir werden damit fertig werden. Sobald Seine Majestät Entsatz schickt. Bis dahin ...« De Arcos zuckte die Achseln. »Der König hat mir einen Auftrag gegeben und ich werde ihn ausführen!«

»Macht Kompromisse, Don Rodrigo! Gebt den Menschen das Gefühl, dass Ihr ihre Nöte versteht.«

»Lassen wir die Gäste nicht länger warten.«

Der Sekretär holte ein in Seide geschlagenes Päckchen aus einer Schublade des Bücherschranks, bevor er den beiden Männern die Tür öffnete und ihnen dann folgte. Entlang des lichterfüllten Korridors, der zum Thronsaal führte, hielten an jeder Tür zwei *Alabarderos* des *Tercio de Nápoles* Wache. Die Soldaten zogen ihre federgeschmückten Hüte und salutierten; aber der Vizekönig winkte ab.

Wegen der sommerlichen Hitze standen die Fenster in der Galerie offen und wieder klangen die Stimmen der Neapolitaner zu ihnen. Einer der *Alabarderos* öffnete die Saaltür; Musik übertönte nun den Gesang des Trauerzugs und war gewiss auch auf der Straße zu hören.

»Macht die Fenster zu!«

Der Soldat gehorchte, aber schon blieben die ersten unter den erleuchteten Fenstern stehen und blickten hoch. Männer reckten die Fäuste; die Frauen stemmten ihre geballten Hände

in die Hüften. »Es lebe der König von Spanien; Tod der Miss-
regierung!«

Mit verkniffener Miene sah Filomarino hinunter auf den
Largo. »Ihr habt von Entsatz gesprochen.«

»Allein mit den Soldaten der Garnison können wir den
Aufruhr nicht beenden.«

»Ihr hattet ihn schon beendet, Don Rodrigo! Das Volk war
der Exzesse überdrüssig geworden.«

Der Hofmeister neben der Saaltür klopfte zwei Mal mit
seinem Zeremonienstab; die Musik setzte aus. »Seine Exzel-
lenz Rodrigo Ponce de León y Álvarez de Toledo, Herzog de
Arcos, Markgraf de Zahara, Graf de Casares, Herr de Mar-
chena, Vizegraf de Bailén und Herr de Villagarcia, Vizekönig
Seiner Katholischen Majestät König Philipp IV. von Spanien.«
Er schnappte nach Luft. »Monsignore Ascanio Filomarino
Della Torre, Erzbischof von Neapel.«

Der Vizekönig schritt das Spalier seiner Gäste ab und grüßte manche mit einem flüchtigen Nicken, andere mit ein paar
Worten. Niemand aus dem Patriziat der Stadt Neapel hatte es
gewagt, diesem Ball fernzubleiben. Sogar aus der Provinz hatten sich mehrere Barone eingefunden.

Vor einem jungen Mädchen in fliederfarbenem Seidenkleid
blieb de Arcos stehen. »Ihr werdet mit jedem Tag bezaubernder, Signorina.« Er nickte den beiden Männern zu, die hinter
ihr standen. »Ich freue mich, dass Ihr meiner Einladung gefolgt seid, Signor Scandore.«

»Es ist uns eine Ehre«, antwortete der Ältere.

»Ihr werdet bald zu uns gehören.« De Arcos wandte sich
wieder dem jungen Mädchen zu. »Mein Neffe hat Euch etwas
schicken lassen.«

Sein Sekretär, der ihm mit einigen Schritten Abstand gefolgt war, überreichte Mirella Scandore das Päckchen.

Feine Röte stahl sich auf ihre Wangen. »Ich bin ... Er ist so
großzügig.«

De Arcos wedelte ungeduldig mit der Hand. »Ach was; nur keine falsche Bescheidenheit. Das passt nicht zu Euch.«

Sie errötete noch mehr.

»Ihr habt Euch doch etwas dabei gedacht, als Ihr Euch von Felipe den Hof machen ließt.«

Aus nächster Nähe kam unterdrücktes Kichern; eine dunkelhaarige Frau hielt sich schnell ihren Fächer vors Gesicht.

Mirella krampfte die Finger um das Päckchen und reckte das Kinn, während der Vizekönig weiterging.

»Was denkt er sich eigentlich?«, zischte der junge Mann hinter ihr.

Enzo Scandore legte ihm die Hand auf den Arm. »Nimm dich zusammen, Dario.« Er neigte sein Gesicht zu ihm. »Wir brauchen ihn noch.«

So leise er auch gesprochen hatte, Mirella hatte es doch gehört. Sie drehte sich um. »Nicht mehr lange. Wenn ich erst die Herzogin de Toledo d'Altamira y León bin ...«

Darios Gesicht verfinsterte sich noch mehr. »Den erstbesten Pfau musstest du dir aussuchen.«

»Er ist fast so reizend wie du.« Mit einem koketten Augenaufschlag hängte Mirella sich an seinen Arm. »Tanz mit mir. Du bist der einzige junge Mann, mit dem ich mich noch amüsieren kann, ohne Anstoß zu erregen.«

»Siehst du; schon sitzt du im goldenen Käfig.« Aber er geleitete sie doch in den Ballsaal, nachdem das Orchester sein Spiel wieder aufgenommen hatte.

Nach zwei artigen Schreittänzen winkte Maestro Giovanni Trabaci die Flöten und das Tambour zu sich. Das Orchester begann eine *Tammurriata* zu spielen.

Mirella warf sich Dario mit einer übermütigen Drehung in die Arme: Das war ihr Tanz. Nach kaum einer Minute wichen die anderen Paare eines nach dem anderen an den Rand des Ballsaals zurück. Dario ließ Mirella los und überließ ihr alleine die Tanzfläche. Sie reckte den Kopf noch höher, raffte ihre Röcke bis über die Knöchel und gab dem Kapellmeister einen Wink. Maestro Trabaci nickte mit einem breiten Grinsen und ließ ein wenig schneller spielen.

Die ersten Locken rutschten aus Mirellas kunstvoll hochgesteckter Frisur auf ihre Schultern und eine silberne Haarnadel fiel leise klirrend auf den Marmorboden.

Dann war der Tanz zu Ende. Mirella lachte vergnügt und drehte sich noch einmal. Ihre Wangen hatten sich erhitzt, aber ihr Atem ging gleichmäßig wie zuvor.

Der Vizekönig kam auf sie zu. »Signorina, Ihr werdet am Hof Seiner Katholischen Majestät eine neue Mode einführen, wenn der König Euch tanzen sieht.«

Mirella lachte. »Das wäre mir bedeutend lieber denn als Hexe verbrannt zu werden.« Sie strich ihre Locken zurück. »Oder gedenkt man endlich, das Autodafé abzuschaffen?«

»Ich fürchte, in diesen unruhigen Zeiten ist es notwendiger denn je.« Er reichte ihr seinen Arm, um sie von der Tanzfläche zu geleiten. Auf seinen Wink spielte das Orchester weiter.

»Bedeutet das, Ihr wollt die Inquisition nach Neapel zurückholen?« Mirella schluckte. »Das Volk ist schon jetzt geschlagen genug.«

»So steht Ihr auf der Seite der Aufrührer?«

»Exzellenz!«, hauchte sie. Das hätte sie wohl nicht sagen dürfen. »Ich bin eine treue Untertanin der Krone.«

»Das solltet Ihr auch sein. Ihr setztet sonst Eure Verlobung aufs Spiel.«

Mit dem Thema sah Mirella sich wieder in sicheren Gewässern. »Die Liebe zu Eurem Neffen geht mir über alles.«

Da zwinkerte de Arcos. »Tatsächlich?«

Mirella fuhr sich mit der Zungenspitze über die Lippen. »Eure Exzellenz zweifeln an meiner Aufrichtigkeit?« Sie lächelte kokett, um ihre Worte notfalls als Scherz erscheinen zu lassen.

»An deiner Aufrichtigkeit nicht, mein Kind. An deiner Erfahrung.« Er verabschiedete sich mit einem Kopfnicken.

Mirella griff sich mit beiden Händen in die Haare, um sie wieder zu bändigen. »Was bildet der sich ein?« Unausstehlich arrogant war dieser Mensch. »Erfahrung!«

»Warum schimpfst du so, Schwesterchen?« Dario stand in ihrem Rücken und lehnte seine Stirn auf ihre Schulter. »Hat er dich geärgert?«

»Ja.« Am liebsten hätte sie ihrem Zorn freien Lauf gelassen und mit dem Fuß aufgestampft; schon zuckten ihre Muskeln. »Er scheint zu glauben ... Er zweifelt an meiner Erfahrung.«

Dario lachte unfroh. »Wenn du sie hättest, wärest du untragbar als Braut eines spanischen Granden.«

Sie nahm seine Hand. »Lassen wir uns etwas zu trinken geben.«

Als sie an einem der Fenster vorbeigingen, blickte Mirella hinaus. In der beginnenden Dämmerung leuchteten die ersten Fackeln in der Gasse, die zur *Basilica del Carmine* führte. »Er sprach vom Aufruhr. Und von der Inquisition.«

»Die Inquisition brauchen wir nicht zu fürchten. Die hält uns der Erzbischof vom Hals.«

Sie starrte noch immer hinunter auf den *Largo*. »Wenn ich mir vorstelle ...«

»In Neapel wird kein Scheiterhaufen mehr brennen. Darin ist Filomarino sich mit dem Heiligen Stuhl einig, glaub mir.« Er wandte sich ab und sah sich suchend um. »Wir erschlagen unsere Feinde.«

»Wir haben doch gar keine.«

»Doch.« Dario deutete nach draußen. »Der Pöbel kennt kein Gesetz. Und in einem rechtlosen Zustand verlieren wir alle.« Er griff nach ihrer Hand und zog sie weiter zum nächsten Saal.

Auf langen Tischen war das Büfett aufgebaut – Pasteten und Geflügel vor allem und üppige Mengen an spanischem Zuckergebäck; dazu spanischer Süßwein, der in Mode gekommene prickelnde *Blanquette de Limoux* und der rote *Anglia-nico* aus der Basilikata, den der Vizekönig zu seinem Hauswein erkoren hatte.

»Aber das stimmt doch gar nicht. Sie wollen bloß weniger Steuern zahlen und die alten Privilegien zurück.«

»Und das Gemetzel der letzten Tage? Glaub mir, es ist noch nicht zu Ende.« Dario wies zurück zum Thron des Vizekönigs am Ende des anderen Saals. »Hast du sie nicht gehört während des Trauerzugs? Ich fürchte, Don Rodrigo hat einen großen Fehler gemacht.«

Er ließ sich von einem der Lakaien ein Glas *Blanquette* reichen. Als auch Mirella ihre Hand ausstreckte, hielt er sie fest. »Alkohol ist nichts für kleine Mädchen.«

»Ich bin bald verheiratet.«

»Aber noch nicht einmal fünfzehn.«

Sie blitzte ihn an und hob die Brust zu einer zornigen Entgegnung.

Dario lachte amüsiert. »Geb Er der künftigen Herzogin de Toledo d'Altamira y León auch ein halbes Glas davon.«

Der Lakai beeilte sich einzuschenken und Mirella prostete Dario mit einer beschwingten Drehung zu. »Übers Jahr trinke ich so viel ich will.«

»Das möge Felipe verhüten. Du bist schon jetzt außer Rand und Band.«

Mirella trank in zwei Schlucken aus und gab das Glas zurück. »Lass uns tanzen. Wenn du recht haben solltest, mag dies der letzte Ball für lange Zeit ...«

»Eigentlich ...«

»Nun komm! Mit Stefania kannst du noch oft genug tanzen.«

Seufzend folgte er ihr, aber dann wurde er von einem älteren Mann angehalten, dessen taubenblaue Jacke sich zum Platzen über seinem Bauch spannte. »Scandore, kann ich mit Ihm reden?«

Dario blickte zwischen Mirella und ihm hin und her. »Besser nicht jetzt.«

Der Mann musterte Mirella mit zusammengekniffenen Augen. »Ich verstehe.« Mit einer Kopfbewegung, die ein Gruß genauso gut wie ein Wink für Dario sein konnte, ging er weiter.

»Der ist nicht von hier. Wer war das?«

»Einer von Vaters Kunden, wer sonst?«

Mirella drehte sich um und betrachtete ihn ungeniert genauer. »Er hat viel Geld.«

Dario zuckte die Achseln. »Er liebt es, mit dem Familienschmuck zu protzen.«

»Dann sind die zehn Ringe an seinen Fingern vermutlich alle, die er besitzt.« Sie kicherte.

»Du bist jetzt schon betrunken.«

Statt wieder mit ihr zu tanzen, wie sie erwartet hatte, brachte er sie zu Enzo zurück. »Ich habe jemanden getroffen ...«

Mirella zog einen Flunsch. »Dies ist ein Fest, kein Kontor.«

»Ich habe ihr erlaubt, einen Schluck zu trinken.« Er hielt den Kopf schräg. »Es tut mir leid, Vater.«

Enzo klopfte ihm auf die Schulter. »Du kannst sie nicht ewig von allem fern halten.«

»Ich bin auch nicht ewig die kleine Schwester.«

Grinsend zog Dario sie an einer ihrer losen Strähnen. »Was denn? Die große?«

Alle drei lachten.

»Hättest du denn gerne eine große Schwester?«

Dario schüttelte den Kopf. »Mirella ist schon richtig, so wie sie ist.« Zielstrebig ging er davon; er wusste offensichtlich, wo der Taubenblaue ihn erwartete.

»Geh tanzen, mein Kind. Wer weiß, wann du wieder Gelegenheit dazu hast.«

Die Unkerei der beiden begann ihr die Festlaune zu verderben; Mirella zog die Nase kraus. »Jetzt redet Er schon genauso. Aufruhr ... Gemetzel ... Inquisition ...«

»Wer redet von der Inquisition?« Enzo klang alarmiert.

»Niemand.« Sie wedelte nervös mit ihrem Fächer. Tatsächlich war sie es gewesen, die davon angefangen hatte. »Jedenfalls nicht in Neapel.«

Enzo sah ihr prüfend ins Gesicht. »Hast du das auch richtig verstanden?«

»Dario sagt, der Erzbischof wird es nicht zulassen.«

»Wir gehen unruhigen Zeiten entgegen. Wer weiß, wie lange er sich durchsetzen kann.«

»Aber der Papst ...«

»... stellt sich vielleicht auf die Seite Frankreichs, da er Mazarin in seinem Streit unterlegen ist.«

»Was haben die *Gabelle* mit Frankreich zu schaffen?«

»Viel, mein Kind.«

Sie sah ihn groß an; meinte er den Krieg in Flandern? »Aber wir gehören doch zu Spanien.«

»Das war nicht immer so.«

Mirella lauschte einen Moment nach draußen; aber auf dem *Largo* war es still geworden. Die Menschen waren in der Kirche – oder nach Hause gegangen. »Niemand stellt es in Frage.«

»Bis jetzt. – Nicht in der Öffentlichkeit.«

»Dario sagt, Don Rodrigo habe einen Fehler gemacht. Meint Er, wenn er sich stur stellt ...?«

Enzo tätschelte ihren Arm. »Geh dich amüsieren; das sind keine Themen für ein junges Mädchen.«

Sie starrte ihm hinterher, als auch er den Thronsaal verließ. Immer ließ er sie stehen, wenn sie versuchte, etwas zu begreifen.

Ihr Blick traf den eines jungen Patriziers; Bewunderung lag in seinen Augen. Aber als sie ihm zulächelte, wandte er sich schnell ab. Wohl auch einer von denen, die seit ihrer Verlobung nicht mehr wagten, mit ihr zu tanzen. Doch den jungen spanischen Adligen galt sie immer noch als Bürgerliche. Nur die Alten, die wollten sich mit ihr schmücken – und traten ihr dabei ständig auf die Füße.

Missmutig ließ sie sich in einen Sessel fallen. Sie hatte es satt, nirgendwo dazuzugehören.

Aus der Ferne kam ein Knall – fast klang es wie eine Arkebuse. Mirella wandte den Kopf. Dann folgte ein anderer. Dies war eindeutig ein Schuss. Dario hatte wohl recht; die Revolte ging weiter. Neugierig stand sie auf und spähte aus dem Fenster.

Der *Largo* lag verlassen im Dunkeln. Aber über Santa Lucia war es heller geworden; ein Feuer begann dort, sein Licht zu verbreiten. Rasch wurde es größer.

»Es brennt!« Mirellas Stimme hatte einen hysterischen Klang; unangemessen – es war doch weit weg. Aber ihr schauderte.

»Was ist los?« Stefania d'Oliveto, ihre adlige Freundin aus der Klosterschule, stand plötzlich hinter ihr.

Mirella deutete nach draußen. »Man hat schon wieder ein Feuer gelegt.« Sie drehte sich um.

»Was für eine Dummheit. Sie schaden doch sich selbst.« Stefania legte ihren Arm um Mirellas Taille. »Warum geben die Menschen keinen Frieden?«

»Sie sind arm und unwissend.«

»Unwissend – das gilt leider auch für den Vizekönig. Er hat nichts begriffen von Neapel in diesen eineinhalb Jahren. Cabrera wusste schon, warum er sich ablösen ließ.«

»Denkst du auch, dass der Aufstand noch nicht zu Ende ist?«

»Du siehst es doch selbst.« Stefania deutete zum Fenster zurück. »Sie hatten genug von dem verrückten Fischer; aber noch mehr haben sie genug davon, ausgepresst zu werden.«

Mirella sah sie bewundernd an. »Du bist genauso klug wie

Dario. Mein Vater redet nie mit mir über Politik. Wenn ich Dario nicht hätte ...«

Stefania lachte. »Dein Bruder ist ein Feuerkopf. Schade, dass er keinen Adelstitel hat.«

»Du meinst ...« Mirella starrte die Freundin an. Stefanias strahlende Augen ließen keinen Zweifel. »Seit wann ...« Sie schnappte nach Luft.

Stefania drückte ihre Hand. »Wir warten nur darauf, dass du heiratest. Dann ist er immerhin der Schwager eines Granden.«

Mirella wurde es heiß. Dass das Glück ihrer Freundin von der Hochzeit mit Don Felipe de Toledo d'Altamira y León abhängen könnte, darauf wäre sie nie gekommen. Sie starrte zu Boden; hoffentlich ging alles gut. »Wie schön wäre es, wenn wir ohne Standesdünkel leben könnten.« Dann würden alle Männer mit ihr tanzen, dessen war sie sicher.

Stefania nickte. »So wie wir beide. – Aber wer ist schon wie wir gemeinsam in die Schule gegangen.« Sie zog Mirella vor den nächsten Spiegel. »Wir ähneln uns sogar: die gleichen dunklen Locken, die gleichen grünen Augen.« Sie drückte ihre Nasenspitze nach oben. »Und die gleiche himmelwärts strebende Nase.«

Sie lachten sich im Spiegel zu.

Eine der Spanierinnen öffnete das nächstgelegene Fenster und beugte sich hinaus. Dann drehte sie sich um und fuchtelte mit den Händen. »*Fuego* ...« Die folgenden Worte kamen zu hastig, um verständlich zu sein. Mehrere Frauen eilten auf sie zu und begannen sich zu ereifern.

Mirella fing einen feindlichen Seitenblick auf, der ihr einen Schauer über den Rücken jagte. Sie wechselte ins Neapolitanische. »Die Spanierinnen scheinen ihren Truppen wenig Vertrauen zu schenken. Sie fürchten sich.«

Erstaunlicherweise fand Stefania das nicht amüsant. »Sie haben nicht genug Soldaten. Falls Vater recht hat ...«

Dario trat zu ihnen; Stefania reichte ihm die Hand. »Wo hat Er den ganzen Abend gesteckt?«

»Ich habe mit meiner schönen Schwester getanzt.« Aber nicht den ganzen Abend – warum mochte er Stefania nichts von dem Fremden sagen? Mirella beobachtete ihn mit wachsamen Augen. Dario lächelte sparsam. »Gibt Sie mir die Ehre?«

Wie gut er sich verstellte. Nicht einmal sie hatte etwas geahnt. Ob Stefania sich von Dario küssen ließ, wenn sie unbeobachtet waren? Sie würde Stefania fragen und ihr keine Ausflüchte zugestehen. Unvermittelt kicherte sie: Erfahrung – hier bekäme sie sie zumindest aus zweiter Hand.

»Wenn Er meine Tritte ertragen mag. Er weiß, dass ich nicht halb so begabt bin wie Mirella.« Stefania zwinkerte ihr zu; dann reichte sie Dario den Arm.

Er neigte demütig den Kopf. »Ich werde tapfer sein.« Seine Augen glänzten begehrlich.

So verriet er sich doch. Mirella lachte ihnen triumphierend hinterher.

Sonntag, 11. August 1647

Aus der Küche schlug Mirella penetrant der Geruch von Kohl entgegen. Angewidert rümpfte sie die Nase, als sie das Haus betrat. Gab es selbst am Sonntag nichts Anderes mehr?

Gina stand am Tisch in der Mitte der Küche und schöpfte aus einem hohen Topf Weißkraut zum Abtropfen in ein Sieb. Sie arbeitete konzentriert, als bereite sie ein aufwändiges Gericht vor.

Mit einem klagenden Mauzen schlich der alte Kater an Mirella vorbei und schlüpfte in den Hof, bevor sie die Tür wieder schloss. Anscheinend hatte er die Hoffnung auf ein Hühnerbein aufgegeben und würde sich jetzt einen lebenden Vogel suchen. Vielleicht hatte er mit dem Essen mehr Glück als sie.

Im Flur kam ihr Dario entgegen; er flehmte nach dem Kohlgeruch und öffnete dann achselzuckend die Tür zum Esszimmer. »Fährst du zur Andacht heute Nachmittag?«

»Das tue ich doch jeden Sonntag.«

»Gut.« Er legte den Kopf schräg. »Ich setze dich an der Kirche ab.«

»Wo willst du hin?«

Mit einem wachsamen Blick zu den Eltern legte Dario einen Finger auf den Mund. Als ob das weniger verfänglich wäre als ihr zu antworten.

Mirella schmunzelte; er musste doch nicht alleine zu Stefania fahren. Sie konnte den beiden die Anstandsdame ersetzen.

Enzo stand neben Rita und öffnete gerade eine Flasche *Tarausi*.

Dario blieb überrascht stehen. »Gibt es etwas zu feiern, Vater?«

»Dass Sonntag ist.« Seine ernste Miene sprach aber nicht davon, dass er etwas feiern wollte. »Hoffen wir, dass Filomarinos Predigt die Gemüter beruhigt hat.« Er schenkte ein Glas halb voll und hielt es hoch. Als er es langsam schwenkte, zauberte das Licht granatrote Reflexe in den Wein.

Mirella verfolgte irritiert seine übertriebene Hingabe. »Ich begreife es nicht. Was wollen die Leute denn noch?«

»Narrenfreiheit.« Enzo verkostete den Wein und schnalzte genießerisch mit der Zunge. »Die Briganten nutzen die Unruhen für ihre Zwecke.«

»Und welche sind das?« Sollte sie bei Wasser bleiben? Kurz entschlossen hielt auch Mirella ihm ihr Glas hin. »Darf ich? Einen Schluck, der am Ende den Geschmack des Kohls vertreibt.«

»Gina hat sich Mühe gegeben: Sie hat Fisch kaufen können.« Rita presste die Lippen zusammen.

Dario band sich seine Serviette um den Hals. »Seit Masaniellos Tod gibt es niemanden mehr, der die Leute führen kann. Genoino ist unglaubwürdig geworden.«

»Er hat unklug gehandelt; aber er hat wirklich nicht an sich gedacht.«

»Doch«, widersprach Dario heftig. »Dies alles ist die Rache eines alten Mannes, der seine Stunde gekommen sah. Bevor er ins Grab sinkt, musste er sich noch schnell einen Namen machen.«

»Den hat er nun, unbestreitbar. Man wird ihm ein Denkmal auf den Trümmern der *Reggia* errichten.«

»Nun ist es genug.« Rita streckte die Hand nach Enzo aus. »Keine Politik bei Tisch. Mir reicht, dass uns das Essen beständig an die Zustände in der Stadt erinnert.«

Gina kam ins Esszimmer, die große silberne Platte aus Ritas Familienerbe balancierend. Kohlgeruch breitete sich aus. Sie setzte die Platte auf der Mitte des Tisches ab. Zwischen üppigen Mengen von Wirsing und Weißkohl lagen vier kleine Makrelen auf hauchdünnen Scheiben Brot.

»Sehr schön!« Enzo nickte Gina beifällig zu. »Deine Mühe hat sich gelohnt.«

Gina knickste mit leuchtenden Augen und legte ihm eine der Makrelen auf den Teller. Dann servierte sie Rita einen Fisch und häufelte beiden Wirsing und Kohl daneben.

Mirella hielt die Hand über ihren Teller, als Gina um den Tisch herumging. »Nur ein wenig Weißkohl bitte.«

»Kein Fisch?« Dario klang belustigt.

»Eigentlich nur Fisch. Doch ich fürchte, davon werde ich nicht satt.«

»Iss, Mirella«, befahl Rita. »Sei froh, dass es noch so viel gibt.«

»Wir haben den ganzen Keller voller Kohl!« Der intensive Geruch verursachte ihr Übelkeit. »Was den betrifft, brauchen wir uns keine Sorgen zu machen. Der reicht bis zum Winter.«

»Bis zum Winter. Eben. Weißt du, was dann kommt?«

Rita griff schon wieder nach Enzos Hand. »Aber was sagst du da?« Sie sah ihn sichtlich erschrocken an. »Fürchtest du, dass sie die Felder anzünden?«

»Wer kann schon wissen, was draußen auf dem Land passiert.« Dario drehte die Gabel durch den Wirsing, den Gina ihm inzwischen auf den Teller getan hatte.

Enzo zog die Augenbrauen hoch. »Wenn du es nicht weißt ...«

»Niemand kann sagen, wie lange es so weitergeht«, beharrte Dario. »Es gibt keinen mehr, der den Pleb beherrscht.«

»Dieser Waffenschmied, der dafür gesorgt hat, dass die Männer ihre Waffen behalten haben, obwohl Don Rodrigo nun die alten Privilegien akzeptiert hat ...«

Dario schnaubte. »Annese ist gefährlich. Er hetzt gegen die Spanier.«

»Der König treibt Neapel in den Ruin!« Enzo hieb mit der Faust auf den Tisch. »Eine Million Dukaten!«

»Es kostet nun einmal, eine Armee zu unterhalten und uns zu beschützen.«

»Uns! Neapel hat keine Feinde.«

Dario neigte den Kopf zur Seite. »Ich kann Ihm eine ganze Handvoll nennen: Venedig, die französischen Truppen in der Toskana ...«

»Schluss mit der Politik bei Tisch!« Rita sprach sehr viel leiser als zuvor. Jetzt war sie ernsthaft erbost. »Geh in die Bibliothek. Dort kannst du den Rest des Tages mit deinem Vater räsonieren, sobald wir mit dem Essen fertig sind.«

Dario verstummte und presste die Lippen zusammen; seine Gabel fuhr weiter durch den Wirsing.

Enzo langte über den Tisch und nahm sie ihm weg. »Gehorche!«

Dario sah Enzo schockiert an; dann blickte er zu Rita. »Hat Sie das im Ernst gemeint?«, flüsterte er.

»Sehe ich aus, als ob ich spaße?« Nein, so sah sie wirklich nicht aus.

Dario sah noch einmal von einem zum anderen; dann stand er auf und nahm sein Glas mit.

»Heißt das, er hat jetzt Ausgehverbot?« Mirella war ebenso schockiert wie Dario. Dass Rita selbst jetzt so eisern auf ihrer Tischregel bestand: Fand sie es denn nicht wichtig zu begreifen, was mit Neapel geschah?

»Das ist nicht deine Sache, Kind.« Rita klang wieder warm und herzlich. »Wolltest du denn noch einmal fort?«

Sie nickte.

»Fabrizio wird dich begleiten.«

Als Mirella die Bibliothek betrat, saß Dario auf der gepolsterten Fensterbank und drehte sein Glas zwischen den Fingern. Es war noch genauso voll wie zuvor.

»Ich werde Stefania sagen, warum du nicht kommst.«

Er sah auf; sein Blick war eine einzige Frage. »Wie kommst du auf Stefania?«

Mirella lächelte verschmitzt und setzte sich neben ihn. »Tu nicht so! Sie hat mir von euch erzählt.«

Ein Licht stieg in Darios Augen und für einen Augenblick sah er jung und verletzlich aus. Dann schüttelte er den Kopf. »Stefania würde in ein Kloster verbannt, wenn die Marchesa etwas erführe.« Er gab ihr einen zärtlichen Stups auf die Nase. »Schlaues Mädchen; aber du denkst in die falsche Richtung. Wir treffen uns nicht heimlich.«

»Aber wohin wolltest du dann?«

Er schüttelte schon wieder den Kopf; das wurde entschieden eine neue Angewohnheit von ihm. »Das kann ich dir nicht sagen.«

Sie rückte von ihm ab. »Du hattest noch nie Geheimnisse vor mir. Und jetzt gleich zwei.«

Dario lachte lauthals.

»Was ist so komisch daran?«

»Schwesterchen, ich glaube, du bist eifersüchtig.«

»Gar nicht. – Wer wartet heute Nachmittag vergeblich auf dich? Ich kann doch wenigstens Bescheid sagen.«

Dario lächelte über ihren Eifer. »Es wäre gewiss höflicher, wenn ich mich entschuldigen ließe.« Er senkte den Kopf. Gab es da noch etwas zu überlegen? »Nein, dich kann ich nicht schicken. Nicht dorthin. So gern ich es auch täte.«

»Du vertraust mir nicht!«

Er beugte sich zu ihr und küsste sie auf die Stirn. »Ich sollte meiner eigenen Schwester nicht vertrauen? Wem sonst, wenn nicht dir!«

Enzo trat ein, die Weinflasche in der Hand. »Du bist auch hier?« Er ging zum Schreibpult und nahm seine Pfeife heraus. Während er sie stopfte, musterte er beide. »Habe ich euch unterbrochen?«

Mirella zögerte; sie wartete auf Darios Entgegnung. Aber der drehte bloß sein Glas zwischen den Fingern. »Ich möchte nach der Andacht zu Stefania und auch die alte Giuseppina besuchen.« Auch wenn Dario ihr nicht sagen mochte, was er vorhatte; vielleicht konnte sie ihn aus dem Hausarrest befreien. »Es schickt sich nicht, dass nur Fabrizio mich begleitet. Was sollen die Leute denken! Es sähe aus, als ginge ich mit einem Kutscher spazieren. Oder soll ich das letzte Wegstück ohne Begleitung zurücklegen?«

»Sei nicht kindisch.« Enzos Stimme war ungewohnt scharf. »Wenn es dir nicht passt, dann bleib zu Hause.« Er ging zum Bücherschrank und nahm mehrere in Leder gebundene Folianten heraus. Schließlich reichte er Dario einen davon. »Lies das. Vielleicht wirst du dann ein bisschen klüger.«

Mirella schielte auf den Buchrücken. »Dante?«

»Ich habe ihn mehr als einmal gelesen. Er sagt mir nichts.«

»Dann lies ihn noch einmal. Und denk nach dabei.«

Dario verzog das Gesicht, schlug aber folgsam das Buch an der von Enzo angegebenen Stelle auf.

»Lies uns vor.«

Dario trank einen Schluck, stellte das Glas ab und gehorchte mit einem Seufzer.

»O töricht Sorgen Sterblicher, wie sind nur

So mangelhaft die Syllogismen alle,

Die deinen Flügelschlag nach unten richten! ...«

Nach einer halben Stunde stand Enzo auf. »Genug für heute.«

Nachdem er die Bibliothek verlassen hatte, sahen sich Dario und Mirella verblüfft an.

»Was sollte das?«

»Eine Lektion.« Dario stieß den Atem aus. »Ich habe wirklich gedacht, anschließend lässt er mich gehen.« Er trank sein Glas leer, stand auf und nahm die Flasche, die Enzo stehen gelassen hatte. »Auf bessere Zeiten! Möchtest du auch einen Schluck?«

»Du bist komisch heute! Was ist nun?«

»Geh zu deiner Andacht. Und zu Giuseppina!« Bevor er die Bibliothek verließ, drehte er sich noch einmal um zu ihr. »Sag Fabrizio, er soll zu mir kommen, bevor ihr fahrt.«

Enzo ging am Fenster vorbei in den Rosengarten, eine Schere in der Hand. Dort schnitt er welke Blüten aus; zuweilen bog er ein paar Zweige auseinander und betrachtete die Blätter. Wahrscheinlich hatten die Rosen wieder Läuse. Um seine Blumen machte er sich mehr Gedanken als um seine Kinder. Obwohl ...

Mirella nahm den Folianten und las noch einmal, was Dario vorgelesen hatte. Er schien verstanden zu haben, was Enzo ihm damit sagen wollte. Warum war sie zu dumm dafür?

Als der Kies vor dem Fenster knirschte, sah Mirella auf. Enzo kam zurück. Was würde er dazu sagen, dass sie nun doch mit Fabrizio fort wollte?

Sie öffnete das Fenster, das Buch in der Hand. »Vater, warum sollte Dario den Dante lesen?«

Er reichte ihr den Korb mit den Rosen. »Damit er sich nicht in unnützen Dingen verliert.«

»Aber ...«

»Lass die Rosen in die Vasen verteilen.«

Mirella steckte ihre Nase in den Korb. »Wie sie duften! Darf ich Giuseppina welche mitbringen?«

»So hast du es dir anders überlegt?«

»Jeder weiß doch ...« Dann gewann die Lust, ihn zu provozieren. »Es ist Sein Name, dem ich schade, wenn ich mit unserem Kutscher durch die Wälder des Vesuvs spaziere.«

»Bring ihr Blumen, so viele du magst.« Er grinste sie an. »Du brauchst sie nicht einmal selbst zu tragen.« Ein Spottlied pfeifend, ging Enzo weiter. Sie hatte nicht einmal gewusst, dass er es kannte.

Fabrizio stand neben den Pferden und steckte eben ein versiegeltes Papier in seine Jackentasche, als Mirella später den Hof betrat.

»Wie lange wird Sie in der Kirche bleiben, Signorina?«

»Das weiß ich noch nicht.« Mirella ärgerte sich noch immer über Darios Geheimnistuerei. »Du wirst es wissen, wenn ich wieder herauskomme.«

Ein Schatten fiel über Fabrizios Gesicht und seine Lippen bewegten sich einen Moment, als wolle er etwas erwidern. Stattdessen zog er die Knebel an seiner Weste durch ihre Schlaufen und schob die aufgerollten Hemdsärmel herunter. Dann half er Mirella in die Kutsche.

Als sie dann vor der *Basilica del Carmine* hielten, schalt Mirella sich als ungehörig: Da ging sie in die Kirche und war gleichzeitig garstig zu einem Dienstboten.

Die *Piazza del Mercato* lag verlassen in der gleißenden Sonne. Und eben das war bedenklich. Zu einem richtigen Sonntag gehörten die Komödianten auf dem Platz und anderer Zeitvertreib.

»Warum wolltest du wissen, wie lange ich zur Andacht bleibe? Hast du etwas zu besorgen?«

Fabrizios Hand glitt zu seiner Jackentasche. »Gina ...« Er stockte, als sei ihm eingefallen, dass sie es herausfände, wenn er ihr etwas über Ginas Aufträge vorlöge.

Sie sah ihn auffordernd an; mit einem Lächeln, das ihn hoffentlich ermutigte zu sprechen.

»Ihr Bruder hat mich gebeten, einen Brief zu überbringen.«

»Du kannst einen Umweg machen auf dem Heimweg, wenn es dafür nötig sein sollte.« Sie wandte sich ab und betrat die Kirche.

Mirella liebte die Basilika der *Santa Maria del Carmine Maggiore*, weil gleich zwei Kapellen Namenspatronen ihrer Großeltern gewidmet waren. Aber als sie nun auf dem Weg zur Kapelle des heiligen Gregorio am Grab Masaniellos vorbeikam, überlief sie ein Schauer. Statt für die Seelen der Großeltern sollte sie besser für Neapel beten; die Lebenden waren in größerer Not.

Mirella wandte sich nach rechts zur *Madonna del Carmine*. Während sie vor dem Bild der braunen Jungfrau kniete, ging ihr die Frage nicht aus dem Kopf, wohin Fabrizio nachher mit ihr fahren würde. Sie sprach ihre Gebete hastig wie selten und eilte nach draußen.

»Du musst nicht bis zum Heimweg warten. Gib den Brief gleich auf dem Weg zu Giuseppina ab. Man soll nicht umsonst auf Dario warten müssen.«

Fabrizio nickte; war er erleichtert?

Fabrizios Ziel lag nicht auf ihrem Weg. Statt in Richtung des Vesuvs bog er zum Pizzofalcone ab und fuhr in eine der schmalen Gassen. Er hielt vor einer Trattoria; aber nicht dort ging er hinein, sondern klopfte an die Tür des Nachbarhauses.

Die Haustür versperrte Mirella zu ihrer Enttäuschung die Sicht auf den Menschen, mit dem Fabrizio sprach. Die Vorhänge im Parterre des Wohnhauses waren geöffnet und eines der Fenster auch; aber von der Kutsche aus war trotzdem nicht zu erkennen, was dort vor sich ging.

Fabrizio drehte sich um; sein Blick suchte den ihren. »Einen Augenblick nur, Signorina.« Dann betrat er das Haus.

»*Gallo bianco*« – »Zum weißen Hahn«. Gewiss hieß hier keine zweite Trattoria so; sie würde wieder hierher finden.

Es dauerte tatsächlich nicht lange, bis Fabrizio herauskam und aufstieg. Die Gasse endete hinter der nächsten Ecke; er wendete. Mirella rückte schnell auf die andere Seite der Kutsche und blickte hinaus.

Laute Männerstimmen drangen aus dem *Gallo bianco*, während sie sich wieder näherten. Sie klangen alt. Und aufgeregt. Oder zornig. Aber die Räder ratterten viel zu laut über das Pflaster, um etwas zu verstehen.

Gerade wollte Mirella sich in die Polster der Kutsche zurücklehnen, als die Tür geöffnet wurde. Zwei Männer traten heraus. Einer von ihnen trug teures Tuch im modischen Grün und ein Hemd mit breiten venezianischen Spitzen an den Manschetten, die er über die Jackenärmel geschlagen hatte. Das Gesicht hatte sie schon einmal gesehen. Dann drang sein meckerndes Lachen zu ihr und sie erkannte ihn. »Der Ziegenbock!« Was tat einer der Maddaloni an einem solchen Ort? Konnte Darios Brief etwas mit ihm zu tun haben? Freilich hatte Fabrizio ihn im Nachbarhaus abgegeben, aber das musste nichts besagen.

Mirella kicherte. Sie würde Darios zweites Geheimnis genauso herausfinden wie das erste.

***

Zu Hause stürmte sie die Treppe hoch zu Darios Zimmer und riss die Tür auf, ohne anzuklopfen.

Dario stand an seinem Sekretär über einen Stapel Papiere gebeugt und fuhr erschrocken herum.

»Fabrizio hat deinen Brief beim *Gallo bianco* abgegeben.« Sie weidete sich einen Augenblick an seinem schockierten Gesichtsausdruck. »Im Haus links davon, meine ich damit. War das richtig so?«

Dario nickte. »Woher weißt du das so genau?« Er legte ein weißes Blatt auf den Papierstapel und trat auf sie zu, als wolle er verhindern, dass sie darauf schaute.

»Ich habe aus dem Fenster geguckt; was denkst du?«

Er runzelte die Stirn; aber er sagte nichts.

Sie setzte sich auf die Kante seines Betts und ließ die Beine baumeln. Dario stand immer noch mitten im Raum.

»Habe ich dich gestört?« Sie deutete zum Sekretär. »Arbeite nur weiter. Du weißt, dass ich dir gerne zusehe.«

»Es hat keine Eile.« Endlich setzte er sich neben sie und nahm ihre Hand. »Wieso hat Stefania dir von uns erzählt?«

»Ich bin ihre beste Freundin; weißt du das nicht? Unter Freundinnen gibt es keine Geheimnisse.« Sie entzog ihm die Hand und stemmte sie in ihre Hüfte. »Anscheinend aber unter Geschwistern. Neuerdings.« Sie seufzte. »Ich kann dir nicht helfen, wenn ich nicht weiß, was du vorhast.«

»Ich brauche keine Hilfe.«

»Nein?« Als sei sie gekränkt, rückte sie von ihm weg. »Tatsächlich? Für deinen Brief hast du doch auch nicht selber sorgen können.«

Er schüttelte den Kopf. »Das ist Männersache.«

»Freilich ... Weißt du, wen ich gesehen habe? Den neuen Herzog de Maddaloni. Er kam aus dem *Gallo bianco*, gerade als ich vorbeifuhr.« Täuschte sie sich oder wurde Dario wirklich blass? »Aber warum auch nicht? Der Durst wird ihn übermannt haben. Merkwürdig war eher, dass er von einer etwas finsteren Gestalt begleitet wurde.« Sie grinste. »Ich habe ihn an seinem unverwechselbaren Lachen erkannt. Maddaloni, nicht den anderen.«

Dario lehnte sich gegen den Bettpfosten. »Warum sollte das merkwürdig sein? Die *Lazzari* sind durchaus ehrenwerte Männer.«

»Wie kommst du jetzt auf die?«

»Du sagtest eben ...«

»Ich sprach von einer finsteren Gestalt, nicht von einem *Lazzaro*.«

»Wen sonst solltest du damit gemeint haben?«

»Briganten? Es scheint eine finstere Ecke zu sein. So abgelegen.«

Er grinste. »Du bist wohl auf Abenteuer aus! Hast du noch nicht genug Aufregung gehabt in den letzten Wochen?«

»Aber du lässt mich ja gar nicht.« Sie würde schon dafür sorgen, dass er sie brauchte.

»Du führst etwas im Schilde, Schwesterchen.« Er hielt den Kopf schräg, als er sie aufmerksam musterte. Aber dieses Mal lächelte er nicht.

Sollte er schmoren. »Ich habe noch etwas zu tun. Mutter wartet auf mich.«

Er legte den Finger auf seine Lippen. »Sag ihr nichts von Stefania.«

Mirella blieb in der Tür stehen. »Es würde sie freuen. Und sie könnte deine Verbündete sein.«

Für einen Augenblick schien es, er habe ihr nicht zugehört; sein Blick war irgendwo in die Wolken gerichtet, die es an seiner Zimmerdecke gar nicht gab. »Nicht jetzt. Wenn wir dies alles hinter uns haben.«

Da ging sie zu ihm zurück und setzte sich wieder. »Wird es dann nicht eher schwieriger?«

»Was meinst du damit?«

Sie wand sich. »Stefania hat mir gesagt, dass ihr auf meine Vermählung setzt. Aber wird sie noch etwas bedeuten, wenn ich in Madrid bin und Don Rodrigo nicht mehr Vizekönig ist?«

»Dann gibt es eben einen anderen. Felipe muss nicht Neffe des Vizekönigs sein.«

Und wenn die Hochzeit gar nicht mehr stattfinden könnte? Nein; besser, sie beunruhigte ihn nicht mit solchen Gedanken. »Woher wusste Fabrizio, wem er den Brief geben muss? War er dort schon öfter?«

»Mein Gott, bist du heute neugierig.« Dario klang tatsächlich ungehalten.

Dann würde sie eben alleine herausfinden, was es mit dieser Trattoria auf sich hatte. »Wenn dir das nicht gefällt, dann bitte mich nicht darum, dir einen Gefallen zu tun.«

»Ich hatte Fabrizio den Auftrag gegeben, nicht dir.«

In der Tür drehte sie sich noch einmal um. »Und es hat auch nicht gestimmt, dass du mich nicht dorthin schicken konntest. Es ist ein ganz normales Haus neben einem ganz gewöhnlichen Wirtshaus.«

***

Am nächsten Morgen ließ Mirella sich von Fabrizio erneut zum Pizzofalcone bringen.

Ungewöhnlich viele Menschen standen auf den Straßen beieinander und waren in aufgeregte Gespräche verwickelt. Nachdem auch Salerno sich erhoben hatte, blieb offensichtlich selbst die Predigt eines Kardinals ohne Einfluss.

Je näher sie dem Zentrum kamen, desto mehr Passanten schienen alle demselben Ort zuzustreben. Bald darauf ertönten zwei Schüsse. Erschrocken ließ Mirella Fabrizio anhalten; aber da keine weiteren folgten, war es wohl ungefährlich weiterzufahren. Er bog dennoch von ihrem Weg ab und machte einen großen Bogen um die *Piazza del Mercato.*

Auf dem Pizzofalcone dagegen herrschte der Alltag. Zwei Mal musste Fabrizio einen Umweg fahren, weil Fuhrwerke mit Sand und Tuffstein in den engen Gassen ausgeladen wurden und ihnen den Weg versperrten. Selbst in diesem abgelegenen Viertel wurden Häuser aufgestockt, weil es innerhalb der Stadtmauer keine freien Flächen mehr gab.

Vor dem *Gallo bianco* stieg Mirella aus. Nun spiegelte sich die Sonne in den Scheiben des Wirtshauses und verwehrte ihr den Blick hinein. Sie drückte langsam die Klinke hinunter. Aber die Tür war verschlossen.

Gegenüber klapperte ein Fenster. Kurzentschlossen ging sie über die Straße und klopfte dort.

Nach einer Weile wurde das Fenster geöffnet und eine zahnlose alte Frau blickte zu ihr herunter. »Was ist?«

»Sie verzeihe mir, aber ... Wann hat der *Gallo bianco* auf?«

»Was will Sie dort?« Die Alte strich ihre dünnen Haare zurück. Sie kniff die Augen zusammen und deutete auf Fabrizio. »War Sie nicht gestern schon hier?«

Mirella fühlte sich ertappt. Sie versteifte sich; doch dann wurde ihr klar, dass sie die Gelegenheit nutzen konnte. Wenn sie harmlos genug wirkte, bekäme sie bestimmt genug Antworten. »Aber ich habe etwas vergessen und darum ...« Wie absichtslos hörte sie auf zu sprechen und sah scheinbar verlegen zu Boden. »Ich bin manchmal ein bisschen schusselig.«

»Aber das macht doch nichts, Kindchen.« Die alte Frau klang plötzlich sehr viel freundlicher. »Der Wirt wohnt links daneben. Geh Sie nur und klopfe.« Sie reckte sich weiter aus dem Fenster. »Um diese Zeit ist er meist schon wach. Ich denke doch, dass er an einem Tag wie diesem ...« Also gehörten der *Gallo bianco* und das Nachbarhaus tatsächlich zusammen. Bestimmt gab es eine Tür, die beide Häuser miteinander verband.

Bevor die Alte sie mit ihrem Redefluss überschwemmen konnte, verabschiedete Mirella sich schnell mit einem höflichen Knicks. Sie raffte ihre Röcke und lief mit einem Tanzschritt los.

»Fabrizio, wem hast du gestern Darios Brief gegeben?«

Fabrizio sah irritiert aus. »Habe ich etwas falsch gemacht? Der Signore sagte, es sei in Ordnung; er würde ihn weitergeben.«

»Aber du warst doch im Haus.«

Er nickte. »Sicher. Sollte ich den Brief etwa dem Kind geben, das mir geöffnet hatte?«

»Nein; es war alles ganz richtig.«

»Was tun wir dann hier?«

»Dario erwartet eine Antwort«, fiel ihr ein zu sagen. »Aber wir wollen uns doch nicht lange aufhalten lassen. Wenn du also wüsstest, nach wem ich fragen soll?«

Fabrizio wiegte bedauernd den Kopf. »Frag Sie, ob der Edelmann eine Nachricht hinterlassen hat.«

»Der Edelmann?« Sie hatte gedacht, er wüsste besser Bescheid.

Fabrizio wurde ganz Eifer. »Hat Sie ihn nicht selber gesehen?«

Der Ziegenbock.

Mirella ging zum Haus des Wirts und zog an der Glocke. Es war so still hier – ob alle auf die Piazza gegangen waren? Am Ende gab es dort Wichtigeres zu erfahren.

Schließlich wurde die Tür geöffnet. Eine Frau in einem verblichenen Kleid aus grobem Hanfleinen musterte sie mit griesgrämigem Gesicht. »Die Signorina will zu uns?«

»Mein Bruder hat gestern einen Brief abgeben lassen und ich soll fragen, ob es eine Antwort gibt.«

»Ich weiß von keinem Brief.« Sie drehte sich um und rief in den Flur: »Giacomo! Giacomo, hast du gestern einen Brief bekommen?«

Irgendwo scharrte ein Möbelstück über Steinboden. Dann quietschte etwas und ein Vogel zeterte. Am Ende des Flurs trat ein Mann mit Bartstoppeln auf den Wangen und einem Ziegenbart unterm Kinn aus einer Tür.

Hier wimmelt es von Ziegen, kam Mirella in den Sinn. Sie hielt sich schnell die Hand vor den Mund, um ihr Lachen zu verbergen.

»Ich habe keinen Brief bekommen!« Er gähnte ungeniert, während er den Flur entlangschlurfte. Seine Zähne waren von dunklen Flecken übersät; ein Eckzahn fehlte.

»Scandore. – Unser Kutscher hat hier gestern einen Brief ausgehändigt. Dem Edelmann, der bei Ihm zu Gast war.«

»Davon weiß ich nichts.«

Mirella versuchte, ihre Ungeduld mit einem verbindlichen Lächeln zu verbergen. »Ist er wieder da?«

»Wer?«

»Der Edelmann. Er ging kurz darauf weg.«

Der Wirt kam näher und schnürte sich im Gehen die Hose zu. »Wann soll das gewesen sein?«

»Am Nachmittag.« Mirella trat von einem Fuß auf den anderen. War der Mann so dämlich oder wollte er nicht mit der Sprache herausrücken? »Bitte, es ist wichtig. Mein Bruder erwartet eine Antwort.«

»Am Nachmittag war ich in meinem Wirtshaus.«

»Eben.« Sie holte tief Luft. »Und der Duca de Maddaloni war am Nachmittag bei Ihm.«

Er riss die Augen auf, als sie den Namen nannte. Aber nur eine Sekunde; dann wirkte er wieder so verschlafen wie zuvor. »Der Herzog hat meine bescheidene Trattoria beehrt wie immer, wenn er sich mit seinen Leuten trifft.« Das klang schon freundlicher. »Aber von einem Brief weiß ich trotzdem nichts.« Er zog die Hose ein Stück höher. »Ist Sie sicher, dass der Herzog den Brief in Empfang genommen hat?«

»Wer sonst, wenn nicht er?«

»Ich werde ihn fragen, wenn er wiederkommt.« Wenigstens hatte er jetzt mit seinen Gegenfragen aufgehört; vielleicht würde er ihr doch etwas erzählen. Das, was Dario ihr verschwieg.

»Wann?«

Giacomo musterte sie von oben bis unten, während er nachdachte; so lange, bis seine Frau ihn in die Seite stieß. Hoffentlich hielt die Alte sie für ein harmloses Kind; sonst würde sie ihm nach ihrem Weggehen den Kopf waschen und es wäre vorbei mit seiner Hilfsbereitschaft. Solche Männer standen immer unter der Fuchtel; entweder ihrer Frauen selber oder der Schwiegermütter.

»Käme Sie morgen Abend wieder, dann könnte ich Ihr die Antwort des Herzogs geben. Sofern er eine für Ihren Bruder hat.« Er bohrte sich in der Nase und betrachtete dann den Popel zwischen seinen Fingern. »Aber ein junges Ding wie Sie sollte abends zu Hause bleiben. Warum kommt er nicht selber?«

Sie reckte den Kopf. »Er hielt es für zu verfänglich.«

Die Andeutung eines Lächelns ging über sein Gesicht. »Vorsichtiger Mann, Ihr Bruder.« Er trat noch einen Schritt näher und blickte hinaus. »Aber dann sollte Sie auch vorsichtiger sein und nicht mit einer Kutsche kommen, die jemand wiedererkennen könnte.«

Mirella nickte. »Er hat wohl recht. Ich werde morgen Abend das letzte Stück zu Fuß kommen. In dieser Gasse wohnen gewiss nur ehrbare Leute.« Wie Er, verkniff sie sich zuzufügen.

∗∗∗

Auf dem Rückweg waren die Straßen anfangs alle frei. Kurz vor der *Piazza del Mercato* wurde die Kutsche jedoch von einem Mann mit einer Hellebarde aufgehalten.

»Sie kann hier nicht weiterfahren, Signorina!«

»Aber warum denn?«

»Auf der Piazza findet ein Tribunal statt. Kehrt um.«

In diesen Tagen mochte alles wichtig sein, was in der Stadt passierte. Die Glocken der *Santa Maria del Carmine* hatten eben erst die elfte Stunde geschlagen; Zeit genug, rechtzeitig zum Mittagessen nach Hause zu kommen.

Mirella stieg in der Gasse neben der Kirche des *Sant'Eligio Maggiore* aus. Sie tippte einem älteren Mann auf die Schulter. »Was geschieht hier?«

»Die Seidenweber fordern den Erlass der Steuern.«

»Und? Bekommen sie ihren Willen?«

»Dem einen erlässt der Vizekönig die Steuern und dafür setzt er sie den anderen hoch. Oder erfindet neue.« Er schüttelte den Kopf. »So geht das doch nicht.«

Er drängte sich in Richtung der Piazza durch die Menge. Mirella folgte ihm geschwind, ehe sich der Weg vor ihr wieder schloss. Sie erntete manchen misstrauischen Blick; in ihrem feinen Brokat fiel sie auf. In dem Gedränge auf der Piazza verlor sie ihren Führer und kam nicht mehr voran; niemand mochte ihr Platz machen. Aber die Nachdrängenden schoben sie mit Ellenbogen und Fußtritten weiter. Einer packte sie gar um die Taille, als ob sie dadurch dünner würde. Nun konnte sie nicht mehr zurück; sie musste darauf setzen, dass vielen ihr Essen wichtiger wäre als das Spektakel.

Seit den Tagen Masaniellos stand ein Podest neben dem Delphin-Brunnen auf der Piazza. Dort krächzte der alte Genoino mit ausgebreiteten Armen zur Menge hinunter. Doch gegen deren Geschrei kam er mit seiner heiseren Stimme nicht mehr an.

Ein junger Mann, der die rote Mütze der Fischer trug, sprang zu ihm hoch. Er packte Genoino am Arm und versuchte, ihn herunterzuzerren.

»Nach Hause. Geh nach Hause!«, brüllten einige um Mirella herum.

Sie zuckte zusammen, aber natürlich galt es nicht ihr, sondern denen auf dem Podest. Oder einem der beiden.

Ein dritter Mann sprang hoch. Er stellte sich an den Rand und zog eine Pistole aus seiner Schärpe. Ein Schuss in die Luft; die Menge verstummte.

»Wir lassen uns nicht länger betrügen.« Der Mann hielt den Menschen seine Hände hin. »Wir arbeiten sieben Tage in der Woche von Sonnenaufgang bis Sonnenuntergang; und doch reicht es nicht, um unsere Familien zu ernähren. Schluss damit!«

Sie brüllten Zustimmung; viele schwenkten Knüppel oder Äxte und manch einer auch eine Schusswaffe.

»Aber es wäre kaum besser ohne die *Gabelle*! Wir müssen verhindern, dass die Preise weiter sinken.«

»Wie willst du das erreichen?« Genoino hinter ihm hatte seine Stimme wiedergefunden.

Der Mann drehte sich zu ihm um. »Du wirst es sehen.« Er schwenkte beide Arme und wies zum Hafen. »Kommt mit!« Dann sprang er herunter und verschwand in der Menge.

Mehr und mehr Menschen verließen die Piazza. Mirella wurde beiseite gedrängt. Die meisten schienen ausgerechnet an ihr vorbeigehen zu wollen. Schließlich gelangte sie zum Portal der Basilika und blieb in dessen Schutz stehen.

Dann tauchte der Mann vor ihr auf, der die Menge zum Mitkommen aufgefordert hatte. Einen Moment kreuzten sich ihre Blicke; er grinste sie herausfordernd an. Kannte er sie?

Mirella betrat die Kirche und ging durch einen Seiteneingang hinaus. Auch in der Gasse, in der die Kutsche stand, drängten sich aufgebrachte Menschen. Sie würden Mühe haben fortzukommen.

Fabrizio hielt die Pferde am Kopfzeug fest und sprach beruhigend auf sie ein. Sein Blick leuchtete auf, als er sie sah. »Ich war in Sorge, Signorina. Lasst uns fort von hier, bevor man Sie erkennt.« Er riss den Schlag auf und streckte ihr die Hand entgegen.

Sie lächelte. »Einer hat mich wohl erkannt.«

Fabrizio sah sie erschrocken an.

»Was ist schlimm daran?«

»Sie ist die Tochter Scandores.« Natürlich war sie aufgefallen; aber man tat doch einem jungen Mädchen nichts. Im Nachhinein konnte sie über die scheelen Blicke schmunzeln.

Sie stieg in die Kutsche, während er sich wachsam umsah. »Hat Sie nicht begriffen, was sie vorhaben?«

»Doch. Sie wollen mehr Geld für ihre Familien.«

Er schüttelte den Kopf. »Sie wollen sich die Konkurrenz vom Hals schaffen.« Bevor sie nachfragen konnte, was er damit sagen wollte, sprang er auf den Bock.

Nachdem sie das Gewühl hinter sich gelassen hatten, jagte Fabrizio die Kutsche in einem Tempo durch die Gassen, wie Mirella es noch nie erlebt hatte. Vor dem Haus bremste er so abrupt, dass die Pferde zornig wieherten. Er sprang ab und rannte die Stufen zum Eingang hinauf. Dort warf er sich regelrecht gegen die Tür statt anständig zu klopfen.

Als er im Haus verschwunden war, raffte Mirella ihre Röcke und kletterte allein aus der Kutsche.

Dario stürmte an ihr vorbei, gefolgt von Fabrizio. Dann kam auch Enzo.

»Bleib Er zu Hause, Vater. Ich mach das schon.« Dario stieg in die Kutsche und Fabrizio jagte davon, bevor Enzo alle Stufen hinuntergegangen war.

»Vater!«

Er drehte sich zu ihr um. »Sag Gina, sie soll nicht mit dem Essen auf uns warten!«

»Was ist denn los?«

»Tu, was ich dir sage.«

Gleich darauf stand Enzo im Hof und rief die Dienstboten zusammen. Die beiden Gärtner, die Stallburschen und der alte Hausdiener griffen sich jeder einen Eimer und rannten hinaus. Enzo sattelte selbst sein Pferd und folgte ihnen.

Gina beobachtete sie durch die offene Küchentür und zerrte an dem Handtuch, das sie zwischen den Fingern hielt. »Sie werden nichts ausrichten. Sie kommen zu spät!«

»Aber was ist denn los?«

Gina starrte sie fassungslos an. »Du warst doch selber dort! Hast du es denn nicht begriffen?«

»Aber ...« Mirella sah den Mann von der Piazza vor sich und jetzt fiel es ihr ein: Sie hatte ihn im Kontor gesehen; er war einer von Enzos Lieferanten. Zum Karneval hatte er ihr einmal *Chiacchiere* mitgebracht, die seine Frau gebacken hatte.

Gina hackte mit solch grimmigem Gesicht auf die Zwiebeln ein, als wolle sie sie totschlagen. In ihren Augen standen Tränen. Sie wischte sich die Hand an der Schürze ab und dann mit der Schürze übers Gesicht. »Madonna, sind die Zwiebeln scharf!«

Argwöhnisch sah Mirella ihr zu. »Lass mich das machen.«

»Das gehört sich nicht.«

Mirella nahm ihr das Messer weg.

Gina schluchzte auf, während Mirella das Hackbrett zu sich heranzog. »Du ruinierst dir das Kleid.«

Unwillkürlich blickte sie an sich herab. »Es ist bloß ...« Florentiner Stoff. Das hatte Fabrizio mit der Konkurrenz gemeint!

Entsetzt sah sie Gina an. »Die Seidenweber brennen unser Lager ab!« Sie sprang auf. »Wir müssen den Männern beim Löschen helfen.«

Gina schluchzte lauter. »Bleib hier! Es ist gefährlich!«

»Eben!« Mirella griff nach dem Eimer, der unter dem Waschtisch stand. Einen Moment zögerte sie; dann nahm sie den Ausgang über den Hof, um Rita nicht zu begegnen. Die Mutter würde sie womöglich aufhalten wollen.

Mit dem Eimer in der Hand lief sie auf die Straße. Der Glashändler von gegenüber, Antonio Varese, ließ gerade seine Kutsche auf die Straße rollen. Während der Kutscher ihm die Tür aufhielt, wollte Mirella an ihnen vorbeirennen.

»Langsam!« Varese erwischte sie am Kleid an einer Schleife.

Mirella packte seine Hand. »Lasst mich!«

»Steig ein, wir haben den gleichen Weg!« Er griff nach ihrem Eimer.

In der Kutsche saßen drei von Vareses Dienstboten, Eimer auf dem Schoß oder zwischen den Füßen. Mirella stieg ein und Varese zwängte sich neben sie.

»Ich fürchte allerdings, wir werden zu spät kommen. Warum hat uns Ihr Vater nicht gleich zu Hilfe geholt?«

Die Straßen waren immer noch voller Menschen. Sie brauchten lange, bis sie den Kai erreichten, an dem das Lagerhaus stand. Der Geruch von Rauch stieg Mirella in die Nase. Die Gesichter der Dienstboten wurden grimmig, verbissen.

Metall klirrte auf Metall; Männer brüllten. Dann gab es einen lang gezogenen Schrei, der ihr einen eisigen Schauer den Rücken hinunterjagte.

Varese schob den Vorhang beiseite und warf einen Blick nach draußen. »Sie bleibt hier, Signorina!«

»Aber ...«

»Keine Widerrede. Ihr Bruder bringt mich um, wenn Ihr etwas passiert.«

Er stieg aus, noch ehe die Kutsche ganz angehalten hatte, und winkte seinem Kutscher. »Cesare, sorg dafür, dass die Signorina hier bleibt.« Die anderen Männer folgten ihm.

Mirella stand auf.

»Signorina, bitte.«

Sie schenkte Cesare ein Lächeln. Er war kaum älter als sie;

sie sollte ihn bezaubern können. »Er kann mich doch aussteigen lassen. Ich möchte sehen, was dort passiert.«

Cesares Miene blieb starr. »So schau Sie aus dem Fenster.« Er legte die Hand auf den Türgriff.

»Wollte Er nicht auch helfen?«

Er nickte. »Das hat Sie vereitelt.«

Mirella schlug einen Moment wie beschämt die Augen nieder und senkte ihre Stimme. »Das tut mir leid.« Sie blickte wieder auf. »Aber geh Er nur. Nehm Er Seinen Eimer und helfe. Mir wird schon nichts passieren.«

Er nahm tatsächlich seinen Eimer hoch; aber dann krallte er beide Hände um den Henkel und drückte die Arme steif an den Körper. Er sah sie nicht an, als er antwortete. »Ich gehorche dem *Padrone*.«

Mirella stemmte die Ellenbogen auf den Fensterrahmen und streckte den Kopf hinaus.

Vor den Lagerhäusern am Ende des Kais blitzten im Feuerschein Messer und Säbel auf. Wo waren Dario und Enzo?

Sie fasste nach dem Türgriff, aber Cesare hielt ihn von außen fest. Blitzschnell beugte sie sich hinaus und biss ihn in den bloßen Arm. Erschrocken wich er zurück und ließ los; sie riss die Tür auf und schlug sie ihm an den Kopf. Er taumelte und sie sprang hinaus.

Aber als sie sich aufrichtete, war er neben ihr und packte sie. »Sie bleibt hier!« Er presste sie fest an sich, umklammerte sie mit beiden Armen. Sie trat nach ihm und strampelte, aber es half nichts. Er war stärker, hob sie hoch und zwang sie in die Kutsche zurück.

Ihre Köpfe stießen aneinander. In seinen Augen blitzte es auf – und dann küsste er sie. Zuerst lag sein Mund hart auf dem ihren, dann wurden seine Lippen sanft und so weich, als wären sie aus Samt.

Er ließ sie abrupt los. »Vergeb Sie mir, Signorina, wenn Sie kann. Ich habe mich vergessen.«

Sie starrte ihn mit halb geöffnetem Mund an. Jetzt musste sie ihn ohrfeigen.

Langsam hob sie die Hand. Dann legte sie die Fingerspitzen auf ihre Lippen und starrte weiter.

In Cesares Augen glomm noch immer ein Licht; und es war nicht der Widerschein des Feuers.

Mirella atmete durch. »Es geschehen viele Dinge in diesen Tagen, die nicht schicklich sind.«

Ihr Blick ging hinüber zu den Lagerhäusern. Die Männer schienen zur Vernunft gekommen und hatten ihre Zweikämpfe beendet. Sie formierten Ketten und begannen, Eimer zum Löschen weiterzureichen. Aber sie kämpften nicht mehr um das Lagerhaus der Scandore, sondern versuchten, ein Übergreifen des Feuers auf die angrenzenden Gebäude zu verhindern.

»Wir sollten beide helfen. Sie schlagen sich nicht mehr.«

Cesare drehte sich nach dem Feuer um. Dann nickte er. »Wir stellen uns ans Ende der Wasserkette.«

Erleichtert ließ Mirella sich von ihm aus der Kutsche helfen. Wieder waren sie sich ganz nahe. Aus seinem Haar strömte ein süßlicher Duft und überdeckte für einen Moment den Geruch des Rauchs, der zu ihnen herüber wehte. Ob Felipe sie auch so küssen würde?

Sie packten ihre Eimer und liefen zu den Helfern an die Kaimauer.

Immer wieder blickte Mirella sich suchend um, während sie Eimer um Eimer weiterreichte, die Cesare und ein zweiter Mann aus dem Meer hochzogen. Aber sie sah weder Varese noch Dario oder Enzo.

Dann gab es einen dumpfen Schlag wie bei einer Explosion. Cesare riss Mirella zu Boden und warf sich über sie. Die brennende Fassade des Lagerhauses stürzte nach vorn; laut prasselte eine Stichflamme hoch. Eine Hitzewelle fegte über sie hinweg.

Als Cesare sich zur Seite rollte und ihr auf die Beine half, brannten ihre Knie. Aber sie scheute sich, die Röcke zu heben und nachzusehen.

»Es ist gefährlicher als ich dachte. Ich bringe Sie zur Kutsche zurück.«

Nun hatte sie nichts dagegen einzuwenden; es war eh alles verloren. Sie gab ihm ihre Hand und bemühte sich, nicht zu hinken, als sie neben ihm her ging. Er sollte sich keine Vorwürfe machen. Aber als sie dann das Knie beugte, um in die Kutsche zu steigen, entfuhr ihr doch ein Stöhnen. Er schien es jedoch nicht zu bemerken.

Cesare lehnte sich an die Kutsche, den Blick zum Brandherd.

Vorsichtig lupfte sie den Rock, damit der Stoff nicht an den aufgeschundenen Knien festklebte. Ihre Schultern schmerzten von der ungewohnten Last der unzähligen Eimer. Und sie war müde; sie wünschte sich nur noch, auf der Stelle in ihr Bett kriechen zu können.

Es war Nacht, als die Männer schließlich ihre Eimer absetzten. Der Mond beschien einen rauchenden Trümmerhaufen, aus dem das Skelett einzelner Balken in den Himmel ragte.

»Ob sie etwas von den Waren retten konnten?«

Cesare drehte sich zu ihr um. »Kaum. Was nicht verbrannt ist, wird das Wasser ruiniert haben.«

Kurz darauf kam Varese mit seinen Männern zurück. Er musterte erst Cesare, dann Mirella und zog missbilligend die Augenbrauen zusammen. Aber er sagte nichts, als er einstieg.

»Hat Er Dario gesehen? Und Vater?«

Er nickte. »Sie räumen auf, um Brandnester zu finden.«

Mirella schluckte; dann wagte sie die Frage, die ihr auf dem Herzen brannte. »Was ist übrig geblieben?«

Varese strich mit dem Zeigefinger ihre Wange entlang. »Wo kommt die Rußspur her?«

»Er hat meine Frage nicht beantwortet.«

»Nichts, Kind.«

***

Im Morgengrauen kamen Dario und Enzo nach Hause. Sie schienen zu streiten, als sie die Treppe hochkamen.

Mirella rutschte aus dem Bett und bückte sich nach ihren Pantoffeln. An ihren Armen hingen Bleigewichte und jede Bewegung der Knie jagte ihr einen stechenden Schmerz durch den ganzen Körper. Sie schlurfte zur Tür und öffnete sie.

»Es muss ein Ende haben!« Dario hieb mit der Faust aufs Geländer.

»Wir werden den Schaden irgendwie verschmerzen. Seien wir froh, dass es keinen Toten gegeben hat.«

»Das nächste Mal wird es einen geben. Oder das übernächste Mal.«

Enzo blieb am Treppenabsatz stehen. »Wenn du so denkst, dann müsste dir daran gelegen sein, den Kompromiss mit dem Vizekönig durchzusetzen. Statt ...«

»Vater?« Mirella lehnte sich an den Türrahmen. »Geht es euch gut?«

»Wir sind in Ordnung.« Dario kam mit drei schnellen Schritten auf sie zu. »Hast du auf uns gewartet?«

Sein Gesicht war voller schwarzer Flecken; zögernd streckte sie die Hand aus und strich darüber. Bloß Ruß. Erleichtert atmete sie auf. Aber dann sah sie den Riss in seinem rechten Ärmel; der Rand war blutverkrustet. »Du bist verletzt.«

Er legte seine Hand auf den Riss. »Es ist nichts. Nicht jeder war damit einverstanden, dass wir das Feuer löschen wollten.«

»Das habe ich gesehen.« Erschrocken presste sie sich die Hand auf den Mund.

»Wie?« Enzo trat auf sie zu und musterte sie. »Du warst dort?«

Erst nickte sie eingeschüchtert; dann reckte sie das Kinn. »Eimer schleppen kann ich auch! Signor Varese hat mich mitgenommen. Und wieder nach Hause gefahren.« Hitze stieg ihr ins Gesicht bei der Erinnerung an Cesares Lippen auf ihrem Mund. »Einer seiner Leute hat auf mich aufgepasst und dafür gesorgt, dass ich weit genug weg bleibe.«

»Meine tapfere Kleine. Dann musst du jetzt todmüde sein.« Enzo gab ihr einen Kuss auf die Stirn. »Geh wieder ins Bett.«

Gina kam mit zwei dampfenden Wasserkrügen die Treppe hoch. »Ich habe auf euch gewartet, *Padrone*.«

Sie ging zuerst in Enzos Schlafzimmer, dann in Darios. »Soll ich mehr Wasser heiß machen?«

»Nicht jetzt.« Enzo bewegte die Schultern langsam vor und zurück. »Morgen werden uns alle Knochen weh tun. Bereite die Badestube vor.« Er wedelte Mirella in ihr Zimmer zurück. »Schlaf weiter.«

Gehorsam schloss sie die Tür von innen und blieb dann lauschend stehen. Als die Scharniere von Enzos Tür quietschten, begann sie zu zählen. Bei Hundert schlüpfte sie hinaus und schlich mit zusammengebissenen Zähnen zu Dario.

Er stand mit nacktem Oberkörper vor dem Spiegel und wusch sich vorsichtig die Armwunde aus.

»Ich helfe dir.« Mirella nahm ihm das Tuch ab und tauchte es ins warme Wasser. »Wie ist das passiert?«

Dario verzog das Gesicht, als sie das Tuch auf die Wunde drückte. »Die Seidenweber. Sie glauben, wenn sie uns ruinieren, könnten sie ihre Stoffe teurer verkaufen.«

»Aber es ist doch so.«

»Im Gegenteil! Wenn der Zwischenhandel ausgeschaltet ist, werden die Spanier ihre Stoffe direkt aus Florenz beziehen. Dann wird der Druck noch größer.«

»Ich verstehe.« Aber sie verstand nicht wirklich. Sie zog eine Schublade der Kommode auf, um nach einem Leinen zu suchen, mit dem sie ihn verbinden konnte.

Er hielt sie fest. »Hier findest du nichts.«

Schnell schloss er die Lade wieder, aber sie hatte doch gesehen, dass zwischen der Wäsche zwei Briefe lagen, die eine Wappenkrone trugen.

Sie grinste. »Du hast Stefanias Liebesbriefe schlecht versteckt.«

Einen Moment lang wirkte er verblüfft; dann nickte er lächelnd. Aber er blieb angespannt. »Mag sein. Aber Gina würde niemandem ein Wort sagen und Mamma betritt mein Zimmer nicht mehr.«

Irgend etwas kam ihr merkwürdig vor; er krächzte nicht nur vor Müdigkeit. »Oder sind diese nicht von Stefania?«

»Dann hätte ich einen wirklichen Grund, sie zu verstecken; meinst du nicht?« Er öffnete den Schrank und holte ein Laken heraus. »Nimm das.«

Mirella riss zwei breite Streifen ab und faltete sie zusammen, sodass die ausgefransten Kanten nach innen zu liegen kamen. Dario streckte den Arm aus und sie begann, einen Streifen über die Wunde zu wickeln.

Die Enden des Leinenstreifens verknotete sie über der Schulter. Dann nahm sie einen zweiten Streifen und probierte aus, ob er lang genug war, dass Dario den Arm in einer Schlinge tragen konnte.

»Zieh etwas über.« Das zerrissene Hemd lag zusammengeknüllt auf dem Fußboden. Mirella drehte sich um und ehe Dario sie daran hindern konnte, hatte sie die Kommode geöffnet und zog mit einer flinken Bewegung ein neues heraus. Einer der Briefe fiel dabei zu Boden. Das Wappen auf dem Brief war nicht das der Oliveto. Sie legte ihn wieder in die Kommode. »Du solltest ihn doch verstecken.«

»Warum? Nach dem Überfall auf unser Kontor wird in diesem Haus niemand mehr auf Seiten der Aufständischen stehen.« Er zog sich das Hemd über den gesunden Arm und ließ sich von Mirella in den anderen helfen.

»Aber mit Vater hast du dich eben gestritten: Zumindest er teilt deine Meinung nicht.«

Er seufzte. »Wann sind wir uns schon einmal einig gewesen?«

Sie setzte sich mit ihm aufs Bett und schnürte ihm das Hemd zu. »Der Herzog von Maddaloni – was tut er in Pizzofalcone?«

Er sah ihr schweigend zu, als wüsste er darauf keine Antwort.

»Er scheint im *Gallo bianco* ein und aus zu gehen.«

Wieder sagte Dario nichts dazu.

»Du und Maddaloni, ihr plant etwas. Die Briefe sind nicht von Stefania.«

»Du musst nicht alles wissen.«

»Ich kann dir helfen.« Sie berührte vorsichtig seinen Arm. »Es wird eine Weile dauern, bis du ihn wieder gebrauchen kannst.«

»Ich fechte mit der Linken fast ebenso gut.«

Erschrocken ließ sie das Bändel los, das sie gerade zubinden wollte. »Fechten?«

Dario nickte. »Auf den Vizekönig können wir uns nicht verlassen. Seine Truppen sind fett geworden und überdies längst mit den Neapolitanern verbrüdert. Die Barone dagegen wollen und können dem Spuk ein Ende bereiten.«

»Und du machst mit?« Ihr stockte der Atem. »Aber die Menschen haben doch recht, wenn sie sich gegen die Steuern wehren.«

Er hob ihr Gesicht zu sich empor und sah sie forschend an. »Bist du nicht mit einem Spanier verlobt?«

Sie stieß seine Hand beiseite. »Was hat das damit zu tun?«

»Haben sie auch recht, wenn sie Vaters Lager anzünden?«

Mirella senkte den Kopf.

»Als nächstes vielleicht unser Haus?«

»Nein.«

»Ohne die Spanier ... Ohne sie haben wir keine Zukunft.«

»Wer weiß, ob wir mit ihnen eine haben. Du und ich vielleicht.« Mirella ballte die Fäuste. »Aber Neapel hungert.«

»Das tut es jetzt auch. Ist dir nicht klar, dass Vater vor dem Ruin steht? Fischer und Waffenschmiede kaufen kein Florentiner Tuch. Und die Seidenweber wollen mehr Geld für ihre armseligen Stoffe.« Er hielt ihr die losen Bändel hin und Mirella band sie mit zornig zusammengepressten Lippen zusammen.

»Du warst sehr mutig heute Nacht. Vielleicht kann ich deine Hilfe tatsächlich brauchen. So weit es dich nicht in Gefahr bringt.« Er schob sie von der Bettkante. »Nun lass mich endlich schlafen.«

***

Mirella blinzelte gegen die Sonne, die ihr voll ins Gesicht schien. Später Vormittag schon. Sicher waren Dario und Enzo längst wieder am Lagerhaus. Gewiss könnte sie auch helfen.

Behutsam kroch sie aus dem Bett; jeder Muskel tat ihr weh.

Sie rief nach Gina und dann suchte sie im Kleiderschrank nach einem Kleid, das alt genug war, um nicht Ritas Ärger heraufzubeschwören, falls sie es ruinierte.

Misstrauisch betrachtete Gina den Rock, für den sie sich schließlich entschieden hatte. »Was hast du vor?«

»Weißt du, wie lange Vater und Dario fort sein werden?«

»Sie werden nicht zum Mittagessen kommen; ich habe ihnen Gemüsekuchen backen müssen.«

Mirella trat näher ans Fenster und zog Gina mit sich, die eine halb gebundene Schleife zwischen den Fingern hielt, die sie nicht loslassen wollte. Über dem Vesuv türmten sich die Wolken ambossförmig in die Höhe. »Das sieht nach einem Gewitter aus. Aber ich will zu den Oliveto heute Nachmittag. Sag mir Bescheid, falls Fabrizio zurückkommt.«

»Und dann ziehst du dich so an?« Gina sah ihr von der Seite ins Gesicht. »Du warst doch gestern früh schon bei Stefania. Oder nicht?« Ihre Stimme klang argwöhnisch.

»War ich nicht. Ich wollte zuerst herausfinden, was der Tumult auf den Straßen zu bedeuten hatte. Und danach ...«

»Dann habe ich Fabrizio wohl falsch verstanden.«

Was war sie doch dumm: So hatte Fabrizio dicht gehalten und nun hatte sie sich selber verraten. Und ihn kompromittiert. Zu ärgerlich. »Du wirst wohl alt, meine Gute.«

Gina seufzte. »Wohl wahr; ich spüre meine Knochen immer mehr.« Sie streckte ihre knotigen Finger aus. »Das Nähen fällt mir von Tag zu Tag schwerer.«

Niemand im Haus hatte bislang daran gedacht, dass sie sich mehr um Gina kümmern sollten; sie würde es Rita sagen. »Dann lass doch das Mädchen die Arbeiten machen, die dir zu schwer werden. Du hast immer noch genug zu tun.«

Gina schloss mit einer heftigen Bewegung den nächsten Haken. »Du führst etwas im Schilde. Oder hast etwas angestellt.«

»Aber Gina!« Mirella schob ihre Hände beiseite und drehte sich um. »Ich bin kein Kind mehr. Und du ... Ich mache mir wirklich Gedanken.«

»Schon gut.« Gina nahm ihre Tätigkeit in Mirellas Rücken wieder auf.

»Wie komme ich in die Stadt?«

»Gar nicht. Deine Mutter wird es nicht erlauben. Du hättest sie sehen sollen, als dein Vater davon erzählte, dass du auch am Kai warst.«

»Mamma fällt immer gleich in Ohnmacht.« Mirella rümpfte die Nase. »Mir ist doch nichts passiert. Mir nicht.« Aber was erzählte sie Gina das? Für Rita musste ihr etwas einfallen. Oder auch nicht. Es war noch eine Weile hin bis zum Abend.

Nach dem Frühstück nahm Mirella im Salon ihr Stickzeug und setzte sich ans Fenster.

Plötzlich kam ein merkwürdiger Ton von draußen; dumpf, grollend. Das war nicht das Gewitter.

Sie öffnete das Fenster. Da war der Ton wieder. Er kam von der anderen Seite des Hauses. Aus der Stadt. Es knallte mehrmals hintereinander. Das waren Schüsse aus Arkebusen oder Musketen. Also war der andere Ton Kanonendonner. Aber wer schoss dort auf wen? Und wo? Vielleicht sah sie vom Hof aus etwas.

Mitten im Flur stand Gina und rang die Hände. Buchstäblich. Dabei murmelte sie ein Ave Maria.

»Was hast du denn?« Sie waren hier doch sicher; so weit reichten die Geschütze der Spanier nicht.

Rita kam aus ihrem Zimmer, perfekt frisiert und gekleidet. »Wo willst du hin, Kind?«

»Nach draußen. Vielleicht kann ich von dort etwas sehen.«

Rita seufzte. »Sie schießen aufeinander. Hast du die Kanonen gehört? Es scheint, die Meute will die Garnison erobern, um sich besser auszurüsten.« Erst Gina; nun Rita: Sie musste ernsthaft besorgt sein, dass sie wusste, was unten in der Stadt vorging; es passte so wenig zu ihr.

»Aber wozu denn? Don Rodrigo hat doch alles getan, was sie wollten.«

»Das verstehst du noch nicht, Kind.« Rita nahm sie an der Hand. »Was machst du gerade?«

»Dann erklär Sie es mir.« Mirella hakte sich bei ihr ein.

Aber Rita schüttelte den Kopf. »Das ist Politik; frag deinen Vater. Oder Dario.«

»Dario sagt, bei Politik denkt jeder nur an sich selbst.«

Während des Mittagessens kam Fabrizio doch zurück. »Der *Padrone* will Essen für alle Helfer.«

Wie zu erwarten, schlug Gina die Hände über dem Kopf zusammen. »Warum erfahre ich das erst jetzt? Und woher soll ich das alles nehmen?«

Das war die Gelegenheit fortzukommen; Mirella erhob

sich. »Ich helfe dir.« Ritas Blick sagte ihr, dass sie ihr für dieses Mal das schlechte Benehmen verzieh.

Gemeinsam mit Fabrizio plünderte sie die Speisekammer: Käse, Speck und Salami; dazu ein Korb mit Pfirsichen und ein zweiter mit Melonen. »Wir kaufen unterwegs Brot.«

»Wir?« Gina sah sie verwundert an.

»Ich fahre mit. Es braucht schließlich jemanden, der das Essen verteilt.«

Hoffentlich würde Rita es nicht zu gefährlich finden. Aber in der letzten halben Stunde war nicht mehr geschossen worden; vielleicht war es für heute zu Ende. »Fabrizio, was war heute Vormittag los in der Stadt?«

Er packte die Körbe in die Kutsche, dann kam er zurück und ließ sich die Käse auf die Arme laden. »Es wird jetzt eine richtige Miliz aufgestellt. Ein Waffenschmied hat die Führung übernommen. Der weiß, was man braucht und kann den Leuten das Schießen beibringen.«

»Und seine Waffen verkaufen.« Was Dario über Politik gesagt hatte; das war ja wohl ein gutes Beispiel.

Fabrizio feixte. »Von was sollten die Leute die bezahlen?«

Das war auch wieder wahr. Sie hatte wirklich wenig Ahnung.

Die Mittagszeit war noch nicht vorüber, als sie sich auf den Weg machten. Nicht nur die Frauen, auch Männer standen in kleinen Gruppen zusammen. Den heftigen Gesten nach zu urteilen, waren sie aufs Höchste in Aufregung.

Mirella öffnete das Fenster und beugte sich heraus, um im Vorbeifahren etwas von den Gesprächen aufzuschnappen.

Zwei Namen fielen immer wieder. Annese: Das musste der Waffenschmied sein; Dario hatte den Namen am Sonntag genannt. Und der Name von Genoino; in den Gruppen der Männer oft mit einem Fluch verbunden. Warum nur? Verdankten sie nicht ihm alles, was sie erreicht hatten? Die neue Freiheit, die Erneuerung der Privilegien.

Fabrizio musste bei zwei Bäckern halten, um ausreichend Brot zu kaufen. Wenn das so weiterginge, würden sie bald gar nichts mehr zu essen haben.

Aus dem abgebrannten Lagerhaus stieg an einzelnen Stellen noch immer Rauch auf. Dort standen Männer mit Eimern und schütteten Wasser darüber. Andere räumten den Schutt beiseite, stapelten die angekohlten Balken, schippten die Asche in Karren und schütteten sie ins Hafenbecken. An die zwanzig Mann hatten sich zur Hilfe eingefunden.

Der größte Teil des Gebäudes war bis auf den Erdboden niedergebrannt. Dem Kai zugewandt stand noch eine Ecke; diese Wände waren mit Ziegeln aufgemauert gewesen. Das Kontor hatte sich dort befunden.

Enzo legte gerade eine eisenbeschlagene Truhe frei. Sie schien das Feuer einigermaßen unversehrt überstanden zu haben. Dario hatte den Arm aus der Schlinge genommen und benutzte mit schmerzverzerrtem Gesicht beide Hände, um ihm zu helfen.

Mirella hieß Fabrizio, das Essen abzuladen, und ging zu den beiden. Darios Ärmel war blutdurchtränkt. So viele Helfer; wie konnte Enzo da zulassen, dass er mit anpackte? Aber wenn sie jetzt etwas sagte, würde Dario ihn verteidigen.

»Wir wussten nicht, dass Er so viele Leute hat. Es wird nicht reichen.«

Enzo sah nur kurz auf. »Wenn nur jeder etwas bekommt ...« Er zog einen Schlüssel aus der Jackentasche. »Gut, dass ich den nie im Kontor lasse.«

Als Enzo einen Griff packte, schob Mirella Dario beiseite und fasste mit an. Sie stellten die Truhe einigermaßen aufrecht, dann kniete sich Enzo davor. Er schien Mühe zu haben, den Schlüssel ins Schloss zu stecken. Als er versuchte, ihn zu drehen, bewegte er sich nur um ein Weniges. »Verzogen!«

»Umso besser!« Dario klang sarkastisch. »So ist wenigstens noch alles da.«

Enzo wandte sich an Mirella. »Sag Fabrizio; er soll sie nach Hause bringen.«

»Was ist da drin? Geld?«

Dario schüttelte den Kopf. »Die Bücher. Aber das ist so gut wie Geld, was die ausstehenden Zahlungen betrifft.«

»Nur, dass wir sie derzeit kaum eintreiben können.« Enzo schlang ein Seil um die Truhe und zog sie zusammen mit einem der Helfer ganz aus den Trümmern. »Einer der Nachbarn soll euch beim Ausladen helfen. Lasst sie nur im Hof stehen; die ist später eh nicht mehr zu gebrauchen.«

Sie luden die Truhe zu dritt in die Kutsche. Keiner achtete darauf, dass sie dabei die Polster mit Ruß und Dreck beschmierten. Dann ließ Enzo Mirella das Essen verteilen, das Fabrizio auf der Kaimauer abgestellt hatte.

Dario nahm sein Brot von ihr entgegen und setzte sich neben Enzo auf die Kaimauer. »Sei vorsichtig, wenn du nach Hause fährst. Fahrt über den Pizzofalcone; es ist zwar ein Umweg und die Pferde werden zu schaffen haben mit der schweren Truhe. Aber so weicht ihr sicher der Miliz aus.«

Mirella glaubte zu begreifen, was er ihr sagen wollte. Aber in Enzos Gegenwart tat sie besser daran, den Schein zu wahren. Konzentriert schnitt sie weiter den Käse auf. »Warum sollte die Miliz mir gefährlich werden? Ich bin doch kein *Gabelliere*.«

»Vater ist auch keiner; dennoch haben die Seidenweber unser Lager angezündet.«

»Annese hat mehr vor als nur die Steuern abzuschaffen.« Der Mann neben Dario grinste breit. »Unsere Söhne werden nicht länger in Flandern in einem Krieg sterben, der nicht der unsere ist.«

Mirella ließ das Messer sinken und starrte ihn erschrocken an. »Soll das heißen, er kämpft gegen die Spanier?«

»Es wird darauf hinauslaufen.« Enzo sah nicht so aus, als ob ihm das gefiele. »Freilich habe ich eh nichts mehr, was ich ihnen verkaufen könnte.« Er ging mit müden Schritten zu den Trümmern zurück.

»Wir werden es wieder aufbauen. Größer als zuvor«, rief Dario ihm nach. »Wenn erst dieser Spuk zu Ende ist. Und wir werden weiter Florentiner Stoffe verkaufen.«

Enzo reagierte nicht darauf. Wahllos schob er Teile des Schutts hin und her. Es war genauso zwecklos wie ein Gespräch über seine Sorgen. Wie viel Geld mochten sie überhaupt noch haben?

Mirella lud die leeren Körbe ein. Dann quetschte sie sich selber in die Kutsche. »Du hast Dario gehört: Wir fahren über den Pizzofalcone nach Hause.«

Fabrizio nickte mit finsterem Gesicht. »Ich glaube nicht, dass es weniger gefährlich ist. Aber sehr viel schwieriger für die Pferde.«

Doch der Weg war tatsächlich frei, während in anderen Teilen der Stadt die Schießerei wieder begonnen hatte. Zwei Straßenecken vom *Gallo bianco* entfernt ließ Mirella halten und stieg aus.

Ihr Oberrock war voller Ruß. Sie versuchte, den Dreck abzuwischen, machte es aber nur noch schlimmer, denn das Löschwasser hatte den Ruß in eine widerliche Schmiere verwandelt. Hoffentlich war nicht so viel Wasser in die Truhe eingedrungen, dass die Bücher unlesbar geworden waren.

»Wo will Sie hin, Signorina? Wir können die Kutsche nicht unbewacht hier stehen lassen.« Natürlich; Fabrizio wollte sie begleiten.

»Wer sollte die Truhe mitnehmen können? Aber du hast recht; bleib hier.«

»Es ist gefährlich, allein herumzulaufen.«

Was für ein Angsthase! Sie hätte nicht gedacht, dass ein erwachsener Mann so furchtsam sein könnte. »Hier? In diesem Wohnviertel? Hier wohnen ehrbare Leute.« Nun ja; er hatte den Wirt gesehen.

Mirella raffte ihre Röcke und beeilte sich.

Der *Gallo bianco* lag im Dunkeln wie am Vortag. Sollte er nicht um diese Zeit schon geöffnet haben?

Knarrend öffnete sich gegenüber ein Fenster. »Sie werden gleich zurück sein. Sie kommt zu Fuß heute? Will Sie so lange bei mir warten?«

Mirella drehte sich um. Die Alte winkte sie zu sich herüber. Anscheinend hing sie Tag und Nacht am Fenster; wer weiß, was sie ihr alles erzählen konnte. Dankend nahm Mirella das Angebot an und verschwendete keinen weiteren Gedanken an den wartenden Fabrizio.

Neugierig betrat sie das schmale Häuschen. Es gab nur einen Raum; Küche und Zimmer zugleich. Eine Stiege führte ins Dach; vermutlich war dort die Kammer. Durch ein schmales Fenster drang vom Hof spärliches Licht; bestimmt war er winzig und dunkel. Die Sonne schien dagegen durch das geöffnete Fenster, das zur Straße ging, und ließ die Beschläge der Uhr auf dem Kaminsims glänzen.

»Sie ist sehr freundlich, Signora.«

»Cristina. Darf ich Ihr etwas bringen? Eine Schokolade?« Sie wies auf einen gepolsterten Stuhl mit breiten Armlehnen neben dem Fenster. »Das ist der bequemste Platz; dort sitze ich immer.«

»Dann will ich ihn Ihr nicht wegnehmen. Und die Schokolade will ich Ihr auch nicht wegtrinken.«

»Aber Sie sieht dort gleich, wenn der Giacomo nach Hause kommt. – Der Wirt.« Sie schürte das Feuer im Küchenherd. »Es ist noch Glut vom Mittagessen da. Ich koche immer noch so wie früher, als mein lieber Mann lebte.«

Mirella setzte sich auf den Platz am Fenster. Von hier entging der Frau tatsächlich nichts. Man blickte bis zur Einmündung in die Gasse; niemand konnte unbemerkt kommen oder gehen. »Wäre es nicht viel bequemer«, sie deutete nach draußen, »gegenüber zu essen?«

»Mag sein. Aber die Leute dort ...«

»Warum?« Mirella lehnte sich zurück; sie wollte nicht zu neugierig erscheinen. »Was ist mit denen?«

»Fremde. Alles Männer von außerhalb. Ich traue ihnen nichts Gutes zu.« Sie setzte einen Topf mit Milch auf den Herd und holte eine kleine Holzkiste und eine Schale mit Zucker aus dem Schrank neben dem Hoffenster. »Freilich wird es bald schwer werden, Schokolade zu kaufen. Also genießen wir, solange wir es können.« Sie schob einen Stuhl neben Mirella. »Ich bin alt; es bleibt mir keine Zeit, etwas für später aufzuheben. Mein Adriano starb von einem Tag auf den anderen. Ein Unfall am Hafen. Er war immer sehr sparsam. Und was hat er davon gehabt?«

»Nichts?« Mirella nickte verständnisvoll. »Sie hat ganz recht. Darum würde ich mir an Ihrer Stelle auch keine Gedanken machen, wer sonst noch in dieses Gasthaus geht.«

»Es ist aber zum Nachdenken. Vielleicht sollte ich sogar die *Reggia* informieren.«

»Wegen ein paar Briganten?« Mirella lachte. »War nicht vor kurzem ein Schmuggler sogar Herr der Stadt?«

»Aber diese sind anders. Masaniello war einer der Unseren. Und neuerdings tauchen immer öfter feine Herren auf. Die ein Wappen an ihren Kutschen führen.«

»Was für Wappen?«

Cristina hob die Schultern. »Ich weiß es nicht. Einer hat eine Krone darüber. Ein Graf oder ein Herzog.« Sie sprang auf, erstaunlich behände für ihr Alter. »Die Milch.«

Sie zog den Topf an den Rand und löffelte Kakao aus dem Holzkistchen; dann schob sie den Topf wieder mitten auf den Herd und rührte. Der Duft von Schokolade breitete sich in der Stube aus.

»Was sucht so einer hier?« Cristina löffelte Unmengen Zucker in den Topf. Sie stellte zwei Tassen auf den Tisch und dazu die Zuckerschale. »Falls es Ihr nicht süß genug ist.«

»Bestimmt könnte der Wirt Ihr die Frage beantworten.«

»Gewiss. Aber der schweigt wie ein Grab. Und seine Frau hält sich für was Besseres; eine ganz Hochnäsige.« Was wohl hieß, dass die Wirtin keine Zeit für Klatsch hatte.

Mirella ließ sich eine Tasse reichen und nippte vorsichtig an der dampfenden Schokolade. Widerlich süß; sie hatte es befürchtet. Sie schluckte schwer; dann trank sie tapfer die halbe Tasse aus, bevor sie sie absetzte.

Cristina hatte sie aufmerksam beobachtet und hielt ihr nun den Zucker hin. »Ich tue immer zu wenig Zucker hinein. Schon mein Adriano hat sich darüber beklagt, dass die Schokolade zu bitter wäre.«

Mirella lächelte. »Mir ist es genug Zucker. Im übrigen ...« Was pflegte Gina ihr zu sagen, wenn es einmal Schokolade gab? »Vielleicht muss man ihn zusammen mit dem Kakao kochen?«

Cristina machte ein grimmiges Gesicht; ihre Stimme bekam einen keifenden Klang. »Meint Sie, ich wüsste nicht, wie man Schokolade kocht? Ich habe schon in der Küche des Vizekönigs gearbeitet, als Sie noch in die Windeln gemacht hat.«

Mirella wurde rot. »So ... habe ich das nicht gemeint. Was ich sagen wollte ...« Sie biss sich auf die Lippen. Was hatte sie eigentlich sagen wollen? Dass ihr die Schokolade viel zu süß war? Die Alte wäre tief gekränkt.

»Warum trinkt Sie sie dann nicht aus?«

Mirella unterdrückte einen Seufzer und nahm die Tasse wieder in die Hand; da hallte das Rattern von Rädern durch die Gasse.

»Da kommt der Wirt.«

»Sie erkennt seine Kutsche am Klang der Räder?«

»Das ist ein Karren; wie sollte er eine Kutsche besitzen!«

Mirella stellte die Tasse ab. »Ich danke Ihr sehr für Ihre Gastfreundschaft.«

Cristina stand auf und trat ans Fenster. »Er hat wieder ein paar aufgesammelt.« Sie zischte missbilligend.

Mirella knickste vor ihr und verabschiedete sich dann eilig, damit sie nicht den Rest der Schokolade trinken musste.

Als sie auf die Straße trat, stand das Fuhrwerk verlassen da. Sie würde hoffentlich in der Trattoria sehen, wen der Wirt mitgebracht hatte. Die Tür zum Wirtshaus war einen Spalt breit geöffnet und es schimmerte ein wenig Licht heraus.

Mirella stieß die Tür so weit auf, dass sie in die Schankstube blicken konnte. Die Hälfte der Tische war zum Essen eingedeckt, ganz fein mit bunten Leinentüchern; erstaunlich. Und sie hatte die Trattoria für schäbig gehalten. Aber es war niemand da, auch nicht hinter dem Schanktisch.

Sie schob die Tür weiter auf. Im Dunkel am Ende des Raums gab es eine weitere Tür. Sie hätte doch aus dem Fenster schauen sollen, bevor sie gegangen war. Dann wüsste sie jetzt, welches Haus die Männer betreten hatten.

Leise durchquerte sie die Schankstube und öffnete. Dahinter lag ein dunkler Flur, von dem drei Türen abgingen. Eine führte sicher in die Küche, die zweite mit der Glasscheibe in den Hof. Aber rechts die dritte? Das Haus des Wirts lag auf der linken Seite des Gebäudes. Hier vom Flur aus ging es nicht dorthin. Eine schmale Stiege führte in einen Keller und mit einer Wendel hoch in den oberen Stock.

Über Mirella knarrte es; erschrocken wich sie zur Schankstube zurück. Aber die Neugier siegte und so blieb sie an der Tür stehen.

Die Dielen über ihr knarrten lauter; dann kamen auf der Treppe zwei nackte Füße zum Vorschein, die in ausgefransten Hosen steckten. Ein stämmiger Mann kam herunter. Er trug ein dunkelblaues Wams, aus dessen Ärmel die schmutziggrauen Rüschen eines einstmals eleganten Hemdes ragten. In seiner roten Seidenschärpe steckte ein kurzer Säbel.

Er lächelte freundlich. »Hat Sie sich verlaufen, Signorina?«

Fast hätte Mirella ob der höflichen Anrede einen Knicks gemacht. »Ich suche den Wirt.«

Der Mann deutete hinunter. »Er wird wohl im Keller sein. Zumindest wäre es ihm zu raten.«

»Warum?«

Der Mann sah sie überrascht an; dann kratzte er sich hinterm Ohr. »Weil wir etwas Besseres trinken wollen als er gewöhnlich verkauft.«

Ein intensiver Geruch nach Knoblauch stieg ihr in die Nase, als er dann vor ihr stand. Er griff nach ihrem Arm. Sie zuckte zusammen; niemand war da, der ihr helfen würde, wenn er jetzt ... Wie leichtsinnig, ganz allein hierher zu kommen.

Er schob sie durch die Tür in den Schankraum zurück. Dort hob er ihr Gesicht zu sich empor und betrachtete sie. »Sie ist was Besseres: Sie hat kluge Augen.«

Verblüfft über diese Bemerkung ließ sie sich seine Behandlung gefallen statt sich zu wehren.

Er lächelte wieder. »Wenn ich eine Tochter hätte, müsste sie aussehen wie Sie.«

»Wer ist Er?«, brachte sie schließlich hervor.

Wieder kratzte er sich hinterm Ohr. »Hat Ihr Bruder Sie geschickt?«

»Was weiß Er von meinem Bruder?«

»Ein Kind wie Sie. Was sollte Sie hier wollen, wenn niemand Sie geschickt hat?«

War es doch nicht der Herzog von Maddaloni gewesen, dem Darios Brief gegolten hatte? Aber er hatte ein Schreiben mit einer Adelskrone in seiner Kommode. Verwirrt setzte sie sich auf den nächstbesten Stuhl. Sollte sie ihm antworten? »Ich suche den Wirt.«

»Das sagte Sie schon. Wenn Sie nicht auf ihn warten will, muss Sie sich in den Keller bemühen.« Er feixte; dann ging er hinter den Schanktisch und kam mit einer Flasche und zwei Gläsern wieder hervor. Die Flasche stellte er auf den Schanktisch, eins der Gläser auf den Tisch vor Mirella. Dann hielt er das andere gegen das Licht. »Mäßig.« Er sah sie an. »Sie darf bestimmt noch keinen Wein trinken. Was möchte Sie?«

Mirella schüttelte den Kopf. »Nichts, danke. Ich hatte eben eine Schokolade.«

Sein Lächeln wurde breiter. »Die dürfte es hier kaum geben.« Er schenkte sich das Glas bis zum Überlaufen voll. Dass er sich dann mit dem Rotwein begoss, als er es in die Hand nahm, schien ihn nicht zu bekümmern.

Aus dem Flur kam ein rumpelndes Geräusch; der Mann setzte das Glas ab und riss die Tür auf. Gemeinsam mit dem Wirt rollte er ein 50-Liter-Fass quer durch den Schankraum bis zum Ausgang, wo sie es aufrecht stellten.

Der Mann begutachtete zu ihrem Erstaunen das Fass von allen Seiten. Er trat sogar dagegen. Und Mirella wunderte sich noch mehr: Wieso gluckerte der Wein nicht? So schwer, wie es zu sein schien, konnte es nicht leer sein.

Er zog den Stopfen aus dem Fass. Dann nahm er eine Kerze von einem der Tische und zündete sie an.

»Wahnsinnig?« Blitzschnell packte der Wirt zu und schlug ihm die Kerze aus der Hand.

Mirella begann, sich über den Mann zu amüsieren. »Vielleicht sollte Er den Wein probieren, bevor er ihn mitnimmt?«

»Den Wein?« Er machte ein ziemlich dummes Gesicht.

Da mochte sie nicht darauf verzichten nachzusetzen. »Am Ende hat Er bloß Essig.«

»Vielleicht will ich das ja.« Er kam zu ihr und schien sie noch einmal zu mustern. »Sie ist sehr aufmerksam.«

Ging sie das eigentlich etwas an? Es wurde Zeit, hier wegzukommen. »Mein Bruder ...« Sie blickte zwischen ihm und dem Wirt hin und her, unsicher, ob sie in Gegenwart des Fremden reden könnte.

»Pastina ist einer der Unseren. – Wieso schickt Dario Sie schon jetzt?«

»Ich hoffte, Sein Gast von vorgestern ...«

»Welcher Gast?«, unterbrach Pastina sie. Er stemmte die Fäuste in die Seiten und kniff die Augen zusammen.

»Ich habe ihn gesehen, als er das Wirtshaus verließ.« Sein misstrauischer Blick hatte dem Wirt gegolten. Dennoch schüchterte er sie ein; so musste es sein, wenn man verhört wurde.

»Ich habe trotzdem etwas für Ihren Bruder.« Der Wirt verließ den Schankraum; es dauerte eine Weile, bis er zurückkam. Er stellte eine lederne Schatulle auf den Tisch und zog einen kleinen Leinenbeutel aus seinem Hemd.

»Das gibt Sie Ihrem Bruder.« Er holte eine Stange Siegellack aus seiner Hosentasche und zündete eine der Kerzen an.

Pastina rollte den Beutel zusammen und der Wirt ließ den Lack auf die offene Kante tropfen. »Nicht öffnen.« Eigentlich überflüssig zu sagen angesichts der aufwändigen Prozedur.

»Er traut mir nicht.« Sie zog einen Schmollmund.

»Die Sachen könnten in unbefugte Hände fallen, bevor Sie sie Dario aushändigt.«

»Dann nützt auch das Siegel nichts.« Mirella lachte ihn aus. Natürlich wollte er vermeiden, dass sie sich den Inhalt ansah. »Denkt Er, dass man mich in dieser Gasse überfällt, bevor ich die Kutsche erreiche?«

»Nein, denn ich werde Sie begleiten.« Pastina imitierte eine elegante Verneigung. »Ich hoffe, ich geniere Sie nicht allzu sehr mit meinem Anblick.«

Plötzlich scherte ihn sein Aussehen? Mirella gluckste amüsiert.

Der Wirt packte beide an den Armen. »Genug jetzt. Sicher wird die Signorina zu Hause erwartet.«

***

Wieder kamen die Männer erst nach Anbruch der Dunkelheit nach Hause. Enzo ging in den Hof zu seiner Truhe; Dario nach oben, weil Mirella ihn mit einer Kopfbewegung dorthin geschickt hatte.

Wie am Vorabend stand er mit nacktem Oberkörper vor dem Waschtisch, als sie eintrat. Sie stellte sich hinter ihn und strich mit ihren Händen über seine breiten Schultern. Wie mochte Felipe unbekleidet aussehen?

»Hast du eine Nachricht von Maddaloni für mich?«

»Das wohl nicht. Ich habe etwas Anderes.« Sie trat an die Kommode und holte die Schatulle und den Beutel unter seiner Wäsche hervor. »Ich dachte, ich verstecke es besser. Wer weiß, wann Gina einfällt aufzuräumen.«

»Kluges Mädchen. Leg es aufs Bett.«

Mirella biss sich auf die Lippen; zu gerne hätte sie gefragt, ob er nicht öffnen wolle. Aber nachdem er so ärgerlich über ihre Neugier gewesen war, unterließ sie es lieber.

»Hilfst du mir wieder?« Er zog an dem Bändel, mit dem sie den Verband über der Schulter verknotet hatte.

»Ich hole sauberes Leinen.«

Als sie zurückkam, war das Siegel an dem Beutel erbrochen; ein versilberter Schlüssel steckte im Schloss der Schatulle.

Sie nahm Dario den Verband aus der Hand, den er inzwischen heruntergewickelt hatte, und begutachtete die Wunde. Die Ränder waren gerötet. »Wir sollten sie behandeln. Ich hole Gina.«

Er hielt sie fest. »Nein; es geht schon.« Er lächelte. »Es tut auch überhaupt nicht weh.«

Also begann sie, ihn wieder zu verbinden. »Was ist da drin?«

»Wo?« Er folgte ihrem Blick zum Bett. »Das ist nichts für dich, Schwesterchen.«

Aber sie musste doch nachfragen. »Was hast du mit diesen Leuten zu schaffen? Einer war da, der sah aus wie ein Brigant aus der Provinz.«

»Dann wird es wohl auch einer gewesen sein. Es ist schließlich ein Wirtshaus am Rande der Stadt.« Er langte ihr unters Kinn und hob ihr Gesicht zu sich. »Hat er dich belästigt?«

Unwillkürlich kam ihr ein Lächeln. »Er war nett. Höflich. Er schien dich zu kennen.«

Dario nickte. »Pastina.”

»Wer ist das?« Endlich bekam sie etwas in Erfahrung.

»Er hat den Aufstand in Salerno angeführt. Ein guter Stratege.«

»Du redest, als sprächest du von einem General.« Sie verknotete den Verband.

Dario zog sich ein frisches Hemd über und sie half ihm beim Zuknöpfen.

»Er täte wohl dazu taugen.«

Mirella hörte auf zu knöpfen und starrte ihm ins Gesicht. »Was bedeutet das? Dario, stehst du plötzlich auf der Seite der Aufständischen?«

»Das tue ich nicht.«

»Gott sei Dank!« Sie ließ sich aufs Bett fallen. »Sie können doch nichts ausrichten gegen die Spanier. Nicht auf die Dauer.« Als er sich neben sie setzte, kuschelte sie sich an seine Brust. »Versprich mir, dass du nichts tust, was dich in Gefahr bringt.«

»Das kann ich nicht.«

»Meinetwegen! Bitte!« Tränen stiegen ihr in die Augen. »Ich könnte es nicht ertragen, wenn dir etwas passieren würde.«

»Dann hilf mir.« Er strich ihr über die Haare. »Du hast den Brand gesehen. Es liegt nicht an mir, ob es gefährlich wird.«

»Was hast du vor?« Sie begriff nicht, wie Pastina und der Duca di Maddaloni zusammenpassten; aber das wagte sie nicht zu fragen. Sie standen doch auf verschiedenen Seiten; so glaubte sie zumindest.

Er sah sie lange an. Dann stand er auf, ging ans Fenster

und wandte ihr den Rücken zu. »Der Vizekönig macht einen Fehler nach dem anderen. Erst gibt er nach und dann ... So kann er die Ordnung nicht wiederherstellen.«

»Ich dachte ...«

»Was dachtest du?« Er setzte sich wieder neben sie. »Kleines, zerbrich dir nicht den Kopf. Du kriegst deinen Prinzen. Der König ist klüger als Don Rodrigo. Vielleicht schickt er sogar Cabrera wieder zurück. Der hat gewusst, dass man die Kuh nicht schlachten darf, die man melken will.«

»Aber das Volk will nicht mehr gemolken werden.« Sie sah den Seidenweber vor sich. »Und mehr als das.«

»Aber das ist Anarchie.«

Sie seufzte. »Gina traut sich kaum noch auf die Straße. Und *Mamma* würde mich am liebsten einsperren, wenn sie von irgendwoher Schüsse hört.« Sie zog einen Flunsch.

»Hast du Stefania gesehen in den letzten Tagen?«

Sie schüttelte den Kopf.

»Du wolltest doch zu ihr.«

Sie hätte nicht lügen sollen. Nun musste sie noch etwas erfinden; hoffentlich bekäme er keine Gelegenheit, das zu überprüfen. »Sie war nicht da.«

Er ging an seinen Sekretär, holte einen Federkiel und ein Blatt heraus und zog den Stopfen aus dem Tintenfass; alles mit der linken Hand. Das würde unlesbar werden; er konnte überhaupt nicht mit Links schreiben.

»Hat sich etwas geändert?« Sie stand auf und schielte über seine Schulter.

Da legte er die Feder wieder weg statt sie in die Tinte zu tauchen. »Das hoffe ich nicht.« Er griff hinter sich nach ihrem Arm. »Sei nicht so neugierig!«

Sie maulte. »Wenn ich dir doch helfen soll.«

Er drehte sich um und schob sie einen Schritt von sich weg. »Sprich mit der Marchesa. Sag ihr, sie und Stefania sollen die Stadt verlassen. Auf dem Landsitz sind sie sicherer.«

»Die Marchesa wird ihren Mann niemals allein zurücklassen. Das ist eine wirkliche Ehe. *Mamma* würde das auch nie tun.«

Er grinste. »Eben. Sie werden Stefania alleine aufs Land schicken. Mit ihrer Gouvernante vielleicht.«

»Sie hat keine mehr.«

Er grinste noch breiter. »Ich weiß.«

Mirella gab Dario einen Stoß. »Du ziehst mich auf.«

»Aber nein. Ich helfe dir, mögliche Einwände vorauszusehen.«

»Ich kann alleine denken.« Sie war noch nicht versöhnt. »Allerdings, Gedanken lesen kann ich nicht. Und wenn du mir vorenthältst, was du im Kopf hast ...«

Er zwinkerte ihr zu. »Warte es nur ab; eines Tages kannst du auch das.«

Mirella war sicher, dass er schon wieder etwas anderes sagte als er meinte.

Donnerstag, 22. August 1647

Grollender Donner weckte Mirella im Morgengrauen. Nach einem Moment des Lauschens begriff sie, dass dies kein Gewitter war. Zudem war es ungewöhnlich hell und das Licht nicht so kalt und weiß wie sonst in der Dämmerung. Vermutlich brannte es wieder irgendwo.

Sie setzte sich auf und tastete nach dem Zunder neben der Öllampe. Dann verzichtete sie aber doch aufs Anzünden und stand auf. Auf bloßen Füßen tappte sie zum Fenster und öffnete es.

Unter ihr sang der Kater einen getigerten Rivalen an; einen Augenblick später schlug er fauchend auf ihn ein. Dann raste der Rivale davon; der Kater hinterher.

Am Hafen hob sich zischend ein brennendes Geschoss in den Himmel und überstrahlte für einen Moment alles. Santa Lucia antwortete mit Kanonenschlägen, begleitet vom trockenen Klang vieler Arkebusen. Inzwischen konnte sie die Waffen unterscheiden.

Wieder ein Tag, an dem Rita ihr das Ausgehen verböte. Sie setzte sich neben das Fenster und starrte hinaus, bis die Sonne sich gemächlich über den Horizont in einen wolkenlosen Himmel schob.

Mirella rief nach Gina und ließ sich beim Ankleiden helfen. Dann lief sie zu Dario.

»Mir ist das langsam zuwider. Kannst du Vater überreden, mich zu Stefania rausfahren zu lassen?«

»Du willst mich allein lassen?«

»Dann komm mit. Stefania würde sich freuen.«

Dario nahm ihre Hände und küsste ihre Fingerspitzen.

»Schwesterchen, ich brauche dich hier in der Stadt, verstehst du?«

»Aber wozu?«

Er nahm den Arm aus der Schlinge, »Hilfst du mir, den Verband zu wechseln?«

Mirella knurrte; das konnte ebenso gut jemand anderes machen.

Dario grinste über ihr zorniges Gesicht. »Das ist immer noch erst der Anfang. Annese hat das Kommando übernommen; und er macht ernst.«

»Aber er wird nichts erreichen. Der König wird einfach mehr Truppen schicken.«

»Mag sein – aber bis dahin ... Und Stefania hat mich noch oft genug um sich.«

»Heißt das, du hast um ihre Hand angehalten?« Sie fiel ihm um den Hals. »Warum sagst du das denn nicht? – Wann heiratet ihr?«

»Langsam!« Er nahm ihre Hände von den Schultern. »Nichts dergleichen.« Dario zog warnend die Augenbrauen hoch. »Und sag um Himmels willen kein Wort zu ihrer Mutter; sie würden sie sofort in die Stadt zurückholen.«

Mirella schnappte nach Luft. »Du fährst heimlich zu ihr. Dort gehst du hin, wenn du dich nachts aus dem Haus schleichst.«

Zu ihrer Verwunderung sagte Dario nichts dazu. Weil er sie nicht belügen wollte?

Als sie zum Frühstück hinuntergingen, kam der Geschützdonner plötzlich aus einer anderen Richtung. Das waren nicht die Kanonen von Santa Lucia.

»Genoino hat uns verraten! Ich habe es gewusst!« Enzo stürmte ins Esszimmer. »So ein Dummkopf.«

Rita hob müde den Kopf. »Keine Politik beim Essen. Bitte.«

Enzo ließ sich auf seinen Stuhl fallen. »Das hat nichts mit

Politik zu tun, meine Liebe. Das ist Krieg. Genoino hat sich mit dem Vizekönig im *Castelnuovo* verschanzt.«

Dario knirschte zornig mit den Zähnen. »Also hat er Anneses Pöbel das Feld überlassen. Was habe ich gesagt? Genoino hat den Spaniern einen Bärendienst erwiesen.«

»Was bedeutet das?«, flüsterte Mirella.

Rita funkelte sie böse an, aber Enzo ließ sich nicht beirren. Er legte seine Hand auf Mirellas Arm. »Dass du deine Hochzeit nicht hier, sondern in Madrid feiern wirst.« Er zog die Augenbrauen hoch, als missfiele ihm, was er in ihrem Gesicht las. Aber er sagte nichts weiter zu ihr, sondern wandte sich wieder an Rita. »Meine Liebe, fällt das für dich auch unter Politik?«

Mirella rührte so heftig in ihrer Tasse, dass die Milch überschwappte. Die eklige Schokolade fiel ihr ein, die sie in Pizzofalcone getrunken hatte. »Dann ... dann müssen meine Brautjungfern eben mit uns nach Madrid fahren.« Sie sah Enzo herausfordernd an. »Felipes Palast ist gewiss großartiger als der *Castelnuovo* und der *Palazzo Reale* zusammen.« Eine Hochzeit in Madrid: Nein, das war undenkbar. Sie hatte sich immer im Kreis ihrer Freundinnen gesehen.

»Und als unser Haus.« Dario hatte seine Mundwinkel zu einem Grinsen verzogen, das nicht zu seinem sorgenvollen Blick passen wollte. Gewiss bedachte er jetzt die Folgen für sich und Stefania. Er sollte sie jetzt bloß nicht fragen, ob sie Felipe liebte.

»Unser Haus ist das großartigste von allen«, rief sie schnell.

»Hoffen wir, dass es das auch bleibt.« Enzos Miene war düster, als traue er seinen eigenen Worten nicht.

»Fürchtest du, sie sind nicht zufrieden damit, das Warenlager abgebrannt zu haben?«

Mirella wurde bei Ritas Frage ganz beklommen zumute. Nun brauchte sie erst gar nicht zu fragen, ob sie aus dem Haus durfte. »Sie zünden doch nur die Häuser der *Gabellieri* an.«

»Bis jetzt. Solange sich der Aufstand gegen die Steuern gerichtet hat. Aber Annese will die Spanier los werden.«

Rita stand auf und schob ihren Stuhl an den Tisch. »Ich habe keinen Hunger mehr.«

»Aber *Mamma*, Sie hat doch gar nichts ...«

Dario stand gleichfalls auf. »Wir sind weder *Gabellieri* noch Spanier. Man wird uns in Ruhe lassen, solange Er Sein Geschäft nicht wieder aufnimmt. Und dann ...«

»... dann werde ich mit den Seidenwebern ein neues Abkommen treffen.«

»Das wird nicht funktionieren, Vater.« Er schüttelte den Kopf. »Sie wollen das Monopol; und darauf kann Er sich nicht einlassen. Er verdiente nicht genug mit den übrigen Stoffen.«

»Aber wozu brauchen wir denn so viel Geld? Wir haben doch alles!«

Dario strich Mirella über die Haare. »Für deine Hochzeit zum Beispiel, Schwesterchen. Und eines Tages ...« Er richtete den Blick ins Weite, als blicke er in die Zukunft.

»Dario wird eines Tages eine eigene Familie mit dem Geschäft ernähren müssen.«

»Wird er nicht!« Mirella schlug sich die Hand vor den Mund, als Dario sie urplötzlich an den Haaren zog. »Ich meine, er kann doch auch etwas anderes machen.«

»Was denn? Fischen gehen? – Ja, wenn er sich nicht geweigert hätte zu studieren.«

»Ich bin ein guter Buchhalter; das war Ihm immer genug.«

»Das war mir nie genug für dich, mein Sohn.« Enzo lächelte plötzlich. »Ich habe dir immer mehr gewünscht als ein Leben lang Tag für Tag über staubigen Büchern zu sitzen.«

Mirella starrte Enzo atemlos an. Hatte er einen geheimen Traum, den er aufgegeben hatte? Den er an Dario weitergeben wollte?

»Buchhalter!« Rita setzte sich wieder hin. »Wenn nicht bald Geld ins Haus kommt, wird es knapp. Es wird immer teurer auf dem Markt.« Sie deutete auf den Speck. »Manche Händler versteigern ihre Waren bereits.«

Enzo nickte. »Ich weiß. – Da siehst du, Kind, wozu man Geld braucht.«

»Heute früh hat Gina keinen Fisch kaufen können. Die Fangflotte ist von Giannettino Doria beschossen worden.«

»Es wird noch schlimmer werden.« Enzo griff nach seiner Tasse, stellte sie aber gleich wieder ab. »Dario hat recht. Meine Liebe, du musst mit dem auskommen, was wir haben.«

Am nächsten Tag beendete Mirella gerade ihre Cembaloübungen, als es merkwürdig still geworden war: Es wurde nicht mehr geschossen.

Sie ging ans Fenster. Unterhalb des Monte Echia loderte ein Feuer; in der Nähe von San Elmo qualmte es; aber sonst wirkte alles friedlich. Die Pinien, über denen der Kegel des Vesuvs aufragte, sahen aus wie immer. Vom oberen Stock aus mochte sie mehr sehen. Sie lief hinaus.

Auf der Treppe begegnete ihr Gina.

»Warst du auf dem Markt? Hörst du, wie still es ist? Was bedeutet das?«

Gina seufzte. »Es hat wieder keinen Fisch gegeben. Und um das Fleisch haben sich die Köchinnen des Marchese d'Oliveto und des Conte di Sarno geprügelt.«

»Warum schießen sie nicht mehr?«

»Die Spanier wollen verhandeln.«

Mirella ließ sich aufatmend auf die Stufen fallen. »Gott sei Dank. Dann hat das alles endlich ein Ende.«

Gina grunzte. »Ich kann mir nicht vorstellen, dass die Doktores in dreiundfünfzig Stunden neue Kapitel schreiben können, die alle zufrieden stellen.«

»Das ist mir egal!« Wenn nur Dario seine gefährlichen Unternehmungen beendete. Und seine nächtlichen Ausflüge aufs

Land. Sie konnte nicht verstehen, dass er ständig so viel wagte, nur um Stefania zu sehen. Überhaupt ...

»Meinst du, Stefania kommt dann wieder in die Stadt zurück?«

»Das wäre zu wünschen.« Ginas Miene besagte, dass sie Darios Ausflüge gleichfalls bemerkt hatte. Sie nahm ihren Korb wieder auf und ging in die Küche.

Mirella lief ihr hinterher. »Ich helfe dir.« Bestimmt würde Gina ihr dann noch mehr erzählen.

Während sie auspackten, klangen die erregten Stimmen von Dario und Enzo über den Hof.

»Aber Vater, Er braucht mich doch jetzt nicht.«

»Wir müssen die Feuerpause nutzen.«

»In den zwei Tagen wird Er nicht einmal in der Lage sein, Bauholz liefern zu lassen. Wo soll es denn herkommen? Die Straßen nach Nocera und Aversa sind noch immer gesperrt.«

»Du musst es ja wissen.«

Hufe klapperten auf den Steinplatten; Darios Pferd schnaubte.

Mirella lief hinaus. »Dario!«

Enzo verfolgte mit sorgenvollem Gesicht, wie Dario die Satteltaschen packte und die Steigbügel um ein Loch verlängerte.

Sie ging zu Enzo und hängte sich an seinen Arm. »Wo will er hin, Vater?«

»Er nutzt den Waffenstillstand auf seine Weise.«

Mirella holte tief Luft, um nicht herauszuplatzen. Keiner sagte ihr etwas.

Dario stieg auf und winkte. »Ich bin bald wieder da.«

Doch er kam auch nicht zurück, nachdem der Waffenstillstand abgelaufen war und der Vizekönig die neuen Kapitel unterschrieben hatte. Niemand wusste, was er tat.

Montag, 30. September 1647

Mirella und Rita saßen im Hof und bestickten Tischdecken und Servietten für Mirellas Aussteuer.

Als sie einen neuen Faden brauchte, hielt Rita inne und sah Mirella zu, bis diese den Kopf hob. »Es geht dir wieder gut von der Hand.«

Mirella nickte. »Nun, da meiner Hochzeit nichts mehr im Wege steht ... Felipe wird demnächst in See stechen. Er kommt wohl zusammen mit Don Juan de Austria. – Es fehlt nur Dario.«

»Wir werden den Hochzeitstermin nicht festlegen, bevor er zurück ist.«

»Ich möchte im Frühling heiraten. Ich hoffe, Felipe ist bereit, so lange zu warten.«

Rita lächelte. »Wenn nicht ... So feiern wir deine Hochzeit danach.«

»Nach was?« Mirella blinzelte verwirrt. Dann ging ihr auf, was Rita meinen könnte. »Aber *Mamma* ... « Felipe würde es niemals wagen, ihr zu nahe zu treten, als ob er einer aus dem gemeinen Volk wäre. Der Gedanke an Cesares Kuss ließ ihr einen warmen Schauer den Rücken hinunterlaufen: Sie würde Felipe erlauben, sie zu küssen. Vielleicht sollte sie ihn sogar ermutigen?

Unversehens tätschelte Rita ihre Wange. »Warum denn nicht? Du bist alt genug. Nur schwanger solltest du nicht werden, bevor ihr verheiratet seid. Das Kind könnte in den Ruch eines Bastards gelangen. Und in diesen unruhigen Zeiten ...«

»Es ist doch vorbei. Die einzigen, die nicht zufrieden zu sein scheinen, sind die Barone. Aber was wollen sie hier in

Neapel mitreden? Haben sie nicht genug an ihren eigenen Städten?«

Rita nickte. »Mir scheint, du verstehst mehr davon als ich. Enzo war ein guter Lehrer.«

»Weil Sie sich nicht dafür interessiert hat, *Mamma*. Aber es ist wichtig.«

»Warum?«

»Sogar meine Hochzeit war in Gefahr.«

Rita nahm die nächste Serviette vom Wäschestapel und stichelte mit so heftigen Bewegungen, dass Mirella sie erstaunt ansah. »*Mamma*, was hat Sie?«

»Ich frage mich ... Du warst schon immer ehrgeizig. Aber diese Hochzeit! Du kennst ihn kaum, weißt nichts vom Leben am spanischen Hof. Er soll ein äußerst strenges Zeremoniell haben: Wie wirst du damit zurechtkommen?«

Felipe würde gewiss dafür sorgen, dass sie nicht aneckte. Wie so oft sorgte Rita sich um die falschen Dinge. »Die meisten Frauen der besseren Stände kennen ihre Männer kaum, bevor sie sie heiraten.« Mirella lächelte sie zärtlich an. »Stefanias Eltern. Sie waren sich auch fremd und doch sind sie einander genauso zugetan wie Vater und Sie.«

Rita lachte schallend. »Du sprichst wie eine Matrone. Solche Worte stünden eher mir zu. Und doch denke ich sie nicht einmal.«

»Ich weiß wohl, dass Sie mich nie verschachern würde.«

»Und auch Dario soll glücklich werden mit deiner Freundin.« Als Mirella überrascht nach Luft schnappte, lachte sie wieder. »Meinst du, eine Mutter merkt das nicht?« Sie legte ihr Stickwerk beiseite. »Und deshalb habe ich auch gemerkt ... Du hast Felipe gern.« Sie kaute an ihrem Fingerknöchel. »Aber es gibt noch mehr. Und ich habe dir so gewünscht, dass du es kennenlernst. Das große Leuchten.« Mit einem Achselzucken nahm sie die Serviette wieder zur Hand. »Aber vielleicht kommt es ja noch. Felipe liebt dich sehr.«

Das große Leuchten – das war es wohl, was sie bei Stefania gesehen hatte. Und in Darios Augen. In denen von Felipe auch; und es hatte ihr Herz gewärmt. Er würde ein wunderbarer Ehemann sein.

Mirella senkte die Lider und hielt ihr Gesicht der Sonne entgegen, die eben an der Hausecke auftauchte: Bald wäre dieser Sommer vorbei. Ein Sommer, dem der Aufstand alle Schönheit geraubt hatte.

Würde sie etwas vermissen? Nein, dafür hätte sie gewiss keine Zeit. Nicht am Hof von Madrid. Als Gemahlin eines Granden würde sie Zugang zu den Gemächern der Königin haben und vielleicht sogar zur Hofdame ernannt. Sie malte sich aus, wie das Kleid aussehen müsste, das sie trüge, wenn Felipe sie den Majestäten vorstellte: aus Enzos schönsten Florentiner Stoffen und venezianischen Spitzen. Versonnen lächelte sie. Es würde großartig werden.

»Die *Principessa* d'Oliveto.« Gina stand höchst zeremoniell im Rahmen der Küchentür und lud Stefania mit einer ausholenden Handbewegung in den Hof.

Stefania lachte und ging übertrieben gesetzten Schrittes die Stufen hinunter, machte einen Knicks vor Rita und streckte dann die Arme nach Mirella aus.

»Endlich bist du wieder zurück!« Mirella legte das Nähzeug beiseite, stand auf und sie küssten sich auf die Wangen. »Das ist schön, dass du so schnell den Weg zu mir gefunden hast.«

Stefania hielt sie fest und raunte ihr ins Ohr: »Ich habe etwas für dich.«

Rita legte ihre Handarbeit in den Nähkorb und Mirellas dazu. »Ich nehme doch an, du wirst nicht sticken, solange deine Freundin hier ist.« Mit dem Korb über dem Arm ging sie ins Haus.

In der Tür kreuzte sie Ginas Weg, die ein Tablett mit Milch, *Mustacciuoli* und *Zeppole* balancierte. »Gebäck! Die *Principessa* verwöhnt uns.«

Stefania beobachtete Gina, die das Tablett auf den nächsten Gartentisch stellte und die Milch einschenken wollte. »Danke Gina, wir machen das schon.« Ganz offensichtlich wollte sie sie los werden.

Gina sah Mirella fragend an; als sie nickte, ging sie in die Küche zurück.

»Habt ihr euch offiziell verlobt?«

Stefanias Gesicht verdüsterte sich. »Derzeit … Dario wird mit Erlaubnis von Mutter das Landhaus weiter nutzen. Er hat eine Nachricht für dich: Verbrenne sie, sobald du sie gelesen hast.«

»Was macht er denn? Warum kommt er nicht nach Hause?« Mirella war konsterniert. »Du weißt es, nicht wahr?«

»Sicher. Und was du wissen sollst, hat er dir aufgeschrieben.«

»Warum diese Heimlichkeiten?«

»Eigentlich war es auf dem Land viel schöner als hier.« Stefania sprach plötzlich sehr laut. »Ein bisschen langweilig; aber Neapel ist auch nicht in Festlaune, wie mir scheint.«

Dann knarrte die Angel des Hoftors; Fabrizio kam zurück – und das zu Fuß. Wo hatte er die Kutsche gelassen?

»Guten Tag, *Principessa*.« Er lüpfte seine Kappe vor Stefania. Dann nahm er ihre Hand und drückte sie mit seinen Pranken.

Sie verzog das Gesicht und entzog sie ihm schnell. »Ich freue mich, dass niemandem von euch etwas passiert ist.«

Fabrizio winkte heftig ab. »Dorias Kanoniere sind unfähig. Man konnte glauben, sie wollten den Vesuv zur Explosion bringen.«

»Aber gefährlich war es doch. In unserem Viertel hat es mehrere Einschläge gegeben.«

»Und Tote. Ich weiß.« Fabrizio nickte und presste die Lippen aufeinander; er hatte einen seiner Freunde verloren. »Ich muss an die Arbeit, *Principessa*.«

»Wo hast du unsere Kutsche gelassen?«

»Beim Stellmacher. Das ist es; ein Rad ist gebrochen. Es wird zwei oder drei Tage dauern, bis sie fertig ist.«

»So lange?« Stefania klang schockiert. »Soll Mirella vielleicht zu Fuß gehen?«

Fabrizio zuckte die Achseln. »Es wird wohl nichts anderes übrig bleiben. Oder sie bleibt zu Hause.«

»Das macht doch nichts; ich muss ja nicht fort. Und ein Ball steht auch nicht in Aussicht.«

Stefania machte immer noch ein bedenkliches Gesicht. »Aber bis zu mir ist es weit.«

Mirella fand nichts dabei; sie war schon mehr als einmal zu Fuß bis nach Montecalvario gelaufen. Stefania starrte Fabrizio hinterher, der zum Stall ging, eines der Pferde herausholte und sattelte. »Du könntest reiten.«

Dass es ihr so wichtig war! Stefania konnte doch zu ihnen kommen so wie jetzt ... Es musste etwas mit Dario zu tun haben. »Ich habe ein neues Kleid. Komm es dir anschauen.« Mirella stand auf und lief voraus.

Oben blieb Stefania an der Tür stehen und zog ein klein zusammengefaltetes Papier aus ihrer Rocktasche.

»Setz dich doch.«

»Ich passe lieber auf, dass niemand hereinkommt.«

Mirella riss hastig das Siegel ab und faltete den Brief auseinander. »Du hast Pastina im *Gallo bianco* kennengelernt. Vertraue ihm; er ist der Mittelsmann. Er wird dir sagen, was du tun sollst.«

Mirella blickte auf. »Weißt du, was er geschrieben hat?«

»Ich kann es mir denken.« Stefania griff nach dem Zunder auf dem Nachtschrank und reichte ihn Mirella. »Verbrenne ihn.« Als Mirella zögerte und weiter auf den Brief starrte, nahm sie ihn ihr kurzerhand ab und zündete ihn selber an. Dann legte sie das brennende Papier in die Waschschüssel. »Es ist besser, es gibt nichts Schriftliches.«

»Aber warum denn? Hat Dario ... Ist Dario dabei, etwas Unrechtes zu tun?«

»Manch einer könnte es so sehen«, antwortete Stefania zu Mirellas Schrecken.

»Aber du nicht.«

Stefania blickte an die Decke, als sähe sie die Fresken dort oben zum ersten Mal. »Ich stehe zu ihm, was auch immer er tut.« Sie setzte sich und zog Mirella neben sich aufs Bett. »Ich weiß es nicht, ehrlich gesagt.« Als ob Dario nicht mit Stefania darüber geredet hätte. »Aber wir müssen ihm helfen. Sonst ...«

»Es ist gefährlich!« Enzo hätte Dario nicht gehen lassen dürfen; sie hatte es geahnt. Und nun, da Stefania zurück war, gab es niemanden mehr, der ihn mäßigen konnte.

Stefania nickte. »Er hat sich den Baronen angeschlossen. Sie sammeln eine Armee in Aversa. Aber ich kann mir nicht vorstellen, wozu das gut sein soll.«

»Natürlich sind sie dagegen, dass der Vizekönig ihrer Entmachtung zugestimmt hat. Erwarten sie denn, dass der spanische König sich auf ihre Seite stellt?«

Stefania verzog den Mund. »Dario sagt, ja: Wenn er es als weniger schädlich betrachtet als dem Vizekönig freie Hand zu lassen.«

»Aber was hat Dario mit all dem zu tun?« Es gab doch nichts, womit er den Baronen von Nutzen war. Oder doch? Und Stefania nahm alles hin, was er tat. Mirella nagte nachdenklich an ihrer Unterlippe und versuchte, ihren wachsenden Unmut zu verbergen.

»Das Landhaus ist sein Stützpunkt, aber nicht einmal meine Eltern wissen, was dort geschieht. Vater wäre auch dagegen.«

»Unser Vater wohl auch.« Mirella schüttelte den Kopf. »Warum tut er das?«

»Für uns. Für dich und mich, Liebste. Du sollst deinen Prinzen kriegen, damit wir auch heiraten können.«

Der Aufstand würde Felipe gewiss nicht hindern, sie zu heiraten; Dario wusste das. Mirella schnaufte entnervt. »Was soll ich jetzt tun?«

»Pastina wird es dir wohl sagen.«

»Wie treffe ich ihn?« Mirella schüttelte noch einmal den Kopf. »Fabrizio wird sich wundern, wenn ich ständig zum Pizzofalcone fahre. Er würde mich irgendwann verraten; und sei es ohne Absicht.«

»Wir müssen Fabrizio auf unsere Seite ziehen.«

»Dann hat Dario einen Mitwisser mehr. Das ist nicht gut.« Aber Fabrizio wusste eh schon viel; vielleicht war es doch egal.

Mittwoch, 2. Oktober 1647

Mirella saß bei Enzo im Souterrain, das ihm immer noch das Kontor ersetzte. Vor ihr lag ein Kontorbuch, in das sie eintrug, was er ihr aus den angesengten und verquollenen alten Unterlagen diktierte. Es war eine mühselige Arbeit, die schier kein Ende nahm.

Enzo hielt ein Buch in der Hand, dessen Kanten sich teilweise wölbten. Vorsichtig schlug er die nächste Seite um; trotzdem löste sich ein kleines Stück angebranntes Papier. »Lieferung: Einhundert *Perche* dunkelroten Brokat. Empfänger Schneiderei Matteo Ri...« Er runzelte die Stirn. »‚Rivera‘ könnte das gewesen sein.« Er hielt die Seite gegen das Licht, als würde sie dann besser lesbar.

Mirella tauchte die Feder ins Fass und setzte zum Schreiben an; dann blätterte sie in ihrem Buch zwei Seiten zurück. »Ist Er sicher? Zwei Wochen vorher hat Er ebenfalls Brokat an Rivera geliefert.«

Er seufzte. »Ich werde Dario fragen.«

Hatte er etwa vergessen, dass Dario unerreichbar war? Mirella schluckte. »Ist das denn so schlimm, wenn wir nicht alles richtig abschreiben können?«

Fabrizio riss die Tür auf. »Die Spanier!« Er keuchte und wischte sich mit dem Ärmel über die schweißnasse Stirn. »Die Spanier sind gelandet.«

Enzo senkte das Buch. »Jetzt werden wir deine Hochzeit planen.« Er zwinkerte Mirella zu.

Mirella konnte seine spontane Begeisterung nicht teilen; Fabrizios Aufregung verhieß nicht Gutes. Sie sah unsicher von einem zum anderen. »Aber ... Fabrizio, was sind das für Schiffe, dass du dich so aufregst?«

»Es ist eine ganze Flotte, Signorina.« Er blickte zu Enzo. »*Padrone*, es sind Kriegsschiffe; ganz viele.«

Enzo zuckte die Achseln. »Wenn schon. Jetzt haben wir die neuen Kapitel.« Er klopfte Fabrizio auf die Schulter. »Jetzt braucht der Vizekönig die Flotte nicht mehr.« Er nahm Mirella das Schreibzeug aus der Hand und streute Sand über die halb beschriebene Seite. »Schluss für heute! Lass uns zum Hafen fahren. Bestimmt ist dein Felipe dabei.«

Dann stand Mirella mit Enzo am Kai. Sie trug ihr schönstes Tageskleid mit einem Einsatz aus flandrischen Spitzen und eine schlichte silberne Kette, die Felipe ihr zur Verlobung geschenkt hatte.

Die Fläche des abgebrannten Lagerhauses war freigeräumt; am Rand des Kais lagerten angekohlte Balken. Zwei Schreiner sägten sie zurecht und stapelten, was davon noch zu gebrauchen war.

»Ich werde einen Keller anlegen.« Enzo ließ Mirella stehen, die sich mit dem guten Kleid nicht näher an den Bauplatz traute.

Sie versuchte, die Schiffe zu zählen, während sie wartete. Es waren mindestens hundert Mastspitzen, die sich bis an den Horizont des Golfs stauten.

Fabrizio hatte recht gehabt: Dies war tatsächlich eine Kriegsflotte. Das Flaggschiff wirkte harmlos in seinem farbenprächtigen Schmuck und mit den bunten Fahnen. Aber die beiden Schiffe, die es eskortierten, hatten die Stückpforten geöffnet und in den dunklen Schlünden drohten ihre Kanonen.

Enzo sprach mit den Maurern; dann ließ er ein Boot holen, dass sie zum Flaggschiff brachte.

Eine Gänsehaut lief Mirella über den Rücken, als sie an einer der beiden Galeonen vorbeigerudert wurden. Dorias Schiffe waren harmlos gewesen gegen diese.

»Gut, dass es vorbei ist.« Enzo ergriff ihre Hand, als ahnte er ihre Gedanken. »Gegen diese hätten wir keine Chance gehabt.«

»Hoffentlich.« Den Baronen würde es nicht gefallen, wenn die Flotte wieder abfuhr und sie ihre alten Ratsposten nicht wiederbekämen.

Der hohe Ton einer Signalpfeife erklang auf dem Flaggschiff und dann wurden sie angerufen.

Enzo richtete sich halb auf. »Die künftige Herzogin de Toledo d'Altamira y León.«

Es war sehr wirkungsvoll: Sofort erschien ein Offizier am Schanzkleid und salutierte. »Ich werde Euch Seiner Hoheit melden.«

Mirella presste sich die Hand auf den Mund, um nicht lauthals loszuprusten.

Eine Strickleiter und ein gepolsterter Korb wurden herabgelassen. Enzo half Mirella in den Korb, und während sie hochgezogen wurde, kletterte er die Strickleiter empor.

Der Korb schwenkte über das Schanzkleid. »Bitte an Bord kommen zu dürfen«, sagte sie artig und der Offizier half ihr aus dem Korb.

Felipe tauchte an Deck auf. Er ergriff ihre Hände und drückte sie. »Meine Liebe!« Seine Augen glänzten. »Welche Freude, Euch endlich wiederzusehen. Ich habe Tag und Nacht an Euch gedacht.«

»Ich auch, mein lieber Felipe. Und die Erwartung, Ihr wäret an Bord, trieb mich zur Eile, hierher zu kommen.« Es klang so übertrieben, was sie da sagte. Sie senkte den Blick; musste er nicht denken, sie täusche ihm etwas vor, was sie nicht empfand?

Felipe wandte sich zu ihrer Erleichterung Enzo zu, um ihn zu begrüßen. Er strahlte dabei eine Herzlichkeit aus, die Mirella beschämte. Sie kam sich vor wie eine Betrügerin. Nur wusste sie nicht, inwiefern.

Ein junger Mann mit langen schwarzen Haaren kam an Deck. Felipe nahm Mirella an der Hand und führte sie zu ihm.

»Eure Hoheit, darf ich Euch meine geliebte Braut vorstellen? Mirella Scandore.«

So war dies der Bastard-Sohn des Königs, Don Juan de Austria? Vorsichtshalber raffte Mirella ihre Röcke und versank zu einem tiefen Hofknicks in ihnen.

Er reichte ihr die Hand. »Es ist mir eine große Freude. Aber das Vergnügen, Euch mein Schiff zu zeigen, muss ich wohl meinem Cousin überlassen. Er wäre mir sonst gram.« Felipe sein Cousin? Dann würde sie noch höher heiraten als sie geahnt hatte.

»Wart Ihr schon einmal auf einem solchen Schiff?« Felipe winkte Enzo, sie zu begleiten.

Mirella verneinte voll gespannter Erwartung. Aber Felipe führte sie nicht lange herum, sondern bald in eine Kajüte, die in Größe und Ausstattung einem Salon in nichts nachstand. Im Vorbeigehen hatte er einem der Seeleute den Befehl gegeben, für Getränke zu sorgen. Felipe war nervös. Etwas überlagerte sein Strahlen, aber in Enzos Gegenwart mochte sie nichts sagen.

»Wird Don Rodrigo einen Ball für Don Juan geben?,« fragte sie schließlich. »Oder einen Empfang? Ein richtiges Fest ...« Sie blickte Enzo an, nicht Felipe.

»Neapel leidet immer noch.«

»Don Rodrigo wird in dieser Stadt kein Fest mehr ausrichten.« Felipe zögerte einen Augenblick, presste die Lippen zusammen. »Juan ist der neue Vizekönig.«

Darum also war Felipe so bedrückt. Aber war er nicht der Verwandte des einen so gut wie des anderen? »So wird er bleiben. Und Ihr?« Sie hoffte, ihr Blick wäre leuchtend genug, um erwartungsvoll zu wirken.

»Wir werden unsere Hochzeit hier in Neapel feiern, Liebste. Sobald dies alles vorüber ist.« Wieder sah er eher besorgt als glücklich aus. Er stand auf. »Ich lasse Euch an Land bringen.«

Solange sie im Boot saßen, sprach Enzo kein Wort und blickte zu Boden; also schwieg auch Mirella. Aber in der Kutsche hielt sie nicht mehr an sich. »Vater, worüber hat Er sich geärgert?«

Er sah sie an, als kehre er aus tiefen Gedanken zurück. »Ich habe mich nicht geärgert; wie kommst du darauf?«

»Er macht ein solch finsteres Gesicht.«

Er nickte. »Sorgen, ja. Du hast Felipe doch gehört.«

Sie runzelte die Stirn, versuchte zu erraten, was an Felipes Äußerungen so beunruhigend gewesen war. »Es klang, als fände die Hochzeit nicht so bald statt?«

Ein kurzes Lächeln glitt über Enzos Gesicht. »Wenn nur das unsere Sorge sein müsste ... Die Ablösung Don Rodrigos bedeutet, dass der König die Kapitel nicht anerkennt.«

»Krieg?« Sie ächzte. Sie würden allesamt verhungern, wenn das noch lange so weiterging. »Die Neapolitaner werden eine Zurückweisung nicht akzeptieren.«

»Nein, das werden sie nicht!« Enzo reckte das Kinn, als sei er auch noch stolz auf diese Dummheit.

»Aber sie haben keine Chance gegen eine ganze Flotte!«

»Das werden wir sehen.« Er beugte sich zu ihr und senkte seine Stimme, als könne Fabrizio oder sonst jemand sie trotz des Ratterns der Räder draußen hören. »Was weißt du von Dario?«

Sie wich erschrocken zurück, aber er ergriff ihre Hände und drückte sie. »Ich bin sicher, dass Stefania dir etwas erzählt hat.«

»Aber ...« Sie mochte ihn nicht belügen und senkte den Kopf. »Vater, Er vergebe mir.« Sollte er sie doch schlagen; sie würde nichts verraten.

Enzo seufzte. »Schon gut, Kind. Aber sag es mir, wenn er

meine Hilfe braucht.« Er ließ sie los und sah hinaus. »Lass ihn wissen, dass er mir vertrauen kann. Auch wenn ich vielleicht nicht gutheißen darf, was er tut. Wir sind eine Familie.«

Donnerstag, 3.Oktober

Mirella fuhr hoch. Draußen knackten Zweige unter ihrem Fenster. Gleich darauf klirrte ein Stein gegen die Scheibe; dann noch einer. Sie stand auf und warf einen Schal über ihr Nachthemd. Einen Moment überlegte sie, ob sie Licht anzünden sollte. Dann entschied sie, zuerst nachzuschauen.

Wieder klackerte es gegen das Glas.

Sie öffnete das Fenster. Unten standen zwei dunkel gekleidete Gestalten; eine etwas weiter weg im Hof, die andere direkt an der Pergola.

Mirella beugte sich vor; sollte sie pfeifen oder was?

Die Gestalt unter ihr hob den Kopf und raunte: »Ich komme hoch.« Sie griff nach dem Spalier und stieg die Sprossen hoch. Dario – endlich! Aber warum kam er heimlich?

Mirella trat zurück.

Es krachte mehrmals im Geäst und sie befürchtete schon, er würde abstürzen. Mehr noch; sie machte sich Sorgen, er könne andere wecken mit diesen Geräuschen. Sie tastete nach dem Zunder und zündete die Öllampe auf dem Nachttisch an.

Gleich darauf griff eine behandschuhte Hand über die Fensterbank.

Pastina!

Mirella starrte ihn an und wickelte ihren Schal enger um sich.

»Mach das Licht aus, Mädchen.« Er schwang sich ins Zimmer. Barfuß wie im *Gallo bianco*; dieses Mal mit einer grünen Schärpe für seinen Säbel. »Warum ist Sie nicht in den *Gallo bianco* gekommen?«

Sie wurde wütend. »Was fällt Ihm ein …«

»Wenn Sie nicht zu mir kommt, muss ich zu Ihr.«

»Was will Er?« Wenn sie jetzt nach Enzo riefe, würde Pastina ihn umbringen. Sie ging zwei Schritte rückwärts.

»Dario schickt mich, wie hätte ich sonst hierher finden können?«

Das war wohl richtig. Sie bezähmte ihre Wut. »Jedes Mal, wenn wir uns in der Stadt begegnet sind, hat Er so getan, als sähe Er mich nicht.«

»Natürlich.« Er setzte sich auf die Fensterbank und warf einen Blick nach draußen. »Sie hat Zugang zum Vizekönig. Wir müssen wissen, was er jetzt plant.«

»Welcher Vizekönig?«

»Welcher?«

»Don Rodrigo ist nicht mehr Vizekönig von Neapel.«

»Sondern?«

Sie hatte schon wieder nicht bedacht, was sie sagte. Wenn es nun noch niemand wissen durfte? Um Felipes Willen mochte sie die Frage nicht beantworten. »Es scheint, der König lässt ihn ablösen, weil er die neuen Kapitel nicht anerkennen will. Oder denkt, Don Rodrigo mache zu viele Fehler.«

Pastina stieg von der Fensterbank herunter. »Dann ist der neue Vizekönig an Bord des Flaggschiffs. Wer ist es?« Er kam auf sie zu und hob ihr Gesicht, um ihr in die Augen zu sehen. »Sie muss es wissen. Sie war dort.«

Er wollte ihr ansehen können, ob sie die Wahrheit sagte. Sie schob seine Hand weg. »Der Prinz von Österreich befehligt die Flotte.«

»Das ist bekannt.« Er starrte sie immer noch an. »Ach so. Natürlich.«

Sie hatte es nicht verraten, versuchte sie ihr schlechtes Gewissen zu beruhigen. Er war allein darauf gekommen. »Ich weiß nicht, was die Spanier vorhaben.« Sie setzte sich hin; flüchtig kam ihr der Gedanke, dass das Bett kein sicherer Ort sein könnte in Gegenwart eines Mannes. »Sie verhandeln doch mit Genoino.«

»Aber nicht mit Annese. Genoino spricht nicht mehr fürs Volk.« Er setzte sich wieder auf die Fensterbank, ließ ein Bein nach draußen baumeln und blickte nach unten. »Niemand fragt mehr danach, was er aushandelt.« Das mochte ja sein; aber sie begriff nicht, welche Schlussfolgerung Dario daraus zog. »Sonst noch etwas?«

»Sag Er Dario, dass Vater auf seiner Seite steht.« Aber Enzo wusste genauso wenig wie sie, welche das war. Und was tat Pastina bei all dem?

»Das ist eine gute Nachricht. Je mehr Leute wir im Geheimen haben ...« Er schwang das andere Bein hinaus und dann sprang er hinunter.

»Dario.« Er war dabei, sich in Schwierigkeiten zu bringen. Was hatten diese Leute vor? Gegen eine Flotte von vierzig Schiffen konnten sie nicht gewinnen. Stefania musste ihn überzeugen zurückzukommen.

Das erste, was Mirella hörte, war Geschützdonner. Wieder einmal. Sie starrte in die Morgendämmerung; dann zog sie die Bettdecke über den Kopf. Es nützte nichts, aber was sonst sollte sie tun als abzuwarten?

Kurz darauf öffnete Enzo ihre Tür.

Schockiert fuhr Mirella hoch.

Enzos Gesicht war grau von einer schlaflosen Nacht. »Dieses Mal ist es ernst. Zieh dich an und komm herunter.« Bevor er die Tür wieder schloss, sah sie Rita in Reisekleidung aus ihrem Schlafzimmer kommen.

So schnell es ohne Ginas Hilfe ging, begann sie sich umzuziehen. Dann kam Ritas Mädchen in ihr Zimmer gestürmt. Wortlos stellte Concetta sich hinter Mirella und schnürte ihr das Mieder zu.

»Weißt du, was los ist?«

»Der *Padrone* will uns alle aufs Land schicken.«

»Aber wohin denn?« Und wenn Dario sie hier bräuchte? Sie schob das Mädchen zur Tür. »Sag Vater, ich will nicht. Ich bleibe hier.«

Concetta sah sie erschrocken an. »Das kann Sie nicht. Die Spanier bombardieren die ganze Stadt.«

»Geh!« Sie hielt das Mädchen fest. »Nein, zieh mich fertig an. Geschwind. Ich sag es ihm selber.«

Noch unfrisiert, die Haare offen über den Schultern, lief sie dann hinunter, um Enzo zu suchen.

Er packte im Souterrain seine Kontorbücher in eine schwere Truhe.

»Vater, ich habe keine Angst. Felipe wird …«

»Du kommst mit.« Behutsam klopfte er Asche von einem der noch nicht kopierten Bücher. »Dario will ...«

»Dario«, unterbrach sie ihn aufgeregt. »Dario hat das gesagt? Woher weiß Er das?«

»Er ist im Stall, nehme ich an.«

Sie starrte ihn ungläubig an, dann rannte sie hinaus.

Dario stand an der Kutsche und half Fabrizio, einen Schrankkoffer aufs Dach zu hieven.

Sie lief auf ihn zu und zupfte ihn am Ärmel.

Er blickte sich um. »Du bist ja noch gar nicht frisiert. Beeil dich.«

»Aber Dario.« Sie stockte, sah zu Fabrizio hoch. Wie konnte sie erfahren, was geschehen war? »Wieso? Wohin fahren wir? Ich dachte ...«

Er lächelte. »Mach dir keine Gedanken. Die Oliveto erwarten uns in ihrem Landhaus. Sie sind gestern Abend schon angekommen.«

»Bleiben wir alle dort, bis es vorbei ist? Alle?«

»Wir werden sehen. Ich denke schon.«

Sie verzog das Gesicht, worauf er ihr einen Stups auf die Nase gab. »Wir müssen abwarten, wie es weitergeht.« Er reichte Fabrizio Stricke hoch, damit er die Koffer festbinden konnte. »Mach dich fertig.«

Beschwingt ging sie zurück. Wenn sie wieder alle zusammen wären und Stefania auch dort, dann würde Dario seine gefährliche Tätigkeit beenden. Das war wichtiger als die *Gabelle* und alles andere, was die *Reggia* erreichen wollte. Oder die Barone. Wozu noch etwas riskieren, wenn die Spanier sowieso in der Stadt aufräumten.

***

Aber die Spanier räumten nicht auf; die Aufständischen hielten Stand.

Erst hängten die Neapolitaner den Prinzen von Massa, Francesco Toraldo, weil sie ihn des Verrats verdächtigten. Dann wählten sie Gennaro Annese an seiner Stelle zum neuen Generalleutnant der Stadt. Und Annese erklärte Provinz und Stadt Neapel zur unabhängigen Republik.

Enzo war noch übernächtigter und bleicher als sonst, als er danach aus Neapel zurückkam. Er rief Mirella in Ritas Schlafzimmer und schickte Gina, der Köchin der Marchesa zu helfen. Dann verschloss er die Tür sorgfältig.

In Mirella wuchs die Beklemmung, während sie ihm zusah. Nie zuvor hatte Enzo Geheimnisse gehabt.

Er lief murmelnd auf und ab; dann riss er plötzlich die Tür auf und schaute in den Flur. »Gut!« Er schloss sie wieder. »Hört gut zu: Niemand, niemand darf erfahren, dass Dario nicht die ganze Zeit über hier im Landhaus geblieben ist.« Er hob die Hand, um sie am Reden zu hindern. »Ab heute ist es Hochverrat!«

»Aber ...« Mirella schaute von ihm zu Rita. »Aber das wissen doch viele: Fabrizio, die Oliveto ...«

»Der Marchese wird schweigen. Stefania würde es ihnen niemals vergeben, würden sie Dario ausliefern.«

Mirella begann zu schluchzen. Sie hätte Dario nicht nachgeben dürfen. Vielleicht hätte er sich besonnen, wenn sie ihm nicht geholfen hätte. »Wir müssen etwas tun.«

Enzo sah sie streng an.

Sie wischte sich die Tränen ab. »Ich ...«

Enzo lächelte mitfühlend. »Nein, Kind, du hättest es nicht verhindern können. Er ist selber für sich verantwortlich.«

»Ich verstehe es aber nicht.« Mirella schluchzte weiter. »Pastina ist Darios Mittelsmann gewesen; und jetzt ist er Anneses General. Wie kann Dario dann in Gefahr sein?«

»Weil Pastina kein Ehrenmann ist, obwohl er ein Brigant ist.« Enzos Gesicht drückte seine ganze Verachtung aus. »Pastina ist einer, der seine Fahne in den Wind hängt. Du wirst sehen, wie schnell er sich aus dem Staub macht, wenn es nicht mehr glatt läuft.«

»Aber trotzdem ...«

»Sie haben den Prinzen von Massa gehängt; sie werden auch den nächsten hängen, den sie des Verrats verdächtigen. Ohne Prozess. Das ist keine Republik; das ist Anarchie. Ihr hättet dabei sein sollen heute Nacht.« Er dämpfte seine Stimme. »Stefania soll Dario zur Vernunft bringen. Annese setzt auf die Hilfe der Franzosen; dagegen kommen die Barone nicht an.«

Dario kam erst zwei Wochen später zurück, nachdem sie wieder nach Neapel zurückgekehrt waren. Er war einfach wieder da, sagte weder Mirella noch Enzo, was er in der Zwischenzeit getan hatte. Und auch Stefania schien dieses Mal nichts zu wissen.

Enzo war es ausnahmsweise zufrieden. »Je weniger wir wissen, umso weniger Schwierigkeiten haben wir.«

Samstag, 16. November 1647

Mirella erwachte frierend. Das Feuer im Kamin war zu einem glimmenden Aschehaufen zusammengesunken; sie kroch tiefer unter ihr schweres *Plumeau* und rollte sich zusammen.

Von draußen kam die trällernde Stimme eines jungen Mannes; was fiel ihm ein so früh am Morgen?

Die Franzosen waren gekommen! Mirella sprang mit einem Satz aus dem Bett. Der Junge da draußen hatte guten Grund zu singen.

Sie riss die Tür auf. »Gina, hilf mir beim Anziehen!«

Die Treppe knarrte, während Mirella ein Kleid nach dem anderen aus dem Schrank nahm und aufs Bett warf. Mit einem dunkelgrünen Baumwollkleid stellte sie sich vor den Spiegel. »Nein.« Sie hielt sich das rote Samtkleid mit dem schwarzen Pelzbesatz an den Ärmeln an. »Das ist gut!«

Gina trat mit dem dampfenden Wasserkrug ein und musterte sie mit missbilligend gekrauster Stirn. »Willst du damit in die Kirche gehen? In einem Kleid, rot wie die Sünde?«

Mirella drehte sich lachend um. »Aber es ist kalt. Ich werde meinen Umhang darüber tragen.«

»Und warum willst dich so fein machen, wenn es doch niemand sieht?«

»Wer weiß!« Sie zog sich das Batisthemd über den Kopf. »Bestimmt werden die französischen Demoisellen zum Gottesdienst erscheinen. Sollen wir ihnen nicht zeigen, dass eine Neapolitanerin ihnen in nichts nachsteht?«

»Für deine Hoffart wirst du in die Hölle kommen.«

»Dort ist es wenigstens warm.«

Gina goss das Wasser in die Waschschüssel. Eine Dampfwolke beschlug den Spiegel und das Fenster, während Mirella sich zu waschen begann. Sie fuhr mit der Hand über den Spiegel, aber er war gleich wieder blind.

»Es gibt keine französischen Demoisellen. Der Herzog ist zum Krieg gekommen, nicht zum Ball.«

»Zum Kriegführen?« Empört fuhr Mirella herum. Während sie sich umwandte, fegte sie mit dem Ellenbogen die Schüssel zu Boden. Unbeeindruckt blitzte sie Gina an. »Wir haben ihn gerufen, damit endlich Frieden herrscht. Man kann sich ja gar nicht mehr auf die Straße trauen.«

»Ach Kind!«

»Ich bin kein Kind mehr!« Mirella langte nach einem Handtuch.

Gina legte die Scherben auf die Kommode und nahm ein zweites Handtuch. »Lass mich das machen.«

»Ich bin kein Kind mehr! Wisch auf!«

Kaum war die Magd draußen, legte Mirella das Handtuch fort, schlüpfte in die Unterkleider und streifte vorsichtig das rote Kleid über den Kopf. Wenn sie es erst anhatte, würde Gina sich geschlagen geben.

Als Gina mit dem Wischlappen zurückkam, saß Mirella auf dem Bett und rollte den ersten Seidenstrumpf auf.

»Das ist kein Wetter für Seidenstrümpfe.« Gina ging auf die Knie und nahm das vergossene Wasser auf, dass noch nicht zwischen die Dielen gesickert war.

Mirella seufzte. War die Anarchie jetzt schon bis zu ihnen in den Palazzo vorgedrungen, dass Gina so respektlos war?

Nachdem Mirella den zweiten Strumpf angezogen hatte, trocknete Gina sich ihre Hände ab, schnürte mit viel Gebrumme und Gemurre Mirella das Mieder und schloss die Haken am Kleid.

Mirella hob den Rock an und drehte sich vor dem Spiegel. »Jetzt wird es bald wieder Bälle geben.« Sie ließ sich aufs Bett zurückfallen. »Das war das Ärgste!«

Gina murrte wieder. »Das Ärgste ist, dass es kaum noch Fleisch gibt. Und die Spanier werden sich von den paar Mann nicht beeindrucken lassen.«

Mirella stellte sich vor den Spiegel und blies die Backen auf. »Ja, vernünftig essen stünde mir auch gut zu Gesicht.«

Enzo öffnete die Tür und schaute zu ihr herein. »Warum bist du noch nicht fertig! Es wird voll werden. Alle wollen dabei sein, wenn wieder ein Anjou den Schutz unserer Stadt übernimmt.«

Mirella sprang die Treppe hinunter. Sie nahm den schwarzen Wollumhang aus dem Flurschrank und zog sich die Kapuze übers Haar. Dann lief sie nach draußen zu Dario.

Karossen und Fuhrwerke zuckelten in einer langen Reihe die Straße entlang und stauten sich an der Kreuzung zum Hafen. Die Menschen, die an ihr vorbeieilten, hatten ein Lachen im Gesicht. Fabrizio stand neben dem Schlag und pfiff ein Spottlied auf die Spanier.

Varese trat gegenüber aus der Tür, begleitet von seinen beiden Töchtern. »Guten Morgen, Enzo! Hat Er gesehen?« Er deutete mit seinem Spazierstock zum Himmel. »Die Sonne drängt sich durch den Nebel. Wenn das kein gutes Omen ist.«

Dario knurrte. »Vor allem wird es bedeuten, dass die Spanier wieder sehen können, wohin sie schießen.« Wieso teilte er die allgemeine Freude nicht?

Es brauchte eine halbe Stunde, bis sie in dem dichten Verkehr zur Kathedrale gelangten. Das letzte Stück des Wegs gingen sie zu Fuß zu einem der Seiteneingänge, der nahe ihrer Kirchenbank lag.

Die Menschen unterhielten sich quer durch das Kirchenschiff, als seien sie auf dem Marktplatz. Im hinteren Teil standen sie dicht gedrängt; auf den Bänken saßen sie zusammengequetscht wie Thunfische in einer zu vollen Kiste. Die kleineren Kinder quengelten auf den Schößen ihrer Eltern. Dies würde keine geordnete, feierliche Messe werden.

Sie zwängten sich durch die Besucher, die im Seitenschiff standen. Die Oliveto saßen schon in ihrer Bank. Die Marchesa hatte ein weißes Spitzentuch zwischen den Fingern und betupfte sich die Augen. Weinte sie etwa?

Stefania drehte sich um, als Mirella sich hinter ihr hinkniete, und zwinkerte ihr zu.

Mirella faltete ihre Hände dicht vor dem Gesicht und flüsterte. »Hast du sie schon gesehen?«

»Nein.« Stefania grinste. »Suchst du immer noch einen Bräutigam für mich?«

Sie glucksten vor Vergnügen, bis die Marchesa Stefania mit ihrem Fächer auf den Arm schlug.

Mirella setzte sich hin. Nicht einmal zur Ostermesse hatte sie die Kirche jemals so voll gesehen. Sogar einige der spanischen Familien waren gekommen; dabei war nicht einmal Sonntag. Don Rodrigo saß auf seinem angestammten Platz. Also war er ein viel noblerer Verlierer als Dario ihm zugetraut hatte. Ihr künftiger angeheirateter Onkel; sie nickte ihm zu, als sich ihre Blicke trafen. Er erwiderte den Gruß mit einer Kopfbewegung, doch auf diese Entfernung konnte sie im Halbdunkel der Kirche seinen Gesichtsausdruck nicht deuten.

Dann flutete Tageslicht durch das Hauptportal. Mirella richtete sich halb auf, sodass sie an Enzo vorbei bis zum Eingang sah.

Jeweils zwei Männer von Pastinas Miliz stellten sich rechts und links der Kirchentüren auf. Einer mit gezogenem Schwert, der andere mit einer Standarte: Zwei aufrecht stehende Löwen, ein Wappenschild in den Pfoten, zierten das Banner des Herzogs. Diese Löwen waren der einzige Unterschied zur Fahne Neapels, die das Kreuz des Königs von Jerusalem und einen Turnierkragen mit drei Brückenpfeilern trug. Und die goldenen Lilien des Hauses Anjou, auf dessen Nachfahren die Neapolitaner nun all ihre Hoffnungen setzten.

Kardinal Filomarino trat aus der Sakristei, begleitet von zwei Messdienern, die Kreuz und Weihrauch trugen. Sie gingen an den nun leiser tuschelnden Menschen vorbei zum Portal.

Mirella reckte sich noch höher.

Da stand Enzo mit einem Lächeln auf. »Setz dich an den Rand, Naseweis.«

Von draußen erklangen Rufe der Begeisterung; die ersten in der Kirche schlossen sich an. Filomarino brachte sie mit einer Handbewegung zum Schweigen. Dies war das Haus Gottes.

Henri, Duc de Guise, betrat die Kathedrale.

Er war unglaublich jung; Mitte Dreißig vielleicht – wie hatte er in seinem kurzen Leben all die Dinge untergebracht, von denen sie gehört hatte? Erzbischof in Reims, zwei Ehen, eine Verschwörung gegen den König von Frankreich, eine Aussöhnung und eine erneute Verschwörung. Und nun hier für die Interessen Frankreichs. Oder für seine eigenen?

Der Herzog küsste den Bischofsring, wie es sich gehörte; anschließend schüttelten die beiden Männer sich die Hand. De Guise zog sein Schwert und gab es einem der Milizionäre. Dann schritt er an Filomarino vorbei zum Altar.

Seine Soldaten, die hinter ihm die Kirche betreten hatten, folgten ihm einer nach dem anderen. Filomarino begrüßte jeden einzelnen von ihnen mit Handschlag, nachdem sie gleichfalls seinen Ring geküsst hatten.

»Verräter!«, zischte Dario.

Mirella wandte sich überrascht zu ihm um.

»Sie scheinen sich gut zu kennen.«

Enzo legte ihm die Hand auf den Arm. »Filomarino hat ihn sicher gestern schon empfangen.«

Einer der jungen Soldaten ging so dicht an Mirella vorbei, dass er sie mit seinem angewinkelten Ellenbogen streifte. Dieser hatte sein Schwert nicht abgelegt, sondern umklammerte das Heft, als sei er bereit, es jeden Moment zu ziehen. Trauten sie den Neapolitanern nicht? Dario hinter ihr knurrte aufgebracht. Sie drehte sich zu ihm um, kreuzte seinen finsteren Blick. Vielleicht hatten sie so unrecht nicht.

Der junge Soldat ging die Stufen zum Altar hoch und stellte sich neben den Herzog. Immer noch die Hand am Schwert.

Die zwei Dutzend Männer des Gefolges setzten sich auf die vorderen Kirchenbänke, die der Küster freigehalten hatte. Filomarino begann die Messe zu lesen.

Mirella kniete sich zum Schuldbekenntnis. Da lehnte sich Stefania zurück. »Adrett sieht er aus, der Herzog.«

»Nicht nur der«, flüsterte Mirella, die Augen auf den Mann neben ihm gerichtet.

Stefania folgte ihrem Blick. »Der gefällt dir? Der ist höchstens zwanzig; bestimmt ein Grünschnabel. Ein Milchbart.«

»Er hat doch gar keinen!« Mirella unterdrückte das Glucksen in ihrer Kehle. »Der Herzog ist schon verheiratet.«

»Seine letzte Ehe ist gerade annulliert worden.«

Mirella prustete los, was ihr von Enzo einen heftigen Stoß in den Rücken einbrachte und von der Marchesa d'Oliveto einen zornigen Blick. Aber im weiteren Verlauf der Messe hörte sie dennoch kaum zu; sie hätte hinterher nicht zu sagen vermocht, worüber der Kardinal gepredigt hatte. Den Augenblick zur Kommunion hätte sie auch verpasst, wenn Enzo sie nicht aus der Kirchenbank geschoben hätte.

Mirella konzentrierte sich und sprach das vorgeschriebene Amen. Dann ging ihr Blick wieder zu dem jungen Soldaten an der Seite des Herzogs. Dass sein spärlicher Bart kaum den unteren Teil seiner Wangen bedeckte, ließ ihn tatsächlich sehr jung erscheinen; höchstens Mitte Zwanzig. Nein, weniger; er war gewiss jünger als Dario. Aber er trug zwei Ordenssterne. Und schien die persönliche Wache des Herzogs zu sein. Er hatte den Blick auf die Menge gerichtet, seine Augen gingen wachsam hin und her.

Dann war die Messe zu Ende.

De Guise stand auf und trat an den Rand des Altarraums. Er schien den Blick jedes einzelnen einfangen zu wollen, so lange stand er regungslos da und ließ seinen Blick durch die Reihen der Kirchenbesucher gehen.

Einer der Messdiener brachte eine schwere Bibel aus der Sakristei, deren lederner Einband mit Gold beschlagen war. Kardinal Filomarino nahm sie ihm ab und ging zum Herzog.

De Guise legte die Hand auf die Bibel und sprach den Schwur der Dogen Neapels. Seine schöne volle Stimme füllte ohne Mühe das ganze Kirchenschiff. Er sprach das Neapolitanisch mit einem schweren Akzent, aber er kam keinen Augenblick ins Stocken; vermutlich hatte er die Worte auswendig gelernt. Dann kniete er sich vor dem Kardinal auf eine mit rotem Samt beschlagene Bank.

Filomarino nahm aus der Hand eines zweiten Priesters die Königskrone von Neapel und setzte sie dem Herzog auf. Dann trat er einen Schritt zurück und hob die Hände, um ihn zu segnen. Aber bevor er dazu kam, stand de Guise auf und wandte sich wieder der Menge zu.

»Ich danke Euch für die Ehre, mir den Schutz Eurer jungen Republik anzuvertrauen. Ich gelobe, sie bis zum letzten Atemzug zu verteidigen und die Rechte eines jeden Bürgers zu achten und zu wahren.«

»So sieht er aus!« Dario stieß ein unwilliges Grunzen aus und erhob sich halb von seinem Platz. »Geck!«

»Du hast Vorurteile!« Enzo hielt ihn fest. »Warte es doch erst einmal ab.«

»Dafür ist keine Zeit.« Dario hatte seine Stimme erhoben und mehrere Leute drehten sich zu ihnen um.

»Still!«, zischte der Marchese d'Oliveto von vorne.

Dario schnaufte noch einmal voller Empörung; dann setzte er sich wieder hin.

Gennaro Annese stieg die Stufen zum Altar hoch, auf einem schwarzen Samtkissen eine überdimensionale Kopie des Stadtschlüssels.

Er ließ sich vor de Guise auf ein Knie nieder. »Seigneur, im Namen des Rats überreiche ich Euch den Schlüssel der Stadt, die der Mittelpunkt des Königreichs Neapel ist.« Aber er stand wieder auf, bevor er ihm den Schlüssel hinhielt. Filomarinos Bewegung, mit der er Annese auf den Knien halten wollte, kam zu spät.

Dann verließen die französischen Soldaten ihre Plätze und stellten sich zu beiden Seiten des Gangs auf, bevor de Guise, die Krone auf dem Kopf, die Kathedrale verließ.

Die Soldaten hielten die Kirchenbesucher zurück, die ihre Bänke verlassen wollten, während der neue Doge noch vor der Kathedrale stand. Er sprach zu den Menschen, die draußen geblieben waren. Seine Worte mussten ihnen gefallen, denn er wurde immer wieder von Beifall unterbrochen.

»Sie werden sich noch wundern«, fauchte Dario.

»Mäßige dich!« Enzo klang zornig. Wie oft hatte er an diesem Morgen schon eingegriffen, um Dario im Zaum zu halten?

Mirella drehte sich zu den beiden um. »Dario, du bist ein Miesepeter. Was soll er denn anstellen können mit seinen paar Männern?«

Die Soldaten verließen endlich die Kathedrale und die Kirchenbesucher folgten ihnen nach draußen.

Auch Mirella wollte zum Hauptportal hinausgehen, aber Enzo hielt sie auf. »Fabrizio wartet in der Nebenstraße.«

»Dort sehe ich aber nichts mehr.«

Enzo schob sie zum Seiteneingang. »Wenn dir so viel daran liegt, dann nehme ich dich mit, wenn ich in den *Palazzo Reale* fahre.«

Draußen rollte die Kutsche des Kardinals an ihnen vorbei; neben Filomarino saß de Guise mit angespanntem Gesicht. Sie wurden von Reitern der Stadtmiliz flankiert. Anschließend folgte der neue Prinz von Massa, danach die Männer des Herzogs.

»Wo haben sie eigentlich die Pferde her? Ich dachte, sie sind mit einer Schaluppe gekommen.«

»Rate, wessen Pferde das sind.« Dario schnaubte verächtlich.

Mirellas Blick traf sich mit dem des jungen Soldaten. Ihre Wangen wurden warm, bestimmt errötete sie.

Stefania tauchte mit ihren Eltern hinter ihnen auf. »Vater sagt, Filomarino hat für heute Abend eingeladen, damit der neue Doge die Adligen und Patrizier der Stadt kennenlernt. Kommt ihr auch?«

»Nein!«, sagte Dario.

»Ich hoffe es.« Mirella sah Enzo an. »Haben wir denn eine Einladung?«

»Sicher. Und wir werden hingehen. Auch du, Dario.«

»Es wird todlangweilig«, sagte die Marchesa. »Man wird über Krieg und Geschäfte reden und wir Frauen dürfen die Tafel zieren. Und uns endlich wieder satt essen.« Sie fächelte schwungvoll vor ihrem Gesicht herum. »Aber das sind die neuen Herren.«

»Sie schützen uns vor den Spaniern, meine Liebe.«

»Pah!« Die Marchesa rauschte davon.

D'Oliveto grinste Enzo an. »Sie ist beleidigt, weil sie gehofft hatte, dass Stefania so viel Glück wie Seine Mirella hat.« Er nahm Stefania an der Hand und folgte seiner Frau.

An der Kutsche wartete auch Gina. Sie zwinkerte Mirella zu. »Keine Demoiselle, hast du gesehen? Und niemand hat dich beachtet.«

»Doch«, war sie versucht zu widersprechen. Sie biss sich auf die Lippen. »Was gibt es zum Mittagessen?« Mit hochmütig gerecktem Kopf stieg sie hinter Dario in die Kutsche, während Gina auf dem Bock Platz nahm.

Auf dem Weg nach Hause schaute Mirella gegen ihre Gewohnheit die ganze Zeit aus der Kutsche. Die ersten Händler hatten ihre Läden geöffnet und brachten einen Teil der Waren zum Verkauf nach draußen. Vor der Tür eines Schneiders flatterten Leinenröcke im Wind. Ein Schuster hatte sich gar mitsamt seinem Handwerkszeug vor seiner Werkstatt niedergelassen. Er unterhielt sich mit einer jungen Frau, während er an einem Stiefel arbeitete.

»Die Stadt summt«, stellte Enzo nach ein paar Minuten fest. »Als ob sich sofort etwas geändert hätte.«

»Das hat es auch.« Dario mochte seinen Sarkasmus nicht verbergen.

»Wenn du dich heute Abend nicht zügelst, dann gnade dir Gott. Und uns!«

»Vater! Will Er etwa Geschäfte mit denen machen?«

»Sicher. Willst du die Florentiner Stoffe künftig an die Fischer verkaufen?« Enzo lehnte sich zurück. »Es ist eine unschätzbare Gelegenheit, den Seiden des Monsieur Colbert Konkurrenz zu machen.«

»Mir gilt die Ehre mehr als das Geschäft.«

»Davon kannst du dir nichts kaufen.«

»Aber ...« Mirella war sich nicht sicher, ob sie weitersprechen sollte. Sie blickte von einem zum anderen; Dario sah sie aufmunternd an. Doch sie schüttelte den Kopf.

***

Zu Hause lief Mirella als Erstes in ihr Zimmer, holte Kleider aus dem Schrank und ging damit zu Enzo in die Bibliothek. »Vater, welches rät Er mir?«

Er sah sie verblüfft an. »Das musst du deine Mutter fragen.«

»Mutter versteht nichts von Geschäften.« Sie legte den Kleiderstapel auf den Boden und zog drei heraus. »Diese sind aus unseren Stoffen.«

Enzo lachte. »Das sehe ich.«

Er grinste immer noch, als sie eines nach dem anderen vor sich hielt. Dann nahm er ihr alle aus der Hand. »Zieh dein fliederfarbenes Ballkleid an. Die Marchesa hat sich geirrt. Maestro Trabaci wird heute Abend dirigieren.«

Enzo kam um den Schreibtisch herum. »Komm mit.« Er führte sie in Ritas Ankleidezimmer. »Felipes Schmuck solltest du nicht tragen; mancher würde ihn erkennen. Und wenn einer eine Bemerkung machte ...« Er öffnete eine Schatulle aus Ritas Kommode. »Man könnte es als Affront verstehen.«

»Aber alle wissen, dass ich Felipe heiraten werde.«

Enzo sah sie lange an. »Liebst du ihn eigentlich?«

Mirella erglühte. »Wieso?" Sie leckte sich über die Lippen. »Was ist das für eine Frage.«

»Also nein. Das dachte ich mir.« Schnell legte er ihr einen Finger auf den Mund. »Widersprich mir nicht. Ich weiß sehr wohl, wie ein verliebtes Mädchen aussieht.« Er strich ihr übers Haar. »Du bist noch so jung.«

Was das nun heißen sollte! »Mutter war auch erst fünfzehn, als ihr geheiratet habt.«

»Sicher!« Er legte ihr eine schmale Silberkette um den Hals, in deren Band mehrere Smaragde eingearbeitet waren. »Als ob sich deine Augen darin spiegelten. Und dennoch nicht zu protzig.«

Mirella tastete danach und stellte sich vor den Spiegel. »Meint Er, *Mamma* wird sich nicht ärgern? Es ist ihr Lieblingsstück.«

»Eben darum gehört die Kette jetzt dir, meine Kleine.« Rita kam aus dem Schlafzimmer. »Ich werde in schwarzer Spitze gehen wie eine Matrone.«

»Ihr macht so viel Aufhebens.« Mirella schüttelte den Kopf. »Und dabei ...«

»De Guise garantiert uns die Freiheit.« Enzo sah sehr zufrieden aus.

»Ist es nicht gleich, ob wir einem Spanier oder einem Franzosen untertan sind?«

»Wenn es das wäre ...« Enzo ging zur Tür. »Du bist noch jung. Mit der Zeit wirst du es verstehen.«

Mirella sah ihm verwundert hinterher. »Was hat Vater denn?«

Nach dem Mittagessen, das keinen Deut besser war als in den letzten Monaten, schickte Rita ihr eigenes Mädchen, um Mirella zu frisieren. Sie wunderte sich noch mehr als zuvor über den ganzen Aufwand.

Während sie vor ihrem Spiegel saß und Concetta beim Bürsten der Haare zusah, kam Dario. Erst lief er ungeduldig hin und her; dann befahl er Concetta hinaus. »Ich muss mit dir reden.«

Aber Mirella hielt das Mädchen fest. »Das kannst du auch, während Concetta mich kämmt. Wo warst du überhaupt beim Essen?«

Er setzte sich auf die Bettkante.

»Also?«

Er warf einen Blick auf das Mädchen. »Komm in zehn Minuten wieder.«

Concetta ließ die Bürste sinken; Mirella nickte resigniert. »In zehn Minuten.«

Als Concetta draußen war, setzte sie sich neben Dario. »Ich begreife überhaupt nichts mehr!«

»Vielleicht ist es gar nicht so falsch, was Vater macht.« Er nahm eine ihrer Locken zwischen die Finger und drehte sie auf. »Sag, wie sehr liegt dir an Felipe?«

»So etwas Ähnliches hat mich Vater heute auch schon gefragt. Was habt ihr nur?«

Er lehnte sich zurück, stützte die Hände auf. »Es ist dir klar, dass die Hochzeit nicht mehr zur Debatte steht, so wie die Dinge jetzt liegen. Außer du gingest nach Madrid und kämest nie zurück.« Er stand auf, nahm die Bürste und begann selber, sie zu kämmen. »Richtig so?«

»Ich werde doch sowieso in Madrid und Barcelona leben, wenn ich die Herzogin de Toledo d'Altamira y León bin.« Sie genoss den Klang der vielen Namen. »Aber warum sollte ich nicht nach Neapel zurückkommen?«

»Weil man dich als Spionin verhaften würde.«

Mirella verschluckte sich an ihrem Lachen. »Dario, du spinnst.”

»Glaubst du nicht?” Er legte die Bürste beiseite. »Aber darüber wollte ich nicht mir dir reden.« Wieder lief er auf und ab. Nun war Concetta fort und Dario schien gar nicht zu wissen, was er ihr wirklich sagen wollte. Am Fenster blieb er stehen und blickte hinaus. »Ein freundschaftlicher Kontakt zu den Franzosen könnte nützlich sein ... für deine Pläne.«

Was sollte sie nun dazu sagen? Sollte eine die Gedankengänge der Männer verstehen. Es kam ihr absurd vor.

»Ich habe eben den Duca di Nocera getroffen. Er will wissen, was die Franzosen vorhaben.«

Sie zuckte die Achseln. »Sie werden es ihm erzählen heute Abend.«

»Er ist nicht eingeladen. Und wenn er käme, dann würden sie ihn sofort festnehmen. Denkst du, Annese und der Prinz von Massa haben nicht für klare Verhältnisse gesorgt?«

»Dann müssten sie manch einen festnehmen heute Abend.«

»Vielleicht tun sie es ja.« Dario feixte ganz unerwartet.

»Um mir das zu erzählen, hast du Concetta weggeschickt?« Sie rief das Mädchen zurück. »Mach mir die Haare fertig.«

»Du hast mir nicht richtig zugehört.« In der Tür drehte Dario sich noch einmal um. »Denk nach; du bist doch sonst gewitzter.«

Concetta steckte die Haare mit silbernen Spangen hoch; dann zog sie rundherum ein paar Strähnen heraus und drehte sie zu Locken. »Sie wird heute Abend alle beeindrucken, Signorina.«

Du bist die beste Tänzerin ... freundschaftlicher Kontakt könnte nützlich sein ... heute Abend alle beeindrucken ... Was luden sie ihr da auf? Misstrauisch verfolgte sie Concettas Bewegungen, als sie den Frisiertisch abräumte und Bürsten, Kämme und Haarnadeln in der Kommode verstaute. Hatte *Mamma* einen tieferen Grund gehabt, dass sie ihr heute das Mädchen überlassen hatte?

Als sie vor dem hell erleuchteten *Palazzo Reale* aus der Kutsche stieg, verscheuchte Mirella alle Fragen aus ihrem Kopf. Endlich gab es wieder ein Fest und bald war Weihnachten.

Von außen sah der Palazzo aus wie immer. Nur standen keine Spanier am Portal, sondern Männer der städtischen Miliz. Keine fremden Soldaten – das war wohl die Freiheit, die Enzo gemeint hatte. Als sie an den Soldaten vorbeigingen, wurden sie nicht wie sonst angehalten. Stattdessen nickte einer von ihnen Mirella zu: Pietro, der Sohn des Gemüsehändlers im *Vicolo del Vo'*. Er hatte ein stolzes Lächeln im Gesicht.

Die Reihe der Gäste vor ihnen war lang und sie mussten fast eine Viertelstunde warten, bis sie das Schloss betreten konnten.

»Die Suppe wird kalt«, bemerkte Dario zwischendurch.

Enzo warf ihm einen zornigen Blick zu, Mirella einen überraschten. Hatte sie seine Bemerkungen beim Frisieren doch nicht richtig verstanden?

Der Doge selber stand in der Eingangshalle, neben sich Annese und Soldaten aus seinem Gefolge. Er begrüßte die Männer der Stadt mit einem Handschlag und die Frauen mit einem freundlichen Nicken. Manch eine versuchte sich an einem Hofknicks, aber stets wehrte er ab.

»*Buona sera.*« De Guise lächelte Mirella an. Gennaro Annese an seiner Seite stellte die Familie vor.

»*Très enchanté, Madame.* – Ich habe Euch heute in der Kathedrale gesehen, *Mademoiselle.*« De Guise gab Enzo die

Hand und hatte für Dario ein Nicken. »Signor Scandore, ich will morgen Mittag die Kaufleute der Stadt bei mir sehen.«

Das war ein Befehl, unzweifelhaft. Und Enzo würde gehorchen – das war ebenso unzweifelhaft. Zum ersten Mal im Leben seine Gewohnheit brechen, vor dem Sonntagsessen zum Spielen zu gehen.

Die Lakaien im Speisesaal waren dieselben, die zuvor den Spaniern gedient hatten. Sie trugen sogar die gleichen Livreen. Aber auf den Wandbespannungen gab es große helle Flecken. Die Insignien Spaniens waren noch nicht durch die Neapels oder derer von Anjou ersetzt worden.

Einer der Diener geleitete sie zu ihren Plätzen, erstaunlich nahe der Stirnseite der Tafel. Im Vorbeigehen schielte Mirella auf die Tischkarten neben den Gläsern: Adel und einfache Patrizier wurden abwechselnd platziert. Noch mehr allerdings überraschte sie, zwischendurch französische Namen zu lesen. Ihr eigener Platz war zwischen Enzo und Dario.

Die Tafel war üppig mit Orangen, Äpfeln und Weintrauben dekoriert; sie mussten die Stadt zuoberst gekehrt haben, um das alles aufzutreiben. Und den Keller des Schlosses hatten sie geplündert – neben Weinen aus der Basilikata und Kampanien standen Flaschen aus Spanien.

»Ob denen unser Wein schmecken wird?« Dario feixte. »Man behauptet, die Franzosen seien verwöhnt.«

Mirella deutete auf die Wasserkaraffen. »Vielleicht trinken sie überhaupt keinen Alkohol heute Abend. Ich habe den Eindruck, sie sind wachsam.«

»Wie kommst du darauf?« Er klang überrascht.

»Hast du nicht gesehen, dass der Herzog sein Gefolge zwischen uns platzieren ließ? Sofern sie Neapolitanisch sprechen, verstehen sie alles, was wir sagen.«

»Und ich wette, manch einer versteht es. Du bist sehr aufmerksam.« Er nickte anerkennend.

Ein hochgewachsener blonder Franzose mit dunklem

Schnauzer stellte sich Mirella gegenüber hinter den Stuhl. »Ich bin Albert de Grignoire, Chevalier de Verzy.« Es klang, als müssten sie wissen, wer er war.

Mirella grüßte ihn mit einem sparsamen Lächeln; noch einer, der kaum erwachsen war. Wie wollte de Guise mit solchen Soldaten den *Tercio de Nápoles* besiegen, der als eine der besten Armeen der Welt galt?

An der Tür wichen die Gäste plötzlich zur Seite. Zwei Soldaten betraten den Saal, dann folgte de Guise. Sie flankierten ihn, während er zu seinem Platz an der Stirn der Tafel ging.

Mirella spähte nach den Händen der Männer: Tatsächlich umklammerten sie die Hefte ihrer Schwerter. »Sie scheinen uns nicht zu trauen.«

Enzo bedachte sie mit einem Blick unter hochgezogenen Brauen.

»Mademoiselle, Euch traut gewiss jeder. Aber wir wissen sehr wohl, dass sich manche nach der Rückkehr der Spanier sehnen.« Albert de Grignoire sah sie mit einem Funkeln in den Augen an.

»Da hat er recht«, knurrte Dario auf Neapolitanisch.

Während die übrigen Männer de Guises den Saal betraten, musterte Mirella sie einen nach dem anderen. Manche waren in de Guises Alter, viele um einiges jünger. Gewiss war die Fahrt nichts für Greise gewesen. Wo war der Soldat aus der Kirche? Kopfschüttelnd fragte sie sich, warum sie das interessierte.

Freundschaftliche Kontakte, hatte Dario gesagt. Sie lächelte ihrem Gegenüber zu. »Ich habe gehört, ihr seid über See gekommen, Chevalier. War das nicht ein Risiko zu dieser Jahreszeit?«

De Grignoire schien einen Moment zu zögern. »Eure Sorge ehrt Euch, Mademoiselle. Der Landweg wäre jedoch ein ungleich größeres Risiko gewesen.«

»Was hattet ihr zu befürchten?« Dario belauerte den Franzosen unverhohlen.

Der musterte ihn ebenso unverhohlen. »Ihr mögt uns nicht sonderlich, Signore; habe ich recht?«

Dario schüttelte den Kopf. »Ich weiß nicht. Ich weiß nicht, was ich von all diesem halten soll.« Mit einer weit ausholenden Bewegung umfasste er den ganzen Saal. »Die Spanier mochte ich nicht; dessen bin ich sicher.« Er tätschelte Mirellas Arm. »Meine Schwester kann ein Lied davon singen.« Er ließ sie wieder los. »Ich traue erst dann jemandem, wenn ich ihn kennengelernt habe.«

De Grignoire nickte. »Ihr habt so unrecht nicht, Signore ...«

»Scandore. Dario Scandore.« Er streckte dem Franzosen über den Tisch die Hand entgegen. »Meine Schwester Mirella. Unser Vater handelt mit Tuch.« Dario deutete auf Mirellas Kleid. »Vorwiegend aus Florenz, dem Ottomanischen Reich und den Barbaresken–Staaten.«

»Ich wusste nicht, dass die in der Lage sind, gute Tuche herzustellen. Colbert verkauft seine Lyoner Stoffe dorthin.«

»Sofern die Piraten ihn lassen.«

Albert nickte. »Sofern ... Doch unsere Flotte ist besser als ihr Ruf.« Er grinste breit.

Die ersten Speisen wurden aufgetragen, trotzdem das untere Ende der langen Tafel noch frei war.

Mirella aß langsam, um sich nicht anmerken zu lassen, wie sehr sie danach gierte, endlich wieder Fleisch zu essen. Von den Vorspeisen nahm sie nur die mit Lupinen garnierten Ziegenfüße; aus der *Minestra* fischte sie möglichst unauffällig die Filetstückchen und den Speck heraus und verschmähte den mitgekochten Blattsalat.

Fasziniert verfolgte sie währenddessen Darios Geplauder mit dem jungen Franzosen: Das war eine Seite an ihm, die er selten so ausgiebig nutzte – verbindlich sein. Er führte etwas im Schilde damit. Nur was?

Eine Gruppe Milizionäre betrat den Saal und nahm am Ende der Tafel Platz. Beim Vizekönig wäre es undenkbar gewesen, dass gemeines Volk mit den Patriziern oder gar den Adligen an einem Tisch saß. Aber der neue Doge stand sogar auf, hob ihnen sein Glas entgegen und sprach einen Toast auf sie als die Verteidiger der Stadt.

»Opportunist«, murmelte Dario auf Neapolitanisch.

»Warum?«, fragte Albert de Grignoire.

Dario wurde rot.

Albert lächelte unschuldig. »Es gibt viele Italiener bei uns in Frankreich. Und die meisten, die dem Herzog gefolgt sind, sprechen Italienisch. Das war eine seiner Bedingungen. Wenn man nicht andere Fähigkeiten besitzt oder den Enthusiasmus des Marquis.« Er machte eine Kopfbewegung zur Tür. »Darum verstehen wir auch ein wenig von eurem Neapolitanisch.«

Dort stand der junge Soldat aus der Kirche. Er sah sich um; dann ging er zum Dogen.

»Wer ist das?«, entfuhr es Mirella. »Er ist mir in der Kirche aufgefallen.«

Albert sah sie fragend an.

»Weil ...« Plötzlich hatte sie einen trockenen Mund und griff hastig nach ihrem Glas, um ihre Verlegenheit zu überspielen. »Er scheint eine besondere Stellung zu haben. Dabei sieht er aus wie ... Er scheint noch sehr jung zu sein.«

Albert musterte sie eindringlich; er schmunzelte offen über ihre Verlegenheit. Aber als er dann antwortete, schwang Traurigkeit in seiner Stimme. »Manche mussten früher erwachsen werden als ihnen gut tat. Italien kann sich glücklich schätzen, dass die Ideen eines Luther oder Calvin nicht Fuß fassen konnten.«

»Es braucht keine Religion, um Krieg zu führen.« Mirella wies mit ihrem Glas zu den Fenstern. »Habt Ihr Euch die Zeit genommen, unsere Stadt anzusehen?«

»Aber dieser Feind kommt von außen.«

Dario legte ihr die Hand auf den Arm, als wolle er sie zum Schweigen bringen. »Mirella will damit sagen, dass die Zerstörung die gleiche ist, egal aus welchem Grund ein Krieg geführt wird.«

Das hatte sie nicht sagen wollen; aber sie schwieg nun doch. Anscheinend hatte sie einen Punkt berührt, den Dario nicht vertieft sehen wollte.

Albert schüttelte den Kopf. »Der Feind in der eigenen Familie ist schlimmer.«

Mirella sah ihn erschrocken an. »Das tut man nicht.«

»Habt Ihr vergessen, wer Abel erschlagen hat?«

Sie hielt die Luft an und starrte zu dem jungen Marquis. »Was ...«

»Der König ließ seinen Vater hinrichten, obwohl er ihn seinen Freund nannte. De Guise hat sich seiner angenommen, als er Erzbischof in Reims war. Und dann ist Alexandre ihm gefolgt.«

Alexandre. Mirella wagte noch einen scheuen Blick.

De Guise legte sein Besteck beiseite und folgte ihm nach einer Entschuldigung an die Tischgäste. Als der Marquis sich zur Tafel umwandte, vertiefte sie sich schnell in ihren Teller und hob den Kopf erst wieder, als sie aus den Augenwinkeln sah, dass er zusammen mit de Guise den Saal verlassen hatte.

Während die mit Ricotta und Zimt gefüllten *Sfogliatelle* aufgetragen wurden, erklangen durch die zum Ballsaal geöffneten Türen die Klänge von Streichinstrumenten, die gestimmt wurden. So hatte Enzo recht gehabt. Unwillkürlich hob Mirella ihre Fersen und bewegte die Füße im Takt einer imaginären Musik. Da der Doge zum Tanz lud, rechnete er gewiss nicht mit Krieg.

Ein Lakai kam und flüsterte Enzo etwas zu; er stand auf.

»Amüsiert euch, Kinder. Ich habe zu tun.« Er folgte dem Diener hinaus.

Auch Albert de Grignoire stand auf. »Tanzt Ihr, Signorina Scandore?«

Mirella bejahte und strahlte ihn an.

Albert ging in Richtung des Ballsaals und drehte sich erst

an der Tür nach ihr um. Aber sie saß noch immer auf ihrem Platz und wusste nicht recht, ob es voreilig wäre, wenn sie jetzt auch aufstünde.

»Amüsiere dich, Schwesterchen. Felipe ist weit weg.«

Mirella zuckte zusammen; Enzo hatte sie davor gewarnt, ihre Beziehung zum Neffen des Vizekönigs anzusprechen. »Dann erinnere mich nicht an ihn«, zischte sie in der Hoffnung, dass Dario begriff. Nun stand sie doch auf.

Albert wartete immer noch auf sie. Als sie dicht vor ihm stand, fiel ihr eine dünne weiße Narbe auf, die sich von seinem rechten Ohr bis zum Kragen hinunterzog.

»Ihr müsst mich die neapolitanischen Tänze lehren, denn ich habe vor, lange hier zu bleiben.« Seine schmalen Finger strichen sanft ein Stück ihren Arm entlang und er sah sie eindringlich an.

Nun gut; wenn er ihr den Hof machen wollte, dann würde sie es genießen. »Ich werde mir Mühe geben. Doch ich lasse mich zuweilen aus dem Takt bringen.«

»Von Männern, die Euch auf die Füße treten in ihrem Ungeschick?« Er blickte nach unten zu ihren hochhackigen Brokatschuhen. »Ich werde mir Mühe geben.«

Aus dem Ballsaal erklang eine Pavana. Mirella lächelte Albert an. »Wir haben beide Glück. Fürs Erste hat das Orchester beschlossen, die französischen Komponisten zu ehren.«

»Wie langweilig.« Er zwinkerte. »Dann hätte ich auch in Paris bleiben können.«

Sie tanzte die Pavana mit ihm, dann die sich anschließende Gagliarda.

Danach kam einer der älteren Franzosen auf sie zu – ein Mann in de Guises Alter. »Albert, gönnst du mir auch das Vergnügen?« Er verneigte sich vor Mirella. »Natürlich nur, wenn Ihr einverstanden seid, Mademoiselle.«

Mirella runzelte die Stirn; wieso hatte er nicht zuerst sie gefragt?

Albert drückte ihre Hand, die er auch nicht losgelassen hatte, als der letzte Ton verklungen war. »Comte de Modène, Signorina Scandore.«

Der Comte de Modène zog seinen Hut. »Ich habe Euren Namen auf der Tischkarte gelesen.«

Albert ließ sie los und sah sie fragend an. Liebend gerne würde sie jetzt Nein sagen. Wenn sie doch nur nicht Darios Auftrag hätte. Stattdessen zuckte sie die Achseln; dann reichte sie dem Comte de Modène die Hand. »Es wird mir ein Vergnügen sein, Monsieur.« Hoffentlich.

Der Comte erwies sich als ein besserer Tänzer als Albert; aber bei der Allemanda, die nun gespielt wurde, war es gleich, wer ihr eigentlicher Partner war. Als sie eine Figur mit Albert tanzte, fragte er vorsichtig, ob sie verärgert sei. Ehrlichen Gewissens verneinte sie mit einem Lachen. Sie tanzte; alles andere war ihr gleich. Aber sie sah ihm an, dass ihm das nun auch wieder nicht gefiel.

Dann ließ Trabaci die Einleitung zu einer *Tammurriata* spielen und Dario kam auf sie zu.

»Ich werde ganz genau zuschauen«, kündigte Albert an.

Dario grinste und geleitete Mirella nach dem Tanz zu ihm zurück. »Wagt Ihr es?«

»Das Wagnis läge ganz auf Seiten Eurer Schwester.«

»Ihr seid so begabt, Chevalier«, flunkerte sie, wild entschlossen, sich zu amüsieren. Es war lange genug Krieg gewesen.

Albert schüttelte den Kopf. »Es erforderte mehr Mut, als Ihr von einem einfachen Soldaten verlangen könnt.«

Sie lachte kehlig. »Aber das seid Ihr nicht.«

»Darf ich Euch erst einmal ein Glas Wein bringen?«

»Wenn Ihr mir versprecht, dass es Euch mutiger macht.«

Albert suchte lachend nach einem Lakaien mit Gläsern. Mirella blickte ihm nach und da traf ihr Blick den des jungen Marquis. Hatte er sie etwa beobachtet? Sie fühlte sich plötzlich unbehaglich – als ob sie gerade etwas Ungehöriges getan hätte.

Albert wechselte ein paar Worte mit ihm, als er, einen Lakaien mit einem Tablett im Gefolge, wieder in den Saal zurückkam. »Hier kommt der Wein. So viele Gläser kann ich nicht tragen.« Er nahm ein Glas vom Tablett. »Und es schickt sich auch nicht.«

Nach einem Blick auf die Flasche schmunzelte Mirella. »Französischer Wein? Jetzt habe ich begriffen, warum Ihr mit dem Schiff gekommen seid.« Sie nahm das Glas, das der Lakai ihr reichte.

»Ich muss Euch enttäuschen, Signorina. Auch der kommt aus den Kellern des Vizekönigs.«

Sie nippte an dem Wein. »Stimmt. Den Geschmack kenne ich.«

Albert zog die Brauen hoch. »Ihr wart Gast des Vizekönigs?«

Hastig nahm sie noch einen Schluck. Sie sollte lieber zuhören und nicht selber so viel reden.

Dario half ihr aus der Verlegenheit. »Vater war Hoflieferant. Wir konnten uns nicht aussuchen, mit wem wir verkehren.«

Albert sah so aus, als schlucke er diese absonderliche Erklärung.

»Nun, wagt Ihr die *Tammurriata* jetzt?« Sie setzte ihr betörendstes Lächeln auf, um ihn endgültig vom Thema abzulenken.

Er lachte. »Ich werde dem schönsten aller Mädchen gewiss nichts abschlagen.« Er reichte ihr seinen Arm. »Sonst tanzt Ihr nie mehr mit mir. Und wie gesagt – ich habe die Absicht, lange zu bleiben.«

»Wir werden Euren Schutz brauchen, Chevalier. Aber wie will der Herzog uns helfen ohne Armee?«

»Es wird eine geben; seid unbesorgt, Mademoiselle«, erklang eine warme Stimme hinter ihr. Ihre Nackenhaare stellten sich auf bei diesem Klang.

Der junge Marquis trat an ihre Seite. Albert hatte ein herzliches Lächeln für ihn, das von tiefer Freundschaft zeugte. »Marquis Alexandre de Montmorency.« Er stellte Mirella vor und erwähnte die Stoffe ihres Vaters.

Alexandre nickte. »Ich weiß. Henri bespricht mit ihm die Lieferung von Uniformstoffen.«

Mirella riss überrascht die Augen auf; aber bevor sie etwas dazu sagen konnte, ging er weiter.

»Er tanzt nie.«

»Oh«, war alles, was ihr dazu einfiel. Wie schade.

Als Trabaci wieder eine *Tammurriata* spielen ließ, folgte sie Albert entschlossen und ignorierte ebenso entschlossen, dass er ihr mehrfach auf die Füße trat.

»War es schlimm?«, fragte er am Ende.

Tapfer schüttelte sie den Kopf. »Ein wenig müsst Ihr noch üben.«

»Steht Ihr mir zur Verfügung?« Er klang so unerwartet schüchtern, dass sie lachend nickte.

Das Aufleuchten seiner Augen aber, das darauf folgte, ließ sie schlucken. Am liebsten hätte sie angedeutet, dass sie verlobt war. Aber er würde nachfragen und dann müsste sie über Felipe reden.

Kurz darauf nahm Dario sie beiseite. »Das machst du gut, Schwesterchen. Halt ihn dir warm.«

Daraufhin kam sie sich wie eine Betrügerin vor, als Albert sie erneut zum Tanz aufforderte. Dabei war sie doch bloß loyal. Sie täuschte Müdigkeit vor, was ihr einen skeptischen Blick von ihm einbrachte. Nun hatte sie erst recht ein schlechtes Gewissen. Kurz darauf gelang es ihr, ihn Stefania aufzuhalsen. Sie war erleichtert – und sah sich nach dem Marquis de Montmorency um. Aber er war nirgendwo.

Die Laune war ihr verdorben – etwas, was ihr nie zuvor bei einem Ball passiert war. Als Rita zum Heimweg aufforderte, war sie mehr als bereit dazu.

Enzo war dagegen in prächtiger Stimmung und Rita saß mit zufriedenem Gesicht neben ihm. Er redete ununterbrochen; noch, als sie zu Hause ankamen. Was für ein nobler Mann de Guise sei und dass jetzt der Handel wieder aufblühen würde. Und die Republik ihr eigenes Geld bekäme ...

Mirella fiel Alexandres Bemerkung ein. »Wird Er ihm den Stoff für die Uniformen liefern?«

Enzo sah sie überrascht an. »Wie kommst du darauf?« Er blickte zwischen ihr und Dario hin und her. »Wahrscheinlich. Wenn es mir gelingt, seine Bedingungen zu erfüllen.«

»Der Doge hat Ihm Bedingungen gestellt?« Darios Stimme zitterte vor unterdrückter Wut.

Enzo wirkte noch überraschter. »Sicher. Als Uniformstoff ist nicht alles geeignet. Und ich muss auch eine ausreichende Menge liefern können.« Er hob die Hand. »Sprecht nicht darüber; es könnte zu Problemen führen.«

Dario knetete seine Fäuste; seine Nasenflügel blähten sich. »Das kann ich mir vorstellen«, murmelte er, als er die Treppe hinaufging; gerade laut genug, dass Enzo es hören musste.

»Woher wusstest du das?«

Mirella zuckte die Achseln. »Ich habe es im Vorbeigehen gehört.« So konnte man es gewiss nennen. Aber sie hatte trotzdem das Gefühl, Enzo etwas zu verheimlichen.

Der Blick, mit dem er sie daraufhin musterte, sagte ihr, dass er das gleiche Gefühl hatte.

Sie zog ihre Tanzschuhe aus und stellte sie zum Putzen neben die Küchentür. Der weiße Brokat hatte viele Flecken bekommen.

»Mir scheint, du hattest einen schlechten Tänzer heute Abend.« Rita zog sie an einer Locke. »War er wenigstens nett?«

Im ersten Augenblick kam ihr Alexandre in den Sinn. Aber Rita hatte nach ihrem Tänzer gefragt. »Sicher. Sie hat ihn gesehen: der blonde Franzose, der bei Tisch mir gegenüber saß.«

»Ich habe nicht auf ihn geachtet.« Sie stieg die Treppe zu den Schlafzimmern hoch, während Mirella sich in der Küche ein Glas Wasser holte.

Als sie in den ersten Stock kam, stand Enzo vor Ritas Tür und sprach mit ihr, während sie sich von Concetta die Haare bürsten ließ.

Mirella blieb stehen. »Wenn Er das Tuch liefert, heißt das, dass Er Zugang zum Hof hat wie bei den Spaniern?«

Rita lachte. »Hoffst du auf Einladungen zu weiteren Bällen, Kind? Es ist immer noch Krieg.«

»Aber bald ist Weihnachten!«

»Das ist auch gut so«, entgegnete Enzo. »De Guise wird Zeit brauchen, um seine Truppe aufzustellen.«

Mirella schnaufte empört. »Heißt das, es geht immer weiter so? Wir haben schon jetzt nicht mehr genug zu essen.« Bevor sie ihr Zimmer betrat, drehte sie sich noch einmal um. »Und wenn Er den Stoff nicht liefern kann?«

»Man braucht keine Uniformen, um zu kämpfen.«

Mirella knallte zornig ihre Tür zu.

Gina, die wie immer auf sie gewartet hatte, schrak von ihrem Stuhl hoch. »Was hast du?«

»Alle wollen Krieg. Immer nur Krieg.«

»Sollen wir uns vielleicht ergeben?« Gina erhob sich.

»Es ging uns besser vorher.« Mirella drehte ihr den Rücken zu und Gina begann, das Kleid aufzuhaken.

»Euch wohl.«

Gina war doch zu einfältig. Mirella presste die Lippen aufeinander, um sie nicht anzufahren. Als ob es den Fischern und Händlern besser ginge, wenn sie tot wären.

Mittwoch, 27. November 1647

Enzo hatte in Latina einen Zwischenhändler gefunden, der ihm den geforderten Uniformstoff beschaffen konnte. Eine Woche später sollte Dario das Tuch abholen.

Während er mit Fabrizio im Hof das Fuhrwerk anschirrte, ging Mirella hinaus, um ihn zu verabschieden.

Dario drückte sie an sich. »Hör zu, Schwesterchen. Der Comte de Modène stellt eine Armee auf. Versuche herauszufinden, wo sie sich sammeln werden. In ein paar Tagen bin ich wieder da.«

»Was?«

Dario legte ihr einen Finger auf den Mund. »Still.«

»Aber Dario, bist du noch immer ...«

Er presste seine ganze Hand auf ihre Lippen. »So sei doch still!« Eilig sprang er neben Fabrizio auf den Bock. »Mach uns das Tor auf!«

Enzo saß über den Büchern, als sie das Souterrain betrat.

»Vater, ist es klug, Dario zu schicken?«

»Ich werde langsam zu alt für diese Reisen. Zudem muss ich mich um das neue Lager kümmern. Dario wird auch Baumaterial besorgen; wir haben einen stattlichen Vorschuss bekommen.«

»Ich mache mir Sorgen.«

»Warum, Kind?« Er legte den Federkiel beiseite und blickte auf. Jetzt hörte er ihr endlich richtig zu.

»Er hat vor ein paar Wochen gesagt, es sei besser, wenn er anwesend ist.«

Enzo schmunzelte. »Das ist es? Aber jetzt haben wir wieder eine richtige Regierung.« Er streute Sand über die Seite, die er gerade beschrieben hatte, und stand auf. »Komm mit. Ich habe eine Besprechung mit dem Schneider; anschließend legen wir dem Dogen die Entwürfe vor.«

»Dann warte Er, ich kann so nicht mitkommen.«

Enzo lachte. »Wen willst du beeindrucken? De Guise ist schon verheiratet.« Er zwinkerte ihr zu. »Oder vielleicht gerade auch nicht? Wer kommt da noch mit.« Enzo sprühte geradezu vor Übermut, als sei er plötzlich wieder jung geworden. Er musste den Auftrag des Dogen als Rettung für die Familie ansehen.

Matteo, der Schneider, fegte alle Entwürfe vom Tisch, als Mirella hinter ihrem Vater die Werkstatt betrat. »Ein neues Kleid, ja? Die Uniformen kommen später dran.«

Mirella ließ sich auf dem Stuhl neben dem Eingang nieder. »Nein, heute nicht. Heute bin ich nur zum Zuschauen mitgekommen. Vielleicht lerne ich dabei eines Seiner Geheimnisse kennen.«

Matteo schlug sich an die Brust. »Ich schwöre, ich habe keine. Das einzige Geheimnis ist Ihre Schönheit, Signorina Scandore. Sie macht aus jedem meiner Kleider ein Kunstwerk.«

»Dann müssen wir befürchten, dass die Soldaten des Dogen wie Vogelscheuchen aussehen werden.« Welch ein Scherz aus Enzos Mund; Mirella gluckste.

Enzo bückte sich gemeinsam mit Matteo nach den Zeichnungen. Sie hoben sie auf und breiteten sie auf dem Tisch aus.

»Vor allem müssen sie in den nächsten Monaten auch dem Winter Stand halten.«

»Das ist meine Sache, Matteo. De Guise hat entschieden, welchen Stoff er will.«

»Sicher. Aber was noch fehlt, sind die Umhänge. Seht.« Er fischte in den Entwürfen und hielt einen vor das Licht. »Filz. Filz hast du keinen bestellt. Und doch brauche ich ihn.«

»Dann sag es dem Herzog!« Enzo grinste über Matteos konsternierte Miene. Er blätterte geschwind die Entwürfe durch. »Schreib dazu, wie viel Stoff du jeweils brauchst.«

Mirella vertiefte sich in eine Sammlung farbiger Skizzen, während Matteo leise murmelnd seine Berechnungen anstellte. Da der Herzog einen Vorschuss gezahlt hatte, sollte sie sich zu Weihnachten ein neues Kleid wünschen. Vielleicht, wenn sie einen Stoff wählte, der nicht so teuer wäre ... Nein, die Seidenweber hatten nicht verdient, dass man ihnen etwas abkaufte. Nach allem, was sie ihnen angetan hatten. »Meint Er, es wird einen Weihnachtsball geben in diesem Jahr?«

Sie bekam keine Antwort; also nein. Matteo müsste es wissen, denn es bedeutete Aufträge für ihn. Sie drehte sich mit den Skizzen in der Hand nach den Männern um, die ihre Köpfe zusammengesteckt hatten und Stoffe verschiedener Farben in eine Schachtel taten.

Eine Kirchturmuhr schlug die volle Stunde.

»Der Doge wartet nicht gerne.« Enzo stand auf. »Komm, Mirella.«

Stattdessen mussten sie warten. De Guise residierte nun wie zuvor der Vizekönig im *Palazzo Reale*. Vor dem Thronsaal, in dem de Guise seine Audienz hielt, wurden sie von Albert de Grignoire abgefangen.

»Der Herzog bittet um Nachsicht.« Er wies auf die lange Schlange von Wartenden vor dem Saal. »Es gibt so viele, die ihn sprechen wollen.«

Der schlichten Kleidung nach zu urteilen waren fast alle einfache Leute. Manches Gesicht kannte Mirella auch; die zwei alten Markthändlerinnen beispielsweise, mit denen sie sich oft schon um den Preis für die Eier gestritten hatte. »Mit all denen spricht der Herzog persönlich?« Wie konnte er dafür Zeit finden?

»Aber ja. Er will wissen, welche Probleme die Menschen

haben und wie er helfen kann.« Albert deutete in die andere Richtung, den langen Korridor hinunter. »Aber Ihr werdet nicht warten müssen, bis er alle angehört hat. Folgt mir bitte.«

Albert führte sie im ersten Stock in einen Raum mit einem breiten Kamin, in dem ein mächtiges Feuer seine Wärme verbreitete. Im Halbkreis davor standen drei wuchtige Stühle mit gepolsterten Lehnen; auf einem niedrigen Tisch daneben Obst und Teegeschirr.

Er nahm sich einen Apfel und rieb ihn an seinem Ärmel ab. »Ich überlasse Euch der Gesellschaft des Marquis de Montmorency.«

Mirella streckte die kalten Hände dem Feuer entgegen. »Ist das der, der alles weiß?«

Hinter ihr erklang ein leises Lachen. Sie fuhr herum. Der Marquis de Montmorency war durch eine andere Tür hereingekommen und schloss diese soeben. Wie peinlich, dass er ihre vorwitzige Bemerkung gehört hatte.

»Ihr habt eine interessante Meinung von mir, Signorina. Aber Ihr irrt Euch.« Er wechselte ins Italienische, um Matteo zu begrüßen, und bewies gleich darauf, dass sie doch recht hatte. »Er ist also der Schneider. Der Herzog ist begierig auf Seine Entwürfe. – Und wir Soldaten auch.«

Kurz darauf hallte ein schneller Schritt auf dem Marmor des Flurs. Die Wache öffnete die Tür. Im Eintreten löste de Guise die Schärpe um seine Taille, die das Schwert hielt. Der Marquis nahm beides entgegen und legte es auf eine Kommode.

De Guise rollte die Schultern. »Keine Förmlichkeiten bitte. Alexandre, leiste der Signorina Gesellschaft, während wir unseren Geschäften nachgehen.« Er lächelte. »Bevor ich mich entscheide, lasse ich dich die Entwürfe sehen.« Er bat die Männer mit einer Handbewegung, ihm zu folgen, und ging zu der Tür, durch die zuvor Alexandre hereingekommen war.

Enzo ging an der Seite des Herzogs, der ihn um Haupteslänge überragte. Matteo stolperte vor Aufregung schier über seine eigenen Füße, als er ihnen folgte. Kaum durch die Tür, zog er schon die Entwürfe aus seiner Tasche und ließ tatsächlich einen Teil fallen.

Mirella schmunzelte über den Alten. »Er ist einer der besten Schneider von Neapel. Aber dies wird vermutlich der größte Auftrag seines Lebens.«

»Also hat er keine Manufaktur. Er wird viele Leute brauchen, um die Arbeit zu schaffen.«

Mirella suchte nach einer Entgegnung, die nicht zu dämlich klänge. Am besten eine Frage. »Woher kommen die Soldaten des Herzogs?«

»Wir werben sie an. Der Comte de Modène hat mehrere tausend Mann auszurüsten.«

»Die Neapolitaner kämpfen mit allem, was sie haben. Man braucht sie nicht anzuwerben.«

Alexandre nickte. »Sie kämpfen für ihre Freiheit. Aber Sold brauchen sie trotzdem.«

»Und Ihr?« Das war schon wieder vorwitzig. Aber nun hatte sie es angefangen; nun konnte sie den Satz auch zu Ende bringen. »Warum seid Ihr bereit, für Neapel Euer Leben zu wagen?«

Alexandres graue Augen wurden dunkler. »Die Neapolitaner sind ein tapferes Volk. Ihr habt verdient, diesen Kampf zu gewinnen.«

Das beantwortete ihre Frage mitnichten. Aber sie zu wiederholen, scheute sie sich nun doch. Hatte sie an etwas gerührt, was sie besser nicht angesprochen hätte? Jemand müsste ihn trösten können; er war so viel jünger als Dario.

Befangen starrte sie ins Feuer. »Man sollte bald nachlegen lassen. Die Nächte können bitterkalt werden zu dieser Zeit.«

»Sicher nicht so kalt wie bei uns. Schneit es hier jemals?«

»Kaum. Manchmal.« Sie schüttelte den Kopf. »Wo ist das, bei Euch?« Nun hatte sie endlich ein harmloses Thema gefunden.

»Eigentlich der Languedoc. Aber ich bin in der Champagne aufgewachsen. Kennt Ihr Euch aus in der Geografie von Mitteleuropa?«

Unwillkürlich reckte sie das Kinn. »Natürlich. Ich kann lesen und schreiben und bin in einer Klosterschule erzogen worden.«

Noch während sie sprach, zog er die Augenbrauen hoch. »Es war nicht meine Absicht, Euch zu beleidigen.«

»Aber nicht doch.« Sie geriet in Eifer. »Wie könntet Ihr wissen, was in den Klöstern Neapels gelehrt wird!« Als ihr auffiel, dass sie ihn gerade vor sich selber verteidigte, wurde sie sofort wieder verlegen. Wieso brachte er sie so aus der Fassung? Sie wusste doch sonst mit jedem Mann umzugehen. »Die Champagne, das ist Grenzland, nicht wahr?«

»Sie ist gesäumt von Burgen und in zahllose kleine Domänen aufgeteilt.«

»Sind sie sich genauso uneins wie die unseren?« Sie wagte wieder, ihn anzuschauen.

Er schmunzelte und in seinem rechten Mundwinkel tauchte ein Grübchen auf. »Ihr versteht etwas von Politik? Ich bin ehrlich beeindruckt. Es gibt wenige Frauen, die sich dafür interessieren.« Das Lächeln verschwand aus seinem Gesicht. »Zuweilen nicht einmal die, die es müssten.«

»Mamma verbietet selbst Vater, bei Tisch über Politik zu reden. Und Dario verachtet Politik.«

»Woher kommt dann Euer Wissen?«

Sie hob die Schultern. »Trotz aller Verachtung – vielleicht deshalb sogar – hat Dario mir immer alles erklärt.«

»Euer Vater macht auch Politik.« Er deutete mit einer Kopfbewegung zur Tür, hinter der die Männer verschwunden waren. »Sonst wäre er diesen Handel nicht eingegangen.«

»O nein! Er ist Kaufmann. Dieser Vertrag hilft der Familie, neu anzufangen.« Sie blinzelte, um zu vermeiden, dass ihr die Tränen kamen, aber vergeblich. Sie wischte mit den Handrücken über die Augen. »Der Kamin qualmt.«

Alexandre zog kaum merklich die linke Augenbraue hoch. Das war grob unhöflich, ihr so offen seinen Unglauben zu zeigen.

Sie bemühte sich dennoch, freundlich zu antworten. »Während der Revolte ist unser Lagerhaus abgebrannt worden.«

»Obwohl er auf Seiten der Aufständischen stand?« Das wusste er auch? Vielleicht hatte Enzo deshalb von de Guise den Auftrag bekommen.

»Der Aufstand hat sich gegen die Steuern gerichtet. Der Brand hatte nichts damit zu tun.«

Alexandre nickte. »Jemand hat die Unruhen ausgenutzt.«

Was sollte sie darauf antworten? Der Chevalier de Grignoire hatte gesagt, der Herzog wolle wissen, was die Neapolitaner bewegte. »Die *Gabelle* waren nicht das einzige Problem. Aber nur dieses wäre gelöst worden mit der Anerkennung der alten Privilegien.«

Wieder nickte er. »Ihr versteht tatsächlich etwas davon.«

Mirella schluckte nervös. »Ich bin nur ein Mädchen.« So sehr sie gewohnt war, bewundert zu werden – Anerkennung dieser Art war ihr fremd. Alexandre schüchterte sie ein.

»Ihr seid zu bescheiden. In Frankreich gibt es viele Frauen, die durch klaren Verstand bestechen.« Ein Schatten ging über sein Gesicht. »Hierzulande scheint man es weniger zu schätzen.«

»Ich weiß nicht.« Sie dachte an Dario. »Mein Bruder nimmt mich schon ernst.«

»Ihr habt mit ihm die *Tammurriata* getanzt. Ihr habt sehr schön ausgesehen.«

Gott sei Dank, das war endlich die Art von Kompliment, mit der sie sich auskannte. Sie neigte den Kopf, damit der Schein des Feuers ihre feine Nase deutlicher modellierte, und hob einen Moment später ihren Fächer vors Gesicht. »Jede Frau sieht schön aus, wenn sie die *Tammurriata* tanzt.« Er war bei de Guise aufgewachsen, also sollte er das Spiel der Höflinge wohl beherrschen.

Doch er enttäuschte sie. »Mag sein«, war seine lakonische Antwort. Wieder verdüsterte sich sein Blick; das hatte sie nicht gewollt.

Hielt er sie jetzt für kokett oder gar leichtfertig? Am liebsten hätte sie ihn gefragt, ob sie ihn langweile. »Wo habt Ihr Italienisch gelernt?«

»Ihr seid neugierig!«

Damit hatte er ihren Trotz herausgefordert. Sie senkte den Fächer und sah ihm unverfroren und ohne jedes Lächeln ins Gesicht.

Er schmunzelte. »So gefallt Ihr mir mehr.«

Was für ein erstaunlicher Mann. Sie biss sich auf die Lippen, um nicht kokett »Als?« zu fragen.

Alexandre stand auf und legte Holz aus einem großen Korb nach, der neben dem Kamin stand. So sinnvoll es auch sein mochte, er tat es jetzt gewiss, weil er nicht wusste, was er sonst tun oder sagen sollte. Er hatte entschieden nichts von einem Höfling an sich.

Das Holz knisterte, als es Feuer fing.

»Möchtet Ihr etwas trinken?« Alexandre deutete zum Tisch.

Er schenkte selber ein, als sei er ein Ordonnanz-Offizier, und brachte ihr die Tasse. Seine Hand streifte die ihre, als er sie ihr reichte. Unwillkürlich blieb ihr Blick darauf haften.

»Seid Ihr ein guter Cembalospieler?«

»Wie kommt Ihr darauf?«

»Eure Finger ...« Seit wann machte eine Frau einem Mann Komplimente? Was war sie doch für ein Kind.

Seine Hand umfasste das Schwert. Er lachte verhalten; das gleiche warme Lachen wie zuvor, als er eingetreten war. Eine merkwürdige Wärme breitete sich dabei in ihr aus. »Ich bin Soldat.«

»Aber es ist doch nicht immer Krieg.«

Wieder der Schatten in seinen Augen; nun hatte sie ihn gewiss wieder traurig gemacht. »Ich kann mich nicht erinnern, dass es eine Zeit ohne Krieg gegeben hätte.«

»Dann müsstet Ihr hier leben.« Erleichtert atmete sie auf; nun war sie wieder auf vertrautem Terrain. »Bis jetzt ... Bis zu diesem Sommer war hier Frieden. Die alten Zerstörungen, die Ihr in Neapel seht, stammen von dem großen Erdbeben. Und außerhalb der Stadt vom Vesuv.«

»Das ist gefährlicher als ein Krieg. Vor den Gewalten der Natur kann man sich nicht verteidigen.«

»Der Berg meldet sich rechtzeitig. Meine Eltern und Dario konnten vor den Aschewolken fliehen; hinunter ans Meer nach Pozzuoli. Aber ich bin froh, dass es vor meiner Geburt war. Es ist sechzehn Jahre her, dass der Vesuv das letzte Mal erwacht ist. Seither sieht er so abgesägt aus. Der Ausbruch hat die Bergspitze abgesprengt.« Sie blickte sich nach einem Platz für ihre Tasse um. Als sie Anstalten machte, sie auf den Fußboden zu stellen, nahm er sie ihr ab. Sie war sicher, dass er sie dieses Mal absichtlich berührte.

Während er die Tasse auf den Tisch stellte, lehnte sie sich in ihrem Stuhl zurück. Der Oberrock rutschte höher und eine Schuhspitze ragte darunter hervor. Sie dachte nicht daran, sie zurückzuziehen. »Werdet Ihr mit dem Herzog in Neapel bleiben?«

»Ihr seid wirklich neugierig.« Dieses Mal klang es nicht nach einer Abfuhr und sie verzieh ihm.

Er läutete nach einem Diener.

Auch dieser Lakai hatte schon im Dienst des Vizekönigs gestanden. Edoardo zündete die Kandelaber an, die an den Wänden hingen und auf den Kommoden standen.

Alexandre beobachtete ihn dabei, genauso wie sie selber. Müsste er nicht gelernt haben, in jeder Situation gewandt aufzutreten? Felipe würde nicht schweigend herumsitzen. Jedenfalls hatte er das in ihrer Gesellschaft nie getan; er hatte immer eine Anekdote zu erzählen gehabt oder einen Scherz gewusst. Während sie Alexandre anblickte, konnte sie sich plötzlich nicht mehr richtig an Felipes Gesicht erinnern.

»Soll Edoardo Ihr etwas bringen?« Beeindruckend, wie umstandslos er wieder ins Italienische wechselte.

»Signor Marquis, Seine Exzellenz hat soeben Abendessen für seine Gäste befohlen. Sie werden wohl noch lange ... Wenn Er der Signorina die Zeit vertreiben will ... Signorina Scandore ist eine vorzügliche Billard-Spielerin.« Edoardo senkte den Blick. »Verzeih Sie mir, Signorina, wenn ich etwas Falsches gesagt habe.«

»Wo kann man in diesem Schloss Billard spielen?«

Mirella sprang auf. »Ich zeige es Ihm, wenn Er möchte.«

Alexandre lachte sein warmes Lachen. Es veränderte ihn völlig. Wie er als Junge gewesen sein mochte? Vor der Hinrichtung seines Vaters?

Er nahm einen der großen Kandelaber und wandte sich an Edoardo. »Er sage uns Bescheid, wenn gegessen wird.«

Edoardo öffnete ihnen die Tür und Mirella deutete zur Treppe. Aber nach zwei Schritten blieb sie zögernd stehen. »Ich fürchte, man hat dort nicht geheizt.« Eben war sie auch schon mit ihm allein gewesen; aber das Vorzimmer des Dogen war kein abgelegener Billard-Saal in einem halb verwaisten Schloss.

Montag, 2. Dezember 1647

Auf Ritas Geheiß begleitete Mirella Gina zum Einkaufen. Rita traute ihr nicht mehr zu, vernünftige Preise herauszuschlagen.

Gegenüber der *Basilica del Carmine* hatte ein Bauer in einer Ecke der Piazza ein kleines Gatter eingerichtet, in dem seine Gänse herumwatschelten. Mirella blieb am Zaun stehen. Sofort kamen die Gänse mit halb ausgebreiteten Flügeln angerannt und reckten ihr schnatternd ihre Hälse entgegen.

Der Bauer erhob sich von seinem Schemel. »Wie viele Gänse möchte die Signorina für ihre Familie?« Er beugte sich nach einer und hielt sie am Hals hoch. »Noch ganz jung. Ganz zart.«

»Und ganz mager.« Mirella lachte. »Wann hat Er sie das letzte Mal gefüttert?«

Die Miene des Bauern verfinsterte sich. »Das sage Sie nicht, Signorina. Die Gänse haben es gut bei mir.«

»Warum verkauft Er sie dann schon jetzt? Mästet sie nicht bis zum Christfest?«

»Um sie hier in der Stadt zu verkaufen. Bevor einer darauf Anspruch erhebt, dem ich die Pest an den Hals wünsche.«

Er klemmte sich die flatternde Gans unter den Arm und hielt sie ihr vors Gesicht. »Das ist alles Fleisch, gutes Fleisch unter den Federn. Und Ihr Kissen kann Sie dann auch auffüllen für den Winter.«

»Woher kommt Er?«

»Aus Nocera.«

Vorsichtig streckte sie die Hand aus; der Kopf der Gans schoss auf sie los und sie schnappte nach ihr. Erschrocken trat Mirella einen Schritt zurück. »Pass Er auf, wie Er über

Seinen Herrn redet. Es gibt hier manch einen, der es mit den Baronen hält.«

»Wie viel willst du für das Tier?« Gina griff von der Seite an den Bauch der Gans.

Der Bauer sah zwischen ihnen hin und her, schien sie zu taxieren. »Zehn Carlini.«

Gina stemmte die Fäuste in die Hüften und begann zu keifen. »Du bist ein Dieb. Für ein halb verhungertes Stück Federvieh?«

Mirella zögerte. »Hast du nicht immer so viel bezahlt in letzter Zeit?«

»Habe ich euch je ein Skelett serviert?«

Mirella streckte vorsichtig die Hand nach dem Tier aus, wartete, ob es wieder zuschnappte. Aber der Bauer hielt jetzt den Schnabel fest und drückte den Kopf der Gans an seine Brust.

Sie streichelte die Gans unter dem Flügel. »Sie sieht doch ganz ordentlich aus.«

Der Bauer nickte. »*Si*, Signorina. Sie hat kein Fett; das ist gutes festes Fleisch.”

Hufe klapperten hinter ihr über das Pflaster. Eine klare Stimme zügelte das Pferd. »Wie viele Gänse hat Er?«

Der Bauer ließ den Schnabel los; die Gans reckte den Hals. Schnell sprang Mirella zurück und stieß gegen den Leib des Pferdes. Eine Hand fasste sie an der Schulter und sie sah in das lachende Gesicht von Albert.

»Einkäufe, Mademoiselle? Ich überlasse Euch eines der Tiere.« Er wandte sich an den Bauern. »*Alors?*« Dann schien er zu versuchen, die Tiere im Gatter zu zählen.

»Dreiundzwanzig, *Capitano*; mit dieser.«

Albert schob seinen Hut nach vorn in die Stirn. »Mademoiselle?«

»Das wäre schön, wenn Ihr uns eine überließet.« Sie streckte vorsichtig einen Finger nach der Gans im Arm des Bauern aus. »Diese da nehme ich.«

»Wir werden auskommen.«

Der Bauer drehte der Gans den Hals um. Mirella zuckte zusammen, als die Halsknochen knackten. Gina machte ein mürrisches Gesicht, aber sie reichte dem Bauern die zehn Carlini, bevor sie ihm die Gans abnahm und in ihren Korb steckte.

Der Bauer griff nach der nächsten Gans im Gatter und Mirella wandte sich schnell ab. Hinter ihr schnatterten die Gänse empört.

»Wir haben zu viel bezahlt.«

»Mag sein. Aber es wird noch teurer werden, wenn die Franzosen alles aufkaufen.«

»Der Soldat kannte dich.« Es war Gina anzuhören, dass sie vor Neugier platzte.

»Natürlich.« Mirella versuchte, beiläufig zu klingen. »Es waren alle da beim Empfang des neuen Dogen.«

»Und wer ist das?«

Mirella lachte. »Geh und versuche, Zwiebeln und Maronen für die Füllung zu bekommen. Ich schaue nach Mehl.«

Als sie nach Hause kamen, war Dario wieder da.

»Ich bleibe«, erklärte er, als Mirella in seine Arme stürzte. »Wenn du versprichst, mich nicht zu erwürgen.«

»Wo warst du so lange?«

»Sei nicht so neugierig.« Er klang fast wie Alexandre; Männer, die nicht über sich reden mochten. Ob Enzo Rita genauso abwies? »Was amüsiert dich so, Schwesterchen?«

Aber dann musste sie ihm auch nicht alles erzählen; sie hakte sich bei ihm ein. »Gehen wir zu Tisch. Sonst kriegen wir Ärger mit Gina und sie kocht nie wieder Tintenfisch-Risotto.«

»So etwas bekommt ihr wieder auf dem Markt?«

Mirella zog ein funkelndes Silberstück aus ihrer Rocktasche. »Schau, de Guise hat die Münze in Betrieb gehen lassen. Wir haben jetzt wieder Geld.«

Er nahm ihr die Münze ab und drehte sie um. »Ohne

Kopf. Wenigstens ist er nicht eitel.« Mit einem Achselzucken gab er sie ihr zurück. »Oder seine Herrschaft nicht von langer Dauer zu halten.«

»Aber Dario! Es ist *unsere* Republik.«

»Von Gnaden des französischen Königs! Ob Philipp von Spanien oder Ludwig XIV – wo ist der Unterschied? Sie sind sogar katholisch alle beide.«

Im Esszimmer warteten der dampfende Risotto und eine ungehaltene Gina auf sie. »Ich fühle mich geehrt, dass die Herrschaften mein bescheidenes Mahl zu würdigen gedenken.«

Dario ignorierte sie und beugte sich zu Rita, die ihn mit einem Kreuzzeichen auf die Stirn begrüßte. »Wo ist Vater?«

Gina schnaubte.

»Er hat wieder beim Dogen gegessen.«

Gina schnaubte noch empörter.

Mirella setzte sich und bat Gina, ihr aufzutun. »Bin ich froh, dass dein Zorn nicht uns gilt.«

»Vater erwartet dich im Kontor. Er ist froh, dass du wieder da bist.« Rita griff nach ihrem Besteck. »Und ich auch. Ich habe mir Sorgen gemacht um dich.«

»Nun, ich bleibe. Die Barone brauchen mich nicht in ihrer Armee. Als sie merkten, dass ich ein Federfuchser bin, haben sie dankend auf meine Dienste als Soldat verzichtet.«

Die Barone? Mirella musterte ihn alarmiert von der Seite. »Ich habe gehört ...« Sie erstarrte. Sie nahmen doch jeden, der einen Dreschflegel oder einen Knüppel halten konnte. ,... als Soldat ...' hatte er gesagt. Das musste etwas bedeuten; er log nie ohne Not.

Als er später mit Enzo zurückkam, war er glänzender Laune. »Dieser Franzose ist vielleicht doch nicht so übel.« Er grinste über Mirellas erstaunten Blick. »Zumindest nützlich. Durch die Ausrüstung seiner Armee können wir unser Lager in zwei Monaten wieder aufgebaut haben.«

Feixend hielt er ihr eine imaginäre Elle an. »Eine Ausgehuniform für den Grafen? Und vielleicht sehen wir doch bald
ein paar Demoisellen, die neue Kleider brauchen? – Sagt man
nicht, der Papst habe die Ehe des Herzogs annulliert? Wird es
zu Sylvester einen Ball geben?«

Enzo strömte die Erleichterung aus allen Poren. »So hältst
du dich endlich raus.«

»Ja, Vater.« Dario neigte den Kopf in einer demütigen
Geste. »Er hatte recht. Wie immer.« Darios Stimme hatte einen Unterton, der Mirella genauso wenig gefiel wie der Eifer,
den er plötzlich an den Tag legte.

***

Aber er warf sich tatsächlich mit Feuer und Flamme auf den
Tuchhandel. Zwar gab es noch immer keine Demoisellen,
aber die Damen der neapolitanischen Gesellschaft wollten
Kleider für die Winterbälle. Sie waren entschlossen, die Kanonaden der spanischen Flotte zu ignorieren, die immerhin spärlicher geworden waren.

Dario verließ ein zweites Mal die Stadt, um selber kostbare
Stoffe aus Florenz und Lucca zu holen. Er begründete es damit, dass er für die Sicherheit des Transports fürchte angesichts
der ständigen Scharmützel in der Provinz. Andererseits wollte
er keinen Begleitschutz, was er wiederum mit den Scharmützeln begründete: Es sei unauffälliger und ließe keine wertvolle
Fracht vermuten, wenn er mit dem Karren allein unterwegs
wäre. Tatsächlich kam er unangefochten mit der Ware zurück.

Am Abend nach seiner Rückkehr kam er in Mirellas Zimmer. Er schloss die Tür hinter sich, blieb aber dort stehen.
»Willst du mir immer noch helfen?«

Mirella erschrak. So war ihr Verdacht berechtigt gewesen:
Er hatte sie alle betrogen.

Vermutlich sah er ihr an, was sie dachte, denn er kam zu

ihr und hockte sich vor ihr auf die Fersen. Er nahm ihre Finger, drehte die Handflächen nach außen und strich über Felipes Ring. »Wir haben immer noch zwei Hochzeiten geplant, nicht wahr?«

Sie starrte auf den Ring. Seit Wochen schon hatte sie nicht mehr an Felipe gedacht. Nach wie vor harrte er an der Seite von Don Juan auf dem Flaggschiff aus. »Fürchtest du noch immer, du bekommst Stefania nicht, wenn ich keine Herzogin werde?«

»Willst du denn nicht mehr?«

Die Frage ließ sie schlucken. »Doch natürlich.« Viel zu desinteressiert klang das. »Aber die Zeiten …«

»Da die Sarno und die Oliveto ihre Bälle geben«, er erhob sich, »können wir auch Hochzeit feiern. Dafür werden die Franzosen Felipe wohl an Land lassen.«

»Wann willst du um sie anhalten?«

Dario seufzte. »Ich hätte es längst getan …«

Wenn es ihm nur darum ging! »Aber? Du brauchst meine Hilfe.« Erleichtert atmete sie auf.

Er nickte. »Nicht bei der Marchesa. Ich möchte Zugang zum Hof so wie du. Nimm mich mit, wenn du in den *Palazzo Reale* gehst. Es würde mir größere Anerkennung bei den Oliveto verschaffen.«

»Das ist kein Problem. Es fehlt an guten Billard-Spielern.« Sie grinste. »Gegen mich gewinnt es sich zu leicht.«

»Mit wem spielst du?«

»Ich habe schon mit fast jedem aus de Guises Gefolge gespielt. Die befreiten Orte stehen unter dem Schutz neapolitanischer Soldaten; seine Männer langweilen sich, während sie auf besseres Wetter warten.«

»Auch mit dem Comte de Modène?«

»Wieso?«

Dario zuckte die Achseln. »Ich erinnere mich, dass er mit dir getanzt hat.«

»Der Comte ist fast immer unterwegs. Er rekrutiert die Soldaten.« Sie schmunzelte. »Damit jemand Matteos Uniformen trägt.«

»Der Doge ist sehr großzügig mit dem Geld seines Königs.«

»Es ist sein eigenes Geld, Dario. Mazarin unterstützt ihn nicht ernsthaft. Ich glaube, de Guise hat beschlossen, sich nur noch auf sich selbst zu verlassen.«

»Woher weißt du das?«

»Der Marquis de Montmorency ... Die Offiziere erzählen viel während unserer Partien.«

»Das eben denke ich mir.« Er zog sie am Zopf. »Und da du neugierig bist. So ist es gut; erzähl mir nur immer alles, was du erfährst.«

»Wieso?« Sie nahm ihm den Zopf weg.

»Es ist interessant.«

Erneut stieg Misstrauen in ihr hoch. »Dario, sag mir die Wahrheit: Du bist immer noch in irgendetwas verstrickt. Darum verreist du so eifrig. Wem hilfst du?« Er würde nicht lügen; dessen war sie sicher.

Dario trat ans Fenster. »Hast du gesehen? Annese hat sich dort unten im Turm vom *Carmine* verschanzt und mag de Guise nicht mehr folgen. Was meinst du, wie lange er sich halten kann?«

»Annese?«

»De Guise.« Er kam zu ihr zurück. »Wenn das stimmt, dass Mazarin ihn nicht unterstützt, kann er diesen Krieg nicht gewinnen.« Einen Augenblick schien er nicht zu wissen, ob er noch mehr sagen sollte. Er knirschte mit den Zähnen. »Sollen wir die Stadt für nichts und wieder nichts in Trümmer schießen lassen? Wäre es nicht besser, der Spuk ginge so schnell wie möglich vorbei? Und wir heiraten im Frieden.«

»Du beteiligst dich noch immer an irgend etwas! Stehst du etwa auf Seiten der Barone? Denen geht es nur um ihre Macht in der Stadt; dafür führen sie Krieg gegen das eigene Volk.«

Sie zog ihn neben sich aufs Bett und sah ihn eindringlich an. »Dario! Wie kannst du das gutheißen?«

»Das tue ich nicht. Aber die Spanier brauchen Unterstützung, um den Krieg zu beenden. Die Siege von de Guises Armee werden uns keinen Frieden bringen.«

Erbost sprang Mirella auf und stemmte die Fäuste in die Hüften. »Das ist Verrat!«

»An wem? Was gehen uns die Franzosen an?« Dario schnaufte verächtlich.

»Unter de Guise geht es den Menschen besser als zuvor. Warst du nicht immer gegen jene, die Politik zu ihrem eigenen Nutzen betreiben?«

»Hat dir der Doge den Kopf verdreht? Es heißt, er sei nicht mehr verheiratet …«

Mirella stampfte mit dem Fuß auf. »Du sollst mich nicht ständig aufziehen!«

Zu ihrer Überraschung lachte Dario nicht, sondern schaute sie nachdenklich an. »Umgekehrt wäre es nicht das Dümmste.«

Sie ignorierte seine merkwürdige Bemerkung und setzte ihre eigenen Gedanken fort. »De Guise ist anders. Die Steuern sind niedrig und nicht er, sondern der Rat entscheidet über deren Verwendung. Zudem rüstet er die Armee von seinem eigenen Geld aus statt die Stadtkasse damit zu belasten.«

»Der edle Ritter also?«

»Zumindest … Die Männer, die zu seinem Gefolge gehören, sind keine Söldner. Sie kämpfen für Neapel, weil sie davon überzeugt sind, dass wir unsere Freiheit verdient haben. Der Marquis de Montmorency zum Beispiel. Du hast doch gehört, was Albert damals über ihn erzählt hat.«

»Meinetwegen.« Dario zuckte die Achseln. »Aber die Flotte, die Mazarin geschickt hat, hat sich nach drei belanglosen Schießereien wieder zurückgezogen. Don Juan hat ein einziges Schiff in dieser … Seeschlacht … verloren. Dabei hatte er

nicht einmal mehr genügend Pulver, um alle Schiffe in den
Kampf zu schicken.«

»Und die spanischen Söldner verkaufen Annese ihre Waffen. – Darum ... wir werden sie mit ihren eigenen Waffen schlagen.« Sie strahlte voller Triumph. »Stell dir das vor!«

»Also doch Kampf und Krieg!« Dario lachte auf; es klang
sehr zynisch.

»Sollen wir verhungern?«

»Wir! ... Mirella, wir hatten noch nie Probleme. Und das
würde sich nur dann ändern, wenn die Seidenweber sich mit
ihrem Einfuhrverbot durchsetzten. Deshalb brauchen wir die
Barone. Sie setzen Spanien unter Druck, den Kampf weiterzuführen.«

Dienstag, 24. Dezember 1647

Von der dritten Reise war Dario nicht wie vorgesehen zurückgekommen.

Der Wintereinbruch mochte die Passwege im Apennin unpassierbar gemacht haben, sodass er den sehr viel längeren Weg an der Küste entlang genommen haben musste. Aber Rita flatterte wie ein aufgescheuchtes Huhn im Haus auf und ab, während sie die Weihnachtsvorbereitungen beaufsichtigte. Und Enzo machte das Warten auf Darios Rückkehr mit den Stoffen gleichfalls von Tag zu Tag nervöser. Stefania fragte täglich zwei Mal nach ihm und verbarg ihre Besorgnis hinter einer Launenhaftigkeit, die sie nur in der Öffentlichkeit im Zaum hielt.

Deshalb zog es Mirella regelmäßig in den *Palazzo Reale*. Dort war sie vor der häuslichen Unruhe sicher und Stefania verhielt sich wie ein normaler Mensch. Zuvor hatte Stefania sich nie dafür interessiert, aber da auch Dario spielte, wenn er in Neapel war, übte sie nun Tag für Tag. Inzwischen hatten sie mit den jungen Männern des Herzogs eine Art Billard-Club gegründet.

Auch am Morgen vor Weihnachten holte sie Mirella ab.

»Warum ist er immer noch nicht zurück?«, fragte sie wie gewöhnlich. »Es ist doch gleich Weihnachten.« Aber sie sprühte trotzdem vor guter Laune, scherzte mit Gina, während Mirella sich anzog, und summte ein Weihnachtslied, als sie dann das Haus verließen.

In der Kutsche fiel sie Mirella um den Hals. »Ich habe ein wunderbares Geschenk für Dario!«

Schockiert dachte Mirella an das Gespräch mit Rita. »Ihr habt doch nicht etwa ...«

»Und wenn?« Stefania lachte vergnügt. »Alle machen es.«

»Also habt ihr ... Ihr seid doch nicht verheiratet!«

»Aber bald!« Stefania holte tief Luft. »Bald sind wir Schwestern. Meine Eltern haben ja gesagt. Ich habe es endlich gewagt, sie zu fragen.« Sie kicherte und rückte ein Stück von Mirella weg. »Sie haben es gewusst. Die ganze Zeit. Solche Heimlichtuer.«

Mirella lachte. »Aber das seid ihr doch auch gewesen.«

Die Kutsche bremste abrupt. Tonio, der Kutscher der Oliveto, hatte wieder einmal seinen »müden Tag«.

Stefania lachte noch mehr. »Er hat wohl schon gestern Weihnachten gefeiert.«

Mirella fand das gar nicht komisch. »Eines Tages wird er jemanden unter die Räder nehmen. Ihr solltet euch einen anderen Kutscher zulegen.«

»Und was wird aus ihm?« Stefania hatte ja recht, aber trotzdem ...

Nebel stieg vom Hafen hoch und zog in dichten Schwaden über den *Largo*. Mirella überlief eine Gänsehaut und sie schüttelte sich, als sie vor dem *Palazzo Reale* ausstiegen. Sie hatte Nebel noch nie gemocht, aber an diesem Morgen verbarg er Böses – die spanischen Schiffe draußen im Golf.

Edoardo erwartete sie in der Eingangshalle. »Die Herren bitten die Signorine um einen Augenblick Geduld. Sie kommen in den Billard-Saal, sobald Seine Exzellenz sie entlässt.«

Er schritt ihnen würdevoll voraus. Zu Zeiten des Vizekönigs war er niemals so stolz gegangen.

»Die Menschen haben sich verändert in den letzten Wochen. Man sieht ihnen an, dass sie freier geworden sind.«

»Dabei ist das Leben noch schwieriger geworden. Stell dir vor, Matilda hat keine Gans mehr bekommen für morgen. Solange ich lebe, hat es Gans gegeben als Weihnachtsessen.«

Mirella grinste. »Dann müssen sich deine Eltern von de Guise einladen lassen. Ich fürchte, er hat alle noch lebenden

Gänse der Stadt aufgekauft. Außer der einen, die Albert mir gelassen hat.«

»Ich bin froh, dass es keine Gans gibt. Ich mag das eklige Fett nicht.«

Kichernd betraten sie den Billard-Saal.

Edoardo legte die Kugeln auf den blau bespannten Tisch und reichte ihnen die Billardschläger.

Stefania zog eine dünne Schnur aus ihrer Manteltasche. »Zum Üben.«

»Wenn du geradeaus schauen würdest, bräuchtest du die nicht. Außerdem, wie willst du es nachher ohne können?«

»Wenn du mir den Marquis de Montmorency überlässt, gewinne ich auch einmal.«

»Aber nicht alleine gegen mich.«

»Wir werden ja sehen.« Stefania warf einen schnellen Blick auf Edoardo, der an der Wand stand und auf ihre Befehle wartete. Sie verknotete ein Ende der Schnur in der Mitte des Tores, durch das sie die Kugel spielen wollte. Anschließend spannte sie sie über die Kugel hinweg bis an den Rand des Tisches, um die Stelle zu finden, wo sie abschlagen musste. Danach stellte sie sich in Position.

»Meine Güte!« Kopfschüttelnd verfolgte Mirella ihre komplizierten Vorbereitungen. »Vielleicht solltest du die Stelle noch mit Kreide markieren, damit du dich nicht vertust.«

Stefania sah auf und strahlte. »Das ist eine gute Idee.« Sie hatte den Spott wahrhaftig nicht begriffen. »Haben wir Kreide, Edoardo?«

»Nein, *Principessa*. Und ich glaube auch nicht, dass es die irgendwo im Schloss gibt.« Vermutlich hatte er genauer zugeschaut als es den Anschein gehabt hatte.

Mirella feixte noch mehr. »Fang endlich an.«

Stefania packte den Schläger fester. So fest, dass sie keinen Schwung in den Schlag legen konnte. Die Kugel rollte gemächlich über den Stoff und blieb ein Stück vor dem angepeilten Tor liegen. »Der Winkel stimmt. Jetzt hast du es einfach.«

Mirella klopfte ihr im Vorbeigehen auf den Arm. »Beim nächsten Spiel mache ich die Vorgabe.« Eine Drehung aus dem Handgelenk und dann rollte die Kugel durchs Tor, klackte laut gegen die nächste und ließ sie über die Leiste dahinter springen.

»*Très bien*«, klang die Stimme des Comte de Modène von der Tür.

Edoardo verneigte sich hastig.

Hinter de Modène betrat Alexandre den Saal. Sein Blick war finster wie selten.

Stefania eilte auf ihn zu und fasste ihre Röcke, als wolle sie einen Knicks vor ihm machen, aber tat es natürlich nicht. »*Monsieur le Marquis*, gebt Ihr heute mir die Ehre? Mirella hat ihren großzügigen Tag.«

Alexandre nickte, ohne eine Miene zu verziehen. Er kam auf Mirella zu und sie gab ihm lächelnd die Hand. »Signorina, ich habe eine Mitteilung für Euch.« Seine Stimme war rau; er deutete zur Galerie.

»Sprecht nur; wir haben keine Geheimnisse voreinander.«

Doch er ging zur Galerie und ihr blieb nichts anderes übrig als ihm zu folgen. Er schloss die Tür hinter ihr. Mit seinem Blick schien er jemanden ermorden zu wollen. Mirella erschrak. Ein Kälteschauer lief von ihrem Nacken aus den ganzen Rücken hinunter und ließ sie frösteln.

»Was habt Ihr heute? Warum so geheimnisvoll?«

Er deutete auf einen Sessel und setzte sich dann Mirella gegenüber. Er sprach leise, als könne jemand sie belauschen. »Mirella, man hat Euren Bruder in den Kerker im *Torrione* gebracht.«

Als sie hochfuhr, hielt er sie in ihrer Bewegung fest. »Beherrscht Euch.«

Sie blickte ihn entsetzt an. »Aber warum? Wer tut das?«

»Anneses Milizen haben ihn in flagranti erwischt. Man hatte schon länger ein Auge auf ihn.«

Entsetzen nahm ihr den Atem. Auf keinen Fall durfte sie jetzt die Heulsuse spielen. Alexandre würde es ihr nicht abnehmen. Sie schluckte nervös. Aber ihre Stimme brach und sie krächzte, den Tränen nahe. »Wobei in flagranti?« Hoffentlich sah er ihr nicht an, dass sie es ahnte.

Sein Blick wurde endlich weicher; in seinen Augen stand Mitleid. »Verrat!«

Mirella senkte den Kopf. Jedes Wort konnte jetzt falsch sein; und keinesfalls durfte er auf den Gedanken kommen, dass sie davon gewusst haben könnte. »Aber ...«

Alexandre griff nach ihren Händen. »Man wird Eurem Bruder den Prozess machen. Henri hat verhindert, dass man ihn heute früh einfach geköpft hat.« Er drückte ihre Finger. »In Frankreich wird einem seit Langem der Prozess gemacht, bevor man hingerichtet wird. Aber das wird nichts ändern.« Wie bei seinem Vater?

»Aber wenn das Gericht nicht beweisen kann, dass er schuldig ist.«

»Es reicht, wenn er gesteht.«

Wenn ... und wenn nicht? Sie begann zu zittern. Sie würden dafür sorgen, dass er gestand. »Ich muss es Stefania sagen.«

Sein Blick ging hinüber zum Billard-Tisch. Der Comte de Modène führte Stefania gerade die Hand, um ihr den richtigen Abstoßwinkel zu zeigen. »Es ist besser, Ihr sprecht mit niemandem darüber.«

»Aber ... sie muss es wissen. Sie sind so gut wie verlobt.«

Alexandre hob eine Augenbraue. »Dann ist Euer Bruder mehr als dumm.«

»Also glaubt Ihr auch, dass Dario ein Verräter ist!«

Er sah sie an, als wolle er mit seinem Blick in ihren Kopf eindringen. »Was wisst Ihr davon?«

»Ich ...« Wenn sie ihm antwortete, lief sie Gefahr, dass sie etwas Falsches sagte. »Wovon?«

»Dario war offiziell im Auftrag Eures Vaters unterwegs. Inoffiziell auch?«

»Inoffiziell?« Was sollte das bedeuten? Ihr stockte der Atem, als ihr klar wurde, was er meinte: dass Enzo nicht nur davon wusste, sondern beteiligt war. »Wann ist Dario festgenommen worden?« Sie klammerte sich an das Nächstliegende: klare Auskünfte. Antworten von Alexandre, nicht von ihr.

»Vor drei Tagen.«

»Warum habt Ihr mir nichts gesagt?« Das war unverschämt; sie wusste es in dem Moment, als sie die Frage ausgesprochen hatte. Sie hatte keinen Anspruch darauf, überhaupt davon zu erfahren.

Aber er blieb sanft. »Weil ich es nicht wusste, Mirella. Auch Henri hat es erst gestern Abend erfahren. Als er das Todesurteil zur Unterschrift vorgelegt bekam.« Sie wagte wieder, ihn anzusehen. Das maliziöse Lächeln in seinen Mundwinkeln verblüffte sie. »Er hat Glück, dass Henri Eurem Waffenschmied inzwischen spinnefeind ist. Um allen zu zeigen, wer der Herr in der Stadt ist, hat er auf einem Gerichtsverfahren bestanden.« Sein Lächeln wurde wärmer und erreichte seine Augen. »Falls Euer Bruder nicht gestanden hat, ist er vielleicht noch nicht verloren.«

Scheu erwiderte sie sein Lächeln. »Ich danke Euch. Was kann ich tun?«

»Ihr habt dem Dogen zu danken! – Aus Eitelkeit setzt Henri die ganze Unternehmung aufs Spiel.« Sein Blick verdunkelte sich wieder. »Genau genommen ist Annese der wahre Verräter an Eurer Republik. Eines Tages ist er imstande ...«

Das interessierte sie jetzt gar nicht. Sie unterbrach ihn, indem sie ihm ihre Hände entzog. Gleich darauf bedauerte sie es; ohne die Wärme seiner Finger fühlte sie sich plötzlich schutz-los. »Was kann ich tun?«

Er blickte wieder in den Billard-Saal hinüber. »Das weiß ich nicht. Eure Freundin sollte es nicht erfahren.«

»Aber wird der Prozess nicht öffentlich sein?«

»Das hängt davon ab, wer sich durchsetzt. Mag sein, Henri hält es nicht für klug. Immerhin ist Euer Vater derjenige, der unsere Armee ausstattet.«

»Und Dario war zu diesem Zweck unterwegs!«

»Wisst Ihr das so sicher?«

»Ja!« In diesem Moment glaubte sie wirklich, was sie sagte. Und sie schien überzeugend geklungen zu haben.

»Vielleicht hilft das Eurem Bruder.« Sein Blick war warm. »Wir werden sehen.« Er stand auf und streckte ihr die Hand entgegen. »Eure Freundin wird sich fragen, warum wir hier so lange ... Das ist nicht gut. Ihr solltet nicht in die Verlegenheit kommen, sie anzulügen.«

Aber sie widersetzte sich der Bewegung, mit der er sie zurückbringen wollte. »Ihr habt gefragt, ob Dario inoffiziell in Vaters Auftrag unterwegs war. Das bedeutet, dass man auch ihn beschuldigt.«

Alexandre nickte. »Euer Vater hat Feinde, nicht wahr? Solche Angelegenheiten werden leicht zum Vorwand genommen ...« Die Muskeln in seinem Gesicht zuckten, als er die Zähne zusammenbiss. Er dachte gewiss an den Tod seines Vaters; das musste so ähnlich gelaufen sein. Dario hatte ihr mehr als einmal erklärt, dass Kriege, unter welchem Vorwand auch immer, in Wahrheit dazu dienten, mehr Macht zu erlangen und sich neue Reichtümer zu sichern.

Aber Neapel war doch nicht so! Neapel kämpfte um seine Freiheit!

Mirella spielte so schlecht wie nie. Sie brachte es fertig, zuerst mit dem Comte de Modène, dann mit Alexandre zusammen zu verlieren.

Stefania hatte ihren irritierten Blick immer öfter auf Mirella statt auf dem Spieltisch. »So schlecht hast du noch nie gespielt«, sagte sie schließlich im breitesten Neapolitanisch.

»Du auch nicht«, gab Mirella absichtlich patzig zurück. Gleich darauf legte sie Stefania ihren Arm um die Schultern. »Tut mir leid. Ich bin heute wirklich nicht beim Spiel.«

Stefania war trotzdem verärgert; sie presste die Mundwinkel zusammen. »Wo denn?«

Mirella hielt kurz die Luft an. »Bei Dario.« Sie fing einen wachsamen Blick Alexandres auf, der vermutlich außer Darios Namen nichts verstanden hatte.

Es war nicht gelogen. Sie hatte Stefania einen nachfühlbaren Grund gegeben und sie nun vielleicht sogar davon abgelenkt, nach ihrem Gespräch mit Alexandre zu fragen. Sie nahm sich zusammen und spielte konzentriert genug weiter, um gemeinsam mit dem Comte de Modène eine Partie zu gewinnen.

Alexandre nickte ihr anerkennend zu, während Stefania spielerisch die Nase rümpfte. »Und ich war überzeugt, mit Euch zusammen sei ich unschlagbar.«

»Morgen ist Weihnachten, wie schade«, sagte de Modène. »Ich hätte Euch gerne eine Gelegenheit zur Revanche geboten.«

»Wenn ich nur dieses Jahr noch die Gelegenheit dazu bekomme, so will ich es zufrieden sein.« Übermütig schenkte Stefania ihm einen koketten Augenaufschlag.

De Modène setzte eine bedauernde Miene auf und gab sich zerknirscht. »Ich fürchte, es steht nicht in meiner Macht, darüber zu befinden. Die Spanier planen etwas. Sie halten wohl nicht so viel davon, das neue Jahr an Bord ihrer Schiffe zu erwarten.« Trotz der düsteren Worte machte er allerdings nicht den Eindruck, als sei er darüber beunruhigt.

Mirella ballte die Fäuste. Und wieder erntete sie einen besorgten Blick Alexandres, der ihr seine Wachsamkeit bewies. Fürchtete er, sie könne einen Fehler machen? Seine Sorge tat ihr gut; sie würde sich an das halten, was von ihm an Zeichen kommen mochte. »Weihnachten dauert bei uns nur einen Tag; *Santo Stefano* zählt nicht mehr viel.« Sie hielt so unauffällig wie möglich ihren Blick auf Alexandre.

De Modène lachte. »Wir passen uns gerne den neapolitanischen Gepflogenheiten an.«

»Vielleicht sagen wir trotzdem unseren Eltern nichts?«

Alexandres Augenbraue zuckte. »Heimlichkeiten? Besser nicht!« Hoffentlich verstand sie ihn richtig und beging keinen Fehler, wenn sie Enzo und Rita einweihte.

»Ich komme mit«, sagte Stefania, als die Kutsche vor dem Haus der Scandore hielt. »Ich möchte deinen Eltern ein frohes Fest wünschen.«

Mirella unterdrückte einen Seufzer, obwohl Stefania ihn sicher unverfänglich gefunden hätte. »Das wird sie freuen. Wir werden wenige Gäste haben dieses Jahr.« Wie gut das war, wurde ihr erst jetzt klar.

Stefania zwinkerte. »Du weißt genau, dass ich in Wirklichkeit wissen möchte, wann Dario nach Hause kommt. Er wird doch fürsorglich genug sein, einen Boten vorauszuschicken.«

Sie sprang ganz undamenhaft aus der Kutsche und lief die Treppe zum Haus hoch. Mirella dagegen ließ sich Zeit und von Tonio die Trittbretter hinunter helfen. Kopfschüttelnd wartete Stefania an der Tür auf sie.

Sie sollte eigentlich Tonio in die Küche einladen; es war schließlich Weihnachten. Aber ein frierender Kutscher mochte Stefania nötigen, schneller zu gehen. Schalt man sie ob ihrer Ungezogenheit, könnte sie behaupten, sie habe Tonios Hang zum Alkohol nicht unterstützen wollen. Doch Rita verdarb ihren Plan. Sie ging sogar selber hinaus, um Tonio in die Küche zu schicken. Und Stefania ließ sich zum Mittagessen einladen.

Als Gina dann den Kaffee servierte, holte Rita ein Päckchen hervor, das in blaue Seide eingeschlagen war. »Für dich, mein Kind.« Sie küsste Stefania auf die Stirn. »Wir wissen sehr wohl von euren Plänen und sind einverstanden. Ich freue mich, dich in meinem Haus aufzunehmen.« Ihr Blick ging zu Mirella. »Als Ersatz für die Tochter, die ich bald an ein fremdes Land verlieren werde.«

Mirella stiegen die Tränen in die Augen. Unter dem Tisch grub sie die Fingernägel in die Handballen, dass es schmerzte.

Stefania nahm das Geschenk behutsam entgegen. »Ich bin gerührt und überwältigt.«

Auch Enzo stand auf, gab ihr erst die Hand und dann einen Kuss auf die Stirn. »Willkommen bei uns. Auch wenn du sowieso schon lange hier so gut wie zu Hause bist.« Er zwinkerte ihr fröhlich zu. »Soll ich mit deinem Vater sprechen?«

»Das ist meine Weihnachtsüberraschung für euch.« Stefanias Augen blitzten vor Vergnügen. »Sie wissen es und sind einverstanden. Eigentlich wollte ich es nicht verraten ohne Dario.«

Mirella presste eine Hand auf den Mund, um den Schluchzer zu dämpfen, den sie nicht unterdrücken konnte. Verwundert wandten sich ihr alle zu. Da konnte sie nicht mehr verhindern, dass ihr die Tränen übers Gesicht liefen.

»Dario sollte es zuerst erfahren«, wiederholte Stefania irritiert. »Aber nun habt ihr mich so überrascht und er ist nicht da ...« Ihre Stimme verlor sich; sie wirkte plötzlich ein wenig hilflos.

Mirella würgte erstickt. Stefania nichts zu sagen; wie furchtbar. Das ging doch nicht.

Enzo stand auf und befahl Gina, eine Flasche *Blanquette* zu bringen. »Verlobung kann man ohne den Bräutigam schlecht feiern, aber auf das Anwachsen unserer Familie können wir wohl trinken.«

Mirellas Tränen tropften in ihr Glas und sie kippte den Wein fast in einem Zug hinunter. Daraufhin nahm Rita ihr das Glas weg. »Du bist das nicht gewohnt, Kind. Hör auf!«

»Es ist doch Weihnachten«, widersprach Mirella in einem Anfall von unsinnigem Trotz.

Enzos Blick war eher verständnislos als tadelnd. Er hielt ihr sein Taschentuch hin. »Nun übertreib nicht so!«

Sie senkte den Blick und wartete schweigend darauf, dass Stefania ging.

Enzo, inzwischen ein wenig beschwipst, ließ es sich dann nicht nehmen, seine künftige Schwiegertochter zu ihrer Kutsche zu geleiten.

Kaum waren die beiden draußen, setzte Rita sich neben Mirella und nahm sie in die Arme. »Was ist los mit dir? Willst du Felipe nicht mehr heiraten? Ist es das, was dich bedrückt? Sag es uns nur, bevor du dich in eine falsche Ehe stürzt. Ich argwöhne es schon lange. Auch dein Vater wird es verstehen ...«

Zum ersten Mal seit Langem war Mirella der Mutter dankbar für ihre Redseligkeit. Sie ließ ihre Worte an sich vorbeirauschen und wartete darauf, dass Enzo zurückkam. Doch dann rief er stattdessen nach Fabrizio; die Unruhe trieb ihn wohl selbst an diesem Nachmittag fort.

Mirella nahm ihren ganzen Mut zusammen. »Bitte, sagt Vater, dass ich mit euch sprechen muss. Bevor er zur Baustelle fährt.«

»Dachte ich es mir doch.« Rita nickte und ging zur Tür.

Wenn es das doch wäre! Mirella sah ihr verzweifelt hinterher. Das war es auch; oder nicht? Sie spürte den Druck von Alexandres warmen Händen auf ihren Fingern.

Freitag, 27. Dezember 1647

»Je weniger Leute davon wissen, desto mehr Spielraum bleibt«, hatte der Comte de Modène gesagt, als er Enzo die Genehmigung für Mirellas Besuch im *Torrione* übergab. Darum fuhr Enzo jetzt die Kutsche selbst.

Neben Mirella saß Rita. Sie hatte darauf bestanden mitzukommen und brachte Mirella jetzt an den Rand des Wahnsinns mit ihrem Gejammer.

»*Mamma*, so hör Sie endlich auf! Ich kann ja gar nicht nachdenken!«

»Wie sprichst du mit mir?« Rita blitzte sie zornig an. »Du hast die ganze Zeit mit Dario unter einer Decke gesteckt!«

Mirella schloss die Augen. »*Mamma!* Bitte!«

Rita schwieg schließlich. Erst als Enzo am *Torrione* Mirella aus der Kutsche half, öffnete sie wieder den Mund. Aber jetzt war es an Enzo, ihr einen Blick zuzuwerfen, der sie schweigen hieß.

Mirella folgte ihm zum Tor; mit jedem Schritt wuchs ihre Angst. Was erwartete sie dort?

Er ließ den schweren Türklopfer anschlagen; dann drehte er sich zu ihr um und nahm sie fest in die Arme. »Wir warten hier auf dich.« Er zitterte mehr als sie selbst, als er sie an sich drückte. »Meine tapfere Kleine. Pass auf, was du sprichst. Vielleicht hängt alles davon ab.«

Ein Riegel quietschte, als er zurückgezogen wurde. Dann drehte sich knarrend ein Schlüssel.

Mirella zitterten die Knie. Doch sie befreite sich aus Enzos Armen und richtete sich kerzengerade auf.

Ein Milizionär Anneses stand neben dem Tor, dahinter ein

schwarz gekleideter Mann. Ein Tintenfleck neben dem Mund verriet ihn als Schreiber.

Die Wache trat zur Seite.

»Signore, Er wünscht?«

Enzo zog den Passierschein aus der Manteltasche und hielt dem Schreiber das Siegel vors Gesicht. »Meine Tochter hat die Erlaubnis des Dogen, ihren Bruder zu sprechen.«

Der Schreiber nahm Enzo das Dokument ab, zog einen Zwicker hervor und setzte ihn auf. Er studierte das Papier und murmelte dabei die Worte mehrmals hintereinander, als wolle er sie auswendig lernen. »Das hatten wir noch nie!« Er musterte Mirella von unten bis oben. »Sie wird ihre feinen Kleider schmutzig machen! Eine Dame wie Sie hatten wir noch nie.« Er kratzte sich hinter dem Ohr. »Sie sieht ihm nicht sehr ähnlich. Ist Sie wirklich die Schwester?«

Enzo begann rot anzulaufen, ein sicheres Zeichen, das er gleich aus der Haut fahren würde.

Mirella erschrak; schnell trat sie vor ihn und reckte ihren Kopf noch ein wenig höher. »Wird Er dem Befehl des Dogen nun folgen und mich einlassen?«

Fast hätte sie gegrinst, als der Schreiber einen halben Schritt vor ihr zurückwich und sich ein wenig verneigte. »Selbstverständlich, Signorina. Bitte hier, Signorina.« Noch nie hatte sie so mit jemandem gesprochen. Es stimmte also, dass Arroganz sich auszahlte.

Doch gleich darauf stieg wieder Angst in ihr hoch. Der Schreiber führte sie durch einen dunklen Korridor zu einer langen Treppe, auf deren steinernen Stufen ihre Schritte laut widerhallten. Als wollte es das Echo dazu geben, schlug ihr Herz mit jedem Schritt heftiger. Bald waren ihre Hände schweißnass; sie wischte sie aneinander ab.

Der Keller war dagegen aus gestampfter Erde; ein lehmiger Boden, auf dem an vielen Stellen das Wasser stand. Der Gang wurde spärlich von einzelnen qualmenden Fackeln erleuchtet und ging um mehrere Ecken. Zuweilen entschwand der Schreiber ihrem Blick und sie hörte nur noch das Klirren seiner Schlüssel. Sie beeilte sich, Schritt zu halten, denn er nahm keine Rücksicht. Die Wände rückten immer dichter an sie heran, je weiter sie g. Darum hatte er gesagt, sie würde sich ihre Kleider schmutzig machen. Sie wickelte ihre Röcke enger um sich, aber es mochte wenig nützen. Von Zeit zu Zeit traf sie ein Tropfen ins Gesicht. Ihre Schuhe sogen sich mit Wasser voll und ihre Füße wurden eiskalt. Dann ging es eine Schräge hinab, die im Fackellicht schmierig-feucht schimmerte. Unwillkürlich streckte sie die Hand nach einem Geländer aus, um nicht darauf auszurutschen; aber es gab natürlich keines.

Sie blickte zurück und ein Schauer lief ihr über den Rücken. Wenn dieser Mann es nicht wollte, würde sie nie wieder den Weg nach draußen finden.

Endlich blieb er vor einem hohen Eisengitter stehen und hängte die Fackel an die Wand daneben. Er löste den Schlüsselbund von seinem Gürtel und benutzte beide Hände, um das schwergängige Schloss zu öffnen. Solche Mühe, einen Schlüssel zu drehen, hatte man eigentlich nur bei einer selten benutzten Tür. Wo führte er sie hin? Dann nahm er die Fackel wieder aus der Halterung und ging weiter. Mirella raffte ihre Röcke höher und machte größere Schritte, um ihn nicht mehr aus den Augen zu verlieren, während er um die nächsten Ecken ging. Am liebsten hätte sie gefragt, ob es noch weit sei; aber das hätte nicht zu einer arroganten Haltung gepasst.

Irgendwo plätscherte es leise und dann quiekte es vor ihren Füßen. Eine Ecke weiter sah sie im Schein der Fackel eine fette Ratte davonspringen. Der Ekel schüttelte sie.

Endlich wurde der Gang wieder breiter; hinter einer weiteren Ecke kam ihnen Lichtschein entgegen. Dann standen sie vor einem anderen Gitter. Zwei Wächter saßen dahinter und spielten Tarock. Im Schein ihrer Kerzen schimmerten die neuen Münzen der Republik auf dem Tisch. Einer sah auf und spielte dann die nächste Karte aus.

»Heh, ihr da! Öffnen!«

Der andere Wächter legte seine Karte ab; dann nahm er den Stich an sich. »Das Spiel gewinne ich, mein Freund.« Er beugte sich zur Seite und stand mit einem Schlüssel in der Hand auf. »Was haben wir denn da?« Er bedachte Mirella mit einem schmierigen Grinsen, bevor er aufschloss.

»Lass sie zu dem Gefangenen. Befehl des Dogen.«

Zu Mirellas Entsetzen blieb der Schreiber hinter dem Gitter zurück, während der Wächter sie an der Hüfte packte und vor sich her in die Dunkelheit schob. Als er sie losließ, blieb sie stehen. Sie wagte nicht, sich umzudrehen.

Arroganz! Sie reckte den Kopf. »Wo ist mein Bruder?« Leider klang ihre Stimme jetzt gar nicht mehr arrogant, sondern rau vor Furcht.

Der Wächter tauchte mit einer flackernden Kerze neben ihr auf, deren Docht fast im Wachs ersoff. Sie holte tief Luft und folgte ihm.

Vor einer schweren Tür mit einer eisernen Klappe blieb er stehen. Er öffnete die Klappe und blickte hinein. »Er ist noch da«, brummte er; dann schloss er auf.

Der Gestank von moderndem Stroh schlug ihr entgegen. Es war stockfinster. Ein schabendes Geräusch, dann klirrte eine Kette.

Mirella blieb an der Tür stehen. »Dario?« Ihre Stimme war ein fast unverständliches Krächzen.

Ein Stöhnen war die Antwort; die Kette rasselte lauter. »Mirella! Um Gottes willen!« Das flackernde Licht zeigte ihr nur seine Konturen.

Der Wächter drückte ihr die Kerze in die Hand. Heißes Wachs floss über ihre Finger; sie hielt die Luft an, bis der Schmerz nachließ. Dann hob sie das Licht und ging tapfer einen Schritt vorwärts. Hinter ihr fiel die Tür zu.

Die dunkle Gestalt, die Dario war, richtete sich halb auf und lehnte sich an die Wand. »Was tust du hier?« Seine Stimme war heiser, geborsten vor Schmerz.

Entsetzt starrte sie auf sein zerschundenes Gesicht. Sie streckte die freie Hand aus und berührte vorsichtig eine Stelle, die nicht blutverkrustet oder dunkel angelaufen war. »Oh, Dario, was haben sie mit dir gemacht?« Tränen stiegen ihr in die Augen; sie legte einen Arm auf seine Schulter, um ihn an sich zu drücken.

Er quittierte es mit einem Stöhnen und sie ließ ihn erschrocken los.

»Wie kommst du hierher?«

»De Guise hat mir einen Passierschein ausgestellt.«

»So!«

Sie starrte ihn an. »Was hast du ihnen gesagt?«

Dario kniff die Augen zu Schlitzen zusammen. »Nichts. Ich haben ihnen nichts gesagt.«

Erleichtert atmete sie auf. »Das ist gut.« Behutsam legte sie ihre Finger auf seine zerschundenen Lippen. Dann fiel ihr eine dringende Frage ein. Sie flüsterte: »Was wollten sie von dir wissen? Was werfen sie dir überhaupt vor?«

»Dass ich die Spanier mit Informationen versorge.«

»Die Spanier.« Sie vergaß, dass sie leise sprechen wollte, falls der Wächter hinter der Tür lauschte. »Die Spanier, die du noch nie ausstehen konntest.« Ihr wurde leicht ums Herz. Ein Vorwurf, der so offensichtlich falsch war; sie konnten ihm nichts anhaben. »Wie kommen sie nur darauf? Das ist doch absurd.«

Er blickte irgendwo hinter ihr in die Luft; sie wandte den Blick. Licht schimmerte durch die Klappe. Es stand tatsächlich einer dahinter und lauschte.

Darum hob sie die Stimme erst recht, damit er es nur hören konnte. »Werfen sie dir meine Verlobung vor?«

Er hob die Schultern in einer unendlich müden Bewegung. »Kaum.« Sein Gesicht verzerrte sich; das sollte wohl ein Grinsen sein. »Dass ich Felipe verabscheue, dürfte sich herumgesprochen haben.«

»Alexandre sagt ...«

»Alexandre?« In seinen Augen flackerte etwas, das Zorn bedeuten mochte.

»Der Marquis de Montmorency ... Er hält es für eine Verschwörung gegen Vater.« Das war nun ihre sehr freie Auslegung, aber es mochte so falsch nicht sein.

Dario schluckte schwer. »Das ...«

»Man wird dir den Prozess machen.«

»Ich weiß. De Guise will ein Urteil.«

»Damit hat er dir das Leben gerettet! Er hat sich geweigert, Anneses Todesurteil gegen dich zu unterschreiben.«

»Und wo ist der Unterschied?« Er knurrte aufgebracht.

Sie senkte ihre Stimme. »Sie haben doch nichts in der Hand gegen dich. Oder?«

Er schwieg und blickte zu Boden. Sie hob sein Kinn. Konnten sie ihm doch etwas beweisen? Sie traute sich nicht zu fragen. Man hatte ihn schon länger im Auge gehabt, hatte Alexandre gesagt. »Wenn du dir ein Geständnis abpressen lässt, kann auch de Guise dich nicht retten.«

Verachtung stand in seinem Blick; er glaubte ihr nicht. »Ich weiß«, ächzte er.

Sie legte ihm sacht die Hand auf die Schulter. »Du musst durchhalten; versprich es mir«, flüsterte sie in sein Ohr.

»Wenn das wahr ist, dass sie es auf Vater abgesehen haben«, er stöhnte wieder, »dann seid ihr alle in Gefahr.«

So weit hatte sie noch nicht gedacht. Es stimmte ja. Das Gericht würde den gesamten Besitz der Familie beschlagnahmen, sollte auch Enzo angeklagt und verurteilt werden. Der Vater – würde er durchhalten, wenn man ihn folterte? »Was können wir für dich tun?«

Dario schüttelte den Kopf. »Beten?« Er nahm ihre Hand in die seinen. »Was ist mit Stefania?«

»Ich glaube nicht, dass sie in Gefahr ist.«

»Was – hat sie gesagt?«

»Ihre Eltern sind mit eurer Ehe einverstanden. So wie die unseren.« Sie strich ihm durchs Haar. »Sie weiß es nicht. Es ist besser, wenn niemand von deiner Verhaftung weiß.«

»Wer sagt das? Damit man mich möglichst unauffällig beseitigen kann?«, zischte er.

»Alexandre ... der Marquis de Montmorency ...«

»Du scheinst inzwischen sehr vertraut mit ihm zu sein, dass ihr euch mit Vornamen nennt.«

»Nein, gar nicht!« Er war eifersüchtig, selbst jetzt noch. Selbst hier. »Mit Albert sind wir doch auch beim Vornamen.« In ihren Gedanken nannte sie Alexandre beim Namen; aber im Gegensatz zu Albert schien es ihr undenkbar, dass sie ihn so ansprach. »Er steht auf unserer Seite. Er hat mir die Genehmigung verschafft, dich zu besuchen.«

»Was glaubst du, warum?«

Sie starrte ihn ratlos an.

»Um mich unter Druck zu setzen. Um euch einzuschüchtern.« Er fluchte heftig. »Sie haben nichts aus mir herausbekommen, als sie mich folterten. Nun versuchen sie es mit Erpressung – oder einem Handel.«

Mirella keuchte vor Entsetzen. »Das glaube ich nicht! So etwas würde er nie tun; er weiß doch selber ...«

»Denk nach, Mirella! Anneses Miliz hat mich festgenommen. Aber es ist de Guise, der mir den Prozess machen lässt.«

»Aber – damit rettet er dich.« Hoffentlich.

»Du bist reingefallen auf das, was Montmorency dir erzählt hat. Falls Annese glaubte, dass ich mit den Spaniern paktiere, würde er mir nichts tun. Wenn sie ihm mehr nützten als de Guise – du würdest dich wundern, wie schnell er wieder unter ihre Fittiche kröche.«

Annese als der wahre Verräter; das hatte auch Alexandre gesagt. Wer sprach hier noch die Wahrheit? Sie wurde immer durcheinanderer im Kopf. Dario – log er auch? Als er sagte, dass er für die Barone arbeite? Als er gegen die Spanier lästerte? Verwirrt schloss sie die Augen; sie müsste nachdenken. »Sag mir genau: Wann und wo haben sie dich verhaftet? Wie haben sie es begründet?«

Dario ließ sich an der Wand entlang aufs Stroh rutschen. »Ich war in Aversa; in der Osteria.«

»Das liegt nicht auf dem Heimweg!« Sie blickte zur Tür. Das Licht, das durch die Ritzen an der Klappe schimmerte, war genauso hell wie zuvor. »Dort«, sie zeigte mit einer Kopfbewegung hin und suchte nach einer unverfänglichen Formulierung, »wartet jemand vor der Tür. Aber unsere Zeit ist wohl nicht begrenzt.«

»Sie ist begrenzt, glaub mir.«

Nicht weinen jetzt; sie schluckte schwer. Gleich musste sie wieder arrogant auftreten. Ein von Tränen verquollenes Gesicht passte nicht dazu. Sie hockte sich neben Dario. Aus dem Stroh stieg ihr der scharfe Geruch von Urin in die Nase. »Wolltest du zu den Oliveto? Aber Stefania ist die ganze Zeit in Neapel gewesen.« War das die Rettung? Wenn er sich als heimlich Liebender präsentierte?

Dario schüttelte den Kopf. »Halte Stefania raus. Bitte.« Er drückte ihre Hand, »Und du auch! Bring dich nicht in Gefahr.«

»Warum sagst du ihnen nicht, wozu du den Umweg gemacht hast?«

»Glaubst du denn, das interessiert jemanden?«

»Mit wem hast du dich in Aversa getroffen?«

»Mit niemandem; ich war tatsächlich nur auf der Durchreise.« Er sprach leise; mit unterdrückter Stimme. Aber sie war plötzlich sicher, dass man es draußen hören konnte. Sie hatte von Bauwerken gelesen, in denen man an den unmöglichsten Orten hören konnte, was in bestimmten Räumen gesprochen wurde. Hier auch? Sie hielt die Kerze höher und blickte nach oben; aber die Decke war irgendwo weit weg in der Dunkelheit. Ungewöhnlich hoch für einen Keller. Sie musste mit Enzo darüber reden.

Dario hauchte einen Kuss auf ihre Fingerspitzen. »Sei lieb, Schwesterchen, und geh jetzt. Du kannst nichts für mich tun.«

Eine Träne sickerte ihren Nasenflügel entlang; schnell wischte sie sie ab und drückte die Handballen auf die Augen, um die anderen zurückzuhalten. »Vielleicht sehe ich dich niemals wieder.«

»Doch.« Seine Stimme barst vor Grimm. »Die Hinrichtung wird gewiss öffentlich sein. Die neuen Herren müssen ihre Macht demonstrieren.«

Die Kerze ersoff mit einem letzten Aufflackern. Mirella hatte zu spät nach dem Docht gegriffen.

»Das würde de Guise niemals ...« Aber Alexandre hatte gesagt, dass es dem Dogen genau darum ginge: seine Macht demonstrieren. Bislang jedoch mit dem Ergebnis, dass man Dario nicht geköpft hatte. »Weißt du, wann sie dich vor Gericht stellen wollen?«

Die Tür klappte und Licht strömte zu ihnen. »Signorina, warum hat Sie die Kerze ausgemacht?«

»Ich ...« Mirella bremste sich im letzten Moment. Nichts erklären; Arroganz. »Es zieht in diesem Loch! Und es stinkt! Schämt Er sich nicht? Er behandelt ihn wie einen Verbrecher; aber er ist zu Unrecht hier.«

»Das sagen alle.« Der Wärter trat ein und streckte seine Hand nach ihr aus. Schnell stand sie auf, damit er sie nicht berührte.

»Ich werde mich beschweren!«

Der Wärter wedelte sie hinaus. Wollte sie vermeiden, dass er sie anfasste, musste sie das Verlies verlassen. An der Tür drehte sie sich noch einmal um. Dario war ein Schatten in der Dunkelheit.

Der Schreiber erwartete sie am Gitter. Er hatte mit dem

anderen Wärter das Kartenspiel fortgesetzt und ein Dutzend schimmernder Münzen vor sich aufgehäuft. »Da ist Sie endlich. Ich dachte schon, Ihr gefiele unser gastliches Haus so, dass Sie bliebe.«

Er geleitete sie hinaus und deutete gleich darauf zu einer Treppe. »Dort entlang.«

Die Treppe führte in eine düstere Halle. Dahinter aber lag gleich die Galerie. Genau so hatte sie sich das gedacht: Es gab einen kürzeren Weg. Er hatte sie einschüchtern wollen, als er sie durch die unterirdischen Gänge geführt hatte.

Er brachte sie zu einer kleinen Pforte; sie war nicht bewacht. »Den Rest des Weges findet Sie allein.«

Krachend schlug die Tür hinter ihr zu. Warum wollte er nicht, dass man sie gehen sah?

Sie lehnte sich gegen das Holz, müde, schmutzig, hilflos. Sie war nur ein Mädchen. Was konnte sie gegen diese Festung ausrichten?

Sie drehte sich zur Seite und schlug zornig gegen die Festungsmauer; sie riss sich die Hand an den Steinkanten auf. »Ich krieg dich hier raus, Dario. Ganz gleich, was ich dafür tun muss.« Sie wischte das Blut an ihrem hellen Mantel ab und betrachtete die Flecken. Wenn er nur durchhielt.

Die Kutsche musste in südlicher Richtung stehen. Sie brauchte nur an der Mauer entlang zu gehen.

Auf dem Heimweg stieg sie trotz der schneidenden Kälte zu Enzo auf den Kutschbock. Sie konnte das Gejammer jetzt nicht ertragen, mit dem Rita sie empfangen hatte.

Enzo blickte sie immer wieder von der Seite an, aber er sagte nichts und fragte nichts. Seine Schweigsamkeit tat ihr gut. Sie drückte ihr Gesicht an seine Schulter, um sich vor dem Wind zu schützen, und dachte nach.

Als sie Vomero erreichten, richtete sie sich auf. »Wir werden ihn dort herausholen.«

»Erzähl mir alles; ganz genau.« Er wandte sich ihr zu. »Vielleicht finden wir einen Weg.«

»Wir müssen, Vater.« Sie klammerte sich an seinen Arm.

Er nahm die Zügel in eine Hand und schob ihr mit der anderen die Locken unter die Kapuze zurück, die ihr in die Stirn hingen.

»Ich komme mit Ihm ins Kontor.«

Überrascht zügelte er das Pferd. »Warum?«

»Weil ...« Sie vermochte es ihm nicht zu erklären, es war nur eine Eingebung gewesen. »Wir werden in den Büchern etwas finden, um zu beweisen, dass er in Geschäften unterwegs war.«

»Aber natürlich war er das.«

»Auch in Aversa?«

Enzo knurrte und schlug übertrieben heftig mit der Peitsche auf das stetig dahintrottende Pferd ein.

***

Das neue Kontor roch nach Beize und Terpentinöl. Unter dem breiten Fenster stand der alte Schreibtisch von Enzos Großvater, den er aus dem Keller in der via Saliniera geholt hatte. Eine beschlagene Truhe stand auf dem Boden neben einer Öffnung, wo sie eingemauert werden sollte.

Enzo schob Mirella einen Schemel hin, kniete sich vor die Truhe und holte die beiden obersten Bücher heraus. »Wonach sollen wir suchen?«

Er vertraute ihr die Führung an und sie bekam Angst. Wenn sie es nun verdarb? »Ach Vater, es war eine Eingebung. Vielleicht wissen wir, was wir suchen müssen, wenn wir es sehen?«

Enzo strich ihr über die Wange. »Mein kleines Mädchen ist über Nacht erwachsen geworden.« Er sagte es ohne Lächeln. Kein Kompliment, sondern eine eher überraschte Feststellung.

Eines der Bücher legte er ihr aufgeschlagen auf die Knie. »Hier stehen alle Aufträge der letzten beiden Monate. Ich habe hier die Lieferungen. Aber Dario war auf dem Rückweg. Irgendwie.«

»Wo sind die Stoffe geblieben, die er in Florenz geholt hat?«

Enzo knurrte. »Wo wohl?«

Also hatte man sie obendrein bestohlen. Das konnte doch nicht Anneses Werk gewesen sein. Nein, dieser Mann war ehrlich; trotz allem. »Er muss es reklamieren.«

»Sobald Dario frei ist.« Das hieß, falls er freikäme.

Mirella blätterte schnell die beschriebenen Seiten durch. Es waren nicht viele; ohne den Auftrag des Dogen wäre Enzos Handel zusammengebrochen.

Sie begann von vorne, las jeden Eintrag. »Vater, hat Er eine Landkarte hier?«

Enzo öffnete eine Schublade und reichte ihr eine Rolle. Sie legte sie vor sich auf den Boden und beschwerte die Ecken mit Mauersteinen. Jetzt sah sie, welche Aufträge in der Nähe von Aversa erteilt worden waren. Einen davon mussten sie als Vorwand für Darios Umweg heranziehen.

Ein Sägewerk. »Was ist mit dem Bauholz für das neue Lager?«

»Alles geliefert und alles bezahlt.« Enzo winkte ab. »Kein Grund, dort vorbeizufahren.«

Das Landhaus der Oliveto: Sie hatte Dario versprochen, Stefania nicht hineinzuziehen. Aber falls es seine einzige Chance war, würde sie sich darüber hinwegsetzen; keine Frage. Wenn er sie dafür verhauen würde, lebte er wenigstens. Sie las weiter. Eine Schneiderei. »Was ist das für ein Schneider?«

Enzo sah auf. »Roccone, in Caivano. Das ist auch lange erledigt. Mein Geburtstagsgeschenk für deine Mutter.«

Rita hatte fast geweint vor Freude und Überraschung, als sie es auspackte. Ein Kleid, perfekt nach der neuesten französischen Mode. Nach Mirellas Meinung das schönste Kleid, das ihre Mutter je besessen hatte – und das hatte Enzo inmitten der Wirren zu Stande gebracht. Er musste sie unendlich lieben.

Mirella las weiter. In der Umgebung von Aversa fand sie noch einen Tischler, einen Winzer und einen Schuhmacher. Für jeden konnte Dario einen neuen Auftrag gehabt haben. Nirgendwo dort war er tatsächlich gewesen; aber niemand würde widerlegen können, dass er die Absicht gehabt hatte. Dennoch wäre es nicht überzeugend: Es gab schließlich keinen plausiblen Grund, warum er es nicht hätte angeben sollen, als sie ihn verhörten. »Es darf niemand sein, der mit den Baronen in Verbindung steht.«

Enzo fuhr mit der Hand über die aufgeschlagene Seite seines eigenen Buchs, deutete auf zwei Einträge. »Von diesen weiß ich, dass sie zur Partei der Feudalherren gehören. Ihre Schneider haben für einen Ball im Palazzo von Nocera gearbeitet.« Er seufzte. »Man kann sich die Kunden nicht aussuchen. In dieser Zeit erst recht nicht.«

»Und diese?« Sie hielt Enzo ihr Buch hin. »Die Lieferanten?«

»Mich interessiert die Qualität ihrer Waren, nicht ihrer Gesinnung.« Er nahm ihr das Buch ab und legte es auf den Schreibtisch. »Ich weiß es von kaum einen.«

»Aber worüber unterhält Er sich denn, wenn Er mit ihnen in einer Locanda sitzt?« Mirella wurde ungeduldig. »Man muss doch nur ein wenig zuhören!«

Er blätterte zurück und deutete auf den Namen des Schneiders. »Roccone ist vermutlich ein Anhänger der Franzosen; er verabscheut die Mode der Spanierinnen!«

Mirella lachte. »Welch ein Grund!« Ein Schneider, was sollte Dario bei einem Damenschneider wollen? »Ich habe Dario versprochen, Stefania nicht hineinzuziehen.«

»Das hast du recht getan; das arme Mädchen. Auch wenn Dario freigelassen wird ...«

»Er glaubt, ein Makel bleibt doch?«

»Das tut es immer!« Wieder strich er ihr über die Wange; so viel Zärtlichkeit war ihm bisher nicht zu eigen gewesen. Ob er sich genauso hilflos fühlte wie sie? »Ich sehe nichts, was uns weiterhilft.«

Mirella senkte den Kopf. Ihr Blick fiel auf die Landkarte und sie nahm sie auf. »Es sind keine Straßen eingezeichnet.«

»Hier geht die Straße von Florenz entlang.« Dario hatte tatsächlich einen beträchtlichen Umweg genommen. »Von Aversa hierher gibt es zwei Wege.« Er zeigte sie ihr. Einer führte über Caivano.

»Kann Er sich irgendeinen Grund ausdenken, was Dario bei Roccone wollen konnte?«

Enzo blätterte das Lieferantenbuch weiter durch. Er presste die Lippen zusammen, dann sah er sie mit gerunzelter Stirn an. »Wenn wir nicht von Stefania sprechen wollen ... Überdies wäre es Sache ihrer Eltern ...«

Mirella brauchte nur eine Sekunde, um zu verstehen. »Ein Hochzeitskleid.« Sie schlug die Hände vors Gesicht. »Das ist es.«

Montag, 30. Dezember

Der Prozess gegen Dario war öffentlich und die Neapolitaner, die zwischen Weihnachten und Neujahr noch weniger zu arbeiten fanden als während der Unruhen in den Monaten zuvor, nahmen ihn als Unterhaltungsprogramm. Francesco Antonio Scacciavento hatte die Verteidigung übernommen. Der bisherige Berater Anneses stellte sich damit im Konflikt zwischen diesem und de Guise offen auf die Seite des Dogen; das machte die Neugier der Menschen noch größer.

Stefania hatte Scacciavento beschworen, sie als Zeugin zu benennen. Aber nach Rücksprache mit Dario hatte er es eisern abgelehnt.

Perfiderweise war Enzo von der Anklage benannt worden und als er nach der Vernehmung den Gerichtssaal verließ, war er kreidebleich.

Mirella stürzte ihm entgegen. »Vater, was haben sie Ihn gefragt?«

Er nahm sie in die Arme und strich ihr übers Haar. »Ich habe nichts gesagt, was ihm schaden könnte. Aber ich durfte genauso wenig euch mit einer Lüge in Gefahr bringen.«

Aber sie konnte lügen; sie würde niemandem schaden als sich selbst. Trotzdem waren ihre Knie weich und der Saal verschwamm vor ihren Augen, als ein Gerichtsdiener sie in den Zeugenstand geleitete.

Im Licht des Tages sah Dario entsetzlich aus. Seine Augen blickten matt und der Bart, der ihm in diesen Tagen gewachsen war, verdeckte nur zum Teil die Spuren dessen, was man ihm angetan hatte. Hoffentlich hatte Stefania ihm von den Zuschauerbänken aus nicht ins Gesicht sehen können.

Mirella schaute Dario unverwandt an. »... so wahr mir Gott ... helfe.« Ihre Stimme zitterte. Gott würde verstehen, dass es diesen Meineid brauchte, um sein Leben zu retten.

Sie setzte sich hin und wagte einen Blick zur Bank der Geschworenen. Auf wessen Seite mochten diese Leute stehen? Vielleicht sollte sie nicht zu herausfordernd auftreten. Als sie sich nach Stefania umsah, erkannte sie Alexandre auf einem Platz neben dem Gang. Sie war an ihm vorbeigegangen und hatte ihn nicht wahrgenommen! Was tat er hier? Ein Schauer überlief sie. Gott mochte ihr vergeben; aber würde er es auch können?

Ihre Vernehmung begann. Anfangs hatte Dario seine Fäuste geballt, dann entspannte er sich und mehrmals funkelten seine Augen gar voller Vergnügen, während sie auf die absurdesten Fragen antwortete.

Dann hatte der Ankläger seine Fragen erschöpft und winkte ab. Darios Verteidiger stand auf.

Mirella krallte ihre Hände in das Geländer vor sich. Wenn nur Dario inzwischen nichts gesagt hatte, das ihrer Aussage widerspräche.

Sciacciavento trat vor sie und legte seine Hand auf die ihre. »Ganz ruhig, Signorina. Ich habe keine Eile. Sei Sie nur so präzise wie möglich.« Aber sie hatte es eilig. Sie wäre am liebsten überhaupt nicht an diesem Ort.

Er ließ sie los und trat einen Schritt zurück. »Signorina, Sie ist zu mir gekommen mit der Behauptung, Sie könne beweisen, dass Ihr Bruder unschuldig ist. Wie hat Sie das gemeint?«

Musste er es so kompliziert machen? Mirella versuchte, sich den Kloß aus ihrem Hals wegzuräuspern. »Man wirft Dario vor, er habe den Umweg über Aversa genommen, um unsere Republik zu verraten. Das ist nicht wahr.«

»Wie kann Sie das wissen? Kann Sie die Gedanken Ihres Bruders lesen?«

Sie versuchte sich an einem Lächeln. »Fast. Ich kenne ihn

in- und auswendig. Schließlich ... Er hat nie auf mich herabgesehen, nur weil ich ein Mädchen bin, sondern alles mit mir geteilt. Auch seine geheimsten Gedanken.«

»Nenne Sie ein Beispiel, um uns zu überzeugen.«

Sie sah von Dario zu Stefania. Wenn es sein musste ... »Zum Beispiel hat er mir anvertraut, wem er sein Herz geschenkt hat.« Jetzt fiel es ihr wirklich leicht zu lächeln. »Normalerweise sprechen Männer nicht über Gefühle, nicht wahr?«

Von der Geschworenenbank kam ein unterdrücktes Kichern; ein älterer Mann feixte unverhohlen. War das nun gut oder schlecht für sie?

»Nun ja.« Scacciavento sah ein wenig pikiert drein. Das war gewiss gut; so wirkte es nicht wie ein abgekartetes Spiel.

»Darum weiß Sie also auch, dass er nicht nach Aversa gefahren ist, um uns an die Spanier zu verraten?«

»Wie wäre das möglich gewesen? In Aversa gibt es keine Spanier mehr. Die Truppen unseres neuen Dogen haben sie alle verjagt.« Darauf gab es einen Lacher unter den Zuschauern.

»Es scheint Ihr nicht leid zu tun. Ist Sie nicht mit einem Spanier verlobt?«

Mirella schluckte; ihr Blick irrte für einen Augenblick zu Alexandre. Natürlich wusste er inzwischen wie alle anderen von ihrer Verlobung mit Felipe, aber dies nun ... Vor ihm darüber zu sprechen, das war etwas anderes.

»Nun, will Sie nicht antworten?«

»Sicher!« Sie leckte sich über die Lippen. »Das ist allgemein bekannt. Aber das macht mich nicht zur Verräterin.«

Im Saal wurde es laut.

Der Richter klopfte mit seinem Hämmerchen. »Ruhe! Niemand hat Sie beschuldigt, Signorina.«

Gerade so gut hätte er sagen können »bis jetzt«. Sie riss an dem Taschentuch, das sie zwischen den Fingern knäulte. »Aber anscheinend schließt man aus dieser Verlobung, dass mein Bruder ein Verräter sein könnte. Dabei verabscheut er Felipe.«

Dario grinste breit; so hatte er die Hoffnung noch nicht ganz verloren.

»Wir kommen vom Thema ab.« Scacciavento klang mahnend, fast ungeduldig. Sie wollte es doch ebenso gerne hinter sich bringen. Fand sie vielleicht noch einen Weg, den falschen Schwur zu vermeiden? »Warum also ist Ihr Bruder nach Aversa gefahren.«

»Ich nehme an, zum Essen.«

Das Gemurmel im Saal wurde lauter; auf der Geschworenenbank entstand ebenfalls Unruhe. War sie zu unverfroren gewesen? Aber sie musste ihren Streich doch vorbereiten.

»Zum Essen?«

»*Sissignore*. Denn er war auf dem Weg nach Caivano; und der führt zwingend über Aversa, wenn man von Florenz kommt. Und man hat ihn doch von der Mittagstafel weg festgesetzt.«

»Was wollte er in Caivano?«

Tränen stiegen ihr in die Augen. Aber jetzt durfte sie nicht weinen; auf keinen Fall. Sie sah wieder zu Alexandre. Er saß leicht vorgebeugt und wirkte wachsam.

»Er wollte zu Roccone, dem Schneider, der die schönsten Kleider nach französischer Mode fertigt.« Sie zitterte so sehr, dass ihre Zähne aufeinander klapperten. Mit dem nächsten Satz würde sie die Liebe ihres Lebens aufgeben. »Er sollte mein Hochzeitskleid beauftragen.«

»Und dazu musste er nach Caivano?«

»Meister Roccone hat schon für meine Mutter genäht. Er ist der einzige, der das kann.« Hoffentlich war unter den Geschworenen kein Schneider; sonst hätten sie nun einen Feind mehr. Tränen liefen ihr übers Gesicht; aber nun mochte es angehen.

»Warum weint Sie, Signorina Scandore?«

»Weil ...« Ihre Stimme erstickte. »Ich habe Angst.« Sie wischte sich übers Gesicht und jammerte verzweifelt: »Es ist doch alles meine Schuld. Ich wollte mich herausputzen mit dem schönsten Hochzeitskleid der Welt.« Das Taschentuch zwischen ihren Fingern riss mit einem leisen Ratschen.

Scacciavento zog missbilligend die Augenbrauen zusammen. »So beruhige Sie sich doch.« Er blickte zum Ankläger.

»Ich habe keine weitere Frage an die Signorina.«

»Sie kann gehen.« Der Richter schlug mit seinem Hämmerchen auf den Tisch. »Wer ist der nächste Zeuge?«

»Komm, Mädchen.« Scacciavento half ihr die Stufe vom Zeugenstand aufs Parkett hinunter.

Als er sie los ließ, wankte sie. Tränenblind stolperte sie durch den Gang zwischen den Zuschauerbänken. Eine Hand fing sie schützend auf. Alexandre.

»Jetzt könnt Ihr bleiben, wenn Ihr möchtet.« Er rückte ein wenig zur Seite.

Sie mochte nicht bleiben. Es wäre unerträglich, der Fortsetzung des Prozesses zu folgen. Aber sich neben Alexandre auf die Bank zu drücken, verhieß ... Er hielt sie noch immer und seine Finger lagen warm und fest auf ihrem Arm.

Mirella nickte; er zog sie neben sich. Trotz des dicken Uniformstoffs wärmte er ihre Seite. Aus den Augenwinkeln wagte sie ihn anzusehen.

Er sah starr nach vorne, die Lippen zu zwei schmalen Strichen zusammengepresst. Als habe er ihren Blick gespürt, wandte er einen Moment lang den Kopf zu ihr – finster das Gesicht. Seine Augen waren dunkel wie nie zuvor. Dann blickte er wieder nach vorne; konzentriert, als wolle er sich kein Wort entgehen lassen, obwohl er doch gar nicht viel Neapolitanisch verstand.

Das Rauschen in ihren Ohren übertönte die Stimmen vor der Richterbank. Sie senkte den Kopf und ließ die Tränen auf ihren Rock tropfen.

Der Mann, der eben im Zeugenstand saß, sprach ein ganz ungepflegtes Neapolitanisch. Einmal ging ein Lachen durch den Zuschauerraum. Als sie deshalb aufblickte, hatte Alexandre die Augenbrauen hochgezogen, und sie wurde gewahr, dass sie nicht zugehört hatte.

Der nächste Zeuge wurde aufgerufen; wie lange sollte das noch gehen? Einmal schluchzte jemand voller Empörung: Stefania. Mirella hatte überhaupt nichts mitbekommen von dem, was dort vorne geschah.

Benommen blickte sie hoch, als der Richter wieder einmal klopfte. Die Geschworenen stiegen von ihren Plätzen und gingen hinaus.

Alexandre berührte ihren Arm; sie hatten aufzustehen.

»Ihr solltet Eurem Vater sagen, dass die Beratung begonnen hat.« Seine Stimme war sachlich, ohne jeden Ausdruck.

Sie fröstelte. »Wie lange wird es dauern?«

Er blickte zu der Tür, durch die das Gericht den Saal verließ. Eben wurde auch Dario von zwei Soldaten hinausgeführt. So wie sie ihn gepackt hatten, war er nicht in der Lage, sich alleine auf den Füßen zu halten.

»So lange, bis sie sich einig sind.«

Angst und Entsetzen schnürten ihr die Kehle zu.

»Ihr könnt nichts mehr tun. Nur noch warten.«

Sciacciavento trat auf sie zu. Er musterte Alexandre, als wolle er erraten, was er von ihm zu erwarten hatte.

»Der Marquis de Montmorency – *Dottore* Sciacciavento.« Sie krächzte.

»Wir kennen uns.« Der *Avvocato* sah plötzlich wütend aus.

Mirella erschrak. »Was habe ich falsch gemacht?«

»Nichts; Sie hat getan ...« Er packte sie am Ellenbogen. »Komm, Mädchen. Ihr Vater wartet. Ich werde erfahren, wann die Sitzung wieder aufgenommen wird.« Er schob sie hinaus.

Ihre Nackenhärchen stellten sich auf; blickte Alexandre ihr nach?

Enzo saß, die schluchzende Rita an sich gedrückt, starr und kerzengrade im Flur auf einer Bank. Er ließ sie los, als der

Avvocato auf ihn zutrat. Seine Lippen zuckten, als wolle er eine Frage stellen.

»Kommt.« Scacciavento blickte mürrisch auf Rita.

Alexandre ging an ihnen vorbei; grußlos, ein finsterer Blick auf den Verteidiger. Gab er dem die Schuld für ihren Meineid?

Mirella senkte beschämt den Kopf und sah den Tränen zu, die vor ihr auf den Boden fielen.

Als sie wieder aufsah, stand Alexandre noch an der Tür; er war von dem Comte de Modène aufgehalten worden. Er sagte etwas und de Modène kreuzte den Blick mit ihr.

Nachdem Alexandre gegangen war, kam er zu ihnen. Er reichte Rita die Hand und hatte ein kurzes Lächeln für Mirella; dann warf er einen wachsamen Blick auf den Verteidiger. »Ich habe gehört, dass Ihr sehr mutig wart, Signorina. Gewiss wird man Euren Bruder freisprechen.« Dabei sah er aus zusammengekniffenen Augen auf den Verteidiger. Etwas war nicht richtig; was stimmte nicht zwischen dem *Avvocato* und den Franzosen?

Als de Modène dann die Tür zum Richterzimmer öffnete, hielt er ein Papier in der Hand, auf dem das Siegel des Dogen prangte.

»Kommt, *Signori*. Hier können wir uns nicht unterhalten.« Scacciavento winkte sie mit mürrischem Gesicht nach draußen. Er ging ihnen voraus zu einer Trattoria zwei Straßen vom Gericht entfernt und hielt ihnen die Tür auf.

Mirella blieb stehen. »Wir können doch jetzt nicht ...«

Scacciavento wedelte ungehalten mit der freien Hand. »Die Gerichtsdiener wissen, wo sie mich finden. Und die Geschworenen essen jetzt auch. Sie sieht, wann das Geschirr zurückgebracht wird.« Er wies auf zwei Bedienstete, die ein Wägelchen mit Tellern und Töpfen am Schanktisch vorbeischoben.

Mirella folgte an den Tisch und blickte sich um. Die Gäste

an den meisten Tischen schienen unter den Zuschauern im Gericht gewesen zu sein. »Ich bezweifle, dass wir uns hier unterhalten können.«

»Worüber möchte Sie reden, Signorina. Sie hat getan, was Sie konnte.«

Mirella atmete durch. »Meint Er das wirklich, *Dottore*?«

»Im Gegensatz zu vielen anderen Leuten meine ich immer, was ich sage!« Er winkte einen Kellner herbei und band sich unelegant die große Serviette um den Hals.

Erst zwei Stunden später brachten die Gerichtsdiener das Geschirr wieder zurück. Aber niemand kam, um dem *Avvocato* zu sagen, dass die Sitzung wieder eröffnet würde. Scacciavento bestellte ein zweites Dessert aus *Struffoli* und löffelte es geräuschvoll in sich hinein, als habe er nicht soeben ein komplettes Menü gegessen. Dann lehnte er sich zurück und faltete die Hände über dem Bauch. »Signor Scandore, ich danke Ihm für das vorzügliche Mahl.« Natürlich; Enzo musste alles bezahlen.

»Es ist mir ein Vergnügen«, murmelte Enzo . »Doch wenn Er nun endlich ...«

»Wir gehen in Berufung, das ist doch klar. Noch geben wir die Sache nicht verloren!« Er winkte dem Kellner, ihm den Kaffee zu bringen. »Allerdings ...«

Unter dem Tisch presste Mirella die Knie aneinander, um die Beherrschung zu bewahren. Mittlerweile fand sie diesen Menschen unerträglich. Nur Enzos warnender Blick hielt sie davon ab, herauszuplatzen: Es war seine Sache, das Gespräch zu führen.

»Was hat man denn Dario heute nachgewiesen?«

»Nachgewiesen, Signor Scandore? Darauf kommt es nicht an. Er hat sich verdächtig gemacht!«

»Aber das ist absurd!« Enzo schwollen die Stirnadern. »Mit einem Essen in einem öffentlichen Gasthaus!«

»Nein.« Der *Avvocato* lehnte sich zurück und rülpste, immerhin hinter vorgehaltener Hand. »Warum konnte er nicht sagen, dass er ein Brautkleid für die Signorina bestellen wollte? Was sollte das schaden? Sie ist doch schon kompromittiert.«

»Kompromittiert?« Mirella wollte den Mund nicht mehr halten. »Was fällt Ihm ein!«

»Ja, was soll man denn davon halten, Signorina, dass Sie diese unselige und nun überflüssige Verlobung nicht aufgegeben hat? Das kann doch nur heißen ...«

»Was?« Mirella zischte ihn wütend an. »Sprech Er es nur aus, wenn Er es wagt.«

Scacciavento blitzte ebenso zornig zurück. »... dass es Grund gibt zu glauben, Sie hielte sich für untragbar für einen ehrenhaften Mann.«

»Aber Mirella!« Dass Rita sich einmischte, konnte sie jetzt wahrhaftig nicht gebrauchen; sie funkelte sie an. Rita zog den Kopf zwischen die Schultern und blickte hilflos zu Enzo.

Mirella reckte sich. »Der Herzog de Toledo d'Altamira y León«, einen Moment lauschte sie den Namen hinterher, »hat mich nicht angerührt. Felipe ist ein Grande Spaniens – ein Mann von Ehre.«

»Nun, man schätzt die Spanier hierzulande nicht mehr. Und niemand kann sich einen anderen Grund denken, warum Sie einen Feind der Republik heiraten will.«

Mirella zitterte vor Wut; sie sprang auf und stellte sich mit blitzenden Augen vor ihn hin.

»Mirella!« Enzos tadelnde Stimme ließ sie zu Verstand kommen.

Dürfte sie diesem Scheusal doch nur sagen ... Sie setzte sich wieder und schloss die Augen. Sie wollte Felipe überhaupt nicht mehr heiraten. Zu spät; schlagartig verrauchte ihre Wut. Sie sank zusammen. Nun gab es tatsächlich keinen anderen mehr – jedenfalls diesen einen nicht. »Liebe«, flüsterte sie. Mutlos und erschöpft kämpfte sie einen Moment mit den Tränen, bevor sie den *Avvocato* wieder anblickte. Seine Mundwinkel hingen herunter und drückten all seine Missbilligung und Verachtung aus. Flüchtig fragte sie sich wieso, da er doch anscheinend auch mit den Franzosen nicht gut stand. »Ich liebe ihn.«

Der Klang ihrer Worte stand einen Augenblick über dem Tisch. Er hörte sich gut an und Rita nickte beifällig. Mirella hatte überzeugend geklungen, denn sie hatte nicht Felipe vor Augen gehabt, sondern Alexandre. Wieder stiegen ihr Tränen in die Augen.

»Nicht weinen, Kind«, sagte Rita. »Es wird alles gut.«

Ein Gerichtsdiener kam an ihren Tisch. »*Dottore*, das Hohe Gericht tritt wieder zusammen.«

Mirella starrte den Mann durch ihren Tränenschleier an. »Das ist schlecht, nicht wahr, dass sich die Geschworenen so schnell einig sind.«

Scacciavento tätschelte ihre Hand, bevor er aufstand. Was bildete der sich eigentlich ein, dass er es wagte, sie so anzufassen? »So leicht geben wir uns nicht geschlagen.« Dieser Mann hatte zwei Gesichter und nun hatte er das öffentliche Gesicht wieder hervorgekehrt.

Enzo erhob sich ebenfalls. »Es ist besser, wenn ihr hier wartet.«

»Nein.« Rita wirkte plötzlich entschlossen. »Vielleicht ist es das letzte Mal ...« Ihre Stimme versagte und Enzo reichte ihr seine Hand.

Mirella blieb sitzen und sah ihnen ratlos hinterher. Sie fürchtete, Alexandre wieder zu begegnen, obwohl er eigentlich keinen Grund für seine Anwesenheit hätte ... Doch das hatte schon am Morgen gegolten: Wieso war er überhaupt dort gewesen? Und der Comte de Modène – war er zufällig mit einem Befehl des Dogen aufgetaucht; mit etwas, das nichts mit dem Prozess zu tun hatte? De Guise war dieser Prozess wichtig – galt das auch für den Ausgang? Aber nicht der

Richter entschied, sondern die Geschworenen. Wenn sie Dario köpfen wollten ...

Sie sprang auf; sie musste wissen, was sich dort abspielte. Vielleicht konnte sie noch etwas tun. Und wenn sie dafür Alexandre unter die Augen treten müsste – was er von ihr dachte, zählte jetzt nicht mehr. Er würde ihr die Wahrheit sagen, auch wenn er sie nun verachtete.

Gerade, als Mirella den Saal betrat, kehrte das Hohe Gericht zurück. Der Bedienstete an der Tür hieß sie, still zu stehen, bis der Richter und die Geschworenen Platz genommen hatten.

Mirella nutzte den Moment, um sich umzusehen. Doch sie suchte nicht nach einem freien Platz; in Wahrheit suchte sie nach Alexandre. Er war tatsächlich wieder da. Sie würde ihn fragen, was das zu bedeuten hatte – und er würde es ihr sagen.

Enzo und Rita saßen ganz weit vorne unter den Zuschauern; eine Bankreihe nur trennte sie von Dario und dem *Avvocato*.

Neben Stefania gab es einen freien Platz; sie sollte sich zu ihr setzen und sie nicht allein lassen mit ihrem Kummer. Aber ihr war selber elend zumute wie nie zuvor in ihrem Leben. Alexandre saß wieder am äußeren Rand einer Bank, einen Fuß in den Gang ausgestreckt. Der Gedanke an seine Wärme zog sie an. Doch angesichts des freien Platzes neben Stefania konnte sie ihn schlecht bitten, zur Seite zu rücken. Sie mochte sich nicht entscheiden und blieb einfach stehen.

Der Richter schlug mit seinem Hämmerchen und das Gemurmel erstarb. Mirella schob die Fäuste unter ihre Achseln und drückte die Arme an den Körper; trotzdem zitterte sie weiter.

Der Richter forderte Dario auf, sich zu erheben und Dario wurde von seinen Wächtern hochgezogen.

Dann brachte einer der Geschworenen dem Richter ein gefaltetes Blatt Papier. Umständlich rückte er seinen Zwicker zurecht. »Die Geschworenen haben mir nach der Mittagspause zu verstehen gegeben, dass sie zu keinem einstimmigen Urteil kommen können. Dennoch erfordern die Umstände, eine Entscheidung zu treffen.«

Mirella stöhnte auf. »Nein!«

Alexandre wandte sich nach ihr um. Er nickte ihr zu; mit einem kleinen Lächeln in den Augen, das sie nicht begreifen konnte.

Der Richter blickte zornig in ihre Richtung. »Ruhe!« Er faltete das Papier auseinander und zählte mit dem Finger die Namen darauf. »Sieben – schuldig.«

Hatte Alexandre nicht gesagt, das Urteil müsste einstimmig sein? Hätten sie nicht weiter beraten müssen? Durften sie Dario hinrichten? Mirella hielt den Atem an, um der aufsteigenden Hoffnung keinen Raum zu geben.

»Fünf – nicht schuldig.« Der Richter klopfte gegen die Unruhe an, die sich im Saal ausbreitete. »Angesichts der besonderen Umstände ...« Was meinte er nur immer damit? Sie hätte ihn umbringen können, als er eine Pause machte, das Papier dem Gerichtsschreiber hinhielt und wartete, bis der es zu den Akten genommen hatte.

Der Richter blickte Alexandre an, während er weitersprach. »Der Doge hat verfügt, dass bei einer qualifizierten Minderheit das Verfahren bis zum Vorliegen neuer Beweise unterbrochen wird.«

»Verräter!«, tönte es aus den Bankreihen rechts von Mirella.

Neben dem Rufer saß der Mann von der *Piazza del Mercato*, der Anführer der Seidenweber. Er erhob sich. »Das ist eine Farce!«

»Ruhe!« Der Richter knallte seinen Hammer auf den Tisch, aber der Tumult unter den Seidenwebern wurde größer.

Miliz, von einem Gerichtsdiener herbeigewunken, betrat

den Saal. Die Soldaten zogen ihre Degen und sofort wurde das Murren leiser.

Alexandre stand auf; er sah zufrieden aus. Mirella presste eine Faust auf den Mund und versuchte, ihr Schluchzen zu dämpfen.

Während er die Tür öffnete, trat für einen Moment ein anderer, wärmerer Ausdruck in seine Augen. »Ihr braucht nicht mehr zu weinen, Signorina.« Das also war es: Er hatte den Prozess verfolgt um sicherzustellen, dass das Gericht trotz der Abwesenheit de Guises dessen Befehlen gehorchte.

»Angesichts des hohen Ansehens der Familie Scandore wird der Angeklagte bis zur Fortführung des Verfahrens aus dem Gefängnis entlassen und unter Hausarrest gestellt, sofern sein Vater ihn unter seine Obhut nimmt. Der Vater hat für ihn zu bürgen.«

Enzo stand schwerfällig auf. »Selbstverständlich, Euer Ehren!«

Ein Wächter nahm Dario die Ketten an Armen und Beinen ab. Er stützte sich mit dem rechten Ellenbogen schwer auf den Tisch vor sich, als er aufstand. Enzo stand schon neben ihm und streckte ihm seinen Arm entgegen.

Stefania drängte sich zwischen den Zuschauern hindurch nach vorne. Ein Gerichtsdiener hielt sie auf. Sie wehrte sich gegen seinen Griff und trat nach ihm. Der Mann blickte ratlos zum Richter. Der winkte ab und er ließ sie los.

Mirella lehnte erstarrt an der Wand. War ihr Meineid überflüssig gewesen?

Montag, 27. Januar 1648

Darios Gesicht war von Schlägen entstellt; am ganzen Körper hatte er offene Wunden und Brandverletzungen. Ihm war zudem der linke Arm oberhalb des Ellenbogens gebrochen worden und der Arzt meinte, der Knochen sei so oft gesplittert, dass er nicht mehr richtig zusammenwachsen würde. Seine Beine wiesen so viele Quetschwunden auf, dass er noch immer kaum laufen konnte. Enzo hatte ihn ins Bett befohlen und für einmal wagte Dario nicht, zu widersprechen.

Mirella stickte nicht mehr. Sie hatte Rita erklärt, fürs Erste wolle sie sich um Dario kümmern und könne ihm doch nicht zumuten, dass er ihr beim Sticken zusähe. Rita hatte es mit einem misstrauischen Blick zur Kenntnis genommen, denn auch Stefania leistete Dario beständig Gesellschaft.

An diesem Tag brachte sie eine lange Proklamation mit. Sie hatte sie ungeniert von einer Hauswand abgerissen. »Don Juan hat sich zum Vizekönig ausgerufen und de Arcos hat gestern die Stadt verlassen. Seht her!«

»So hat er sich ein Herz gefasst.« Dario richtete sich mühsam in seinen Kissen auf. »Bald wird Frieden sein.« Er streckte seine Hand aus und streichelte Stefanias Finger. »Dann werden wir endlich dies alles vergessen können und heiraten.« Er runzelte die Stirn. »Aber vorher muss ich wohl tatsächlich zu Roccone, um Mirellas Brautkleid zu bestellen.«

»Ich werde es nicht brauchen.« Mirella zog Felipes Ring vom Finger; sie hätte es längst tun sollen. »Ich heirate Don Felipe nicht. Ich werde überhaupt nie heiraten!«

Dario lächelte. »Aber gewiss wirst du das. Eines Tages. Doch ich bin froh, dass es nicht Felipe ist. Du hast ihn nie geliebt.«

Der zärtliche Blick, den er mit Stefania tauschte, ließ ihr die Tränen in die Augen steigen. »Ich dachte damals, es sei nicht wichtig. Schließlich ...«

»Und was hat dich bekehrt?«

Stefania musterte sie mit einem amüsierten Grinsen. »Die Frage lautet richtig: Wer hat dich bekehrt?«

Mirella wurde blass. »Niemand.« Sie reckte den Kopf. »Ich bin von alleine darauf gekommen.«

Stefania glaubte ihr nicht, das war unübersehbar. Aber sie wandte sich wieder Dario zu. »Ich fürchte jedoch, du irrst dich, Liebster. Die Stadt ist in Aufruhr. Don Juans Dekret hat dazu geführt, dass sich die Streithähne besonnen haben. Zudem scheint es de Guise zu gelingen, den Weg zum Hafen von Castel Volturno freizukämpfen.«

»So geht der Krieg weiter.« Mirella stand auf. »Und wir hungern, weil die Blockade zu Land bestehen bleibt.«

»Es muss ein Ende haben!« Dario schob sich aus dem Bett und hinkte zu seinem Sekretär. Stefania sprang auf, um ihn zu stützen, aber er wehrte sie ab. »Ich schaff das schon.« Dann lehnte er sich mit schmerzverzerrtem Gesicht an den Sekretär. »De Guise hat mich zum Krüppel schlagen lassen.«

»Dario! Das ist nicht wahr. Du verdankst ihm dein Leben!«

Mit zornig blitzenden Augen wandte er sich Mirella zu. »Aber was für eines. Gefangen; mit zerschlagenen Knochen.« Sein Blick ging zu Stefania und der Zorn verschwand aus seinem Gesicht. »Wenn du nicht wärest ...«

»De Guise hat dir das Leben gerettet«, beharrte Mirella.

Dario nahm das Tintenfass und eine Feder aus ihrem Fach und einen Bogen Papier aus einer Lade. »Aus persönlichem Kalkül.« Seine Stimme vibrierte vor Verachtung. »Gewiss nicht aus Großmut oder weil er an meine Unschuld glaubte.« Er hielt Stefania die Feder entgegen und sie stand auf und schnitt den Kiel an.

»Aber du bist doch unschuldig!« Unter seinem Blick zuckte Stefania zusammen und schwieg.

Mirella ballte die Fäuste. »Das Ergebnis zählt, Dario. Dass du lebst.«

Er lächelte sparsam. »Ich weiß, dass du alles dafür gibst, Schwesterchen.«

Was wusste er! Mirella ging zur Tür; es war unerträglich, auch nur daran zu denken.

»Warte! Du musst diesen Brief überbringen. – Ich bin gleich fertig.« Dario schrieb hastig ein paar Zeilen; dann faltete er mühsam den Bogen zusammen und versiegelte ihn. »Lieber würde ich selber gehen. Trotz des Hausarrests. Wenn ich mich nur einigermaßen bewegen könnte!«

»Das kannst du Vater nicht antun.«

»Deswegen musst weiterhin du meine Briefe in den *Gallo bianco* bringen.«

Mirella ballte die Fäuste und blitzte ihn zornig an. »Das tue ich nicht.«

»Du hast versprochen, mir zu helfen.« Seine Augen wurden schmal. »Und du kannst nicht mehr zurück. Du brauchst jetzt die Rückkehr der Spanier genauso wie ich.«

Stefania sah mit wachsendem Entsetzen im Gesicht zwischen ihr und Dario hin und her. »Was bedeutet das alles? Wovon redet ihr?« Sie stand auf und nahm Dario mit einer schnellen Bewegung den Brief aus der Hand. Bevor er in seiner Schwerfälligkeit reagieren konnte, war sie zurückgewichen und öffnete ihn.

Mirella schloss die Augen, als könne sie damit die Wirklichkeit aussperren. »Dario arbeitet immer noch mit den aufständischen Baronen zusammen.« Sie sah Stefania an. »Der Vorwurf, er habe unsere Republik an die Spanier verraten, ist nicht richtig. Aber verschworen hat er sich doch gegen das Volk von Neapel.«

»Wir gehören auch zum Volk.« Das klang eindeutig nach

Widerspruch. Stefania senkte die Hand mit dem Brief. Was hatte sie vor?

»Wie kann es sein, dass du es nicht weißt? Euer Landhaus war doch den ganzen Sommer über ein Treffpunkt der Verschwörer.«

»Viele besuchen Vater; und Mutter veranstaltet mit Hingabe rauschende Sommerfeste.«

»Ideal.« Der Marchese unterstützte die Verschwörung der Landbarone gewiss nicht. Dazu war er zu beharrlich und vehement dafür eingetreten, die antifeudale Stoßrichtung der August-Kapitel durchzusetzen. Aber er war gerade deshalb einflussreich, weil er mit allen gut auskam und stets darauf bedacht war, niemandem zu nahe zu treten. Auf diese Weise hatte die öffentlich bekannte Haltung des Marchese Dario den notwendigen Deckmantel verschafft.

»Das ist doch jetzt gleichgültig!« Stefania hielt ihr den Brief hin. »Jetzt droht Neapolitaner gegen Neapolitaner zu kämpfen. Wollen wir das?«

Mirella schüttelte den Kopf.

»Dann müssen die Spanier zurückkommen.« Sie wedelte nachdrücklich mit dem Brief. »De Arcos hat alles getan, was der Rat der Stadt gefordert hatte. Und der neue Vizekönig gewährt Generalpardon. Was wollen wir mehr?«

Das konnte Mirella auch nicht so genau sagen. Müsste sie dann Felipe heiraten? Gewiss nicht; Rita würde sie verstehen. »Gut, ich überbringe den Brief. Dario darf nichts geschehen.«

Dario schob Stefania beiseite und nahm Mirella in den Arm, während Stefania den Brief erneut versiegelte. Sanft streichelte er ihr die Wange. »Liebste kleine Schwester, ich wusste, dass du dein Wort hältst.«

Sie nickte, aber das Herz war ihr schwer. »Du hast doch nicht deinen Namen darunter geschrieben? Wenn jemand den Brief abfängt ...«

Er küsste sie aufs Haar. »Sei ohne Sorge. Ich werde weder Vater noch dich jemals in Gefahr bringen.«

Und doch hatte er es längst getan.

Samstag, 1. Februar 1648

Im Schritttempo ließ Fabrizio die Kutsche durch die Straßen rollen; jedes Mal hielt er an, bevor er über eine Kreuzung fuhr. Er bog immer wieder vom Weg ab, um den Schutz enger Gassen zu suchen. Eine halbe Stunde waren sie schon unterwegs und der Weg zum Pizzofalcone schien noch immer endlos weit. Zwei Mal waren sie an der Grenze zu spanisch besetzten Vierteln von Wachtposten des *Tercio de Nàpoles* angehalten worden. Aber die Soldaten hatten darauf verzichtet, die Kutsche zu durchsuchen.

Eine Detonation hallte in dem Gewölbe wider, unter dem sie gerade hindurchfuhren. Die Pferde wieherten erschreckt. Fabrizio hielt an und stieg ab, um sie zu beruhigen und dann zu Fuß weiterzuführen.

Dann ertönten zwei trockene Schüsse. Nicht weit von ihnen schienen Mann gegen Mann zu kämpfen; Metall klirrte gegeneinander. Mirella zog ihre Kapuze tiefer ins Gesicht, als ob sie sich dadurch schützen könnte. Ihnen voraus ertönte ein Pfeifen; dann schlug eine Kanonenkugel in ein Haus und riss zwischen zwei Fenstern eine große Bresche.

Wenn der Rückweg nicht ebenso gefährlich wäre wie der Weg vor ihnen, hätte sie Fabrizio in diesem Augenblick befohlen umzukehren. Am Ende gäbe es noch keine Antwort auf Darios Brief und sie brachte sich und Fabrizio ganz unnütz in Gefahr. Aber nun war es wohl besser, im *Gallo bianco* die Nacht abzuwarten. Mirella faltete die Hände und begann, aus tiefstem Herzen die Madonna um ihren Schutz anzuflehen.

Nachdem sie die nächste Kreuzung überquert hatten, stieg Fabrizio wieder auf den Bock und ließ die Pferde schneller laufen. Es ging bergan und über eine längere Strecke lagen die umkämpften Stadtteile gut sichtbar unter ihnen.

In Avvocata loderte ein Feuer; an mehreren Stellen unweit der *Piazza del Mercato* qualmte es. Aber Rauch stieg auch von zwei der spanischen Schiffe auf, die in der Bucht ankerten. Vor der Einfahrt hatten de Guises Kanoniere eine Reihe von Geschützen aufgebaut. Sie schienen zielsicherer als die Spanier, denen es nicht gelang, den Turm von Annese zu treffen oder die Aufständischen aus ihren Stellungen vor dem *Castelnuovo* zu vertreiben, wo der Vizekönig residierte.

Mirella streckte vorsichtig den Kopf aus dem Fenster; der Weg vor ihnen schien frei zu sein. Fabrizio ließ die Pferde antraben.

Plötzlich vervielfachte sich der Hall des Hufschlags; Fabrizio lenkte die Kutsche an den Straßenrand und parierte die Pferde. Ein Trupp spanischer Soldaten galoppierte an ihnen vorbei; ihnen hinterher eine Schwadron von Anneses Miliz. Sie unterschieden sich noch immer von den regulären Soldaten der Republik, da sie sich weigerten, die Uniform de Guises zu tragen.

»Fahr langsam weiter«, wies Mirella Fabrizio an. »Hier sind wir nicht sicher.« Welch ein Leichtsinn, dass sie in den Botendienst für Dario eingewilligt hatte.

Fabrizio fluchte lauthals und ließ die Peitsche knallen. Als die Straße wieder eben wurde, ließ er die Pferde sogar galoppieren. Recht hatte er, denn nun gab es keine schützenden Häuser mehr, bevor sie das Tor zum Pizzofalcone erreichten.

Pfeifend flog eine Kanonenkugel über ihnen hinweg und schlug in die Mauer des Friedhofs zur Heiligen Anna ein. Fabrizio musste die Pferde nicht mehr antreiben; sie rannten freiwillig.

Mirella wurde durchgeschüttelt; die Kutsche bog schwankend um die nächste Ecke. Fabrizio schrie auf die Pferde ein und fluchte lauthals. Entsetzt begriff sie, dass er sie nicht mehr unter Kontrolle hatte.

Die Kutsche holperte und geriet aus der Fahrspur. Schlingernd knallte sie gegen eine Mauer. Der Rahmen des Seitenfensters splitterte und die Scheibe zerbrach.

Mirella wich zu spät zurück; Splitter stachen sie neben dem Rand der Kapuze in die Schläfe. Automatisch fuhren ihre Hände nach oben. Die linke griff in Glas und sie zog sie erschreckt zurück. Blut sickerte aus den Spitzen zweier Finger.

Die Kutsche schlingerte noch einmal, kam bedenklich nahe an die Bordsteine, die den Abhang markierten. Mirella krallte die Finger in die Sitzbank gegenüber, um sich festzuhalten. Dabei fasste sie wieder in eine Scherbe, die sich tief in ihre Hand bohrte. Sie stöhnte auf; aber es war mehr Schreck als Schmerz. Entschlossen zog sie das Glas heraus.

Fabrizio stieß einen warnenden Schrei aus, obwohl gewiss niemand das Rattern der Räder und das Klappern der Hufe überhören konnte. Sie überquerten eine Kreuzung; der Weg stieg wieder an. Das mochte die Pferde bremsen, sofern die Kutsche vorher nicht umstürzte. Aber die Pferde wurden nur wenig langsamer; es waren kräftige Tiere. Wie lange würde es dauern, bis sie sich erschöpft hatten?

Wieder detonierte etwas in unmittelbarer Nähe; Fabrizio schrie erneut, dieses Mal vor Entsetzen. Die Pferde rasten weiter bergan.

Der Hufschlag eines galoppierenden Pferdes kam näher, übertönte die ratternde Kutsche. Dann jagte ein Uniformierter auf einem Rappen vorbei.

»*Tais-toi; tais-toi! …*" Einer aus de Guises Gefolge.

Die Kutschpferde schnaubten und wieherten, dann wurde die Kutsche langsamer. Und hielt.

Mirella schloss die Augen und lehnte sich erschöpft zurück. Ihr Herz schlug so heftig, als wolle es ihren Brustkorb sprengen.

»*Ça va, Signore?*"

Mirella fuhr hoch. Alexandre!

Es folgte eine unverständliche Antwort Fabrizios.

Sie schob die Kapuze beiseite und sah nach draußen. Alexandre hielt neben dem Bock und reichte Fabrizio die Zügel des Gespanns. Er musterte mit besorgtem Blick die Kutsche. »Wird Er weiterfahren können?«, fragte er auf Italienisch. Dann wendete er sein Pferd. Seine Augen weiteten sich vor Überraschung, als er Mirella erblickte. Er kam zu ihr.

Alexandre. Sein Blick war Wärme, dann Sorge. »Mirella, Ihr blutet.«

Verwirrt sah sie auf ihre Hände, wischte das Blut von den Fingern. »Es ist nicht schlimm.«

Er zog einen Handschuh aus und langte durch das zerschlagene Fenster. Mit sanften Fingern berührte er ihr Gesicht, strich über die Schläfe. Eine Gänsehaut kroch von ihrem Nacken aus über den Rücken.

»Wo kommt das her?« Auf seiner Fingerspitze war Blut.

»Ich fürchte, ich habe in eine Scherbe gegriffen, als das Fenster zersplitterte.

Er saß ab, öffnete den Schlag und griff nach ihren Händen, drehte sie um. »Steig aus!« Seine Stimme war rau.

Sie gehorchte.

Alexandre besah sich ihre Hand, wischte das Blut mit seinem Ärmel von den Fingern und betastete dann vorsichtig die winzigen Schnitte. »Gut. Es ist kein Glas darin.« Er ließ sie los. Düsternis kehrte in sein Gesicht zurück. »Ihr solltet hier nicht spazieren fahren, Signorina.«

Mit einem Satz sprang er auf sein Pferd und galoppierte davon.

Benommen schaute Mirella ihm hinterher. Er ritt zum Pizzofalcone; hinter dem Stadtteil ging es nirgendwo anders hin. Was wollte er dort?

Gleich darauf fuhren sie durch das Tor. Fabrizio erreichte

die Gasse, in der der *Gallo bianco* lag. Eine größere Zahl von Pferden stand vor den Häusern am anderen Ende.

Irritiert über den ungewöhnlichen Auflauf ließ sie Fabrizio bis zur Kirche der *Santa Maria degli Angeli* fahren.

.»So ist es recht, Signorina. Wir haben wahrhaftig der Muttergottes zu danken, dass wir noch leben.«

»Der Muttergottes?« Sie biss sich auf die Lippen, um nicht den ketzerischen Gedanken auszusprechen, dass sie es wohl eher dem Marquis de Montmorency zu danken hätten. »Da sie den Franzosen geschickt hat, ist sie vermutlich mit ihnen im Bunde.« Sie blickte zurück auf den Ort. Wo war Alexandre hin? »Komm nur mit in die Kapelle, Fabrizio.«

Gemeinsam knieten sie in der Seitenkapelle vor dem Altar der *Immacolata*. Fabrizio zog einen silbernen Carlino aus der Tasche und betrachtete ihn von beiden Seiten, bevor er ihn in den Opferstock warf.

Ein ganzer Carlino? »Fabrizio!«

Er verzog das Gesicht. »Er wird wohl bald nichts mehr wert sein. Hoffentlich.«

»So stehst auch du jetzt auf Seiten der Spanier? Ich dachte …«

»Ich stehe auf Seiten der Neapolitaner, Signorina.« Er erhob sich. »Von diesem Geld können wir uns schon jetzt nichts mehr kaufen.«

»Mazarin hat Getreide geschickt«, antwortete sie bedrückt. »Wenn die Blockade nicht wäre …« Sie stand auf und streckte ihren Rücken. »Die Barone und die Spanier tragen Schuld, wenn deine Kinder hungern.« Seufzend folgte sie ihm nach draußen. War sie inzwischen die einzige, die die Republik verteidigte? Dachte niemand über den Tag hinaus? »Die Spanier werden die *Gabelle* erneuern, wenn wir sie wieder an die Macht kommen lassen.«

»Das glaube ich nicht. Sie wissen jetzt, dass wir uns wehren können.«

Er streckte ihr die Hand zum Einsteigen entgegen.

Sie blickte wieder auf die Häuser unter ihnen; dann schüttelte sie den Kopf. »Warte hier auf mich.«

Fabrizio öffnete erst den Mund zu einer Entgegnung; dann besann er sich und setzte sich auf einen Stein am Wegrand. Nicht zum ersten Mal argwöhnte sie, dass er mehr wusste als es Dario gut tat.

Mit schnellen Schritten lief Mirella zurück. Noch immer standen die Pferde in der Gasse. Im Näherkommen erkannte sie an ihren Schabracken, dass es Armeepferde waren. Ein Soldat trat aus dem Haus neben dem *Gallo bianco*. Was tat er dort?

Er blickte sie direkt an.

Wenn sie jetzt umkehrte, machte sie sich dann verdächtig? Sie griff mechanisch in ihre Manteltasche, aber noch war sie leer. Sie riskierte nichts, wenn sie lediglich die Gasse hinunterging.

Sie wechselte auf die gegenüberliegende Straßenseite. Vor dem Haus, in dem die alte Cristina wohnte, blieb sie stehen und sah hinüber zur Trattoria. Aber noch war es zu hell, um zu erkennen, ob in der Schankstube Licht brannte. Oder dort überhaupt jemand war.

Was würde ein französischer Soldat davon halten, wenn ein junges Mädchen allein ein solches Wirtshaus betrat?

Sie klopfte an die Fensterscheibe. Cristina öffnete so schnell, dass sie dahinter gelauert haben musste.

Einen Moment sah sie verblüfft aus, dann warf sie einen schnellen Blick nach allen Seiten. »Wie freue ich mich, dass du endlich einmal Zeit findest!« Sie sprach laut, wie es Schwerhörige zu tun pflegten. Das Fenster blieb offen, als sie im Hintergrund des Raums verschwand. Gleich darauf stand sie in der Haustür. »Komm, Kind. Dies ist kein guter Zeitpunkt für ein junges Mädchen, sich auf der Straße herumzutreiben.«

»Warum?« Mirella trat an ihr vorbei ins Haus.

Cristina schloss die Tür. »Die da draußen suchen jemanden. Sie haben zwei Gefangene abgeführt.«

Mirella versuchte, ihr Erschrecken zu verbergen. »Geht
uns das etwas an, was die hohen Herren machen? Solange Sie
eine Schokolade für mich hat, soll es mir gleich sein.«

»Eine Schokolade, Kind? Ja sicher. Der Wirt hat seine
Schmuggler.« Sie öffnete die Anrichte und holte einen Topf
heraus.

»Und damit Sie es niemandem verrät, fällt auch immer etwas für Sie ab?«

Cristina kicherte. »Ich würde auch schweigen, wenn ich
das nicht bräuchte. Freilich ist es nützlich.«

»Darf ich?« Mirella deutete auf den Platz am Fenster.

»Natürlich; jetzt habe ich dich zur Unterhaltung.«

Mirella seufzte; Fabrizio würde sich Sorgen machen. Aber
er schien inzwischen etwas zu ahnen; und gewiss war auch
ihm klar, dass sie vor der Dunkelheit besser nicht in die Stadt
zurückkehrten.

Cristina goss Wasser in den Topf und stellte ihn auf den
Herd; dann legte sie das Feuer nach. »Ich habe freilich keine
Milch mehr für die Schokolade.«

»Milch? Ich habe seit Wochen keine Milch mehr getrunken.« Mirella wandte sich wieder dem Fenster zu und beobachtete die Straße, bis Cristina mit den Tassen kam.

»Die sind schon seit Stunden hier. Bei mir waren sie auch.
Sie durchsuchen alle Häuser.« Cristina schenkte die Schokolade ein und kam dann mit dem Zucker.

»Ein Wunder, dass Sie noch Zucker hat.« Bedauerlich; sie
mochte die Schokolade lieber bitter statt übersüßt.

»Auch geschmuggelt.«

Mirella deutete nach draußen. »Haben sie gesagt, was sie
suchen?«

»Keine Schmuggelware. Sie haben alle meine Schränke auf-
gemacht und kein Wort zu meinen Schätzen gesagt.«

»Man wird Ihren Schätzen kaum ansehen, wie lange sie sich schon in Ihren Schränken befinden.« Mirella setzte ein amüsiertes Lächeln auf.

»Freilich; aber sie haben doch etwas anderes gesucht. Mein Sekretär hat sie am meisten interessiert.«

»Müssten sie dazu nicht Neapolitanisch können?«

»Das sind Neapolitaner fast alle.« Cristina machte ein Gesicht – wenn sie ein Mann wäre, hätte sie jetzt wohl ausgespuckt vor Verachtung.

»Meint Sie, dann könnten sie lesen? Wessen Soldaten sind das überhaupt?«

»Kennst du die Lilie auf den Schabracken nicht?«

»Ich habe nicht darüber nachgedacht.« Zu dumm sollte sie sich nicht stellen. »Aber jetzt, wo Sie es sagt ... die Franzosen also.«

»Nein Italiener; fast alle.«

»Aber was suchen sie denn hier?«

»Spione? Verschwörer? Wer weiß schon, zu wem die halten, die da im *Gallo bianco* ein und aus gehen!«

»Und wie kommen die darauf, ausgerechnet hier zu suchen?« Mirella nippte vorsichtig an der heißen Schokolade. Mit Wasser gekocht, schmeckte sie noch widerlicher als beim letzten Mal. Aber vielleicht hatte Cristina auch mehr Zucker hineingetan, um das Fehlen der Milch auszugleichen. Tapfer trank sie einen großen Schluck.

»Es gibt ein paar Nachbarinnen, die haben eine zu lose Zunge. Und nicht alle sind neutral.«

Ein wenig überrascht setzte Mirella ihre Tasse ab. »Neutral?« Wie konnte jemand neutral sein?

Cristina nickte eifrig. »Freilich; man tut sich keinen Gefallen – niemandem –, wenn man sich nicht raushält.«

»Geht das überhaupt – sich raushalten? Wenn überall in der Stadt gekämpft wird?«

Aus einem Haus traten zwei Soldaten und gingen dann in den *Gallo bianco*. Nun musste sie auf jeden Fall warten.

»Nun vielleicht ... Jemandem wie dem Wirt ist es sicher egal, wer die Zeche bezahlt.« Mirella deutete hinüber. »Jetzt hat er ein paar Soldaten zu Gast.«

»Die haben ihr Quartier dort aufgeschlagen.« Cristina zuckte die Achseln.

»Dann ist er wohl doch nicht neutral.« Nachdenklich kniff sie die Augen zusammen. Was wäre, wenn ... Wer hatte gewusst, dass Dario in Aversa zu finden war? Hatte der Wirt Dario an Anneses Miliz verraten? Der Gedanke nahm ihr für einen Augenblick den Atem. Dann wäre Dario noch immer in Gefahr; in weit größerer Gefahr, als sie sich hatten vorstellen können.

»Neutral? Gewiss nicht, Kind.«

Sie musste es herausfinden; egal, was es sie kostete. Diese Frau ... vielleicht war sie ihrer aller Rettung. »Mir scheint, Sie weiß sehr viel.« Mirella strahlte sie voller Bewunderung an.

»Ich wohne schon mein ganzes Leben hier. Wenn du sehen würdest, wer dort drüben alles ein und aus geht ...«

Mirella beugte sich interessiert vor; sagte aber wohlweislich kein Wort.

»Diese feinen Herren; die gehören nicht in ein solches Gasthaus.«

»Manch einer steigt ab, wo er gerade des Weges kommt.«

»Aber doch nicht am Rande einer großen Stadt!« Cristina blickte geradezu triumphierend. »Glaub mir, Kind; das weiß ich besser.«

Mirella senkte den Blick auf ihre Tasse, spielte scheinbar verlegen mit dem Löffelchen. »Gewiss, Signora; was weiß ich schon!« Sie sah sie wieder an, knabberte an ihrer Unterlippe. »Aber neugierig gemacht hat Sie mich jetzt. Kennt Sie denn die feinen Herren, die dort Halt machen?«

»Wenige. Da war der Herzog von Maddaloni ...« Sie hob einen Finger. »Dann der Prinz von Toraldo.«

»Der ist tot«, entfuhr es Mirella.

Cristina nickte. »Trotzdem ... Der Graf von Cafaro oder Nocera. Oder beide?«

Cafaro war gleichfalls geköpft worden; aber schon von Masaniello, nicht von Annese oder den Franzosen. De Guise hatte bislang überhaupt niemanden hinrichten lassen. Dass ihr das jetzt erst auffiel. Und doch ... Es musste doch Handlanger Spaniens auch in seinem Umkreis geben; schließlich war die halbe Stadt inzwischen wieder von ihnen besetzt. Ohne die Hilfe von Neapolitanern wäre dies nicht möglich gewesen. Wie die von Dario. Sie seufzte.

»Langweile ich dich, Kind? Ich dachte, es interessiert dich.«

»Sie verzeih mir. Ich war mit meinen Gedanken abgeschweift.« Weil Cristinas Gesicht sich verschloss, beugte sie sich schnell vor. »Die Hinrichtung von Cafaro – da wäre ich fast dabei gewesen.« Sie schüttelte nachdrücklich den Kopf. »Was für ein Auflauf. In meinem Leben habe ich noch nicht so viele Menschen beisammen gesehen. Nicht einmal bei der Prozession zu Ehren der *Madonna del Carmine*.«

»Die Kirche gilt wenig heutzutage; es ist auch kein Wunder. Überall mischt sie sich ein. Denk nur, der Erzbischof ...« Mirella versuchte, dem Wortschwall der Alten soweit zu folgen, dass sie an den passendsten Stellen nicken konnte, während sie nachdachte. Es musste einen Weg geben herauszufinden, ob der Wirt ... Nein, zu beweisen, berichtigte sie sich. Sie war mehr und mehr davon überzeugt. Wer sonst hatte nicht nur Bescheid gewusst, sondern auch die Gelegenheit gehabt, Anneses Leute zu informieren? Zudem: Jemand von außerhalb hätte Dario kaum genau genug beschreiben können.

»Was ist, Kind? Musst du schon gehen?"

Mirella war einen Augenblick lang verwirrt; nun hatte sie gar nicht mehr zugehört. »Neinnein, nur ...«

»Ach so.« Die Alte deutete zum Hoffenster. »Über die Treppe und dann rechts.«

Mirella ging nach draußen. Das Tor zur Straße war einen

Spalt geöffnet; sie schob es weiter auf und blickte hinüber. Eben gingen wieder zwei Soldaten de Guises in den *Gallo bianco*.

Der Wirt hatte sie für diesen Nachmittag bestellt; aber solange die Soldaten dort waren ... Doch sie hatte sowieso bis zum Abend bleiben wollen. Hoffentlich käme Fabrizio nicht auf die Idee, hierher zu kommen. Vielleicht sollte sie besser zu ihm zurück und es später noch einmal versuchen; irgendwann würden die doch abrücken.

Für den Fall, dass Cristina aus dem Hoffenster schaute, ging sie zum Abtritt und dann wieder ins Haus zurück. Das Gepolter vieler Hufe klang von der Straße, als sie die Tür schließen wollte. Sie gab der Versuchung nach, ging zurück und lugte durchs Tor. In Zweierreihe trabten die Soldaten zur Kreuzung.

»Sie tun so, als zögen sie ab.« Cristina stand halb vom Vorhang verdeckt am Fenster, als sie in die Stube zurückkam. »Doch sie warten auf jemanden.«

»Sie ziehen ab«, sagte Mirella mit Nachdruck. »Ich habe sie vom Hof aus gesehen.«

»Nicht alle.«

Mirella trat neben sie. Die Gasse war leer. Jetzt konnte sie zum Wirt hinübergehen. Dennoch setzte sie sich wieder hin; sie musste zuerst nachdenken. Wie bekam sie heraus, ob er Dario verraten hatte? Ratlos drehte sie die Tasse zwischen den Fingern.

»Noch eine Schokolade, ja? Genier dich nur nicht, Kind. Ich bin dir wirklich dankbar für deine Gesellschaft.«

Geistesabwesend nickte Mirella; lieber hier bis zur Dämmerung warten als in der Schankstube. Das Volk, das dort abends auftauchen würde, war gewiss keine Gesellschaft für sie.

Nachdem sie die dritte Tasse der übersüßten Schokolade hinuntergezwungen hatte, begann es zu dämmern. Die tief stehende Sonne warf ihre Strahlen durchs Fenster und ließ den Staub tanzen.

Die Alte stand auf. »Ich muss Holz holen.«

»Ich helfe Ihr.« Sie warf noch einen Blick auf die Gasse. In der Schankstube brannte anscheinend noch kein Licht. »Aber dann muss ich nach Hause.«

»Freilich. Jetzt ist es auch nicht mehr so gefährlich. Gekämpft wird nur dort, wo es wegen der Brände hell genug ist.«

Mirella war beklommen zumute, als sie danach hinüber zum Gasthaus ging. Wie sollte sie etwas herausfinden und gleichzeitig den Wirt nicht misstrauisch machen?

Vor der Tür zögerte sie noch einmal; vielleicht sollte sie Fabrizio nicht länger warten lassen und erst ... Sie griff nach der Klinke und drückte sie mit einer heftigen Bewegung hinunter.

Auf einem Tisch neben dem Schanktisch flackerte eine Kerze; mehr Licht gab es nicht. Kein Wunder, dass die Schankstube von außen im Dunkeln zu liegen schien.

Dort saß, mit dem Rücken zu ihr, ein Soldat de Guises, tief in seinen Umhang aus Enzos Filz verkrochen. »Nicht alle«, hatte Cristina gesagt. Sie hätte ihr glauben sollen. Wenn er nun fragte, was sie hier tat?

Als ob sie damit verhindern könnte, dass er auf sie aufmerksam wurde, schloss sie so leise wie möglich die Tür hinter sich und blieb stehen.

Unvermutet wie ein Springteufel tauchte der Wirt hinter dem Schanktisch auf. »Ich warte schon seit Stunden auf Sie, Signorina Scandore!«

Der Soldat warf seinen Stuhl um, als er aufsprang.

»Mirella!« Bevor sie reagieren konnte, stand Alexandre vor ihr und packte sie mit beiden Händen. »Was tut Ihr hier?«

Ihr Blick irrte zum Wirt, der ein triumphierendes Grinsen im Gesicht hatte.

Alexandre packte sie fester, sein Griff tat ihr weh. »So ist es wahr!« Seine Stimme barst.

Unendlich mehr noch als sein Griff schmerzte sie sein

Blick. Entsetzen stand darin – und Verzweiflung? Er schüttelte sie heftig. »Was tust du hier?«

»Ich … ich …« Sie blickte wieder zum feixenden Wirt. Kalte Wut breitete sich in ihrem Magen aus. Ihr Wort stand gegen das seine; und sie hatte schon einmal überzeugend gelogen.

»Lasst mich los!« Sie trat nach Alexandre. »Ihr tut mir weh!« Vor ein paar Stunden erst hatte er ihr das Leben gerettet; was würde er jetzt mit ihr machen? Sie deutete mit dem Kopf zur Tür. »Ich wollte …«

»Was?«

»Den Brief für ihren Bruder abholen; was sonst!«

Die hämische Stimme des Wirts klärte endgültig ihr Hirn. Als habe sie ihren Widerstand aufgegeben, beendete sie den Versuch, sich aus Alexandres Griff zu befreien.

»Meine Tante …« Sie hob den Kopf und sprach zur Decke. »Sie will …«

Wieder schüttelte er sie ungeduldig.

»Sie hat nichts mehr zu trinken.«

Alexandre ließ sie los und trat verblüfft einen halben Schritt zurück. »Was?«

»Das Gör lügt. Es hat keine Tante.” Der Wirt kam hinter dem Schanktisch hervor. »Hier, diesen Brief soll ich Ihr für Ihren Bruder geben.«

Mirella sah nicht hin. Gewiss war niemand so dumm gewesen, einen Namen darauf zu schreiben. Sie antwortete dem Wirt auf Italienisch. »Ich weiß von keinem Brief!« Sie ließ ihre Stimme nur ein winziges Bisschen empört klingen; eben so viel, dass es nicht kokett klang, wenn sie die verfolgte Unschuld gab. »Was will Er überhaupt von mir?«

Auch Alexandre wechselte die Sprache. »Der Wirt kennt Ihren Namen.« Er hatte sich anscheinend wieder im Griff. Seine Stimme war eisig; sein Blick wollte sie morden.

»Natürlich.« Jetzt hatte sie einen richtig empörten Blick für den Wirt. »Es ist nicht das erste Mal, dass er mich sieht.«

»Sieht Er, sie leugnet es nicht.«

Mirella gestattete sich Verwirrung. »Ich verstehe nicht ... Es ist mir peinlich, *Monsieur le Marquis*, dass Er ...« Wieder deutete sie zur Tür. »Aber meine Tante schläft nicht mehr gut ohne ihren Rotwein.« Verschämt senkte sie den Blick auf Alexandres Füße. Das Leder war abgeschabt an der Innenseite seiner Stiefel; so ging de Guise wohl das Geld aus, da sich seine Männer keine neuen mehr kaufen konnten.

Alexandre packte sie unterm Kinn und zwang sie, ihn anzusehen. Einen Moment lang musterte er sie. »Was für eine Tante?«

Mirella stiegen Tränen in die Augen. Gott helfe ihr, dass sie ihn schon wieder belog. »Gegenüber; sie wohnt gegenüber in dem Haus.«

Vom Wirt kam ein undefinierbarer Laut. Wenn sie diese Frau falsch eingeschätzt hatte, war sie jetzt genauso verloren wie Dario.

Alexandres Griff wurde einen Moment lang härter; aber dann ließ er sie los und wandte sich an den Wirt. »Sie hat keine Tante, sagt Er? Wir werden sehen. Sie kommt mit.« Er schob sie auf die Straße hinaus und führte sie am Ellenbogen hinüber. »Wo?«

Mirella zitterte; sie ging zum Fenster, schloss die Augen und klopfte.

Dieses Mal dauerte es länger. Mirella kam es wie eine Ewigkeit vor, bis sich das Licht im Zimmer bewegte und Cristina das Fenster öffnete. Sie beugte sich vor, sah erst irritiert von ihr zu Alexandre; dann lächelte sie. »Du bist es? Was ist denn, Kind?"

»Kennt Sie die Signorina?«

»Ja sicher ...« Cristina blickte schon wieder ein wenig verwirrt. Gut. Alexandre mochte ruhig glauben, sie sei nicht ganz richtig im Kopf. Trotzdem war es besser, sie käme möglichst wenig zu Wort.

»Tante, der Herr Offizier will wissen, was ich im *Gallo bianco* zu suchen hatte.«

Cristina runzelte die Stirn. »Im *Gallo bianco*? Was solltest du dort schon zu suchen haben?"

»Verzeih Sie mir bitte ...« Mirella schickte ein Gebet zur Madonna. »Ich habe ihm gesagt, dass ich wegen Ihres Rotweins dort war.«

»Was?«

Alexandres Griff wurde fester; sie würde nicht davonlaufen können.

»Ich hatte das nicht sagen dürfen. Aber ...« Mirellas Schluchzen war nicht mehr gespielt. Scham und Angst würgten ihr die Stimme ab.

Er trat mit ihr einen Schritt näher ans Fenster. Das Licht aus dem Zimmer beleuchtete sein finsteres Gesicht; Muskeln, die in Zorn zuckten. Alexandre hatte begriffen, dass sie log. »Signora, ist es wahr, dass Sie Ihre Nichte regelmäßig in den *Gallo bianco* schickt?«

Cristina zögerte mit der Antwort. Mirella starrte sie an, die Angst schüttelte sie. Begreife doch, dass mein Leben von dir abhängt. Würde man sie foltern wie Dario?

Cristinas Augen blitzten einen Moment wie im Zorn auf. »Aber Kind! Wie konntest du das sagen? – Das war nicht recht von dir.«

Sie machte ihre Sache gut; Mirella war plötzlich voller Bewunderung. Diese Frau war gerissen. Und sie stand auf ihrer Seite. Sie entspannte sich und atmete langsam aus.

Eine Bewegung von Alexandre sagte ihr, dass er es gemerkt hatte »Sie hat meine Frage nicht beantwortet«, stieß er zwischen den Zähnen hervor.

»Ja«, sagte Cristina daraufhin schlicht und knapp. So machte man das also. Die Alte log kein bisschen und war trotzdem in der Lage, sie zu schützen.

Alexandre blickte Mirella an; dann ließ er sie los. In seinen Augen brannte ein gefährliches Licht. »Warum hat der Wirt gesagt, er habe den Brief des Duca di Sarno für Sie aufbewahrt?«

»Frag Er doch den Wirt!« Mirella reckte das Kinn; es war Zeit aufzutrumpfen.

»Sie kann versichert sein, dass wir das getan haben.« Die Verachtung in seiner Stimme traf sie noch härter als sein Zorn zuvor. Er glaubte ihr nicht. Doch er hatte nichts als die Denunziation des Wirts.

Alexandre hatte geschworen, den Dogen und die Republik zu schützen. Aber es war doch ihre Republik, nicht seine! Würde er zulassen, dass man sie folterte, damit sie gestand und die Namen der Verschwörer preisgab? Ihre Knie gaben nach; jetzt wäre sie froh, hätte er sie noch fest in seinem Griff.

Im nächsten Moment hielt er sie in den Armen; ihr Gesicht lag an seiner Schulter. Sein langes Haar kitzelte sie an der Stirn und der Geruch von Seife stieg ihr in die Nase: Er wusch sich mit Marseiller Seife. Als Soldat!

Seine zornigen Augen waren dicht über ihr. »Sie kommt mit mir.«

»Wo bringt Er sie hin?« Empörung lag in Cristinas Stimme.

Alexandre blickte hoch zu ihr. »Die Signorina wird gewiss ihren Kutscher hier irgendwo warten lassen.«

Mirella wagte nicht, sich zu wehren, als er sie zu seinem Pferd führte, das im Hof neben der Trattoria stand. Aber plötzlich wurde ihr bewusst, dass der Wirt sie beim Namen genannt hatte. Alexandre hatte von Anfang an gewusst, dass sie es war, auf die er wartete.

So hatte er ihr eine Falle gestellt. Zorn stieg in ihr hoch; blinder, heißer Zorn. Sie trat nach ihm. »Lasst mich los!«

»Das könnte dir so passen!« Zorn gegen Zorn. Er fasste sie grob um die Taille und warf sie aufs Pferd. Dann zog er einen Strick hervor und band ihre Hände am Sattel fest.

Eine Tür schlug krachend gegen eine Wand. Lichtschein fiel heraus und die schwarze Mähne des Pferdes schimmerte neben ihrem Kopf, als sie zur Seite blickte.

Der Wirt stand im Rahmen; natürlich wollte er sich von seinem Erfolg überzeugen. »Monsieur wird sich an mich erinnern, nicht wahr?«

Alexandre zog den Strick um Mirellas Handgelenke fester; dann griff er in eine Satteltasche und warf dem Wirt einen kleinen Lederbeutel zu. Es klirrte leise, als der Wirt ihn fing.

Mirella spähte am Vorderlauf des Pferdes vorbei. Auch sie würde sich erinnern, sollte sie dies überleben.

Alexandre trabte an, nachdem der Wirt das Tor zur Gasse geöffnet hatte. Hinter der Kreuzung ritt er im Galopp ein Stück weiter, bevor er anhielt. »Wo habt Ihr den Kutscher gelassen?« Er löste den Strick und richtete sie auf. »Es wird nicht weit sein. Also wo?«

»Was wollt Ihr von Fabrizio?« Ihre Stimme klang jämmerlich. Sie biss die Zähne zusammen, um ihre Fassung zurückzugewinnen.

»Spielt nicht das kleine Mädchen. Das passt nicht zu Euch!«

Sie begann zu zittern; Alexandre schlug eine Seite seines Umhangs über sie. Er ließ das Pferd langsam weiterlaufen. »Ich kann Euch kaum selber nach Hause bringen.«

»Ihr ... lasst mich gehen?«

»Was soll ich sonst mit Euch machen?«

Küssen. Sie lehnte den Kopf an seine Schulter. Von seinem Umhang gewärmt, lag sie geborgen in seinen Armen. »Die Kutsche wartet vor der Kapelle der *Santa Maria degli Angeli*. Wisst Ihr, wo das ist?«

Sein Haar streichelte sie, als er nickte. Er galoppierte an. Er konnte sie nicht schnell genug los werden und sie wünschte sich, dieser Ritt durch die Nacht nähme nie ein Ende.

***

»Und du hast keine Ahnung, was in dem Brief steht?« Dario

war fuchsteufelswild. »Bei allen Heiligen, wie kann man nur so ungeschickt sein!«

»Aber wie denn? Hätte ich den Wirt vielleicht bitten sollen, mir den Brief auszuhändigen?«

Dario knetete zornig seine Bettdecke. »Montmorency wird es wissen. Er hat ihn doch mitgenommen, oder?«

Mirella musste zugeben, dass sie das nicht wusste. Unfassbar; sie hatte tatsächlich nicht aufgepasst, was mit dem Brief passiert war, nachdem der Wirt ihn vorgezeigt hatte.

»Frag ihn, was drin steht!«

»Bist du wahnsinnig? Dann können wir uns gleich selber aufhängen; alle beide.«

»Mach es unauffällig. Dir wird schon etwas einfallen, wie du ihn um den Finger wickeln kannst.«

Es war gewiss zwecklos, mit Dario zu diskutieren, ob sie das könnte oder nicht. »Wozu?«, fragte sie stattdessen. »Es ist nicht mehr aktuell, nun, da der Doge den Plan kennt.«

»Plan? So weit waren wir noch nicht.« Er blickte sie voller Verachtung an. »Und den würden wir gewiss nicht niederschreiben.« Er schob sich aus dem Bett, riss das Fenster auf und sog die Luft mit einem langen Atemzug ein. »Ich muss fort. Ich bin hier wie gefangen, das geht so nicht weiter.«

»Aber Dario; du kannst nicht aus dem Haus. Denk an Vater; er musste für dich bürgen.«

»Eben deshalb. Das geht nicht mehr lange gut.«

»Wo willst du denn hin?«

»Sie müssen wissen, dass der Wirt ein Verräter ist. Und wir brauchen einen anderen Weg, um uns zu verständigen. – Du musst das erledigen.«

»Und du denkst, das fällt niemandem auf?«

»Wenn schon. Wer kümmert sich darum, was du tust.«

»Alexandre! Ich bin sicher, dass er mir nicht geglaubt hat.«

»Und warum hat er dich dann laufen lassen?« Das fragte sie sich auch. Wie fürsorglich hatte er sie gewärmt in seinem

Umhang. »Vielleicht, weil er annimmt, dass er so auf die Spur der Verschwörer kommt? Herausfindet, welche Wege es noch gibt, nachdem er alle festgenommen hat, die im *Gallo bianco* aufgetaucht sind?«

Dario schnaubte zornig. »Dafür haben sie bessere Mittel. Wirkungsvollere.« Er griff sich an den gebrochenen Arm.

»Und wenn er davon ausgeht, dass ich – noch – nicht viel weiß? Dass du so unklug bist, mich noch einmal irgendwohin zu schicken?«

Dario griff nach dem Bettpfosten und hievte sich zurück in seine Kissen. »Der Karneval; die Oliveto geben immer einen Maskenball.«

»Und dort willst du hin? Dario, das ist zu gefährlich; das kannst du nicht machen.«

Er grinste, fasste sie unterm Kinn. »Ich vielleicht nicht – aber du. Fahr mit Stefania ins Landhaus; niemand denkt sich etwas dabei, wenn ihr zusammen wegfahrt.«

»Und dann?«

»Du wirst einen Brief mitnehmen; für einen Bauern in Terzigno.«

»Noch ein Treffpunkt, von dem du nicht weißt, wie sicher er ist?«

Er stutzte. »Du hast recht. Es muss uns etwas anderes einfallen.« Endlich war er bereit, in Erwägung zu ziehen, was sie sagte.

»Dario lass es, hör auf.«

Er lachte. »Hast du Angst?«

»Ja.« Sie machte sich von ihm los und stand auf. »Für jetzt bist du davongekommen. Aber sowie sie dir beweisen können, dass du dazu gehörst ...«

»Beweisen! Das ist es!« Er packte sie am Arm und zog sie aufs Bett zurück. »Es funktioniert auch anders herum, nicht wahr?« Plötzlich war er bester Laune. »Fahr mit *Mamma* zu Roccone; bestellt das Hochzeitskleid.« Er lachte lauthals.

»Komm! Wir beweisen, dass du die Wahrheit gesagt hast. Montmorency und Modène sollen uns wieder vertrauen.«

»Indem ich einen spanischen Granden heirate, gewinne ich Alexandres Vertrauen zurück?«

»Vater soll sie alle einladen zu deiner Hochzeit.«

»Du bist völlig verrückt geworden.« Erbost ließ sie ihn stehen.

Samstag, 15. Februar 1648

Ein Kanonenschlag ließ das Haus erbeben. Gina fiel das Silbertablett mit dem knochigen Huhn aus der Hand.

»Heb es auf!« Enzo verbarg seinen Schreck hinter Zorn. »Das Essen wird kalt, wenn du noch lange mit dem Servieren wartest.«

»Madonna, so nah war es noch nie.« Gina rührte sich nicht vom Fleck. Sie zitterte so sehr, dass ihre Zähne laut klapperten.

Gleich darauf kamen von draußen laute Rufe. Mirella sprang ans Fenster. Schräg gegenüber, im Haus der Varese, klaffte im ersten Stock ein riesiges Loch. Die fehlende Hauswand gab den Blick auf zwei Räume frei. Schlafräume, in denen sich zu dieser Tageszeit vermutlich niemand aufgehalten hatte. Von der beschädigten Etagendecke darüber hingen Balkenteile herab. Teile eines Bettes und ein Sessel waren auf die Straße gestürzt. Aus einem der Räume kräuselte sich Rauch nach draußen. Mirella blickte hoch zum Dach: Genau darüber gab es einen Schornstein; der Einschlag hatte den Kamin beschädigt.

Cesare kam mit zerrissenem Hemd auf die Straße, Vareses panisch steigende Kutschpferde an den Haltestricken.

Dario stand plötzlich neben Mirella am Fenster, die Hand auf ihre Schulter gestützt.

Cesare bekam einen Tritt in den Bauch und stürzte. Aber die Stricke hielt er noch immer, trotz der bedrohlichen Hufe über sich.

»Mein Gott, wir müssen helfen.« Dario wandte sich zur Tür.

»Dario«, riefen Mirella und Rita gleichzeitig. »Du darfst das Haus nicht verlassen.«

Enzo lief ihm hinterher. Auf den Stufen vor der Haustür packte er Dario von hinten und zerrte an ihm. Die beiden Männer stritten mit heftigen Bewegungen; hoffentlich kam jetzt keine Streife.

Mirella lief in den Flur, riss ihren Umhang aus dem Schrank und eilte hinaus.

Fabrizio rannte an ihr vorbei zu Cesare. Er duckte sich vor den Hufen und griff sich einen der Stricke. Langsam nahm er ihn kürzer und versuchte, das Pferd zum Stillstehen zu bewegen.

Dario gelang es, sich von Enzo zu befreien und lief zu ihnen. In dem Augenblick, als Dario Cesare das andere Pferd abnahm, bekam der zum zweiten Mal einen der Hufe zu spüren.

Wimmernd wälzte Cesare sich auf die Seite; Enzo kniete sich neben ihn und half ihm aufzustehen. Er hakte ihn unter und führte ihn über die Straße, wo er ihn hieß, sich neben Mirella auf den Stufen niederzulassen.

Aber sie nahm Cesare an der Hand. »Komm ins Haus. Gina wird sich um dich kümmern.«

Er sah sie mit glänzenden Augen an. »Sie! Es scheint, das Feuer ist für uns bestimmt.«

Vom Ende der Straße erklang Hufschlag; aufgeschreckt hob Mirella den Kopf. »Dario!« Sie deutete zur Kreuzung. »Milizen!”

»Verschwinde!« Enzo nahm Dario endlich das verrückt gewordene Pferd ab.

Mirella half Cesare ins Haus und rief nach Gina.

»Sie ist mein Engel«, flüsterte Cesare. »Genauso hold und genauso unerreichbar.«

Sie schaute ihn einen Moment nachdenklich an. Er war wirklich nett. Sie fuhr sich über die Lippen und unterdrückte die hochmütige Antwort, die sie schon auf der Zunge gehabt hatte. Wenn Alexandre sie so küssen würde ... Ihre Handflächen wurden heiß und an den Armen bekam sie Gänsehaut.

Gina ließ Cesare auf der Küchenbank hinsetzen und sich das Hemd ausziehen. Mirella ging wieder hinaus auf die Straße.

Dario war fort; sie atmete erleichtert auf. Einer der Milizionäre hatte sich der scheuenden Tiere angenommen. Selber zu Pferd, war es ihm leichter, sie zu bändigen.

Enzo stand neben Varese, geduckt und durchnässt. Sie schlugen mit Äxten ein Fenster ein, hinter dem es qualmte. Andere Nachbarn hatten eine Eimerkette gebildet und begannen, Wasser hineinzuschütten. Der Rauch wurde dunkler; es zischte laut. Dann aber züngelte neben dem Rauch eine Flamme hoch; durch das offene Fenster hatte das Feuer richtig Luft bekommen. Die Leute wichen zurück.

Mirella wollte ins Haus zurück, um sich gleichfalls einen Eimer zu holen. Da kam der zweite Milizionär auf sie zu. »Signorina, können wir die Pferde bei Ihr unterstellen? Ist Ihr Vater da?«

Mirella deutete auf Enzo. »Dort!«

Das Gesicht des Mannes verfinsterte sich. »Signor Scandore?«

»Passt es Ihm nicht?«

Er sah sie überrascht an; mit dieser Reaktion hatte er nicht gerechnet. »Ich wollte bloß wissen ...«

Mirella feixte. Arroganz zahlte sich aus. Sie ging das Tor für Vareses Pferde öffnen. »Der Stallknecht wird sie unterbringen.« Besser freilich, er würde weiter draußen helfen; Dario konnte die Pferde übernehmen. Wo war er?

Sie lief durch den Respecting durch den Kücheneingang ins Haus zurück. »Gina, hast du ...« Der Anblick Cesares ließ sie verstummen.

»Du könntest deinem Vater und den Helfern etwas Heißes zu trinken bringen. Auch wenn es brennt ...«

»Gleich, Gina. Ich komme gleich wieder.«

Sie lief hoch; Dario war nicht in seinem Zimmer. Sie hatte

auch nicht erwartet, dass er sich in dieser Situation ganz zurückzöge. Er würde eher Rita Gesellschaft leisten, wenn er schon nichts tun konnte.

Rita saß im Salon am Fenster, über ihren Stickrahmen gebeugt. Sie musste ihr begreiflich machen, das ihre Arbeit unnütz war. Aber jetzt gab es Wichtigeres.

»Wo ist Dario?«

»Ich habe ihn nicht gesehen. Ist er nicht mehr draußen?«

»Er musste vor der Miliz verschwinden!«

»In solch einer Lage wird gewiss niemand auf dem Arrest bestehen. Wenn sie überhaupt davon wüssten.«

»Sie wissen es, *Mamma*; dessen kann Sie sicher sein.« Sie presste die Lippen zusammen und stand einen Augenblick nachdenklich da. »Man kennt unseren Namen.«

Rita legte den Stickrahmen beiseite, zog sie ans Fenster und musterte sie. »Was ist es, worüber du dir Sorgen machst?«

Der Druck in Mirellas Magen verstärkte sich. »Ich weiß nicht genau ... Aber wenn Dario nicht bei Ihr ist?«

»Du denkst ... Nein, das würde er Enzo nicht antun, dass er das Durcheinander ausnutzt.«

Mirella blieb skeptisch. »Bislang hat niemand kontrolliert, ob Dario tatsächlich Tag und Nacht zu Hause ist.«

»Weil de Guise deinem Vater vertraut.«

»Eben; das ist auch Dario klar.«

»Es wird bestimmt niemandem auffallen; warum auch gerade jetzt?« Das war Mutter; ein Problem wegschieben, solange es nicht unbedingt nötig war, sich damit zu befassen. Mit einem Schulterzucken ging sie zu ihrem Stickzeug zurück. »Wir sollten langsam eure Hochzeiten planen. Stefanias Eltern haben ihr Einverständnis doch nicht zurückgezogen, oder?«

Mirella flüchtete in die Küche und holte sich einen Eimer zum Löschen.

***

Es dämmerte schon, als der Brand gelöscht war. Sie hatten das Feuer so weit unter Kontrolle halten können, dass es nur in einem Teil des Hauses gewütet hatte. Aber das Gebäude sah aus, als würde es gleich einstürzen.

Enzo brachte Varese und seine Familie sowie deren gesamtes Personal ins Haus. Gina und Fabrizio begannen, Wasser zu erhitzen, sodass sich nacheinander alle waschen konnten. Wasser war fast das Einzige, was sie in diesen Tagen noch in Überfluss hatten.

Mirella und Rita sichteten ihre Schränke und fanden halbwegs passende Kleider für die Frau und die beiden halbwüchsigen Töchter. Varese dagegen war so viel breiter gebaut als Enzo und Dario, dass sie nichts für ihn hatten. Auf dem Hof wurde das wenige gelagert, was aus Vareses Haus gerettet werden konnte, ohne die Helfer in Gefahr zu bringen. Für seine Dienstboten wurden Schlafplätze im Stroh und in einem der Kellerräume hergerichtet.

Mehrfach traf Mirella auf einen suchenden oder fragenden Blick Enzos. Jedes Mal gelang es ihr, schnell zu verschwinden, bevor er sie nach Dario fragen konnte. Die ersten beiden Male reagierte er mit einer mürrischen Miene; danach wurde sein Blick wachsamer: Er hatte wohl begriffen, dass sie ein Problem hatten. Hoffentlich hatten die Nachbarn und ihre Leute jetzt zu viele eigene Sorgen, um Darios Verschwinden bewusst wahrzunehmen.

Gina bereitete zusammen mit Vareses Köchin das Abendessen. Die Speisekammer bot neben den Zutaten für eine fleischlose *Minestra* freilich nicht mehr als ein Stück Brot und etwas Käse für jeden. Doch dann nahm Varese eine Sturmlampe und ging mit Cesare noch einmal hinüber zu seinem Haus. Sie kamen mit einem Dutzend angerußter *Caciocavalli* und zwei *Fiaschi Anglianico* zurück. Eine Flasche nahm Cesare hinaus zum Personal; die andere ließ Varese von Gina säubern und stellte sie dann auf den Tisch.

Enzo holte die venezianischen Kristallgläser aus dem Schrank. »Dass ihr alle unbeschadet an Leib und Leben davongekommen seid, das ist sehr wohl ein Grund zu feiern.«

»Ohne eure schnelle Hilfe wäre es schlimm ausgegangen. Wenn Dario nicht ...« Varese blickte sich suchend an. »Wo ist er eigentlich?«

Enzos Blick ging zu Mirella. »Ich habe nicht darauf geachtet.«

»Vermutlich hat er noch zu tun.« Rita gelang es, beiläufig zu klingen. »Es macht viel Mühe, in diesen schwierigen Zeiten den Handel aufrecht zu erhalten.«

Enzos Blick war ein Flehen; es war so absurd, was Rita sagte. In keiner Familie dürfte Dario deswegen vom Tisch fern bleiben.

Mirella erwiderte Enzos Blick und entschied sich für die Flucht nach vorn. Sie mussten sich einfach auf den Dank der Nachbarn verlassen. »Ich weiß auch nicht, wo er ist. Plötzlich war er verschwunden.«

Varese runzelte die Stirn. »Er steht immer noch unter Arrest, nicht wahr?«

»Richtig.« Mirella schlug Plauderton an. »Nur gut, dass er den Befehl missachtet hat.«

Vareses Blick ging zu seiner Frau; dann nickte er.

Enzo lächelte Mirella anerkennend an. »Ich nehme an, Cesare wird Seine Frau und die Kinder morgen aufs Land bringen. Wenn Er mag, kann Er selber bei uns bleiben, um die Arbeiten an Seinem Haus zu überwachen.«

Vareses Blick ging hinüber zum Fenster, wo die Nacht inzwischen die Trümmer seines Hauses verbarg. »Das ist sehr großzügig von Ihm; aber ...«

»Es macht keine Mühe«, sagte Rita schnell. Anscheinend hatte auch sie nun begriffen, dass sie sich der Loyalität Vareses versichern mussten. »Wir rücken ein wenig zusammen und so ist heute Nacht Platz für alle. Und für Seinen Kutscher haben wir genau wie für Ihn auch länger Platz.«

Vareses Frau legte ihre Hand auf die seine. »Mach das, Antonio. Im Landhaus sind wir weitab und in Sicherheit.«

Weitab, ja, das war das Wichtigste. Dort würde niemand nach Dario fragen.

Doch ihre Sorge war unbegründet. Dario kam zurück, als Gina den Kaffee servierte.

Varese begrüßte ihn voller Herzlichkeit mit einem Klopfen auf die Schulter. »Lieber Freund, ich habe mir Sorgen um Ihn gemacht. Er war sehr leichtsinnig. Wenn Ihn jemand erkannt hätte dort draußen?«

Dario zuckte die Achseln. »Ich bin nicht in Neapel geblieben. Stefania ...« Absichtsvoll hörte er auf zu reden und setzte sich an den Tisch.

Enzo musterte ihn mit ausdruckslosem Gesicht, während Gina Dario einen Teller *Minestra* brachte. »Du wirst lange genug mit ihr leben und sie früh genug über haben. Dafür hast du uns alle in Gefahr gebracht.«

Varese wischte sich den Mund ab und faltete die Serviette bedächtig zusammen, bevor er sie neben den Teller legte. »Ich wünsche Euch allen einen schönen Abend.«

Als die Varese gegangen waren, stand Enzo ebenfalls auf und bat Gina, den Kaffee in die Bibliothek zu bringen. »Stefania hat die Stadt nicht verlassen. Sie kam vor einer Stunde, um nach dir zu fragen.«

»Was habe ich denn gesagt?« Darios Blick ging zu Mirella; daraufhin sah Enzo sie fragend an.

»Ich habe nichts damit zu tun.«

»Mir scheint, ausnahmsweise stimmt das sogar.« Er packte Dario am Arm und schob ihn aus dem Esszimmer. »Es wird Zeit, dass du mir ein paar Dinge erklärst. Wenn ich schon hängen soll, dann will ich wissen warum.«

***

Es war spät in der Nacht, als es an Mirellas Tür klopfte. Sie fuhr verwirrt hoch.

Enzo betrat ihr Zimmer, gefolgt von Dario.

Schon im Mondlicht erschien Enzos Gesicht geisterhaft bleich; aber nachdem er die Lampe auf ihrem Nachttisch angezündet hatte, glich er noch mehr einem, der ein Gespenst gesehen hatte.

Dario blieb erst an der Tür stehen und schien zu lauschen, ob einer ihrer Gäste wach war. Dann setzte er sich zu Mirella auf die Bettkante.

Enzo schloss das Fenster. »Dieses Mal hast du wirklich nichts gewusst!« Er senkte die Stimme. »Seid ihr beide wahnsinnig geworden?«

Dario ballte die Fäuste. »Ich habe Ihm doch alles stundenlang erklärt. Sieht Er immer noch nicht ein, dass wir die Spanier brauchen, um zu den alten Verhältnissen zurückzukehren?«

Enzo schnaubte. »Die alten Verhältnisse ... Es wird nie mehr so sein wie früher.«

»Doch!«

»Wir haben uns jetzt lange genug gestritten.« Enzo seufzte. »Du lässt dir nichts sagen. Also lass uns entscheiden, wie wir die Familie schützen.« Er starrte aus dem Fenster. »Vor allem darfst du nicht mehr fort. Es ist zu gefährlich.«

»De Guise hat nie überprüfen lassen, ob Dario zu Hause ist«, wagte Mirella einzuwerfen.

»Das wundert mich schon eine Weile.« Er setzte sich auf die Fensterbank. »Steckst du dahinter?«

»Aber Vater! Wie meint Er das?«

»Ich habe den Eindruck, dass unter seinen Leuten dir mehr als nur einer wohlgesonnen ist.«

Unter Enzos prüfendem Blick wurde es Mirella heiß. Fabrizio hatte ihm gewiss erzählt, dass Alexandre die durchgehenden Pferde angehalten hatte; aber er konnte doch nicht gesehen haben, dass er sie aus dem *Gallo bianco* zurückgebracht hatte. Wohlweislich hatte Alexandre sie vor der Wegbiegung zur Kirche abgesetzt.

»Wie auch immer. De Guise verliert an Einfluss mit jedem Dorf, das die Spanier zurückerobern. – Du willst die Spanier zurückhaben, Dario; aber bis dahin musst du Anneses Milizen fürchten. Schließlich waren es seine Leute, die dich festgesetzt haben. Und wenn es nach ihm ginge ...«

»Aber was hat Er mit Annese, Vater?«

Enzo strich Mirella über den Kopf. »Nichts, Kind. Doch hast du vergessen, dass die Seidenweber unser Lager abgebrannt haben?«

Wie könnte sie! Ob Alexandre genauso küsste wie Cesare?

Sie ballte die Fäuste und zog ihre Bettdecke hoch bis über die Schultern. »Dann hat Dario recht und wir müssen uns die Spanier zurückwünschen.« Sie würgte den Schluchzer herunter, der sich in ihre Kehle drängte. »Aber de Guise hat die besseren Kämpfer. Und wenn erst Mazarins Flotte ihm zu Hilfe kommt ...«

»So wie im Dezember?« Enzo legte sich die Hand auf den Mund, um seinen Ausbruch zu dämpfen, und senkte seine Stimme wieder. »Es gibt einen Weg, uns unantastbar zu machen – ganz gleich, wer am Ende siegen wird: deine Hochzeit mit Don Felipe.«

Mirella kroch noch tiefer unter ihre Bettdecke. Hatte er vergessen – oder nicht begriffen –, dass sie Felipe nicht mehr wollte?

»Die noblen Herren halten letztlich alle zusammen. Weder de Guise noch der Savoyer Prinz wird sich an der Familie der Herzogin de Toledo d'Altamira y León vergreifen. Und Annese wird es dann auch nicht mehr wagen. Zudem munkelt man, er sei bereit, mit den Spaniern einen Handel abzuschließen.«

Mirella versuchte, die Logik von Enzos Gedanken zu begreifen. »Aber wenn Annese mit den Spaniern verhandelt ...

Dann steht er doch auf der gleichen Seite wie Dario. Er wird ihm nichts tun.«

»Ich stehe nicht auf Seiten der Spanier!« Dario blitzte sie zornig an.

Enzo seufzte. »Kind, du hast schon wieder die Seidenweber vergessen.«

»Annese muss nach außen erst recht von den Spaniern abrücken, wenn er heimlich mit ihnen paktiert. Wie zerstreut er denn am besten die Gerüchte, die über ihn im Umlauf sind?«

»Dann darfst du ihm eben keinen Anlass geben, gegen unsere Familie vorzugehen.«

Dario hieb mit der geballten Faust gegen den Bettpfosten. »Das kann ich nicht. Es hieße ... Es hängt zu viel von mir ab.«

Er lief auf und ab; dann blieb er vor Mirella stehen. »Heirate Felipe. So schnell wie möglich.« Er sah ihr nicht in die Augen dabei, sondern richtete seine Worte an den Spiegel neben ihrem Bett. »Schließlich; das willst du doch sowieso.« Er war aber doch dagegen; sie hörte es aus dem Ingrimm in seiner Stimme.

»Jetzt nicht mehr«, flüsterte sie.

Die beiden Männer reagierten nicht darauf, vielleicht hatten sie es nicht einmal gehört.

Enzo stieß sich vom Fensterbrett ab. »Dann ist das geklärt. Gehen wir endlich schlafen. Ich sage Rita morgen, dass sie die Vorbereitungen beschleunigt. Und wer weiß ... Vielleicht gibt es doch eine Doppelhochzeit. Ich werde de Guise bitten, dafür Darios Arrest aufzuheben.«

»Und wenn er es nicht gestattet?«

»Mach dir keine Sorgen, Kind. Du kommst zu deinem Ehemann.«

Mirella wagte erst zu antworten, als beide draußen waren. »Den aber will ich nicht mehr.«

Dienstag, 18. Februar 1648

An Vareses Haus hatten die Bauarbeiten begonnen. Im Keller der Scandore standen ein paar schwere Möbelstücke der Nachbarn, die nur auf der Oberfläche angeflammt waren oder lediglich verrußt. Varese wollte sie wieder herrichten lassen, weil seine Frau sie von ihrer Familie geerbt hatte. An diesem Nachmittag kam er mit einem Tischler, der sich die Stücke ansehen wollte, bevor er entschied, ob er den Auftrag annehmen würde.

Dario brachte die Kellerschlüssel.

»Der junge Scandore!« Der Tischler schwang seine Mütze. »Es freut mich aufrichtig, Ihn noch immer wohl zu sehen. Beten wir zur Madonna, dass sie Ihn weiter beschützt.«

»Ich habe niemanden zu fürchten!« Verachtung stand in Darios Gesicht.

»Man sagt aber ...«

»Und der Klatsch interessiert mich nicht.«

Während Dario in den Hof vorausging, hielt Mirella den Tischler auf. »Was hat Er gehört?«

»Dass der junge Scandore in den Sturz seines Gönners hineingezogen wird.«

Gina hieb ihr Hackmesser in die Holzplatte, auf der ein frisch geschlachtetes Huhn zum Rupfen lag. »Ein Gönner! Schön wär's.« Sie begann zu rupfen. »Dann hätten wir Besseres als dieses zähe Suppenvieh!«

»Hat nicht der Conte di Modena mit dem jungen Scandore und mit Ihr, Signorina«, der Tischler neigte den Kopf vor Mirella, »Billard gespielt?«

»Das macht ihn nicht zu unserem Gönner. Und es ist lange her, dass er Zeit zum Spielen hatte.« Mirella begann, die umherfliegenden Hühnerfedern zusammenzukehren und vorsichtig in einen Eimer zu schaufeln.

»Jetzt hat er gar keine mehr. Oder unendlich viel.« Das klang noch immer nach Klatsch, aber vielleicht hatte er doch etwas zu erzählen.

Mirella ließ die Federn sein, holte schnell den Weinkrug aus der Kammer und stellte ihm dazu einen Becher hin. »Wie meint Er das?«

»Der Doge verdächtigt ihn, sich dem Prinzen von Savoyen angeschlossen zu haben.«

Gina schnitt das Huhn auf. »Und? Der ist doch auch ein französischer Prinz, oder nicht?« Sie nahm ein kleineres Messer aus der Lade und schnitt die Innereien heraus. Herz, Lunge und Leber legte sie beiseite und den ungenießbaren Rest auf einen Teller.

»Schon!« Dem Tischler war anzuhören, dass er sich plötzlich wichtig fand. »Aber es kann doch nur einer Doge sein.«

Klatsch. Achselzuckend lief Mirella nach draußen, um den Teller den Katzen hinzustellen.

»… man wird di Modena vor ein Gericht stellen.«

Schockiert blieb sie in der Tür stehen.

Der Tischler grinste sie an. »Wie Ihren Bruder. Der Doge will wohl beweisen, dass für alle das gleiche Recht gilt.«

»Aber wessen soll er angeklagt werden?«

»Was schon? Das übliche.« Der Tischler zögerte einen Moment; trank einen Schluck, wohl um zu überspielen, dass er doch nicht alles wusste. »Verrat, nehme ich an. Wie bei Ihrem Bruder.«

»Dario hat niemanden verraten!« Mirella nahm wieder den Besen zur Hand. »Und das glaube ich auch nicht. De Modène ist der Heermeister de Guises; nie würde er ihn verraten.«

»Vielleicht neidet de Guise ihm seine Beliebtheit«, warf Gina ein. »Dem Dogen stehen inzwischen viele zwiespältig gegenüber: Man nimmt ihm übel, dass er sich nicht mit Annese einigen kann.«

»Aber Gina; das ist doch Anneses Schuld. Er müsste gehorchen.« Mirella versuchte, ein paar Flaumfedern zu fangen, die vor ihr hochwirbelten. »Wenn sie Seite an Seite kämpfen würden, hätten wir so viele Hühner auf dem Tisch, wie wir wollten.«

»Annese denkt nicht daran, Signorina! Jetzt nicht mehr, nachdem die Spanier die halbe Stadt zurückgewonnen haben.«

Mirella funkelte den Tischler böse an, als sei er schuld an dem, was er berichtete. »Und warum wehrt sich niemand? Haben die Menschen schon vergessen, wie sie von den Spaniern geschröpft worden sind?«

»Ist Sie nicht mit einem Spanier verlobt?«

Lachte der Tischler sie aus? Mirella reckte den Kopf. »Deswegen habe ich trotzdem nicht vergessen, was Recht und was Unrecht ist. Die *Gabelle* sind Unrecht, denn das Geld ist nach Spanien gebracht worden. De Guises Steuern dagegen ...«

»... verlängern den Krieg. Den er nicht mehr gewinnen kann.«

»Wenn Mazarins Schiffe kommen ...«

»... wird es zu spät sein. Und wenn sie wie im Dezember bloß Katz und Maus spielen mit der Flotte Don Juans, wird es Filomarino auch nicht gelingen, den Savoyer Prinzen zu krönen, den Mazarin uns vorsetzen will. – Signorina, Sie sollte nicht versuchen, die Wege der Politik zu verstehen. Heirate Sie nur Ihren Granden; das garantiert Ihr eine sichere Zukunft.« Er stand auf und nickte Gina zu. »Ich danke Ihr. Wenn Sie einmal diesen Schrank dort repariert haben will.«

»Was ist mit meinem Schrank?«

Er öffnete eine Tür. »Sieht Sie das nicht? Die Kante ist angesplittert.« Er grinste fröhlich, als er die Küche verließ.

»So ein Kerl!« Gina schaute ihm hinterher mit einem Blick, in dem Bewunderung zu liegen schien.

»So ein Schwätzer!«

»Meinst du?« Gina musterte sie so lange, bis es Mirella

heiß wurde. »Und was berührt dich so sehr an dieser Geschichte mit dem Feldmarschall von de Guise?«

»Heermeister.« Sie hatte gedacht, sie hätte ihre Fragen beiläufig genug gestellt; aber Gina kannte sie doch zu gut. »Es ist ganz unmöglich.« Ohne den Heermeister des Dogen konnte Neapel den Krieg nicht gewinnen.

Dario kam gemeinsam mit dem Tischler ins Haus zurück und verabschiedete ihn so herzlich, als seien sie soeben beste Freunde geworden. Danach lotste er Mirella in ihr Zimmer. Der Tischler hatte auch ihm haarklein von der Festnahme de Modènes erzählt.

»Geh in den Palazzo«, sagte er zu Mirella. »Mach de Guise klar, dass ich ein guter Zeuge wäre in dieser Angelegenheit. Vielleicht befreit es mich endlich aus diesem elenden Arrest.«

Sie verstand ja, dass es ihn drängte zu heiraten; für Stefania wurde es höchste Zeit. Aber wie konnte er so etwas Mieses planen? Mirella drehte sich der Magen um angesichts von Darios Begeisterung für seine Idee. Trotzdem ließ sie sich besser erzählen, was er sich ausgedacht hatte. »Zeuge wofür?«

»Sag de Guise, ich wüsste, wer die Soldaten bezahlt hat, die letzte Woche in Nocera vor den Spaniern davongelaufen sind. Modène hätte einen Verdacht gehabt; darum hat er sich zurückgezogen. Er ahnte, dass er keine Chance haben würde. Nein, er muss es gewusst haben, kann es nur nicht beweisen.«

Er wollte de Modène helfen? Sie konnte es kaum glauben; und es war auch ganz unvorstellbar, dass er dazu in der Lage wäre. »Aber darüber weißt du doch gar nichts!«

Dario grinste. »Ich weiß viel.« Mirella wartete auf die Fortsetzung. Aber er wand sich plötzlich. »Das ist es doch, was de Guise ihm vorwirft? Feigheit.«

»Verrat.«

»Was in diesem Fall dasselbe ist.«

»Und du kannst den Beweis liefern, der dem Comte de

Modène fehlt?« Er log. Ganz bestimmt. Aber wenn sie damit Neapel half, würde sie es gerne nutzen. »Was soll ich erzählen? Ich muss de Guise etwas bieten, wenn er dich aus dem Hausarrest entlassen soll.«

Dario schubberte mit den Zähnen über die Unterlippe.

»Du musst etwas preisgeben. Irgend etwas!«

»Ich würde euch kompromittieren.«

Mirella verzog das Gesicht. »Das hat dich bislang an nichts gehindert.« Aber wenn er jetzt anfing, Rücksicht zu nehmen, so konnte sie das nur gutheißen. »Fragen wir Vater, was wir tun sollen.«

Dario hob abwehrend die Hände. »Bist du des Wahnsinns? Vater würde es nicht durchstehen.«

Sie sah ihn mit großen Augen an. »... wenn man Vater verhaftet ...« Sie flüsterte. »Was er angibt, muss doch nur übereinstimmen mit dem, was du behauptest.« Mirella blickte hinunter zum Nachbarhaus, wo Varese mit seinem Baumeister zusammenstand. »Er weiß auch, dass du fort warst. Sie werden ihn gewiss fragen.«

»Und seine Loyalität ... wer weiß schon, wie weit sie gehen wird.« Dario klopfte ihr auf die Schulter. »Lass mich nur machen, Schwesterchen.«

Sie blinzelte misstrauisch. »Du hast dir das eben erst ausgedacht.« Dass er daraufhin lachte, bestätigte ihren Verdacht; sie wurde sauer. »Es ist ganz sinnlos, dass ich zu de Guise gehe.«

»Hör zu.« Er senkte die Stimme und zog sie aufs Bett. Sein Atem kitzelte sie am Ohr. »Der Herzog von Caffaro ist gestern bei einem Gefecht in Torre Annunziata gefallen. Somit eignet er sich trefflich als Sündenbock.«

»Ein Toter! Das glaubt dir niemand.«

»Dann nehmen wir einen, der noch lebt. Nach Lage der Dinge ist dieser Mann in Sicherheit. So schadet es nichts, ihn zu nennen.«

»Sag mir den Namen.«

»Stefanias Vater!«

»Dario, du lügst!« Sie sank zusammen. »Nein, das glaube ich nicht. Niemals würde der Marchese einen solchen Verrat begehen.«

»Das denke ich auch. Aber es ist glaubwürdig, wenn du darauf verweist, dass er um jeden Preis ein Ende der Kämpfe will.«

»Das kannst du Stefania nicht antun.«

Dario kräuselte spöttisch die Lippen. »Sie liebt mich; hast du das vergessen?«

»Und dafür ist sie bereit, ihren Vater ans Messer zu liefern?«

»Wahre Liebe ... Überdies bin ich überzeugt, dass er es verstehen wird, wenn der Krieg zu Ende ist.«

Mirella starrte wie vor den Kopf geschlagen minutenlang die Tür an, nachdem Dario gegangen war. Konnte sie ihm eigentlich noch trauen?

Sie musste Stefania fragen.

***

Mirella schlief miserabel in dieser Nacht. Sie redete sich ein, dass der Sturm sie wach hielt, der den Regen gegen ihr Fenster peitschte. Irgendwann hörte sie die Treppe knarren. Es war noch stockdunkel, als sie entschied aufzustehen.

Sie zog zwei Unterkleider aus dem Schrank, dann wühlte sie nach ihren Strümpfen, dann nach einem Mieder. Aber das legte sie wieder beiseite; ohne Gina bekäme sie es nicht fest genug geschnürt, um ein Kleid darüber zu ziehen. Sie nahm eine Bluse und zog sie an; dann den dunkelgrünen Rock, der sich mit Bändern verschließen ließ. Mit den Schnürstiefeln in der Hand ging sie hinunter.

Gina kniete im Schlafrock in der Küche und schichtete

Holz in den Herd. Sie fuhr erschrocken hoch. »Was machst du hier?«

»Sag *Mamma*, dass ich zum Frühstück wieder zurück bin.«

Es regnete noch immer. Sie sattelte den Schecken, der Dario zuweilen als Reittier diente. Aus dem Schober über dem Stall kam ein Fluch; vermutlich hatte sie Cesare geweckt. Der Schecke schnaubte unwillig, als sie aufsaß, und als sie sich vorbeugte, um das Hoftor zu öffnen, flog ihr seine Mähne feucht ins Gesicht.

Sie verstieß gegen die Ausgangssperre, aber einer Frau würde niemand etwas tun. Dennoch schrak sie bei jedem Geräusch zusammen; der Hufschlag des Schecken dröhnte viel zu laut auf dem Pflaster. Sie bog in eine Gasse ab, die einen Randstreifen aus Kies hatte. Doch es war nicht weniger laut: Die eng beieinander stehenden Häuser warfen den Schall zurück.

Mirella ließ den Schecken in Schritt fallen und immer wieder anhalten, um zu lauschen, ob es das Geräusch anderer Reiter gäbe. Früher waren um diese Tageszeit die Fischer hinunter zum Hafen gegangen, aber nun hüllte sich das Viertel in Schweigen. Wer sein Boot nicht in einer der kleinen Buchten außerhalb von Neapel versteckt hatte, konnte nicht fischen gehen.

Der Regen wurde dünner, aber die Kälte der Nacht kroch durch den nassen Umhang hindurch. Sie widerstand dem Impuls, ihn sich von den Schultern zu ziehen; ritt stattdessen wieder schneller. Nun da sie das Ende des Stadtzentrums erreicht hatte, fühlte sie sich sicherer.

Der erste Hahn krähte probehalber, als das Stadthaus der Oliveto auftauchte. Mirella parierte den Schecken vor der Hofeinfahrt. Das Tor war verschlossen und noch nirgendwo im Haus brannte ein Licht. Sie musste das Pferd draußen anbinden und den Weg nehmen, den sie in ihrer Schulzeit benutzt hatte, wenn Stefania wieder einmal unter Hausarrest gestanden hatte.

Mirella grinste bei der Erinnerung in sich hinein, als sie ihre Röcke raffte und in der Taille zusammenknotete. Den Umhang ließ sie beim Pferd; er würde so schnell auch nicht in Stefanias Zimmer trocknen, dagegen aber eine hässliche Pfütze hinterlassen. Sie kletterte die Streben am Tor hoch und schwang sich auf die andere Seite. Von dort sprang sie hinunter in den Hof und lief um die Hausecke zu dem Rosenspalier, das bis zu Stefanias Fenster reichte.

Langsam kletterte sie hoch. Das Spalier knirschte bedenklich; sie war nicht mehr so leicht wie in der Kinderzeit. Aber es hatte selbst Dario immer ausgehalten. Ob Stefania bei solcher Gelegenheit zu dem Kind in ihrem Bauch gekommen war?

Das Fenster war trotz des schlechten Wetters nur angelehnt, und so konnte sie geräuschlos einsteigen. Bei der Vorstellung, das offene Fenster könnte Dario gegolten haben, gluckste Mirella leise. In dem Fall würde Stefania sich gleich gewaltig wundern.

Mirella zog ihre Handschuhe, die Schuhe und die nassen Strümpfe aus und tappte durch den dunklen Raum zu der Ecke, in der Stefanias Bett stand. Ihre Augen gewöhnten sich derweilen an die Dunkelheit, sodass sie in etwa erraten konnte, unter welchem Teil des Gebirges auf dem Bett sich welcher Teil von Stefanias Körper befand.

Sie setzte sich und suchte nach dem Kopf. Sie fand Stefanias Lockenschopf, legte ihre ganze Hand darauf und rüttelte Stefania ein wenig.

Stefania gab einen Knurrlaut von sich und rollte sich auf die Seite. Mirella lachte auf und Stefania fuhr mit einem Ruck hoch.

»Was tust du hier?«

»Ich muss mit dir reden.«

Einen Moment blieb es still; dann tastete Stefania an Mirella vorbei auf dem Nachtschrank herum und gleich darauf entzündete sie ihre Kerze. Sie setzte sich an die Rückenlehne des Betts und zog die Decke über die Knie. Dann hob sie sie an. »Komm her! Du bist ja ganz nass.«

Mirella streifte den nassen Oberrock ab und schlüpfte ins Bett; Stefania wickelte ihre Decke um sie.

Ein Hauch von Zimt stieg Mirella in die Nase und erinnerte sie an den Weihnachtsabend ohne Dario. »War Dario hier heute Nacht?«

»Wie kommst du auf den Gedanken – weil das Fenster nur angelehnt war?«

Mirella seufzte. »Ich glaube, er ist wieder draußen gewesen und erst in der Frühe heimgekommen. Wenn er nicht hier war – dann müssen wir uns wirklich um ihn sorgen.«

Stefania drückte ihre Hand. »Du weißt mehr als du erzählst.«

»Er konspiriert noch immer. Er hat es zugegeben. Gewissermaßen.«

»Ach Mirella; er will doch nur, dass all dies endlich aufhört.«

»Dieser Krieg endet auch ohne ihn.« Sie entzog Stefania sachte ihre Finger und legte sie auf deren Bauch. Er war nur ein wenig runder als normal. »Sag ihm von dem Kind; dann wird er vernünftig werden.«

»Mirella!«

»Woher ich das weiß? Ich frage mich, wieso deine Mutter dir noch keine Predigt gehalten hat.«

»Sie darf es nicht erfahren.«

Mirella nickte, obwohl Stefania es doch gar nicht sehen konnte. »Das denke ich auch. Umso dringender, dass Dario aufhört, des Nachts herumzuschleichen. Ich bin sicher, dass keine andere Frau dahintersteckt.« Sie rückte ein wenig von Stefania ab. »Ich werde es ihm sagen, wenn du es nicht tust.«

Stefania schluckte; in ihrer Stimme klangen Tränen. »Er soll es von mir erfahren.«

»Und wann? Wenn er das nächste Mal an eine Wand gekettet ist?«

»Du machst mir Angst!«

Wieder nickte Mirella »Das genau ist meine Absicht. Ich weiß nicht, was er vorhat. Noch nicht. Aber ich werde es herausfinden. Und du musst mir helfen, es zu verhindern.«

»Falls Dario tatsächlich für die Barone arbeitet ... dann hat Annese jetzt allen Grund, ihn in Frieden zu lassen. Ohne den Schutz der Barone ist Annese verloren.«

Stefania schüttelte sich und Mirella rückte ein wenig von ihr ab, um sie nicht mit der Kälte des eigenen Körpers zu behelligen. Sie griff unter der Bettdecke nach ihren Füßen; sie waren eiskalt. »Ich bin mir nicht so sicher.« Nachdenklich knetete sie ihre kalten Zehen. Es schien so aussichtslos, mit Stefania zu räsonieren. Sie wollte sich einfach keine Sorgen machen; mehr als verständlich. Aber es war falsch und naiv. »Es war Annese, der ihn festnehmen ließ.«

»Deswegen kommst du so früh, noch während der Ausgangssperre? Das hätte auch bis morgen Zeit gehabt.«

»Nein, nicht deswegen.« Sie erzählte Stefania von der Festnahme de Modènes und von Darios Plan, aus dem Hausarrest zu kommen, indem er sich als Zeuge anbot, um ihn zu entlasten. Sie rückte wieder näher zu Stefania und legte den Arm um sie, damit sie den unvermeidlichen Schock besser überstand. »Er will de Guise erzählen, wer die Soldaten gekauft hat.« Sie schloss die Augen. »Dein Vater.«

Stefania rührte sich nicht. Da sie nach einer Weile immer noch nichts sagte, schielte Mirella aus den Augenwinkeln zu ihr.

Stefania bearbeitete ihre Unterlippe mit den Zähnen. Als sie bemerkte, dass Mirella sie ansah, strich sie ihr über die Wange. »In der Liebe und im Krieg ist alles erlaubt. Und nun trifft beides zusammen.«

Sie hatte es befürchtet; Stefania war ihr keine Hilfe. Aber dass sie bereit war, den eigenen Vater zu gefährden! Sie war wirklich umsonst gekommen. »Der Schecke steht im Regen am Tor.« Mirella kletterte aus dem Bett. »Ich sollte besser wieder nach Hause.«

Stefania lachte. »Nasser als nass wird der nicht.« Sie nahm die Kerze und ging zum Schrank. »Aber du.« Aus einer der breiten Schubladen zog sie einen hellen Umhang hervor. »Wenn du dich beeilst, bleibst du darunter trocken.«

»Danke.« Feines Ziegenleder legte sich um Mirellas Hals, als Stefania ihn ihr über die Schultern hing und die silbernen Schließen festhakte.

Trockene Strümpfe hatte sie auch und dann nahm sie sie bei der Hand und begleitete sie zur Marchesa.

»Mutter, Mirella macht sich Sorgen um Vater.« Sie erklärte ihr Darios Plan.

Die Marchesa kannte kein Zögern. »Orazio ist nicht in der Stadt. Und er wird erst zurückkehren, wenn dieser Krieg endgültig ausgestanden ist.« Sie seufzte. »Es gibt ja nichts mehr zu verhandeln.«

Mirella brauchte länger, um ihre Sprache wiederzufinden. »Dann war er damit einverstanden, dass euer Landhaus Dario als Stützpunkt diente?«

»Dient!« Stefania war ganz Spott: »Denkst du, dort können alle möglichen Leute ein und aus gehen, ohne dass er irgendwann davon erfährt? Du bist lächerlich naiv.«

Stefania hatte wohl recht. Dennoch konnte sie nicht ablassen zu fragen. »Und der Marchese wäre einverstanden, wenn er wüsste, dass ich behaupte ...?« Sie schüttelte den Kopf. »Dario muss etwas finden, was nicht gelogen ist. – Es ist doch gelogen, oder?« Stefanias Sorglosigkeit begann sie zu ärgern. »Oh nein, nicht wegen deinem Vater. Sondern weil Lügen zu kompliziert sind. Da folgt dann die nächste und noch eine und noch eine – und am Ende ...«

»Man muss nur als Nächstes etwas tun, was die Lüge wahr erscheinen lässt. So wie mit dem angeblich bestellten Hochzeitskleid für dich. Dein Vater wird es nächste Woche abholen, nicht wahr?« Stefania umarmte sie. »Wir werden zusammen heiraten, du wirst sehen. Wenn Dario sich erst wieder frei bewegen kann ...«

Mirella hoffte, der Doge möge es verweigern.

Es begann zu dämmern und über dem Geviert des Hofs zeichneten sich die ersten Lücken in der Wolkendecke ab. Doch es regnete noch immer und Mirella zog den Umhang fester. Ihre Stiefel waren so nass, dass das Leder bei jedem Schritt quietschte. Der Schecke stand mit gesenktem Kopf am Zaun und schlug nervös mit dem Schwanz, als sie aufstieg.

Fensterläden wurden geöffnet; ein Hund jaulte lang und anhaltend. Zwei Männer mit Säcken über den Schultern überquerten die Straße; gleich darauf kam ihr eine Frau mit einem Marktkorb entgegen. Die Ausgangssperre war zu Ende. Vor der Bäckerei auf der *Piazza della Reggia* stand eine lange Schlange Kinder und junger Frauen, die auf die Öffnung des Ladens warteten.

Die Stadt erwachte und Mirella entspannte sich trotz der neugierigen Blicke, die ihr manch einer zuwarf.

»Signorina!« Die Stimme kam ihr bekannt vor, aber nicht vertraut genug, um sich angesprochen zu fühlen und sich nach dem Rufer umzublicken.

»Mirella!« Das galt ihr.

Vareses Stimme. Sie sah sich um. Varese und Cesare standen an einem Brunnen neben zwei jungen Fischern und blickten zu ihr herüber.

Sie hob die Hand zu einem kurzen Gruß; dann ritt sie eilig weiter. Sie würden gewiss Enzo von der Begegnung erzählen; sie sollte besser vor ihnen zu Hause sein.

Ein Hund sprang bellend auf sie zu. Der Schecke scheute, aber Mirella hatte ihn sofort wieder unter Kontrolle. Der Hund lief bellend neben ihnen her. Mit einer Verwünschung stieß

Mirella mit dem Fuß nach ihm; aber er ließ sich nicht verscheuchen.

Es regnete wieder mehr und bald flossen kleine Rinnsale links und rechts des Kieswegs entlang.

Mirella zog die Kapuze tiefer in die Stirn.

Nachdem sie sich mit Ginas Hilfe umgezogen hatte, empfing Enzo sie vor Zorn bebend im Salon. »Bist du denn verrückt geworden, dass du des Nachts aus dem Haus schleichst und dich stundenlang alleine in der Stadt herumtreibst?«

»Ich war bei Stefania – so wie früher. Wir haben nebeneinander in ihrem Bett gesessen und geredet.«

Er hob die Hand gegen sie, aber Mirella wich nicht zurück; hielt bloß den Atem an und spannte sich.

»Du lügst! Varese hat dich gesehen. Mitten auf der *Piazza di San Lorenzo.*«

»Da war es schon Tag, oder nicht?«

Enzo schnappte nach Luft, dann senkte er die Hand. »Kind, es ist gefährlich. Du weißt, dass die Ausgangssperre noch immer nicht aufgehoben ist.«

»Aber warum sollte jemand einem Mädchen etwas tun?«

Enzo kniff die Augen zusammen. »Jeder kann ein Spion der Spanier sein. Auch ein Kind.«

Mirella seufzte. »Ich weiß wohl, dass de Guise inzwischen überall Verrat wittert. Aber doch nicht von uns. Er kleidet seine Soldaten.«

»Das hat Anneses Miliz nicht interessiert, hast du das vergessen?«

»Wie könnte ich?« Mirella schüttelte sich. Die Erinnerung an Dario in jenem Kerker mischte sich mit der an Alexandres Gesicht, als sie ihren falschen Schwur tat.

»So bleib künftig zu Hause des Nachts.« Einen Moment wirkte er plötzlich unerklärlich unschlüssig. »Und lass dich tagsüber begleiten.«

Sie hob den Kopf, um aufzubegehren, aber Enzos Gesichtsausdruck verhieß wenig Gutes. Sie senkte ihn wieder. »Wie Er wünscht, Vater.«

***

De Guise residierte noch immer im *Palazzo Reale*. Zwei Monate war sie nicht mehr da gewesen. Das erste, was ihr befremdlich vorkam, war die Begleitung durch eine der Wachen. Noch befremdlicher beinahe war, dass der Soldat stehen blieb und nachzudenken schien, welchen Weg er zu nehmen hatte. Mirella kannte sich besser aus als er, aber sie mochte es ihm nicht sagen.

Er führte sie in den Trakt, in dem de Guise die Verwaltung der Republik untergebracht hatte. Mehrere Salons, Bibliotheken und die Stuben der Schreiber und Ratgeber.

In einer der Schreibstuben empfing Albert sie geradezu enthusiastisch. »Mirella, ich weiß sehr wohl, warum Ihr Euch fern gehalten habt. Aber es war ganz unnötig. Niemand bringt Euch mit der Anklage gegen Euren Bruder in Verbindung. Und ich – ich glaube nicht einmal daran, dass sie begründet ist.«

»Das freut mich, Albert.« Sie setzte sich in den Sessel am Kamin. Als sie ins Feuer blickte, sah sie Alexandres Gesicht vor sich an jenem Nachmittag, als Enzo den Handel mit dem Dogen zum Abschluss brachte. Es war alles anders gekommen als sie sich vorgestellt hatten. »Aber was macht Euch so sicher?«

»Ich wage kein Urteil über die Moral Eures Bruders; dazu kenne ich ihn doch nicht gut genug. Aber ich habe sehr wohl eine Meinung über Annese. Was von ihm kommt, ist von Übel.« Er dachte also wie Alexandre. Aber wenn die Franzosen Annese nicht mehr trauten, warum ließen sie ihn dann weiter gewähren? Politik – sie würde es nie begreifen.

»Also?« Er setzte sich ihr gegenüber. »Helfen kann ich Euch allerdings nicht.«

»Deswegen bin ich auch nicht gekommen. Sondern ...« Es war schäbig, aber es gab nicht nur schlechte Gründe. »Alle Welt spricht davon, dass der Comte de Modène nun ebenfalls unter Anklage steht. Gewiss ist er noch weniger des Verrats schuldig als Dario.«

Albert sah sie einen Moment lang an; dann stand er auf und ging ans Fenster, schien angestrengt hinauszustarren.

»Dürft Ihr mit mir nicht darüber sprechen?«

»Es ist noch viel schlimmer.« Seine Stimme sank zu einem Flüstern. »De Guise – er scheint Freund und Feind nicht mehr unterscheiden zu können.«

»Das denke ich mir. Sonst hätte er nicht seinen eigenen Heermeister festnehmen lassen.«

»Nicht nur ihn. Auch Alexandre.«

»Was?« Mirella starrte Alberts Rücken an. Er drehte sich um, aber er sagte nichts.

»Wer ... wer hat ihn verhaftet?« Ihre Stimme gehorchte ihr kaum. Hatte man Alexandre in einem Verlies voller Ratten angekettet wie Dario? Was taten sie ihm an? »Annese?«

Alberts Blick verfinsterte sich. »Ich. Auf de Guises Befehl.«

»Alexandre ist Euer Freund!«

»Er ist auch de Guises Mündel. Aber er hat es gewagt, des Herzogs Weisheit in Zweifel zu ziehen.« Mit einem langen Seufzer setzte er sich wieder zu ihr. »Sorgt Euch nicht. Er wird schon nicht ernstlich zu Schaden kommen.« Ein feines Lächeln zeichnete sich in seinen Mundwinkeln ab. »Ich weiß wohl, was Ihr für ihn empfindet.«

Mirella begann das Gesicht zu brennen. »Ich bin verlobt.«

Albert lachte auf; aber es klang unfroh. »Euer Herz weiß nichts davon. Und Alexandre wohl auch nicht. Dennoch ...« Er hörte auf zu lachen und wandte sich wieder ab.

»Kann ich etwas tun?«

»Ich weiß nicht.«

»Dario ... Er könnte den Comte de Modène entlasten.« Sie wollte es glauben; darum war sie hergekommen. Vielleicht würde das auch Alexandre helfen.

»Womit?«

»Ich weiß nicht.« So sehr sie es hasste, sich ahnungslos zu geben; Dario musste seine Lüge schon selber erzählen.

Sie starrte Albert lange an. Als sich ihre Blicke trafen, war die alte Vertrautheit wieder da. Unvermittelt brachen beide dann in Gelächter aus. »Wie mein Bruder.« Der Schatten in seinen Augen sagte ihr, dass er es anders lieber hätte. Aber es war ein Vertrauen zwischen ihnen entstanden, dass sie sich tatsächlich aufgehoben fühlte wie bei Dario. Wie bei dem Dario von früher. »Er ist überzeugt, dass er etwas sagen kann. Es gehen so viele Leute ein und aus im Kontor.« Am liebsten hätte sie ihm verraten, dass Dario sich von zu Hause entfernte.

Albert stand schon wieder auf und lief auf und ab. »Ihr macht Euch ernsthaft Sorgen!«

Mirella schloss die Augen. Unvermutet packte Albert sie an der Schulter. Es fehlte nicht viel, dass er sie schüttelte.

»Mirella! Gibt es etwas, was Ihr mir sagen solltet?«

Sie wagte es, ihn anzusehen. »Was meint Ihr damit?« Sie errötete vor Scham über ihre Scheinheiligkeit.

Wieder glitt ein Lächeln über sein Gesicht. »Nicht Eure Gefühle für Alexandre. – Aber vielleicht gibt es etwas, das ich besser wissen sollte: Warum seid Ihr so besorgt?«

Mirella knetete ihre Finger. »Wie sollte ich etwas wissen können?« Sie seufzte. »Ich habe Dario im Torrione gesehen und frage mich ...« Eine Gänsehaut zog ihren Rücken hoch; sie schüttelte sich.

»Er wird es überstehen.« Albert klang plötzlich ungeduldig. »Schließlich – er hat nichts Unrechtes getan.« Er musterte sie argwöhnisch. »Oder doch?«

Mirella schnaufte. Albert packte sie mit beiden Händen und zog sie hoch. Er schüttelte sie nun tatsächlich. »Mirella! Alexandre ist mein Freund! Was auch immer es ist ... Ich werde keinen unguten Gebrauch machen von dem, was Ihr mir erzählt.«

»Aber was wirft man ihm denn vor?« Ihre Stimme zitterte. »Er ist doch loyal.« Sie schluckte schwer. »Er meint es genauso ernst wie Ihr mit seinem Eintreten für unsere Republik.«

»Und doch beschuldigt man ihn des Verrats. Es scheint, es gibt jemanden, der etwas zu sagen wusste ...« Er sah sie auffordernd an.

»Das kann nicht sein!«

Albert zog eine Augenbraue hoch. »Also doch! Ihr wisst etwas.«

Sie schob Alberts Hände von ihren Schultern. »Es kann keinen ... Niemand kann etwas gegen ihn aussagen.« Der Wirt; Alexandre hatte ihn doch bezahlt. War es nicht genug gewesen? Oder ... Ihr wurde die Kehle eng. Hatte er doppelten Verrat begangen? Er hatte sie an die Franzosen ausgeliefert, um sich ihr Vertrauen zu erschleichen. In Wahrheit war er nach wie vor ein Mann der Barone – oder der Spanier.

»Perfide«, murmelte sie. »Vielleicht hat der Wirt mich danach gesehen ...« Irgendwo, ohne dass sie ihn bemerkt hatte ... und wusste daher, dass Alexandre sie hatte laufen lassen. Aber konnte er wissen, dass Alexandre sie begünstigt hatte? Konnte er nicht einfach denken, sie habe ihn überzeugt?

Alberts Gesicht drückte seine Verwirrung aus. Er konnte ihren Worten nicht folgen; natürlich nicht. Was hatte Dario über Annese gesagt? »Ein Komplott! Wie erringt ein feindlicher Spion das Vertrauen des Herzogs? Er beweist seine Loyalität, indem er jemanden ausliefert.« Genau das tat sie nun selber. Aber wie anders konnte sie Alexandre jetzt helfen?

»Was sagt Ihr da?«

»Wisst Ihr von der Aktion im *Gallo bianco* vom Pizzofalcone? Alexandre hatte das Kommando, nicht wahr?«

»Es war recht vergeblich. Man hat zwei ahnungslose Bauern verhaftet.«

»Ich war dort.« Sie stockte, als sie seinen verblüfften Gesichtsausdruck sah. »Ich meine, ich habe an dem Tag dort jemanden besucht. Und dann war ich Wein holen im Wirtshaus.« Jetzt kam es darauf an, nichts Falsches zu sagen. »In Ermangelung anderer Spione hat der Wirt mich beschuldigt.«

»Und Alexandre hat Euch nicht festgenommen?«

»Nein ... doch ...« Ihre Hände wurden feucht und ihr Kopf immer leerer. »Ich meine, natürlich hat er mich festgenommen.« Sie schnaubte. »Er hat dem Wirt sogar ein Preisgeld bezahlt.«

»Doch dann hat er Euch laufen lassen.«

»Vielleicht hätte er das nicht tun dürfen?« Natürlich hätte er das nicht tun dürfen; ihre Stimme brach. »Steht er nun deswegen unter Anklage?« An ihrem Haaransatz bildete sich Schweiß. So hatte Dario das nicht geplant gehabt.

»Warum? Seid Ihr denn eine Spionin?« Albert feixte so unverhohlen, dass Mirella am liebsten vor Scham davongelaufen wäre. »Ihr Scandore seid eine wahrhaft gefährliche Familie.«

Sie schluckte, um ihrer Stimme Festigkeit zu geben. »So gefährlich wie alle Neapolitaner.«

Albert hörte auf zu lachen. »Wenn Ihr eine Spionin wäret, wären die Spanier noch dümmer als ich bisher dachte. Und das gilt auch für Dario. – Die Braut eines spanischen Granden; wo sollte sie sich einschleichen können?«

»Seht Ihr?« Sie brauchte nichts über den *Gallo bianco* preiszugeben. Aber würde er Alexandre nun helfen können?

»Macht Euch keine Sorgen. Alexandre hat Schlimmeres ertragen.«

Sie starrte ihn erschrocken an. »Aber ...« Es wäre ihre Schuld; das konnte sie nicht zulassen. Sie musste Albert sagen ... Da fing sie seinen misstrauischen Blick auf. Belauerte er sie? Nein, sie sollte ihm besser nicht alles anvertrauen. Trotz seines Versprechens müsste er handeln. Sie leckte sich über die Lippen. »Wie kann de Guise einen seiner Offiziere ...«

»Zwei«, unterbrach Albert sie heftig. »Habt Ihr den Comte de Modène vergessen?«

Sie senkte den Blick. Niemand durfte sie zwingen, sich zwischen Dario und Alexandre zu entscheiden. Sie musste es gewiss auch nicht; der Doge brauchte seine Offiziere mehr denn je.

»Lasst mich mit de Guise sprechen!«

»Um ihm was zu sagen?« Albert schüttelte den Kopf. »Kommt wieder, wenn Ihr ihm etwas zu bieten habt. Sonst macht Ihr Euch ...«

»... lächerlich?«

Wieder schüttelte er den Kopf. »Ihr habt nur eine einzige Gelegenheit – wenn überhaupt.«

Ihr kam der Verdacht, dass Albert auch nicht alles erzählte. Musste er nicht schon gewusst haben, dass Alexandre sie im *Gallo bianco* angetroffen hatte? Wenn man ihn doch verhaftet hatte, weil er sie hatte laufen lassen? »Ihr habt vermutlich recht.«

»Wenn es misslingt ...« Plötzlich war er es, der besorgt wirkte.

Sie stemmte die Fäuste in die Hüften. »Bringt Ihr mich nun zum Dogen oder nicht?«

Ob ihres Ausbruchs hob er überrascht die Augenbrauen. »Mir liegt an Alexandre ebenso viel wie Euch.« Wie hatte sie das vergessen können?

Mit weichen Knien schlich sie dann neben ihm über die Flure zu de Guises Vorzimmer. Auch wenn sie Alexandre half, so war sie doch eine Lügnerin. Und vielleicht auch Verschwörerin. Wie konnte sie dem Dogen gegenüber glaubwürdig auftreten?

»Was wollt Ihr ihm erzählen, Mirella?«

»Warum fragt Ihr? Ich weiß nicht«, entfuhr es ihr.

Albert blieb stehen. »Was soll das heißen? Ihr habt in Wahrheit nichts zu sagen?«

»Doch!« Mirella lächelte mit bemüht unschuldigem Augenaufschlag. »Ich weiß nur nicht ...«

»... wie Ihr auftreten sollt?« Mit einem sparsamen Lächeln atmete Albert auf.

Wie sie glaubwürdig lügen sollte. »Ich habe Angst. Es betrifft Stefanias Familie.«

»Keine Sippenhaft; das wisst Ihr doch!« Albert öffnete die nächste Tür. »Hier entlang; hier sieht Euch niemand.«

Jetzt war es an Mirella, überrascht zu sein.

»Für den Fall, dass das Gespräch zwischen Euch und dem Herzog geheim bleiben soll.«

»Wird Dario nicht im Prozess aussagen müssen?«

»Dieser Prozess wird nicht öffentlich sein. Wir würden den Spaniern Kriegsgeheimnisse verraten.«

»Die ganze Stadt weiß, dass de Guises Heermeister eingekerkert wurde.«

»Sicher. Aber ein Gefangener wird auch wieder laufen gelassen, wenn sich seine Unschuld herausstellt.«

»Warum ist dann Dario immer noch unter Arrest?«

»Ihr habt Euren Bruder freilich entlastet. Doch vielleicht habt Ihr für ihn gelogen.«

Henri de Guise betrat den Raum; an seiner Seite ein Mann mittleren Alters. »Was tut Sie hier? Gibt es ein Problem mit der Lieferung der Sommer-Uniformen?«

Mirella knickste automatisch. »Nein, Euer Hoheit. So weit ich weiß ... Ich wollte ...« Sie stellte sich wahrhaftig genauso ungeschickt an, wie Albert befürchtet hatte.

»Die Signorina ist nicht wegen der Uniformen gekommen.«

»So warte Sie, bis ich für Sie Zeit habe.«

Er ließ die Tür zu seinem Arbeitszimmer offen; doch das Französisch, dass die beiden Männer sprachen, klang Mirella so fremd, dass sie kaum ein Wort verstand. Nur der Name des Königs und der des Prinzen von Savoyen waren unverwechselbar.

»Ich wusste nicht, dass Ihr auch Dialekte habt.« Mirella versuchte gar nicht, Albert zu verheimlichen, dass sie lauschte.

Albert schloss die Tür. »Die Scandore sind immer ein wenig zu neugierig. Eines Tages werdet Ihr Euch damit in Gefahr bringen.«

Mirella verzog das Gesicht. »Ich bin es vielleicht schon. Und Dario allemal.«

»Das war keine Neugier; das war ...« Albert schien nach einem Wort zu suchen. »Jedenfalls hat er sich alles selbst zuzuschreiben.«

»Sollen wir zu Hause sitzen und wetten, ob uns zuerst eine Kanone das Haus zerschießt wie den Nachbarn oder zuerst dieser Krieg vorüber ist?«

»Wart Ihr nicht in Olivetos Landhaus gut aufgehoben?«

»Und Vater? Und das Lager im Hafen?«

»Ihr habt es nicht verhindern können, dass es in Brand gesetzt wurde. Obwohl Ihr in der Stadt wart.«

»Wir haben immerhin etwas retten können.« Warum log sie plötzlich ohne Not?

Albert hob bloß die Augenbrauen.

»Das Landhaus ...« Ihr Widerspruchsgeist war angestachelt; fast hätte sie sich selber eine Falle gestellt.

»Was ist damit?«

Sie seufzte, als ergebe sie sich. »Das gehört zu den Dingen, die ich dem Dogen erzählen will.«

»Wenn Ihr das genauso unkontrolliert macht wie jetzt ... Ihr seid wenig überzeugend auf diese Weise.«

Er setzte sich auf einen der Stühle vor dem Kamin und schlug die Beine übereinander. »Ich könnte mit Euch üben.«

»Ihr zieht mich auf!« Sie ging auf die Tür zum Arbeitszimmer zu. »Und es hat Eile, auch wenn der Herzog das anders sehen mag.«

Er grinste. »Versucht es nur, ihn zu stören, wenn ein Gesandter des Königs bei ihm ist.«

»Ein Gesandter? – Wie ist er in die Stadt gekommen?«

»Wie kommen andere in die Stadt?«

»Und was tut er hier?«

»Mazarin liegt an Neapel und dem König an de Guise. Sie wollen mit Getreide aushelfen.«

»Wir können uns selber helfen. Wenn wir die Spanier erst einmal vertrieben haben.«

»Es sieht nicht danach aus, als ob es euch gelänge.«

»Euch aber auch nicht!« O wie ungeschickt war sie.

»Wenn Ihr de Guise beleidigt, kommt Ihr nicht weit. Und vergesst nicht, es war Verrat im Spiel.«

»Das genau ist auch unser Problem.«

»Auch?«

»Müsst Ihr ständig Echo spielen?«

Albert war sichtlich amüsiert. »Liebste Mirella, Ihr seid zornig. Aber Euer Zorn richtet sich gegen den Falschen.«

»Da bin ich mir nicht sicher. Schließlich ist es der Doge selber, der seine Reihen nicht fest geschlossen hält.«

»Wollt Ihr damit andeuten, dass es tatsächlich einen Verräter gibt?«

Mirella schnappte nach Luft. »Nein!« Schweiß sammelte sich in ihrem Nacken. Schon wieder hatte sie es fertiggebracht, dem Gespräch eine Wendung zu geben, mit der sie sich in Schwierigkeiten brachte. »So habe ich das nicht gemeint.« Der wachsame Blick Alberts brachte sie endgültig zum Stottern. »Die italienischen Söldner ...«

»Sie haben die Schlacht verlassen statt für ihre eigenen Interessen zu kämpfen.«

»Sie haben das durchaus aus eigenem Interesse getan.« Mirella gab auf. »Nicht alle sind mit der Republik einverstanden.«

»Und noch weniger sind mit der Amtsführung de Guises einverstanden. Das wissen wir wohl!« Albert begann, auf und ab zu gehen. »Ihr vertraut mir nicht; habe ich recht? Und doch ...« In seinen Blick trat ein sehnsüchtiges Licht.

»Nun, Ihr gehorcht doch de Guises Befehlen. Allen seinen Befehlen.«

Er wurde blass.

Die anzügliche Betonung der letzten Worte war unbeabsichtigt gewesen. Aber mit der Wirkung war sie nun äußerst zufrieden. Warum sollte sie als einzige ein schlechtes Gewissen wegen Alexandre haben? »Selbst, wenn Ihr wisst, dass es Unrecht ist und Euren besten Freund trifft.«

Albert blieb vor ihr stehen. »Ich bin mittlerweile überzeugt, dass es mehr an den Scandore als an mir liegt, wenn ihm ein Leid geschieht.«

Wie recht er hatte. Aber sie würde es wiedergutmachen. Immerhin war selbst Stefanias Mutter einverstanden. Sie half auch Dario damit. Und schadete niemandem wirklich. »Denkt Ihr, dass die Spanier siegen werden?«

Albert wurde wieder wachsam. »Wie kommt Ihr jetzt auf diese Frage? Hängt davon ab, was Ihr dem Dogen erzählen werdet?« Er nahm ihre Hände auf, die sie im Schoß miteinander verknotet hatte, und drückte sie sanft. »Nicht taktieren, Mirella. Taktiker haben wir schon zu viele um uns herum. Sie machen uns das Siegen schwer.«

Von der Not, seine letzte Frage zu beantworten, erlöste sie de Guise selbst. So, wie er den Gesandten des Königs verabschiedete, schien er jedoch zornig zu sein und Mirella fürchtete, einen unguten Augenblick erwischt zu haben.

Nach einer äußerst knappen Verneigung vor dem Dogen ging der Gesandte mit einem anzüglichen Blick auf sie hinaus.

De Guise grinste ihm hinterher: »Ich habe ihn daran erinnert, dass man eine Dame nicht warten lässt.« Er streckte Mirella die Hand entgegen und als sie ihm die ihre reichte, fasste er sie in einer freundschaftlichen Geste an der Schulter. »Was kann ich für Sie tun, Signorina?« Sein Italienisch war melodischer als sie es in Erinnerung hatte. Er hatte dazugelernt.

Sie sah Albert flehend an.

De Guise missverstand ihren Blick. »Möchte Sie mich unter vier Augen sprechen?« Er zwinkerte. »Es ist mir eine Ehre – sofern Sie kein Messer bei sich trägt.«

»Nein, ich ...« Selbst vor der Mutter Oberin in der Klosterschule hatte sie niemals so herumgestammelt. »Euer Hoheit, mein Bruder lässt Ihm danken für die Fürsorge, die Er ihm angedeihen ließ.«

De Guise schnaubte. »Hinrichtungen widerstreben mir. Ich halte sie für einen Akt der Feigheit.«

»Oh.« Für einen Moment war Mirella sprachlos. »Jedenfalls, als ...«, wie schwer fiel ihr doch, dies verlogene Wort auszusprechen, »... als treuer Bürger Neapels lässt er Ihm mitteilen: Er glaubt, mit Sicherheit zu wissen, warum die Italiener Seine tapferen Soldaten in der Schlacht vor Nocera im Stich gelassen haben. Man hat sie gekauft.«

»So?«

Mirella bekam fast keine Luft mehr; sie versuchte, ihren Kragen zu lockern. »Ich verstehe nichts von diesen Dingen ...«

Ein Schmunzeln glitt über das Gesicht des Dogen. »So hätte man mir falsch über Sie berichtet?«

»Ich wollte sagen ...« Der behandschuhte Finger blieb an einem Häkchen des Kragens hängen. Vorsichtig bewegte sie zwei Finger, um ihn wieder frei zu bekommen. »Ich kann nur das Wenige wiedergeben, was Dario mir gesagt hat. Die Einzelheiten muss er Ihm selber berichten.«

»Woher sollte Ihr Bruder mehr wissen als meine Männer?«

Mirella atmete durch; endlich eine Antwort, die ihr leicht fiel. »Es kommen so viele Leute aus der Provinz in unser Kontor.« Der Handschuh war frei; sie lächelte zaghaft. »Es gibt nichts, was man dort nicht erfahren könnte.«

»Hat Ihr Bruder auch erfahren, wer die Soldaten gekauft haben soll?«

Mirella presste die Lippen zusammen; der Herzog sollte nur glauben, sie wolle ihm die Antwort verweigern.

»Sie weiß es nicht?«

»Doch ... aber ...« Sie senkte den Blick. »Wenn Er mit meinem Bruder sprechen würde ...«

»Wozu, wenn Ihr es mir sagen könnt.« Dass er ins Französische wechselte, hieß wohl, dass er die Geduld verlor.

Sie kämpfte mit den Tränen; echten Tränen. Es war so gemein; wer wusste schon, ob der Marchese tatsächlich unbehelligt davonkommen würde? Selbst Anneses Truppen wagten sich noch immer hinaus in die Provinz.

Unvermittelt lag die Hand de Guises unter ihrem Kinn und zwang sie, ihm in die Augen zu sehen. Sie schniefte.

»Herzweh? Wie das?« Er ließ sie los. »Seid Ihr nicht allemal in Sicherheit, da Ihr diesen Spanier heiraten wollt?«

»Nein, Hoheit.«

De Guises Blick wurde noch wachsamer als zuvor.

»Das ist es nicht, wollte ich sagen.«

Eine steile Falte erschien zwischen seinen Augenbrauen. ‚Nur diese eine Gelegenheit‘, hatte Albert gesagt. Sie war dabei, sie zu verspielen.

»Ihr stehlt mir die Zeit!«

»Das will ich gewiss nicht.« Sie flüsterte fast, legte einen flehenden Klang in ihre Stimme. »Stefania ist meine Freundin.«

»Ich gebe Euch noch zehn Sekunden!«

Ihre Stimme zitterte. »Der Marchese d’Oliveto soll die Männer bezahlt haben. Behauptet Dario.«

»Euer Bruder ist mit dem Mädchen verlobt. Und liefert uns den Vater aus?« Er wandte sich seinem Arbeitszimmer zu. »Ich glaube Euch nicht.«

»Ich sage doch nur, was Dario mir aufgetragen hat!« Die Verzweiflung über den Misserfolg ließ Mirella aufschluchzen.

Der Doge schloss die Tür hinter sich.

Im nächsten Augenblick stand Albert neben ihr und reichte ihr sein Taschentuch. »So sollte Euch niemand sehen.«

»Ich habe es verpatzt.« Mechanisch nahm sie das Tuch und

wischte sich die Tränen aus dem Gesicht. »Er wird Alexandre aufhängen lassen.«

»Einen Marquis hängt man nicht!«

Mirella erschauderte: Alexandres Vater war enthauptet worden.

Albert legte einen Arm um ihre Schultern und zog sie an sich. Die vertrauliche Geste tröstete sie ungemein und sie hörte auf zu schluchzen.

»Was soll ich jetzt nur tun?«

»Nichts, Mirella. Geht nach Hause. Ich werde mich darum kümmern.« Er lächelte über ihren zweifelnden Blick. »Sagte ich Euch schon, dass Alexandre mein Freund ist?« Er ließ sie los und öffnete die Tür zum Korridor. »Es wäre einfacher gewesen, wenn Ihr mir vorher gesagt hättet, dass Dario den Marchese im Verdacht hat. Ich hätte mehr tun können.«

Von einer bösen Ahnung überfallen, blieb Mirella stehen. »Wieso? Was denn? Der Marchese ist nicht in Neapel.«

»Nein? – Wie überaus praktisch.«

»Ich verstehe Euch nicht, Albert.«

»Jemanden denunzieren, auf den wir keinen Zugriff haben.«

Er hatte sie gewiss durchschaut. Ihr blieb wohl nur noch die Konfrontation. »Ihr glaubt mir auch nicht!«

»Ganz und gar nicht. Aber vielleicht hilft es Alexandre trotzdem.«

Er begleitete sie bis zum Ausgang »Die Scandore sind wirklich eine gefährliche Familie. Hütet Euch! Ich habe ab sofort ein Auge auf Euch.«

Sie warf den Kopf hoch. »Meinetwegen! Wenn es Alexandre nur hilft.«

Er lächelte versöhnt. Zu gern hätte sie gefragt, was er nun tun wollte, aber die Wachen an der Treppe schauten zu ihnen herüber. Vielleicht lauschten sie sogar.

***

Dario war im Souterrain, als Mirella nach Hause kam. So hatte sie einen guten Vorwand, nicht gleich mit ihm zu sprechen. Dann rief Rita sie und Mirella floh zu ihr ins Schlafzimmer. In einer Truhe neben dem Bett lag das Hochzeitskleid aus Caivano.

Mirella wollte erneut fliehen, aber Rita hielt sie fest. »Anders als bei Ringen und der Wäsche steht kein Name auf dem Kleid. Und es ist auch nicht so bald aus der Mode.« Sie drehte sie um und begann, die Schleifen im Rücken von Mirellas Kleid aufzuziehen. »Ich wünsche dir von Herzen, dass du es für den Mann trägst, den du liebst.«

»Ach *Mamma*!« Mirella streifte Ritas warme Hände von ihren Schultern.

Rita rief Gina und Concetta herbei. Gemeinsam halfen sie Mirella in das schwere, mit Perlen bestickte Kleid.

Gina hatte Tränen in den Augen. »Meine Kleine ist endgültig erwachsen geworden.« Sie holte den Spiegel aus dem Ankleidezimmer, aber Mirella wehrte ab.

»Du siehst wunderbar aus, Kind. Willst du dich denn nicht sehen?«

»Nein.« Mirella griff nach den Schleifenbändern im Rücken. »Nicht jetzt. Bestimmt bringt es Unglück.«

»In ein paar Wochen gehört den Spaniern die ganze Stadt. Schon jetzt stellt sich ein Viertel nach dem anderen wieder unter die Regentschaft des Vizekönigs. Deiner Heirat droht keine Gefahr mehr.«

»Außer ...«

Mirella musste zum Verzweifeln ausgesehen haben, denn Rita blickte sie plötzlich besorgt an, hörte auf, ihr die Haare auseinander zu flechten und schickte Gina und Concetta hinaus.

»Dein Felipe wartet wie alle Adligen auf den Schiffen das Ende ab. Die spanischen Fürsten begeben sich nicht unnötig in Gefahr.«

»Um Felipe mache ich mir keine Sorgen.« Sie versuchte, sich Felipe gerüstet und im Kampf vorzustellen. Es gelang ihr nicht; Alexandres schlanke Gestalt schob sich dazwischen. Aber auch Alexandre stand auf keinem Schlachtfeld. Ihm drohte noch immer ein ehrloserer Tod.

»Die Franzosen haben diesen Krieg verloren.«

»*Wir* haben ihn verloren, *Mamma*! Es ist unsere Republik!«

Mirella schloss die Augen. Ritas Kleid raschelte leise, dann wurde es still. Sie wartete wohl – zum ersten Mal seit langer Zeit hatte sie Geduld. »Ich will Felipe nicht mehr heiraten, *Mamma*!« Sie sah sie an; Rita erwiderte den Blick mit unbewegter Miene. Mirella wusste nicht, was sie weiter sagen sollte.

»Ich bin sicher, das ist es nicht. Du hast mir etwas anderes zu sagen.« Vorsichtig zog Rita sie an sich, darauf bedacht, das Kleid nicht allzu sehr zu drücken. Sie strich ihr eine Locke aus dem Gesicht. »Die Zeiten sind schwierig. Wenn du meinen Rat willst ...«

Der schwere Geruch des Parfüms nahm Mirella den Atem, aber als sie sich gegen die Umarmung wehrte, drückte Rita sie fester. Ein anderer Geruch mischte sich in den des Parfüms: *Armagnac*? Mirella blinzelte und sog die Luft tiefer ein. Rita hatte getrunken. Am frühen Morgen. Die Mutter!

Vor Erschütterung entspannte Mirella sich. »Es ist nichts sonst. Dario will endlich aus dem Arrest. Ohne uns noch länger zu gefährden.«

»Das ist verständlich. Und recht hat er.« Ritas Stimme klang lauernd; sie war noch nicht fertig mit ihr. »Du warst am Hof de Guises. Gina hat es mir erzählt.«

»Gina?«

»Sie weiß es von Fabrizio.«

So also verbreiteten sich Nachrichten. Sie wusste es doch; warum hatte sie nicht daran gedacht? »Es gibt vielleicht eine Möglichkeit.«

»Dieser Krieg wird nicht mehr lange dauern!«

Plötzlich überkam Mirella ein Lachen. »Mamma, seit wann interessiert Sie sich für Politik?«

»Seit Gina nur noch zähe alte Gänse serviert.«

Mirella entdeckte ein vorwitziges Funkeln in Ritas Augen; plötzlich sah sie aus wie ein junges Mädchen. Genau das richtige Alter für eine Freundin.

»Wir haben schon lange Zeit nicht mehr richtig miteinander geredet.« Rita schien ihre Gedanken gelesen zu haben. »Manchmal denke ich, du vertraust deinem Vater mehr als mir. Vielleicht wird es Zeit, das zu ändern.« Sie drückte sie wieder an sich. »Kann ich dir helfen?«

Das Gesicht an Ritas Schulter gelehnt, schüttelte sie stumm den Kopf. Aber sie legte die Arme um ihre Taille und ließ sich drücken.

Darios Schritte klangen auf der Treppe und Mirella richtete sich auf. Warum sollte sie sich fürchten, Dario zu sagen, dass sie gescheitert war? Sollte er doch selber einen Weg aus dem Hausarrest finden. Es war schließlich alles gelogen. Und vielleicht wirklich gefährlich für Stefanias Vater. Aber falls es doch wahr wäre?

Dario öffnete die Tür. »Also habe ich richtig gehört, dass du zurück bist.« Er stutzte und blieb stehen. »Du siehst nicht sehr glücklich aus.«

»Lass deine Schwester in Ruhe!« Rita richtete sich auf und legte ihre Hand auf Mirellas Schulter. »In was hast du sie hineingezogen?«

Gina rief zum Essen und ersparte Dario eine Antwort. Aber er hatte auch keine Gelegenheit, Mirella auszufragen.

Ungewöhnlich für den einfachen Wochentag, stand eine Flasche Wein auf dem Tisch. Enzo füllte vier Gläser mit dem edlen *Greco di Tufo*. »Du siehst bezaubernd aus, Liebste!«

Rita lächelte. »Du hast daran gedacht! In all diesem Wirrwarr!« Sie ging auf Enzo zu und er nahm sie höchst ungeniert in die Arme. Dann reichte er ihr ein Glas.

Dario starrte sie mit offenem Mund an, aber Mirella ging ein Licht auf. Sie nahm eines der Gläser. »Auf euch beide!«

Rita löste sich von Enzo. »Trinken wir lieber auf eure Zukunft.« Sie lächelte Mirella zärtlich an. »Dass meine Kleine ebenso viel Glück findet.«

Mirella liefen schon wieder Tränen übers Gesicht; konnten sie nicht einmal alle und aufgebraucht sein?

Gina brachte auf der silbernen Platte ein Geflügel größeren Ausmaßes.

»Eine Gans?« Mirella zwinkerte Rita zu, während sie vorsichtig an ihrem Glas nippte. Der Wein war vielleicht ein wenig zu trocken für diesen Braten; aber wer mochte noch auf so etwas achten? Und Gina selber verstand auch nichts von Weinen.

Ein hartes Klopfen an der Haustür ließ sie alle herumfahren. Gina bekreuzigte sich hastig.

Enzo griff nach Ritas Hand und drückte sie. »Geh öffnen, Gina.« Er setzte sich und hielt Rita den Brotkorb hin, bis auch diese sich setzte und ihn abnahm. Aber sie schob ihn gleich weiter, auf Darios Platz zu.

Enzo riss ein Stück von seinem duftenden *Panino* ab. Wo mochte Gina das Mehl aufgetrieben haben?

Schwerter klirrten leise.

Mirella hielt den Atem an und wagte nicht, den Kopf zu drehen, um die Soldaten anzusehen. Sie starrte Enzo an. Auf dessen Gesicht tauchte nach einem Moment des Unwillens ein feines Lächeln auf.

»So lässt de Guise einmal kontrollieren, ob mein Sohn zu Hause ist?« Sein Lächeln verbreiterte sich. »Gina, bring zwei Gläser für die Herren Offiziere.«

»Wenn wir geahnt hätten ...« Alberts Stimme? Das Italienische gab ihr eine merkwürdige Färbung. Mirella drehte sich um und kreuzte seinen Blick; er nickte ihr zu.

»Es tut uns leid, Euch beim Essen zu behelligen«, sagte

der andere Soldat. »De Guise lässt den jungen Signor Scandore zu sich bitten.«

»Es hat Eile«, fügte Albert hinzu.

»Was soll er denn nun getan haben?« Rita war ganz die kämpferische Glucke, die ihr Junges verteidigt. »Es ist schwer, ein ordentliches Essen auf den Tisch zu bekommen. Und selten genug.«

Dario warf Mirella einen fragenden Blick zu, aber sie wusste nicht, was für ein Zeichen sie ihm geben sollte. Immerhin, dass Albert gekommen war ... Doch er hatte seinen Befehlen auch gehorcht, als er Alexandre verhaftete.

»Signora«, der zweite Soldat hob abwehrend die Hand. »Ich bin sicher, der Koch des Dogen wird ihn entschädigen.«

Zu Mirellas Vergnügen lief Ginas Gesicht rot an. »Ist das der Mensch, der mir jedes Mal die fetten Gänse vor der Nase wegkauft?«

Mirella gluckste vor Erleichterung. »Ich glaube schon.«

Dario trank sein Glas in einem langen Zug leer. »Heb mir eine Keule auf zum Abend. Vielleicht ist deine Gans doch die bessere.« Er klopfte Gina im Vorbeigehen auf die Schulter.

Enzo starrte auf die geschlossene Tür. Dann ließ er Ritas Hand los. »Das klang nicht nach einer Festnahme. Ich glaube, du brauchst dir keine Sorgen zu machen.«

»Aber was will der Doge von ihm?«

»Vielleicht den Arrest aufheben, *Mamma*.«

Enzo warf Mirella einen überraschten Blick zu. »Was weißt du davon, Kind?«

»Ich war heute Morgen beim Dogen.«

»Und daraufhin lässt er nach Dario schicken?« Argwohn lagen in Enzos Stimme und Blick.

Rita leckte sich über die Lippen. »Keine Politik bei Tisch, bitte. Und schon gar nicht an meinem Hochzeitstag.« Ihrer Stimme mangelte es aber an der gewohnten Festigkeit. Gewiss wollte sie nur alle angstvollen Gedanken verscheuchen, die

das weitere Gespräch mit sich bringen mochte. Gleich würde
sie vom Wetter reden.

Dario kam nicht zu seiner Keule. Stattdessen ließ er durch einen Lakaien der Oliveto ausrichten, er bliebe zum Abendessen bei Stefania und ginge anschließend mit ihr in das neue
Stück, das eine französische Compagnie im *Teatro San Barto-
lomeo* spiele.

Enzo ließ daraufhin Gina eine weitere Flasche *Greco* aus
dem Keller holen. »Er hat vergessen, uns mitzuteilen, ob sie
jetzt den Hochzeitstermin festgelegt haben«, sagte er, nachdem er die Flasche geöffnet hatte.

Mirella, die eben noch übermütig ihr Glas geschwenkt hatte, wurde blass. »Nicht nur das hat er vergessen«, murmelte
sie.

Enzo blickte sie besorgt an. »Was ist mit dir? Fürchtest du,
die beiden würden vor dir heiraten? Oder hast du heute Mittag schon zu viel Wein getrunken?« Er grinste. »Es wird noch
viel mehr Alkohol werden, wenn erst Hochzeit gefeiert wird.«

»Dann müssen wir hoffen, dass es noch recht lange Zeit
hat bis dahin. Sonst kann unsere Kleine nicht ausreichend
üben.« Enzo sollte es vermutlich als Scherz auffassen; aber
der ernste Blick von Rita passte nicht dazu.

Also war Dario frei. Und Alexandre?

***

Am folgenden Tag brachte ein Bote des Dogen Enzo eine Einladung zum Maskenball am *Mardi gras*. Als sie zum Abendessen beisammen saßen, legte er ihnen das Billett auf den Tisch.

Dario feixte. »De Guise hat Mut.«

Mirella sah ihn verwundert an. »Wieso Mut? Es ist doch
Karneval.« Würde sie dann endlich etwas über Alexandre erfahren?

»Nur dass wir die Fastenzeit dieses Mal vorgezogen haben.« Rita ärgerte sich wohl immer noch über die Gans.

Dario ging nicht darauf ein. »Es passt so gar nicht dazu, dass man erzählt, er fühle sich verfolgt und von Feinden umzingelt.«

»Mangels Kleidern und Masken wird sich wohl keiner unerkannt einschleichen.« Ritas Sarkasmus war an diesem Abend wirklich nicht mehr zu überbieten.

»Nimm die von letztem Jahr, meine Liebe; die Franzosen kennen sie noch nicht.«

»Aber die Neapolitaner!« Mirella zog eine Grimasse. »Ich bin sicher, Stefania wird ein neues Kleid tragen.«

»Die Oliveto sind nicht abgebrannt.« Enzo kratzte sich hinterm Ohr und sah misstrauisch zu Dario. »Noch nicht.«

Was sollte das heißen? Wusste Enzo plötzlich etwas? Freilich; er ging überall ein und aus.

Gina und Fabrizio holten die Truhen mit den alten Kostümen vom Dachboden. Mirella breitete missmutig ein Kleid nach dem anderen auf Ritas Bett aus: ein Katzenkostüm, mehrere elegante Roben, die auf Mittelalter gemacht waren, die Tracht einer Bäuerin, eine bauschige Hose aus goldfarbenem Brokat nebst Turban für eine Türkin, ein chinesisches Gewand. Sodann eine winterwarme Felljacke, in der sie sich beim Tanzen zu Tode schwitzen würde. Die Masken waren zumeist venezianisch und bedeckten das ganze Gesicht. Nichts davon entsprach ihren Vorstellungen.

Gina hielt ihr eine Maske vor, die sogar einen dünnen schwarzen Zopf besaß, den man wohl mit dem eigenen Haar verflocht. »China. So erkennt dich bestimmt niemand.«

»Und wenn ich doch erkannt werden will?«

Rita lachte. »Wozu dann ein Maskenball? Dann ist das Kleid eigentlich egal!«

Ein interessanter Gedanke. Daraufhin lief Mirella in ihr eigenes Zimmer und riss den Schrank auf. Sie nahm das fliederfarbene Ballkleid heraus, in dem sie nach der Krönung de Guises getanzt hatte. Aber das ging nicht; damit konnte sie nicht auf einem Maskenball erscheinen. »Das rote.« Sie setzte sich aufs Bett und versuchte sich zu erinnern. »Gina!«

Gina kam mit einer lila-weiß gestreiften Robe ins Zimmer.

»Was habe ich über dem Kleid getragen, als de Guise gekrönt wurde?«

»Den Umhang!« Gina zog ihn aus dem Schrank. »Der ist jetzt aber nicht gut genug. Er lässt den Nebel durch.«

»Wer sagt, dass ich ihn draußen tragen will?«

Gina starrte sie sprachlos an, dann schüttelte sie den Kopf. »Das Kind ist übergeschnappt«, murmelte sie, während sie wieder in Ritas Zimmer zurückging.

Mirella folgte ihr. »Ich gehe als Reisende!«

»Als was?«

Mirella lief zurück und holte das rote Kleid und den Umhang. »Das ziehe ich an. Ich kann den Umhang ja immer ablegen, wenn es zu warm werden sollte.«

Rita hielt ihr das gestreifte Kleid entgegen. »Zieh dies darunter an. Das rote passt nicht für eine Reisende.«

»Nein.« Fast hätte sie mit dem Fuß aufgestampft. »Es ist doch egal ...«

»Das Kind ist übergeschnappt!«, wiederholte Gina.

Mirella warf ihr einen Blick zu und Rita verstand. Sie nahm Mirella das rote Kleid ab und wendete es. »Was ist Besonderes daran?«

Mirella blickte zur Decke. Ihr war wohl bewusst, dass sie ein sehnsüchtiges Flirren in ihren Augen haben musste. »Ich möchte mich nicht bis zur Unkenntlichkeit kostümieren.«

Rita lächelte. »Du willst, dass dich jemand erkennt, indem er sich an das Kleid erinnert? – Oder an den Umhang?«

Mirella nickte.

»Und wie willst du wissen, ob der, der dich erkennt, der

Richtige ist?« Sie grinste spitzbübisch und gab Mirella das Kleid zurück. »Du bist dünn geworden in den letzten Monaten; lass es von Gina enger machen. – Hol Nähzeug.«

Kopfschüttelnd gehorchte Gina statt darauf hinzuweisen, dass es doch ganz überflüssig wäre, wie sie es sonst getan hätte.

Dienstag, 25. Februar 1648

Mirella zitterte nicht nur vor Kälte, als sie aus der Kutsche stieg und hinter Enzo und Dario die wenigen Schritte bis zu den Stufen des *Palazzo Reale* ging. Rita zog sie an sich; ihr vertrauter Lavendelgeruch hüllte sie ein. Wovor hatte sie sich eben noch gefürchtet?

In der Eingangshalle waren alle Leuchter mit Kerzen bestückt, als gäbe es keinen Mangel. Die Diener trugen schwere Tabletts mit *Vin brulé*, um die Gäste willkommen zu heißen: eine Sitte des Vizekönigs, die der Doge zuvor nicht übernommen hatte. Was mochte ihn nun dazu veranlasst haben?

Doch die Diener trugen keine Livreen mehr, sondern bürgerliche Kleidung, sofern es Neapolitaner waren. Oder Uniformen, sofern es Soldaten aus der Provinz waren. Zwei Soldaten der Garde gingen an ihnen vorbei. Sie hatten nicht nur ihre Gesichter, sondern auch die Rangabzeichen maskiert.

»Schlau!« Dario pfiff anerkennend durch die Zähne. »Aber sie sollten doch zu erkennen sein.« Diese beiden hatten jedoch helle Haare; keiner von ihnen konnte Alexandre sein.

Andrea Falconieri, der neue Kapellmeister, rauschte im Kostüm eines Troubadours an ihnen vorbei. Plötzlich blieb er stehen und drehte sich noch einmal um. Er musterte Mirella, während sie zur Treppe schritt. »Ich werde mit einer *Tammurriata* beginnen, Signorina.« So hatte selbst er sie erkannt; wie beruhigend.

Mirella grüßte ihn mit einer Bewegung ihres Fächers. Eine *Tammurriata*! Dass sie daran nicht gedacht hatte. Jeder würde sie erkennen, der sie schon einmal hatte tanzen sehen. Auch Alexandre hatte sie gesehen und sie war ihm dabei aufgefallen.

Sie hakte sich bei Dario ein. »Tanzt du mit mir heute Abend?«

Er lachte. »Auf einem Maskenball? Überflüssig.« Erinnerte auch er sich an den letzten Ball beim Vizekönig?

»Einen Tanz nur.« Aber er konnte ihren bittenden Gesichtsausdruck unter der Maske nicht sehen. So griff nach seiner Hand und drängte ihn kurzerhand, die Treppe neben ihr hochzugehen.

»Nun gut; einen. Aber den Rest des Abends musst du mir gestatten, die neue Freiheit mit Stefania zu genießen.«

»Wenn du sie findest.«

Dario lachte voller Übermut. »Glaubst du, sie hätte mir nicht verraten, was sie trägt?«

Gleich darauf kam eine Melusina auf sie zu. »Will Er mein Ritter sein, edler Herr?«

»Keinesfalls. Würde Sie doch auf Nimmerwiedersehen entschwinden.«

»Nur wenn Er mein Geheimnis entdeckt.«

Stefania hakte sich bei ihm ein. »Wasserfeen fühlen sich nicht wohl auf dem Trockenen.«

Zwei breit gebaute Türkinnen schoben sich vor Mirella und versperrten ihr den Blick auf Dario und Stefania. Dann waren die beiden in der Menge verschwunden.

Langsam ging Mirella weiter in Richtung des Ballsaals. Wenn Dario den ersten Tanz mit ihr tanzen wollte, mussten sie dorthin gegangen sein. Aber dort war keine Wasserfee.

Die Flötenspieler nahmen Platz; die erste Geige stand auf, um sich mit ihnen abzustimmen. Sie waren schnell an diesem Abend – oder nahmen es nicht so genau wie unter Trabaci.

Missmutig blieb Mirella stehen. Vielleicht konnte sie Falconieri noch bitten, die *Tammurriata* nicht als Erstes zu spielen.

Jemand berührte sie an der Schulter. Die zweite, festere Berührung machte ihr klar, dass dies kein Versehen gewesen war. Der Jemand brummte neben ihr. Ein Bär – nicht nur die Maske, sondern ein vollständiges Kostüm.

»Wenn Er den Honig suchen sollte; dort hinten.« Sie wies mit dem Fächer zu einer der Seitentüren, wo sie das Büfett vermutete.

»Es gibt Süßeres hier als Honig«, tönte es dumpf aus der Maske.

Sie neigte lauschend den Kopf. Kein Neapolitaner; das war Italienisch und zudem mit schwerem Akzent belastet. »Tatsächlich?«

Ein Lachen war die Antwort.

»Albert! Wie habt Ihr mich erkannt?«

Noch ein Lachen. »Wie kommt Sie auf den Gedanken, ich wüsste, wer Sie ist?«

»Zieht mich nicht auf! Habt Ihr mich erkannt oder nicht?«

»Gewiss doch.« Er wechselte ins Französische. »Gewährt Ihr mir den ersten Tanz?«

Mirella zögerte; sah sich noch einmal nach Dario um. Sie hatte den Moment verpasst, Falconieri anzusprechen. Nun stand er schon auf dem Podest und klopfte um Aufmerksamkeit heischend mit dem Taktstock.

»Ihr habt ihn schon versprochen?« Er brummte drohend. »Ich würde es Euch nicht raten.«

»Es ist mir zu gefährlich. Ich möchte meine Füße eine Weile benutzen können heute Abend.«

»Ich schwöre, ich werde Euch nicht treten.«

Dario war immer noch nicht zu sehen. »Nun gut; ich werde ein wenig auf Abstand halten.«

Mit drohendem Brummen machte Albert ihnen den Weg frei bis zur Tanzfläche. Mirella musterte die Gäste, die gegenüber an der Wand standen. Alexandre tanzte nicht, was also suchte sie dort? Dennoch enttäuschte es sie, niemanden zu entdecken, hinter dessen Maske sie ihn vermuten konnte.

»Teuerster Bär, die Signorina hat diesen Tanz mir versprochen«, ließ sich Dario plötzlich zwei Schritte hinter ihr vernehmen.

»So hätte Er die Dame besser hüten müssen, um Sein Recht zu wahren.« Albert griff nach Mirellas Hand.

»Kein Grund zur Eifersucht. Ich bin nur der Bruder.« Er drängte sich neben sie. »Doch sollte nicht die Signorina selbst entscheiden?«

Mirella deutete zum Orchester. »Dies taugt wenig für einen Franzosen. Aber ich muss Euch sprechen, Albert.«

»Albert?« Dario trat einen Schritt zurück und wechselte ins Neapolitanische. »Gewiss hat er dir etwas zu erzählen.«

Die *Tammurriata* begann mit langsamen Klängen der Streicher. Zwei Frauen traten alleine auf die Tanzfläche und blickten sich nach ihren Begleitern um. Sie zögerten augenscheinlich – so waren auch diese Franzosen. Albert dagegen schritt mit festem Tritt neben Mirella in die Mitte. Nein, er stampfte absichtlich, ganz den Bären gebend.

»Ich hoffe, ihr tretet mir nicht mit der gleichen Wucht auf die Füße.«

Er verneigte sich vor ihr und einen Augenblick später war es Mirella nicht mehr dringlich, dass sie ihn so viel zu fragen hatte. Die anderen Tänzer wichen ihnen erst aus; dann wurde der Kreis um sie größer und schließlich hatte Mirella den Platz, den sie gewohnt war. Sie raffte ihren Rocksaum höher; auch Albert wich einen Schritt zurück und dann hörte er auf zu tanzen.

Als das Stück zu Ende war, klatschten die Umstehenden und Gelächter flog durch den Saal.

Albert kam zu ihr zurück. »Der Kapellmeister komplottiert also auch.«

Mirella schlang sich ihr Tuch wieder um die Schultern. »Wie meint Ihr das?«

»Jeder weiß nun, wer Ihr seid.«

»Ihr hattet mich zuvor schon erkannt; es wäre also ganz überflüssig gewesen.«

»Ihr wart aber nicht sicher, ob Eure Verkleidung dürftig genug ist.«

Das Orchester begann eine Pavana und Albert führte Mirella ans Ende der Reihe. Ein Zeremonienmeister tauchte wie aus dem Nichts auf und begann die Figuren anzusagen.

Nun stand sie zu weit entfernt von ihm, um mit ihm zu sprechen. Dann eine Drehung, ein Platzwechsel, und noch eine Drehung. »Albert, ich habe nichts gehört, was aus der Anklage ...«

Albert trat zurück und der nächste Kavalier verneigte sich vor ihr. Eine weitere Drehung und ein zweiter nahm sie am Arm, um mit ihr durch das Spalier ans andere Ende der Reihe zu schreiten.

Wie sie diese gezierten höfischen Tänze doch hasste. Wie lange dauerte es, bis sie wieder Albert als Partner hatte?

»Ich hatte Euch gesagt, dass es keinen öffentlichen Prozess geben wird. Nicht in diesem Fall.«

Dem nächsten Kavalier trat sie in ihrer Ungeduld ungeschickt auf den Fuß.

»Sie sollte besser üben«, kam in schwerem Neapolitanisch die prompte Reaktion.

»So stell Er mir Seinen Fuß nicht in den Weg!«

Der Mann ließ sie einfach los; verblüfft starrte sie auf seine Maske. Dann wandte sie sich ab. Sollte doch tanzen, wer wollte!

Albert, nun ohne Partnerin, würde ihr wohl folgen. Mirella ging langsam zu einer Seitentür. Dort blieb sie stehen und sah sich nach ihm um. Sie hätte ihn direkt fragen sollen, ob Alexandre frei war. Aber Albert tanzte immer noch; eine ältere Frau in einem Fischerinnenkostüm hatte erstaunlich flink ihren Platz eingenommen.

Sie ging langsam weiter. Hinter der Maske konnte sie unverhohlen die Männer mustern, die an ihr vorbeigingen. Wenn Alexandre nicht gleichfalls ein so komplettes Kostüm trug wie dieser Bär, so würde sie ihn erkennen. Sofern er nur hier war.

Ein Mann in hohen Stiefeln und mit einem ausladenden Hut auf seiner wallenden schwarzen Perücke blieb vor ihr stehen. »Ihr wart ein wahrhaft bezaubernder Anblick, Signorina!«

Mirella versank mit einem Knicks in ihren Röcken; der Mann zog sie schnell hoch. »Nicht doch. Wir sind alle inkognito heute!«

Der Schalk flog ihr zu. »Aber Ihr habt gezeigt, dass Ihr mich erkannt habt!«

»Ihr habt es darauf angelegt.«

Wohl wahr. Mirellas Blick flog umher. Alexandre konnte nicht weit sein, wenn dies tatsächlich der Doge war. Falls er frei war. Doch keiner der Umstehenden hatte schwarze Haare.

De Guise reichte ihr den Arm und Mirella sah sich genötigt, ihn zu ergreifen. »Es ist eine gute Gelegenheit, unauffällig miteinander zu plaudern.«

»Sire?«

»Ich will Euch danken, dass Ihr den Weg zu mir gefunden habt. Euer Bruder hatte weit weniger Skrupel, den Vater seiner künftigen Frau anzugeben als Ihr.«

»Er war sich sicher.« Das war eine überflüssige Bemerkung; sie log schon wieder ohne Grund. »Aber ich glaube es einfach nicht. Der Marchese ...«

»... ist unerreichbar für uns. Das wisst Ihr wohl.«

»Nicht, wenn Ihr den Krieg gewonnen habt.«

»Dieser Krieg ist nicht mehr zu gewinnen.« Zorn schwang in der Stimme des Dogen. »Frankreich hat die de Guise einmal mehr verraten.«

»Aber Mazarin ...«

»Das wollte ich wissen. Ihr versteht doch etwas von Politik.«

Unter ihrer Maske wurde es Mirella heiß vor Verlegenheit. »Nein, Sire.«

Der Herzog hob die Hand, um sie zu bremsen angesichts dieser Anrede und da sie schon wieder nahe daran war, einen Knicks zu machen. »Kommt ein wenig zur Seite.«

»Zu Hause redet man nicht viel über Politik. Ich kam nur zu Euch ... Ich sehe doch, dass Ihr es gut meint mit den Menschen. Aber warum dankt Ihr mir, obwohl Ihr mir nicht geglaubt habt?«

»Es war genug. Ich habe auch Eurem Bruder gedankt. Aber was Ihr sagtet, hat größere Bedeutung für mich, als den Namen eines Verschwörers mehr zu kennen.«

Mirella schluckte schwer. »Ich bin Eures Vertrauens nicht würdig.« Das meinte sie ehrlich; sie wollte nicht mehr lügen müssen. Ihr Blick irrte noch immer umher auf der Suche nach Alexandre. Oder de Modène – der tanzte doch. Wenn er hier wäre, wüsste sie, dass auch Alexandre frei war.

»Ja, warum denn nicht? Weil Ihr aus Eigennutz kamt und nicht, weil Ihr vom Erfolg meiner Unternehmungen überzeugt seid?«

Mirella fühlte sich immer verwirrter von de Guises Andeutungen. »Was hat es Euch genutzt?« Die Frage war frech, aber in ihrer Verwirrung schien sie ihr noch die beste von allen.

»Das, was es auch Euch genutzt hat.« Die Stimme de Guises klang, als schmunzele er. »Dachtet Ihr, ich wüsste nicht, dass Euch Eure Billard-Partner am Herzen liegen?«

Mirellas Gesicht glühte und sie war mehr als dankbar, dass sie eine Maske trug.

»Ich brauche meine Männer noch – mehr denn je.« Er nahm ihre Finger zwischen beide Hände. »Und darum, Mademoiselle, brauche ich auch Euch.«

Erschrocken entzog Mirella ihm die Hand. Aber sie trug ja eine Maske und der Herzog konnte ihr Gesicht überhaupt nicht sehen; erleichtert atmete sie aus.

»Albert zürnt.«

Albert? Er verwirrte sie schon wieder; Albert hatte nichts von einem Zwist mit dem Dogen gesagt.

»Und hat, scheint es, vergessen, warum wir hier sind. Ihr solltet ihn daran erinnern.«

»Ich?«

»Erinnert ihn daran, dass er es Euch und Neapel schuldet, das Kommando über die Truppe anzunehmen.«

Sie fragte sich plötzlich, ob de Guise seinen falschen Verdacht aufgegeben hatte. »Sagtet Ihr nicht soeben, dieser Krieg sei nicht zu gewinnen?«

De Guise spannte sich. »Eben darum brauche ich ihn umso mehr.«

»Ich bezweifle, dass der Chevalier de Grignoire auf ein junges Mädchen hört. Gewiss zählt viel mehr, was Ihr von ihm haltet.«

»Das weiß er.« Er schüttelte den Kopf. »Ich räsoniere nicht mit Euch. Ihr kennt jetzt meinen ... Wunsch.« Er drehte sich auf dem Absatz um.

Mirella war sicher, dass er »Befehl« hatte sagen wollen. Zorn stieg in ihr hoch. »Wie könnt Ihr etwas von mir erwarten, wenn Ihr mich gleichzeitig behandelt, als sei ich ein kleines Kind.«

Er hatte sie gehört und lachte. Er lachte so laut, dass man auf ihn aufmerksam wurde und sich mehrere Gäste neugierig umdrehten. De Guise zog seinen Hut und schwenkte ihn, als grüße er sie.

»Sire ...«, ließ sich voller Erstaunen ein älterer *Arlecchino* vernehmen.

De Guise schwenkte seinen Hut noch einmal. »Amüsiert Er sich gut, ja? Ich tue es – auch wenn ich bedaure, dass Er mich für den Dogen zu halten scheint.« Er trat einen Schritt näher an den Mann. »Ich hoffe, Er trägt keinen Dolch bei sich.«

Der Mann verneigte sich hastig. De Guise klopfte ihm auf die Schulter. Dann winkte er einem der Lakaien und ließ sich zwei Gläser reichen. Eines gab er dem Mann. »Trinkt mit mir auf den Dogen.«

Der Mann zögerte einen Moment. »Auf Eure Gesundheit, Sire.«

De Guise nahm die Maske vom Gesicht. »Es trinkt sich schlecht damit; und da Ihr partout darauf besteht ...«

Die zunächst Stehenden lachten. Wer ein Glas in der Hand hatte, hob es de Guise entgegen.

Jemand trat von hinten an Mirella heran und reichte ihr ebenfalls ein Glas. Der Duft von Marseiller Seife. »Signorina ...«

Ein warmer, weicher Klang. Er drang in den letzten Winkel ihres Körpers und ließ ihr Blut schneller kreisen. Ihre Kehle wurde eng; ganz langsam wandte sie sich um.

Blitzende Augen unter der Maske eines Tigers; eine gepuderte Perücke, die die schwarzen Haare verbarg. Alexandre trug nur die Maske; kein Kostüm, sondern eine hellblaue Seidenjacke und eine weiße Schärpe, in der sein Schwert steckte.

»Warum tragt Ihr keine Uniform?«, entfuhr es ihr. Hatte auch er den Dienst quittiert? Aber wäre er dann hier?

Er prostete ihr zu. »Dies ist ein Maskenball, nicht wahr?« Er fasste sie am Ellenbogen. »Gebt Ihr mir die Ehre?«

»Es ist mir ein Vergnügen.« Was auch immer er wollte, wohin auch immer er mit ihr ging.

Alexandre geleitete sie an de Guise vorbei; der Doge ließ sein Glas gegen das von Alexandre klingen. So waren zumindest diese beiden miteinander versöhnt.

Mirella musterte Alexandre aus den Augenwinkeln; versuchte, seine Bewegungen einzuschätzen. Es gelang ihr nicht zu erraten, ob man ihm etwas angetan hatte, als er gefangen war. Zu fragen aber wagte sie nichts.

Albert schlug Mirella seine Tatze auf die Schulter und brummte vergnügt. »Nun werde ich zu keinem Tanz mehr mit Euch kommen heute Abend.«

Tanzen, was sollte sie jetzt noch damit? Ob Alexandre sie wie de Guise an der *Tammurriata* erkannt hatte? Er führte sie durch die Menge bis zum Ballsaal. Zwei Schritte neben der Tür blieb er stehen und wandte den Kopf hin und her, als suche er etwas.

Das Orchester beendete eben einen Rondò; Alexandre legte dem Mann vor sich die Hand auf die Schulter. »*Pardon, scusi*, Signore.«

Der Mann blickte sich um, dann trat er bereitwillig einen Schritt zur Seite.

»So erkennt Euch jeder als Franzose«, flüsterte Mirella. »Sagt ‚*permesso*’, wenn Euch jemand Platz machen soll.«

Alexandre winkte einem Diener und flüsterte ihm etwas ins Ohr; der Diener eilte zum Orchester. Dort blieb er stehen, blickte zurück zu ihnen und versuchte dann, sich dem Kapellmeister bemerkbar zu machen.

Einer unwilligen Bewegung Falconieris nach zu urteilen, gelang ihm dies auch. Doch dirigierte er weiter; in ein wenig langsamerem Tempo allerdings.

Mirella kicherte leise.

Alexandre drückte ihren Ellenbogen ein wenig fester. »Was amüsiert Euch?«

»Falconieri; er hat sich geärgert. Was habt Ihr dem Lakaien aufgetragen?«

»Wie kommt Ihr darauf?«

»Er ging doch auf Eure Anweisung zu ihm.«

»Wieso glaubt Ihr, der Kapellmeister habe sich geärgert?«

Sie kicherte wieder; jetzt amüsierte sie sich wirklich. »Er lässt absichtlich langsamer spielen, damit der Mann warten muss.«

»Ich bedaure.« Aber Alexandre klang nicht wirklich, als täte es ihm leid; eher, als amüsiere nun auch er sich.

Dann war der Rondò zu Ende und der Lakai wurde seinen Auftrag los. Falconieri blickte die Reihen der Gäste entlang, die er von seinem erhöhten Platz aus alle sehen konnte.

Er fand Mirella und nickte ihr zu. Und grinste breit. Überrascht blickte sie zu Alexandre, der unbewegt neben ihr stand.

Falconieri winkte die erste Geige zu sich. Einer der Flötenspieler legte sein Instrument auf die Knie und tauschte die Blätter auf seinem Notenständer aus.

Eine Änderung des Programms; verwundert verfolgte sie Falconieris Bewegungen. Er schob seine Manschetten eine Handbreit höher und schlug den Taktstock mit zwei sehr schnellen Bewegungen gegen seine Linke – das würde wieder eine *Tammurriata* werden.

Alexandre legte einen Arm um ihre Taille; sie folgte dem Druck seiner Hand und trat mit ihm auf die Tanzfläche. Alle Kerzen schienen sich in seinen Augen entzündet zu haben.

Das Orchester spielte einen sehr kurzen Auftakt; Mirella entzog sich seinem Griff und tanzte. Andere Paare hatten gar nicht erst die Tanzfläche betreten. Sie ließ Alexandre nicht aus den Augen und auch er wandte den Blick nicht von ihr. Nach zehn Takten streckte er die Hand aus und zog sie an sich.

Dieser Mann tanzte nie? Er tanzte die *Tammurriata* wie ein Neapolitaner! Mirella flog.

Dann hielt er sie in einer engen Drehung fest.

»Wo habt Ihr das gelernt?«, flüsterte sie.

»Ich habe Euch zugesehen«, raunte er in ihr Ohr.

Absichtlich trat sie ihm auf den Fuß. »Ich kann es nicht glauben.«

Er ließ sie los; dann holte er sie zurück. »Mir scheint, ich kann es besser als Ihr; ich trete zumindest niemanden.« Seine Augen funkelten vor Vergnügen.

Er war geschmeidig wie eine Katze; es gab keinen Schritt, der ihm schwer fiel. Sie hatten ihm nichts angetan. Dario hatte noch wochenlang immer wieder nach Halt gesucht.

Es war das pure, funkelnde Vergnügen. Die Wärme seiner Arme um ihre Hüften erinnerte sie an jenen Abend auf dem Pizzofalcone; und wie damals wünschte sie sich, dass er sie nicht mehr losließe.

Sie fasste nach seinen Händen. Doch er missverstand ihre Bewegung wohl und ließ sie sofort gehen. Schnell lehnte sie sich mit dem Rücken an seine Schulter und reckte ihren Kopf bis zu seiner Halsbeuge.

Er stockte einen Augenblick.

»Den Schritt kanntet Ihr noch nicht.«

»Hm.« Er drehte sie zu sich und sah ihr in die Augen. Was mochte er darin lesen?

Das Stück war zu Ende, die Musik verklang in einem hellen Flötenton. Alexandre trat zurück und dankte ihr mit einer halben Verneigung.

»Albert hat behauptet, Ihr würdet niemals tanzen.«

»Er wird wissen, warum er das gesagt hat.« Ein Schatten verdunkelte für einen Moment das funkelnde Licht in seinen Augen. Oder hatte sie sich das nur eingebildet? Seine Stimme klang amüsiert. »Albert wird es mir verzeihen.« Er führte sie in die Reihe der Tänzer, die sich zur Gagliarda aufstellten.

Sie vertanzte sich zwei Mal, weil ihr Blick unausgesetzt an seinen Bewegungen hing. Albert hatte sie angelogen, ganz offensichtlich. Andererseits hatte Alexandre bis zu diesem Tag tatsächlich nicht getanzt. Warum nur?

Die Gagliarda endete in seinem Arm, der sich fest um sie legte. »Ich habe Euch zu danken.«

Sie suchte seinen Blick, darauf bedacht, sich keinen Fingerbreit weit von ihm zu lösen. »Ihr tanzt wunderbar.«

»Das meine ich nicht.« Wieder ernst geworden, dirigierte er sie ans Büfett. Er ließ sich zwei Gläser geben. »Kommt hinaus in den Park. Es ist überraschend warm heute Abend.«

»In der Champagne ist es länger Winter, nicht wahr?«

»Sehr viel länger. Es würde Euch gewiss nicht gefallen.«

Das war keine Abfuhr, oder? »Es kommt nicht aufs Wetter an, ob man sich zu Hause fühlt. Bedauert Ihr es, nach Neapel gekommen zu sein?«

»Nein, Mirella. Es war richtig – was auch immer passiert ist.«

»De Guise glaubt nicht mehr an einen Sieg.«

»Hat er das gesagt?« Alexandre zog sie auf eine steinerne Bank, auf der weiche Kissen lagen. »Er hat wohl recht.«

»Aber wie geht es dann weiter?« Sie atmete den Geruch der Marseiller Seife ein, in den sich der Duft der Bougainvillea um sie herum mischte.

»Das müsst Ihr selber entscheiden. Dies ist Euer Land.«

»Wir sind des Hungers und der Kanonaden leid. Immer mehr sind zu jedem Preis zum Frieden bereit.«

»Das klingt, als sei Euch weniger daran gelegen als es sollte.«

Sie erfasste nur halb den Sinn seiner Worte. »Wie meint Ihr das?«

»Musstet Ihr nicht Eure Hochzeit wegen des Kriegs aufschieben?«

Ihr Herz schlug heftiger. Sie nahm all ihren Mut zusammen und suchte seinen Blick, gespannt auf den Ausdruck seiner Augen bei ihren nächsten Worten. »Wenn es nach mir geht, wird diese Hochzeit nie stattfinden.« Unwillkürlich hielt sie den Atem an.

»Warum?« Seine Stimme klang unbeteiligt, als frage er aus Konvention; eine uninteressierte Frage an eine Braut, die erklärte, sie wolle nicht mehr heiraten.

»Ich war jung und dumm, als ich Felipes Werben angenommen habe.«

»Es ist kaum ein Jahr zurück.«

»Das wisst Ihr?«

Er lachte verhalten; dieses Lachen nahm ihr jedes Mal den Atem. »Und jetzt seid Ihr alt und klug?«

»Klüger gewiss.« Sie reckte den Kopf. »Ich bin kein kleines Mädchen mehr.«

»Nein. Ihr seid eine mutige Frau, die ein Ziel hat.«

Ihr Herz versäumte einen Schlag. »So schätzt Ihr mich ein?«

Er knurrte zornig. »Ich erkenne Euch an, Mirella. Und immerhin ...« Er blickte zum erleuchteten Schloss zurück. »Ich bin frei, weil Ihr Henri belogen habt. Ich muss Euch dafür danken. Aber Ihr hattet keinen ehrenhaften Grund.«

»Monsieur!«

Er kam ihrer Bewegung zuvor und hielt sie auf der Bank. »Bleibt sitzen, Mirella. Ihr tut besser daran, kein Aufsehen zu erregen. – Außer durch Euren Tanz.«

»Alexandre, was soll das heißen?«

»Hütet Euch! – Ihr Scandore seid eine gefährliche Familie.« Nun stand er selber auf. »Und sagt Eurem Bruder, dass nicht jeder ihm traut.«

Allein gelassen, fröstelte es Mirella – und nicht nur, weil ihr seine Wärme fehlte. So glaubte Alexandre noch immer an Darios Beteiligung an einer Verschwörung? Warum tat er dann nichts dagegen?

Sie sprang auf und lief zurück. Aber er war schon in der Menge der Ballgäste verschwunden; nirgends entdeckte sie seine Tigermaske.

Albert tauchte vergnügt brummend auf. »Nun entkommt Ihr mir nicht mehr!« Er legte seine Pranke auf Mirellas Schulter und sie überlief eine Gänsehaut. Plötzlich hatten seine Worte eine tiefgründigere Bedeutung.

Aber der Tanz kam ihr gelegen; da konnte sie unauffällig mit ihm reden. Sie knickste andeutungsweise. »Wenn er mich nur nicht frisst, der Bär.«

Das Kostüm behinderte ihn; oder kam es ihr nur so vor, weil sie ihn jetzt mit Alexandre verglich? Tanzte er immer so viel steifer als dieser? »Ihr habt mich angelogen, Albert.«

»In welcher Angelegenheit, Mirella?«

»Dass Alexandre nie tanze. Er kann es zu gut.«

»Ich sprach nicht von seiner Vergangenheit, sondern von der Gegenwart.«

»Aha. Und seit wann gibt es diese Gegenwart?«

»Ihr müsst nicht alles wissen. Mirella, Ihr seid zu neugierig.« Er ließ sie los und eine Drehung alleine tanzen. »Das ist keine Tugend.«

»Lügen auch nicht.« Sie kam sich schlau vor mit ihrer Antwort, aber nicht lange.

»Warum tut Ihr es dann?« Er brachte den Mund dicht an ihr Ohr. »Mirella, nehmt Euch in acht. Noch haben die Spanier nicht gewonnen.«

Aufgebracht trat sie ihm auf den Fuß. »Was tue ich denn?«

»Wenn ich das wüsste, wäre mir wohler. Aber noch mehr, wenn ich wüsste, was Euer Bruder vorhat. Warum hat er den Marchese denunziert?«

»Er ist sicher, dass das Landhaus ein Treffpunkt ist.«

»Das wird ihm die *Principessa* kaum verraten haben – auch wenn sie seine Verlobte ist.«

»Wenn man jemanden wirklich liebt …«

»Sicher; aber worin besteht der Nutzen? In diesem Fall?«

»Das ist doch sonnenklar: Der Doge hat Darios Arrest aufgehoben. Er kann sich frei bewegen und heiraten, wie sie es seit Langem wünschen.«

»Mir ist nicht bekannt, dass Filomarino das Aufgebot verlesen hätte.«

»Es ist erst eine Woche her …« Sie rechtfertigte sich und wusste doch, dass es unklug war. Je länger sie mit ihm diskutierte, desto größer wurde die Gefahr, dass sie etwas Falsches sagte. »Ich will tanzen heute Abend, nicht räsonieren.«

»Ihr hattet gefragt.«

»Und Ihr habt geantwortet.« Sie war ungezogen; aber das war ihr egal. »Habt Ihr meine Freundin gesehen?« Mirella blickte sich um, als der Tanz zu Ende war. Aber in Wahrheit suchte sie Alexandre.

»Die schöne Fee ist dort.« Albert lenkte ihren Blick auf Stefania, die allein stand, während Dario sich mit einigen älteren Männern unterhielt.

»Wollt Ihr aufbrechen? Es ist nicht mehr lang bis Mitternacht.«

»Wir bleiben gewiss so lange.« Was trieb Dario dort, abseits von Stefania? Wer waren diese Männer? Jetzt misstraute sie ihm auch schon. Sie wollte Alexandre wiederfinden. »Ich bin neugierig zu sehen, wen de Guise eingeladen hat.«

»Niemanden. Sein Sekretär hat sich beraten lassen, als er die Liste erstellte. Von Genoino.«

»Dann ist es noch interessanter zu sehen, wer nicht hier ist.«

Albert brummte. »Ihr seid ein kluges Mädchen.«

Nicht Alexandre stand an de Guises Seite, als die Masken abgesetzt wurden, sondern der Gesandte des französischen Königs, Marschall Duplessis-Besançon. Und die Anwesenden wurden ihm allesamt vorgestellt.

»Warum tut er das?« Mirella war verblüfft.

Dario grinste. »Frag ihn. Du hast dich doch schon einmal mit ihm unterhalten heute Abend.«

»De Guise wollte mit mir reden!«

Jetzt war es an Dario, überrascht zu sein. »Was wollte er?«

Sie hob die Achseln. »Danken.« Plötzlich hatte sie das Gefühl, sie sollte besser nichts von dem Zerwürfnis mit Albert sagen. Zumal sie die Gelegenheit verpasst hatte, mehr darüber zu erfahren. Nach dem Gespräch mit Alexandre hatte sie es schlicht vergessen. Sie seufzte. »Ich glaube ... De Guise hat heute Abend den Neapolitanern gezeigt, dass er keinen Grund zur Besorgnis sieht.«

Ihr Blick suchte die Reihen der Franzosen ab. De Modène war nicht darunter; an den hatte sie den ganzen Abend lang nicht gedacht. Aber auch Alexandre sah sie nicht. Doch der war immerhin da gewesen.

»Eher – dass er weitermacht, egal, was passiert.«

So wie Alexandre? Dann waren sich die beiden Männer ähnlicher als sie bisher geahnt hatte. Darios verächtlicher Blick störte sie mehr denn je; die kleinmütigen Neapolitaner verdienten diesen Dogen überhaupt nicht.

***

Angetrunken und missgelaunt verordnete Enzo danach den Heimweg.

An der Freitreppe hielt Albert sie an. »Signor Scandore, erlauben es die neapolitanischen Bräuche, in der Fastenzeit zu spielen?«

Enzo zögerte mit der Antwort.

Dann war es zu spät; Dario nutzte die Gelegenheit »Es ist ja keine Lotterie, das Billard. Wir nehmen die Einladung gerne an.«

Enzos Blick wurde noch missmutiger, aber er sagte nichts.

Erst in der Kutsche sprach er. »Dario, erklär es mir. Wie passt das zusammen, dass du mit den Leuten des Dogen Billard spielst, ihm aber nicht vergeben willst?«

»Ich habe mich überzeugen lassen, Vater. Jetzt wird alles anders.«

Das war so offensichtlich gelogen, dass es Mirella den Atem verschlug.

Zu Hause folgte sie Dario in dessen Schlafzimmer. »Du kannst nicht alle betrügen! Hör auf; es ist gefährlich.«

Dario zog seine Lederrüstung aus und warf sie auf den Boden. »De Guise. Ich habe sein vollstes Vertrauen.«

»Und was fängst du damit an?« Sie half ihm, das Hemd aufzubinden.

»Dich zum Billard begleiten.« Er ließ das Hemd achtlos zu Boden fallen.

»Aber du hast doch etwas vor!«

»Es ist notwendig.«

»Du bringst dich in Gefahr! Nicht alle trauen dir oder uns über den Weg. Alexandre ...« Wovon sprach er jetzt schon wieder? Was bedeutete das? Sie sah ihn erstaunt an. »Was meinst du mit notwendig?«

Er grinste. »Ich habe dich mit ihm tanzen sehen; sehr gut. Lass mich wissen, was er erfährt. Wenn er etwas erfährt.«

»Worüber? Was ist notwendig?«

Er nahm ihre Hände und strich über den Finger, an dem

sie Felipes Ring getragen hatte. »Dieser Krieg ist überflüssig geworden. Er ist es schon lange. Man muss ihn beenden.« Er sah sie aufmerksam an. »Mutters Klage über die Gänse; und dabei geht es uns noch gut. Siehst du nicht selbst, wie viel Not er bringt?«

»Wer wird sich eine Gans noch leisten können, wenn die Spanier mit ihren *Gabelle* wieder herrschen?«

»Manch einer mehr als jetzt.« Er musste ihr ansehen, dass sie das lächerlich fand. »Denk an uns! Was bringt es uns, wenn die Neapolitaner sich vor dem Umland verschließen? Vater braucht den freien Handel.«

»Und du meinst, das geht nur unter dem Schutz der Spanier?«

»Hast du sein Gesicht gesehen heute Abend? De Guise ist nicht gut für ihn.«

»Du hasst ihn.« Sie wurde zornig.

»Ja, das tue ich. Er ist ein Pfau, der aus Eitelkeit die Verbindung mit Annese ausgeschlagen hat.«

»Sei froh darum; andernfalls wärest du jetzt tot.«

»Sie konnten mir nichts beweisen.« Dario grinste breit. »Und das wird auch so bleiben.«

»Dario!«

»Denn dafür wirst du sorgen. Und morgen gehen wir Billard spielen wie vor drei Monaten.«

»Dario!«

Sie stürmte aus dem Zimmer.

∗∗∗

Aber um nichts auf der Welt hätte Mirella auf das Billard-Spiel verzichtet, egal, wozu Dario es missbrauchen wollte. Zudem war da der Wunsch des Dogen: vielleicht ergäbe sich eine Gelegenheit, abseits des Spiels mit Albert zu reden. Dario zuliebe hatte sie alle betrogen. Darum war sie dies de Guise nun schuldig.

Doch als sie Rita aufsuchte, erschrak sie vor ihrem eigenen Spiegelbild. Die schlaflose Nacht ließ sie noch bleicher wirken als sie nach diesem Winter eh schon war. Wie sollte sie so Albert beeindrucken? Könnte sie doch auch an diesem Morgen eine Maske tragen. »Ich sehe aus wie eine Leiche.«

»Leichen sind grün im Gesicht.« Rita schmunzelte. »Die Blässe steht dir, Kind. Aber das Kleid hängt an dir wie ein Sack. So solltest du nicht herumlaufen.« Sie nahm ein breites Seidentuch aus der Kommode. »Versuch es damit.«

Mirella schlang sich das Tuch um die Taille. »So sehe ich noch dünner aus!«

»Du brauchst kein Mieder.« Rita strich ihr über die Hüfte. »Das fühlt sich auch besser an. Du verströmst mehr Wärme, mehr Lebendigkeit, wenn du dich frei bewegen kannst.« Sie löste aber das Tuch und legte es Mirella zu ihrer Überraschung als Schärpe über die Schulter.« Das ist nicht Mode, aber wirkungsvoll.« In der Taille band sie ihr eine prächtige Schleife, in die sie zwei weiße Magnolien steckte. »Sie lenken von deinem Gesicht ab; so wirkst du weniger blass.«

Edoardo empfing sie in der Eingangshalle, als sei kein Tag vergangen seit dem letzten Spiel. Dario begrüßte er mit besonderer Herzlichkeit; doch Dario reagierte so kalt, dass Edoardo errötete. »Der Chevalier de Grignoire erwartet Ihn schon, Signor Scandore. Und Seine Verlobte ist auch da.«

Damit waren sie zu viert. Hieß das, das Alexandre nicht mitspielte? Vor Enttäuschung stiegen ihr Tränen in die Augen.

Dario stürmte regelrecht in den Saal. »Stefania, Liebste, du hast mir nichts verraten.«

Albert lachte amüsiert. »Das konnte sie nicht; Ihr wart doch vor ihr gegangen.«

»Wo ist Alexandre?« Auch wenn sie nur gekommen war, um mit Albert zu reden; sie musste doch fragen.

»Bei de Guise.« Anders als sie erwartet hatte, quittierte Albert ihre Frage aber nicht mit einem verschwörerischen Grinsen. Das erinnerte sie an das letzte Spiel und ihr kroch ein eisiger Hauch über den Rücken.

Dario zog die Augenbrauen hoch; dann ließ er sich von Edoardo einen Schläger geben. »Lasst mich sehen, wie gut ich noch spielen kann.« Mit einer Handbewegung hieß er Edoardo, die Kugeln zu platzieren. »Hat der Marquis de Montmorency heute keine Truppen zu inspizieren?« Er presste den linken Arm an seine Seite und visierte eine Kugel an.

»Du weißt sehr wohl ...«

Er wirkte angestrengt und konzentriert, bevor er einhändig abschlug. »Was sollte ich wissen?«

»Dass das nie seine Aufgabe war.«

Die Kugeln klackten gegen die Bande, zwei rollten an den Seitenrändern entlang.

»Wie klug du bist, Schwester.« Dario warf ihr einen kurzen Blick zu; dann zielte er auf die beiden Kugeln, die nebeneinander an der Bande lagen. »Aber braucht der Doge nicht einen neuen Heermeister?«

»Den müsste er längst haben.« Mirellas Entgegnung brachte ihr einen überraschten Blick Alberts ein.

»De Guise hat mehr als einmal selber eine Armee geführt; er braucht keinen Heermeister.« Albert klang so sarkastisch, dass selbst Dario ihn erstaunt ansah.

Mirella holte tief Luft; dann wagte sie ihren Vorstoß. »Aber um Neapel zu regieren, muss er eine Menge mehr tun als ein paar Schlachten zu schlagen. Er kann nicht alles alleine machen. Warum wollt nicht Ihr die Truppen führen, Albert? Ihr könntet es gewiss auch.«

Albert fiel die Kinnlade herunter. »Mirella, Ihr habt Euch verändert. Seit wann redet Ihr nicht mehr über Kleider, sondern über Armeen?«

»Seit es die Armee der Neapolitaner ist.« Sie sah ihn fest an. »Lasst Ihr uns im Stich?«

»Nein, Mirella.« Sie atmete auf; aber er setzte hinzu: »Ihr selber lasst einander im Stich.« Er wandte sich an Dario. »Ist es nicht so, Dario? Gibt es nicht immer mehr, die auf die Rückkehr der Spanier setzen? Und manch einen, der einiges dafür tut?«

»Die spanischen Truppen haben mehr als die Hälfte der Stadt zurückerobert.« Dario schien sich auf das Billard zu konzentrieren, aber in seinen Augen glitzerte es. Triumph? Häme? Was auch immer, es war gewiss nichts Gutes.

Albert nickte. »Weil die Bevölkerung ihnen die Tore geöffnet hat.«

»Wenn Ihr das glaubt, Albert«, ließ sich Stefania vernehmen, »müsstet Ihr Euch dann nicht fragen, warum das so ist?«

»Das tue ich, Stefania; seid gewiss.« Sein Blick ging zurück zu Mirella. »De Guise hat viele gute Soldaten; er kann auf mich verzichten.«

Sie stöhnte unwillkürlich auf. »Es interessiert mich eigentlich nicht sonderlich, wie de Guise das sieht. Aber ich weiß, wie die Soldaten gekämpft haben, als de Modène sie geführt hat. Und erfahre, welchen Unterschied es macht, da sie nun auf sich gestellt sind.«

»Mirella, die Männer sind zermürbt und demoralisiert. Und sie blieben es auch, wenn ich sie führte. Es ist so vieles anders geworden in den letzten Wochen.«

»Aber Albert! Glaubt auch Ihr, dass wir gegen die Spanier keine Chance mehr haben?« Auf diese Frage wollte sie eigentlich keine Antwort hören. »Wer spielt heute gegen wen? Und um was spielen wir?«

»Um was?« Albert schmunzelte. »Glaubt Ihr, heute zu gewinnen?«

»Es kommt darauf an, wen ich zum Partner habe. Ganz wie im Krieg.« Sie stellte sich in Position, während Edoardo die Kugeln auf dem Filz ausrichtete.

Stefanias Blick ging von ihr zu Dario, aber dann wandte sie sich an Albert. »Wollt Ihr der meine sein?«

Albert nickte. »Wir gegen die Scandore. Allerdings kann ich nicht lange bleiben.« Er warf Mirella einen Blick zu. »Aber vielleicht findet sich jemand, der dann an meine Stelle tritt.«

»Das bezweifle ich.« Mirella machte um des Effektes willen eine Pause. »Manche Männer sind nicht zu ersetzen.«

»Mirella, Ihr versucht doch nicht, mich zu überreden?« Albert schmunzelte. »Vielleicht sollten wir darum spielen?«

»Das würdet Ihr tun?« Mirella starrte ihn entgeistert an. Dann sah sie Darios Gesichtsausdruck. Er hatte einen heimtückischen Zug um den Mund. Sie schluckte nervös. Würde er dafür sorgen, dass Albert gewann?

Albert hielt ihr die Hand hin. »Schlagt ein!«

Ihr Blick ging unsicher zwischen Dario, Stefania und ihm hin und her. Albert lächelte ermutigend; Stefania nickte, als sich ihre Blicke trafen.

»So gilt es. Ich habe nichts zu verlieren.«

Albert schmunzelte noch mehr. »Aber Mirella, sollte ich gewinnen, so schuldet Ihr mir etwas.«

»Was soll ich dagegen setzen?« Sie bekam einen trockenen Mund. Das konnte er nicht meinen, was dieser Blick zu sagen schien.

»Habt Ihr Mut?«

Sie nickte – eingeschüchtert.

»So spielt blind.«

»Ich vertraue Euch, Albert.« Wie ein Pferdehändler spuckte sie in ihre Hand und schlug ein.

Während Stefania zu ihrem ersten Schlag ansetzte, flüsterte Albert ihr ins Ohr. »Ihr habt wirklich Mut, Mirella.«

Es entlockte ihr ein Lächeln. »Es wird nichts sein, was unschicklich wäre.«

»Und es besteht wohl auch keine Gefahr, dass ich es einfordern könnte.« Er wies auf die völlig wirr über den Tisch flitzenden Kugeln.

Mirella zitterte, als sie an der Reihe war. Sie setzte den

Schläger an und nachdem sie abgestoßen hatte, schloss sie einen Moment die Augen. Ihre Kugel rollte durch das Tor. Sie nahm die nächste Kugel ins Visier; doch die verschoss sie.

»Trotzdem nicht schlecht«, murmelte Albert.

Albert spielte als nächster; und er spielte gut. Er ging einmal um den Tisch herum; dann stellte er sich in Position. Sein Blick traf den von Mirella. »Schwierig.« Er richtete sich wieder auf und ging an die andere Seite des Tischs.

Dario ging beiseite, um Albert bei seinem Schlag nicht zu behindern. »Die da ist gut!«

»Ich versuche es mit diesen.« Ein riskanter Schlag – er musste zwei Mal über Bande spielen. Doch es gelang ihm. Triumphierend blickte er Mirella an. Dass er es ihr einfach machen würde, hatte sie auch nicht erwartet.

Sie rollte ihren Schläger zwischen den Fingern; eine raue Stelle am Holz schabte an ihrer Haut. »Eine Andeutung, Albert?«

Er hob den Kopf. »Worauf?« Er grinste schalkhaft, bevor er zum nächsten Schlag ansetzte. Eine schwierige Kugel, aber nicht unmöglich. Lässig stieß er ab; er traf punktgenau und die Kugel rollte genau auf die zu, die er über das folgende Hindernis befördern wollte. Sie stieß sie mit einem Klacken an. Aber er hatte nicht genug Kraft in den Schlag gelegt; der Schwung reichte nicht für die Bewegung beider Kugeln und so blieben sie zwei Fingerbreit vor dem Hügel stehen.

Stefania lachte auf. »Das wird leicht für dich.«

Für Dario gab es sehr nahe vor den beiden eine Kugel, die er anspielen konnte; Stefania grinste Mirella an. Aber Dario schlug seine Kugel mitten zwischen ihnen hindurch; er berührte sie nicht einmal.

»Auch das kann man als einen meisterhaften Schlag bezeichnen.« Albert presste kopfschüttelnd die Lippen aufeinander.

Dario lief rot an und als Stefania ihn zornig anblickte, stammelte er eine Entschuldigung.

»Verdirb es nicht«, zischte sie im rüdesten neapolitanischen Slang.

Mirella atmete erleichtert auf, als Stefania von den nächsten beiden Kugeln ebenfalls eine verschlug.

Stefania drückte ihren Arm. »Werde nicht nervös.«

Mirella bat Edoardo um einen anderen Schläger. Edoardo sortierte sie mit fahrigen Bewegungen und er sah aus den Augenwinkeln immer wieder zu Dario hinüber. Der schien ihn zu ignorieren, wie man eben einen Diener übersieht. Aber es kam ihr bemüht vor. Und Edoardos beinahe vertrauliche Art, mit der er Dario begrüßt hatte, passte auch nicht dazu. Das war nicht nur die Freude gewesen, ihn frei zu sehen.

Sie konzentrierte sich auf ihren Schlag.

»Meisterhaft!« Stefania strahlte, als ob sie Mirella den Sieg wünschte. »Damit hast du Darios Patzer wettgemacht.«

»Sofern er nicht noch einen macht.« Mirella schaute ihn böse an. Noch so ein gezielt falscher Schlag und sie wäre sicher, dass er Albert gewinnen lassen wollte.

Albert hatte einen spöttischen Zug um den Mund, während er das Spielfeld musterte. Keine der verbliebenen Kugeln war einfach; entweder brauchte es eine zweite, um den nötigen Effet zu erzeugen oder er müsste wieder über Bande spielen. In seinen Augen glomm ein Licht, wie Mirella es schon früher an ihm beobachtet hatte, wenn er sich auf den Ausgang eines besonderen Streiches freute. Er würde diesen Schlag verhauen und niemand könnte es ihm vorwerfen.

Albert schien Stefanias Bestätigung zu suchen; sie nickte mit einem dünnen Lächeln in den Mundwinkeln. Dann ging er halb in die Knie und peilte eine Kugel an, die direkt am Rand lag und für ihn als Linkshänder besonders schwer zu spielen war. Er bewegte den Schläger probeweise ein paar Fingerbreit vor und zurück. Dann richtete er sich auf. »Gebt mir einen anderen!«

Spannender konnte er es nicht mehr machen; Mirella bekam Schluckauf vor Aufregung. Damit konnte sie das Spiel gleich verloren geben.

Mit zwei Schritten war Albert bei Edoardo und hielt ihm den Billardschläger entgegen. Hastig reichte Edoardo ihm einen anderen. Im Vorbeigehen zwinkerte Albert Mirella zu, als wolle er sagen, was Dario kann, könne er auch.

Er ging zur anderen Schmalseite, von der aus er leichter spielen konnte. Eine winzige Drehung vor dem Abschlag und dann tänzelte die Kugel ein wenig statt geradeaus über den Filz zu laufen. Doch sie traf die Kugel an der Bande fest genug, um sie in Bewegung zu setzen. Langsam rollte die durchs nächste Tor.

Enttäuscht biss Mirella sich auf die Lippen und warf Dario einen wütenden Blick zu. Er sollte nur wissen, dass sie ihm den Hals umdrehen würde, verlören sie.

Alberts nächster Schlag beförderte die angespielte Kugel nur bis vor das ihr zugedachte Tor. Nun war die Partie wieder offen.

Dario umrundete den Tisch; diese Kugel durfte er nicht verschießen; er hätte es niemandem erklären können. Mit einem Achselzucken ließ er sie ins Tor rollen. Aber sein Gesicht verfinsterte sich unübersehbar.

Stefania reagierte mit einem trotzigen Blick darauf. Sie war bereit, den Streit mit ihm zu riskieren, um Mirella zu unterstützen. Ihre beste Freundin zählte ihr in diesem Augenblick mehr als ein vorübergehend beleidigter Verlobter. Nur zwei Handbreit entfernt lag eine andere Kugel, aber der Winkel zum Tor war ungünstig. Stefania entschied sich trotzdem dafür. Bevor sie sie anspielte, hob sie noch einmal den Kopf und blickte Dario an, der mit gerunzelter Stirn und zusammengekniffenen Augen ihr gegenüberstand. »Irgendwann muss ich es lernen.« Sie beförderte die Kugel neben ein Hindernis, weit weg von ihrem Ziel. »Trotzdem immer noch unser Spiel, Albert.«

Mirella musst die Finger zu Hilfe nehmen, um nachzurechnen. Stefania hatte tatsächlich recht.

Sie presste sich die Hand auf den Bauch; das Zwerchfell tat ihr inzwischen weh von dem heftigen Schluckauf. Aber nun lag alles an ihr. Und an Dario.

Ein Zittern überlief sie, als sie den Billardschläger entgegennahm. Plötzlich kam es ihr weniger darauf an, dass Albert das Kommando übernähme als darauf, Darios Absichten zu durchkreuzen. Es war nicht lauter, was er vorhatte. Wann hatte er sich so verändert – erst im Kerker oder war er vorher schon so gewesen? Was sie nur nicht hatte sehen wollen?

Sie stützte die Hand auf, beugte sich vor und suchte den Winkel, den sie bräuchte.

Hinter ihr wurde die Saaltür geöffnet; Stiefelschritte klangen auf dem Marmor.

Mirella hielt den Atem an, um den Schluckauf besser zu beherrschen, während dieser Schritt näher kam. Wenn sie sich jetzt umdrehte, verlöre sie die Fassung und das Spiel.

Aber sie löste den Blick von der Kugel und traf Alberts ermutigendes Lächeln.

»Eure Position ist nicht die Beste.« Sofort hatte Alexandre die Spielsituation erfasst. »Nehmt die Kugel mehr von der Seite.«

Albert, an dem ihr Blick immer noch hing, nickte kaum merklich. Da tat sie den vorgeschlagenen Schritt.

Mühelos rollte die Kugel durchs Tor und stieß eine andere an; diese rollte nur zwei Fingerbreit und blieb in einer höchst passenden Lage für das nächste Hindernis liegen.

Mirella wandte sich halb zu Alexandre um, während sie den Platz für den nächsten Schlag einnahm. »Euer Rat war gut.« Sie wagte nicht, ihn direkt anzusehen, denn sie fürchtete, sich zu verraten. Stattdessen nahm sie die zweite Kugel ins Visier.

»Wer gewinnt?«

»Mirella!«, rief Stefania. »Wenn sie jetzt mal mit ihrem Schluckauf aufhört.«

Mirella blickte auf. Stefanias Augen glitzerten; Alberts Grinsen war noch breiter geworden.

Alexandres Wärme umfing sie und dann lag seine Hand einen Augenblick fest auf ihren Fingern. »Es ist nicht schwer.«

»Wenn Ihr wüsstet, worum wir spielen!« Dario feixte.

Mirella zog die Bauchmuskeln ein und spannte sich; eines Tages würde sie Dario die Augen auskratzen. Aber Alexandre fragte nicht nach dem Einsatz.

Sie atmete langsam aus und wartete auf den nächsten Hickser; dann spielte sie schnell. Vor Aufregung verschwamm nach dem Schlag das Bild des Spieltischs vor ihr; doch das Klacken genügte, um zu wissen, dass ihr der Schlag gelungen war. Sie hickste.

»Stefania?«

Stefania nickte. »Wir haben keine Chance mehr, das Spiel zu wenden.«

Albert zwinkerte Mirella zu. »Nun muss ich zuerst zu de Guise.«

Alexandres Augen weiteten sich, aber noch immer fragte er nichts.

Albert reichte ihm seinen Billardschläger. »Spielst du mit unseren Freunden?«

Alexandre nahm ihn und lächelte Stefania zu. »Gebt Ihr mir die Ehre?«

»Ihr werdet verlieren.« Mirella mochte ihren Übermut nicht länger beherrschen. Sie hatte erreicht, worum de Guise sie gebeten hatte; wenn Dario das wüsste.

Dario legte seinen Billardschläger auf den Tisch. »Es tut mir leid, *Monsieur le Marquis*. Die Damen werden vor Einbruch der Dunkelheit zu Hause erwartet.« Erneut tauschte er einen schnellen Blick mit Edoardo.

Stefania zog Mirella heftig am Ärmel, als sie den Mund

zum Protest öffnete. Darum gab sie sich zufrieden mit dem, was sie an diesem Tag erreicht hatte. Stefania sollte nicht noch größeren Kummer haben, weil sie mit Dario streiten musste.

Alexandre ließ Edoardo keine Wache rufen; stattdessen begleitete er sie selber zum Portal. Es regnete in Strömen und Fabrizio saß nicht auf dem Kutschbock, sondern wartete abseits unter einem Vordach. Darum öffnete Alexandre selbst den Schlag und half erst Stefania beim Einsteigen, dann reichte er Mirella die Hand.

Regentropfen hatten sich in seinen dunklen Wimpern verfangen und Mirella hätte am liebsten ihre Hand ausgestreckt, um sie abzuwischen.

»Gebt auf Euch Acht, Mirella.« Sein Blick ging zu Dario.

»Ich danke Euch, *Monsieur le Marquis*.«

Über sein Gesicht lief ein Zucken bei dieser förmlichen Anrede. Aber wieder sagte er nichts. Stets behielt er seine Gedanken für sich. Ganz anders als Albert oder der ewig spöttische de Modène. Trotzdem war er ihr vertrauter erschienen als diese beiden. Sie hatte es sich wohl nur eingebildet.

Alexandre trat beiseite, um Dario einsteigen zu lassen. Doch der schloss die Tür. »Ich muss nicht zum Abendessen zu Hause sein. Ich gehe zu Fuß.«

»Es regnet; wo willst du hin?« Stefania klang überraschend alarmiert; hoffentlich fiel es Alexandre nicht auf.

Dario grinste. »Ich nutze meine neue Freiheit. – Wir sehen uns morgen, Liebste.«

Fabrizio fuhr an und Mirella lehnte sich zurück. »Er tut nichts Unrechtes.«

Stefania fuhr hoch, nun völlig verschreckt. »Warum sagst du das?«

»Da er seinen Spaziergang nicht vor Alexandre verheimlicht hat, muss er harmlos sein.«

Stefania sah sie durchdringend an, dann setzte sie sich neben sie und blickte aus dem rückwärtigen Fenster nach Dario.

»Er geht in die gleiche Richtung wie wir. Da hätte er auch fahren können statt sich einregnen zu lassen.« Ihre Stimme war gespannter als es die Worte hätten vermuten lassen.

Deshalb blickte auch Mirella hinaus. Dario ging langsam wie einer, der kein Ziel hatte. Oder auf jemanden wartete.

Mirella klopfte gegen das Holz, um Fabrizios Aufmerksamkeit zu erringen. Vorsichtig streckte sie den Kopf ein wenig hinaus. »Halt an! Dario hat es sich anders überlegt.«

Fabrizio parierte die Pferde mit einem Fluch. »Die Gäule werden eine Lungenentzündung kriegen.«

»Dario auch«, rief Stefania.

Mirella beobachtete ihn durch das rückwärtige Fenster. Er schien noch langsamer als zuvor zu gehen. Jetzt erst hatte er das Ende der Schlossfassade erreicht. Nun blieb er sogar stehen.

Von der Seite kam ein Mann in einem schwarzen Umhang, die Kapuze tief ins Gesicht gezogen. Der Mann ging auf ihn zu. Dario schien ihm eine Hand entgegenzustrecken, aber die Umhänge verbargen, was genau sie taten.

Als der Mann sich abwandte, zeigte das Profil für einen Moment die unverkennbare Geiernase von Edoardo. Die beiden hatten tatsächlich mehr miteinander zu schaffen als sie wissen lassen wollten.

Edoardo ging zurück in die Gasse und Dario lief weiter in ihre Richtung. Als er die Kutsche fast erreicht hatte, beugte Mirella sich hinaus. »Fährst du nun mit uns?«

»Ich habe dir doch gesagt, dass ich noch etwas vorhabe.«

»Hast du das nicht soeben erledigt?«

»Wie meinst du das?«

»Edoardo; was wollte er von dir?«

»Mir die Handschuhe bringen, die ich vergessen habe.«

»Aber du hattest doch gar keine an«, rief Stefania verblüfft aus.

»Eben. Ich hatte sie bei unserem letzten Spiel liegen lassen.« Dario hob winkend den Arm. »Fabrizio, bring die Signorine nach Hause.«

Fabrizio fuhr an, während Dario darauf zu warten schien, dass sie aus seinem Gesichtsfeld verschwanden.

Nachdem sie ihn nicht mehr sah, sagte Mirella: »Er hat gelogen. Und er hat auf Edoardo gewartet; dessen bin ich mir sicher.«

»Aber warum?«

»Das müssen wir herausfinden. Ich fürchte, er bringt sich in größte Gefahr.«

»Er scheint nichts gelernt zu haben.« Stefania standen Tränen in den Augen. Vielleicht begann sie nun doch zu begreifen, dass sie Dario zügeln musste.

Mirella nahm sie in die Arme. »Du wirst ihn schon noch bekommen; mach dir nicht zu viele Sorgen.«

»Aber du machst dir auch Gedanken.«

Mirella seufzte. »Wohl wahr. Es ist unübersehbar, dass er etwas ausheckt. Bring ihn davon ab; du kannst es.

»Ich frage mich, was aus dieser Stadt wird, wenn die Franzosen abziehen müssen.«

Mirella knurrte. »Es wird wieder Frieden geben; aber was für einen. Vater ist voller Zorn. Die Spanier werden uns büßen lassen für die Schmach.«

»*Cara*, dich wird die Ehe mit Felipe schützen.«

Mirella blickte aus dem Fenster hinaus auf die zerschossenen Getreidelager an der *Porta Reale*. »Ich will ihn schon lange nicht mehr.« Sie wandte sich Stefania zu, zögerte dann doch noch einen Moment. »Ich liebe ihn nicht.«

»Aber warum wolltest du ihn dann heiraten?«

»Ich war bezaubert von seiner Liebe. Und von dem Glanz, den er in mein biederes Leben brachte.«

»Und das war dir genug?«

Mirella lachte plötzlich über Stefanias entsetztes Gesicht. »Es schien mir das Beste, was ich kriegen konnte.«

»Was sagen deine Eltern dazu? Wissen sie es?«

»Vater weiß es nicht. Und Mutter – man sollte es nicht für möglich halten; aber sie ist einverstanden.«

»Das ist das Entscheidende.«

»Ich hätte nie erwartet, dass sie in dieser Beziehung der deinen gleicht.«

»Alle guten Mütter gleichen einander – in dieser Hinsicht jedenfalls.«

Stefania starrte hinaus in den Regen. Die Wolken hatten sich tiefer gesenkt und verhüllten die Spitze des Vesuvs. Die fernen Lichter an den Hängen zeichneten bizarre Linien hinein und ließen sie lebendig erscheinen. »Hast du das Grollen gehört in den letzten Tagen?«

»Das war nicht der Berg; das waren die Kanonen.«

»Ich bin mir nicht so sicher.«

Mirella schüttelte den Kopf. »Der letzte Ausbruch ist noch nicht lange her; so bald schon wird es keinen neuen geben.«

»Was haben wir schon in der Hand; nichts als unser Wollen. Der Berg gibt nichts darauf.« Die Kutsche kam zum Stehen und sie griff nach der Klinke. »Und manch anderer auch nicht.« Sie neigte ihren Kopf zu einem Kuss für Mirella; dann sprang sie hinaus, ehe Fabrizio den Kutschbock hinuntergestiegen war.

***

Gegen Morgen erwachte Mirella. Die Treppe knarrte unter einem leisen Schritt. Sie schlüpfte aus dem Bett, warf sich ihren Umhang über und öffnete die Tür einen Spalt.

Kerzenlicht zeichnete flackernd die Umrisse des Geländers vor ihr auf den Boden. Dario kam auf Strümpfen; die Kerze in der einen, die Stiefel in der anderen Hand.

Mirella wartete, bis er den Absatz erreicht hatte; dann öffnete sie ihre Tür ganz. »Komm zu mir ins Zimmer. Oder ich rede so laut, dass *Mamma* aufwacht.«

»*Mamma* wacht nie auf.« Er feixte, aber trotzdem folgte er ihr.

Mirella nahm ihm die Kerze ab und zündete damit ihre Öllampe an.

Er nahm den Umhang von der Schulter; er war beinahe trocken.

»Wo warst du? Wer hat dich nach Hause gebracht?«

»Wie kommst du darauf?«

Sie deutete auf seinen Umhang. »Er müsste klatschnass sein; aber er hatte Zeit zum Trocknen und ist dann trocken geblieben.«

»Naseweis!« Er sah sie eindringlich an. »Spionierst du mir nach?«

»Wir machen uns Sorgen!« Sie hieb mit der Faust aufs Bettgeländer. »Stefania möchte einen Vater für ihr Kind!«

Er starrte sie ratlos an.

»Hat sie es dir immer noch nicht gesagt?«

Darios Mund stand offen. »Das kann nicht sein!« Keuchend atmete er aus.

»Wieso? Habt ihr nicht ... Ich meine ...« Wie fragte man einen Mann, ob er die Ehe schon vor der Trauung vollzogen hatte?

In Darios Augen begann es zu glitzern. »Sie hat mir nichts gesagt – wieso dir?«

»Mir hat sie auch nichts gesagt – aber jede Frau kann es ihr ansehen; sogar ich.«

»Deshalb drängt sie so darauf, nicht bis zum Ende des Krieges zu warten.« Darios Stimme wurde rau. »Sie muss ... Es ist so lange her ...«

Mirella zählte an den Fingern nach, wie viel Zeit seit Darios Festnahme in Aversa vergangen war. »Ich kann nicht glauben, dass du es ihr nicht angesehen hast«, sagte sie schließlich. »Es wird allerhöchste Zeit, dass ihr heiratet.« Sie drückte seine Hand. »Und dass du aufhörst, dich in Gefahr zu begeben.«

»Mirella, es muss so schnell wie möglich ein Ende haben

mit diesem Krieg. Und es gibt wenige Mittel, das zu erreichen.« Er strich ihr eine Locke aus der Stirn. »Deine Franzosen können ihn nicht gewinnen – sie können nur die unvermeidliche Niederlage hinauszögern. Wozu soll das gut sein?«

»Ja, wozu?« Alexandre könnte fallen; selbst wenn de Guise ihn hier in der Stadt behielte.

»Und doch hast du heute darum gespielt, dass Albert das Kommando über die Truppen übernimmt. Warum?«

»Wer könnte sie besser führen, solange de Guise seinen Heermeister gefangen hält?«

»Er kann nicht mehr gewinnen.«

»Das glaube ich nicht.« Unvermittelt brach sie in Tränen aus. »Es wäre alles umsonst und sinnlos gewesen. Und mit den Spaniern kämen die Steuern zurück.«

»Das Volk hungert jetzt mehr als zuvor.«

Sie ballte die Fäuste. »Daran sind die Barone schuld, die die Wege in die Stadt blockieren! Sie ruinieren ihre eigenen Bauern, weil die keinen Markt mehr haben.« Sie sprang auf. »Sie müssen verrückt sein – es ist doch auch ihr Schaden.«

»Es gibt Wichtigeres als ein paar Carlini.«

Mirella lief auf und ab. »Ja, das gibt es. Freiheit.« Gehen können, wohin man will. Und mit wem man will.

Dario grinste sie spöttisch an. »Magst du den goldenen Käfig nicht mehr, der in Madrid auf dich wartet?«

»Ich werde Felipe um deinetwillen heiraten. Und damit Stefania den Mann kriegt, den sie so sehr liebt, dass ...« Dario war ihr fremd geworden in den letzten Monaten. Er schien nicht einmal zu begreifen, welches Opfer sie ihm brachte.

»Du bist die großartigste Schwester, die sich einer wünschen kann.« Er zog sie an sich und küsste sie auf die Stirn. »Ich habe es schon immer gewusst; und jetzt mehr denn je. Am Sonntag wird das Aufgebot verlesen.« Er lächelte verschmitzt. »Der Schneider in Caivano wird ein äußerst passendes Kleid für Stefania nähen.« Er ging zur Tür und öffnete sie

leise. »Schlaf weiter. Noch haben nicht einmal die Hähne ge-
kräht.«

»Du hast auf Edoardo gewartet – warum?«

»Die Kämpfe müssen ein Ende haben.«

Damit war sie ja einverstanden – aber hatte er den richtigen Weg dafür?

Sonntag, 22. März 1648

Die Spanier verzeichneten zwar militärische Erfolge, aber die politischen Entscheidungen Don Juans brachten die Neapolitaner mehr und mehr gegen ihn auf, statt für Befriedung zu sorgen. Deshalb ernannte der spanische König den nächsten seiner Granden zum Vizekönig.

Anfang März war Graf d'Oñate Iñigo Vélez de Guevara in der Bucht von Neapel eingetroffen. Man munkelte, nicht nur Kardinal Filomarino habe Kontakt zu ihm aufgenommen, sondern auch Gennaro Annese.

Mazarin entsandte erneut ein halbes Dutzend Kriegsschiffe nach Neapel und Ludwig XIV. hatte Weizen für die hungernden Neapolitaner gekauft. Dies allerdings wussten sie nicht.

Gina stand am Herd und scheuerte mit vor Anstrengung gerötetem Gesicht die Töpfe. Sie sah nicht einmal auf, als Mirella die Küche betrat. »Willst du frühstücken?«

»Ja, Gina; das wäre schön.«

»Es gibt noch ein Stück *Foccaccia* mit Zwiebeln.« Sie ging zur Hintertür, kippte den fettigen Sand in einen Eimer und schaufelte sauberen in den Topf.

Mirella öffnete die Tür zur Speisekammer. Der verführerische Duft von geräuchertem Speck stieg ihr in die Nase. Sie blickte hoch. Das Stück, das unter der Decke der Speisekammer hing, war riesig. Bestimmt wog es acht bis zehn Pfund. »Speck! Wie hast du das geschafft?«

»Einer der Herren hat ihn mir gegeben, die unten bei Dario sitzen.«

Das Souterrain diente weiter als Kontor; im neuen Lagerhaus am Kai waren nur die Aufzeichnungen für die jeweils dort vorhandene Ware. Es bedeutete zwar, dass die Bücher zum Teil doppelt geführt werden mussten, aber die wichtigsten Unterlagen mochte Enzo nicht mehr aus den Augen lassen.

»Beeindruckend.« Mit der *Foccaccia* in der Hand setzte sich Mirella an den Tisch und biss ab. »Was sind das für Leute?«

»Ich weiß nicht.« Gina hörte auf zu scheuern und wischte sich mit dem Ärmel den Schweiß von der Stirn. »Man hat sie mir nicht vorgestellt.«

»Ach komm, Gina. Warum sitzt Vater im Salon und Dario mit ihnen im Kontor?«

»Weil sie nichts mit deinem Vater zu tun haben.«

Wenn sie nichts mit Enzos Geschäften zu tun hatten, dann war das nicht logisch. Und seit wann traf sich Dario zu Hause mit Fremden und nicht in einem Wirtshaus? Mirella aß den letzten Bissen der *Foccaccia*; dann nahm sie die Kaffeekanne aus dem Schrank. »Für den Speck haben sich die Herren mindestens einen Kaffee verdient.«

Gina sah sie einen Augenblick argwöhnisch an; dann schrubbte sie mit vermehrter Anstrengung weiter.

Mirella setzte den Kaffee auf und schürte das Feuer im Herd. Wieder erntete sie einen argwöhnischen Blick. Sie lächelte Gina an. »Ich kümmere mich schon; bleib du nur bei deinen Töpfen.«

Im Salon sah sie nach der Zuckerdose; aber da war nichts zu machen. Der schäbige Rest reichte nicht einmal mehr für einen kleinen Löffel. Also ging sie nur mit den Tassen hinunter ins Kontor.

Zwei Männer in brokatbesetzten Wämsern saßen Dario gegenüber am Tisch.

Als sie die Tür öffnete, hielt einer der Männer in einer Geste inne, als habe er mitten im Satz aufgehört zu sprechen. Sie nickte den beiden zu.

»Möchten die Herren Milch zum Kaffee?«

»Zucker bitte, Signorina.« Der Mann im taubenblauen Wams sah sie fragend an. »Falls Sie Zucker hat.«

»Es tut mir leid.«

»Bald wird es wieder Zucker geben; und alles andere auch.«

»Glaubt Er das wirklich?« Mirella riss die Augen auf, die Naive vorgebend. Hoffentlich wurde Dario nicht stutzig. »Ein gutes Stück Kuchen endlich wieder; das wäre wie ein Geschenk des Himmels.«

Der Mann lächelte. »Hätte ich das gewusst, so hätte ich Ihr Kuchen statt Speck mitgebracht, Signorina ...?«

»Mirella; meine Schwester.« Dario wollte sie loswerden; keine Frage.

Der Mann erhob sich halb aus seinem Sessel. »Marotti aus Nocera. Es ist mir ein Vergnügen, Signorina.«

Mirella reichte ihm damenhaft die Hand und tat dann einen Schritt auf den anderen Mann zu.

Der erhob sich daraufhin ebenfalls und sie streckte ihre Hand noch einmal aus. »Michele Petrarca aus Taranto.«

»Ich bringe gleich den Kaffee.”

Mit schwingenden Röcken stieg sie zur Küche hoch. Der Kaffee blubberte mit leisen Tönen. »Die Herren sind aus Nocera und Taranto. Und scheinen in der Lage, sogar Kuchen zu besorgen.« Sie griff nach dem Filzlappen, der neben dem Herd hing, und nahm die Kanne vorsichtig herunter. »Nur sprechen sie etwas seltsam dafür.«

Gina gluckste. »Das habe ich gleich gemerkt, dass es Fremde sind.«

»Vielleicht gelingt es mir herauszufinden, woher.«

»Spanier; was sonst.«

Mirella schüttelte im Hinausgehen den Kopf. »Den Akzent hätte ich erkannt.« Sie blickte sich nach Gina um. »Und du gewiss auch.«

»Wohl wahr.« Ginas Gesicht verfinsterte sich. »Dario wird uns noch alle ins Unglück stürzen. Und dein Vater macht neuerdings die Augen zu.«

Das war die eigentliche Frage: Warum tat Enzo nichts? Glaubte er etwa, Dario und die Familie auf diese Weise zu schützen? Einfach dadurch, dass er Dario unter seinen Augen hatte? Nachdenklich trug Mirella den Kaffee hinunter zum Kontor. Die letzten Stufen achtete sie darauf, dass ihre Absätze nicht auf den Steinstufen klapperten und vor der Tür blieb sie einen Moment stehen, um zu lauschen. Aber die Männer hätten sich schon streiten müssen, dass etwas nach außen dränge.

Leise drückte sie die Klinke herunter.

Sie hatten eine Karte auf dem Tisch ausgebreitet und Darios Finger lag oberhalb des Ortszentrums darauf. Es war eine Karte, die teilweise aus Bildern bestand und in der nicht nur Straßenzüge, sondern auch Gebäude und Mauern eingezeichnet waren; in einer Ecke das Stadtwappen von Neapel.

Marotti hob den Kopf; dann rollte er schnell die Karte ein. »Machen wir erst einmal dem Kaffee Platz.«

Mirella stellte das Tablett mit den Tassen in die Mitte des Tischs. Als sie nach der Kaffeekanne griff, hob Dario abwehrend eine Hand. »Ich mach das, Mirella!«

Sie nickte und trat wieder einen Schritt zurück. Aus den Augenwinkeln schielte sie nach der zusammengerollten Karte. Wie käme sie dazu, unauffällig noch einen Blick darauf zu werfen?

Sie drehte sich so schwungvoll zur Tür um, dass ihre Röcke weit aufflogen. Dabei gelang es ihr, die Karte zu streifen; aber die fiel nicht und rollte erst recht nicht auseinander.

Mirella bückte sich dennoch und griff schnell danach. »Beinahe hätte ich ihr einen Schaden zugefügt.« Sie nahm sie an einer Kante hoch, sodass sie ein Stück auseinander rollte. »Ich lege sie besser auf den Sekretär, bis die Herren ihren Kaffee ausgetrunken haben.«

Dario knurrte ärgerlich und stand auf. Aber bevor er sie ihr wegnehmen konnte, hatte sie sie schon auf den Sekretär gelegt und ausgebreitet. Darios Finger hatte auf Formiello gelegen.

»Gib her!«

Sie sah ihn vorwurfsvoll an. »Was hast du denn? Ich bin doch ganz vorsichtig.«

Er funkelte sie an, wagte aber nicht, in Gegenwart der anderen noch etwas zu sagen.

Mit schnellen Bewegungen rollte Dario die Karte wieder ein und band sie mit einem blauen Seidenband zu.

»Bringst du das Geschirr dann auch selber in die Küche?« Sie drehte sich noch einmal um, als erwarte sie eine Antwort. Dario stellte gerade die Karte in den Bücherschrank. Mit einer Grimasse und einem ärgerlichen Achselzucken ging sie hinaus.

»Und?«

»Was und?« Mirella wunderte sich ein wenig über Ginas plötzliches Interesse. Eigentlich mochte sie ihr gar nichts erzählen.

»Du bist nicht sehr gesprächig auf einmal.«

»Es gibt auch nichts zu sagen.« Mirella griff nach einem Messer und begann, die Rüben für das Mittagessen zu schälen.

Wieder erntete sie einen überraschten Blick von Gina, aber sie ignorierte ihn. »Was essen wir außer diesen Rüben?«

Gina war abgelenkt. »Wir haben noch zwei Eier. Mit der Milch und dem Speck zusammen gibt das einen guten Auflauf.«

»Milch? Ich muss sie holen.« Mirella schälte schneller. »Ich habe die ganze Kanne ins Kontor gebracht.«

»Auch die werden ihren Kaffee nicht verdünnen damit.« Aber Gina würde die Kanne brauchen, bevor sie den Auflauf in den Ofen schob.

Gina zog den Korb fürs Holz unter dem Herd hervor. »Ist gleich alle.« Sie legte nach, was noch darin war. Ächzend erhob sie sich.

Mirella sprang auf. »Lass mich das machen; schone deine Knochen.« Ehe Gina etwas einwenden konnte, nahm sie ihr den Korb ab und lief hinaus. Mit klackernden Absätzen sprang sie die Stufen zum Hof hinunter. Dann machte sie mit leisen Schritten einen Bogen und ging am Kontor vorbei statt gleich zum Holzlager zu laufen.

Das Fenster war geschlossen, aber der Vorhang klaffte einen Spalt breit und gab den Blick auf die Hälfte des Raums frei. Die Tassen standen nicht mehr auf dem Tisch; stattdessen lagen Papiere dort und Petrarca feuchtete sich den Zeigefinger an, um sie schneller durchzublättern. Dario trat mit Feder und Tintenfass ins Blickfeld.

Mirella ging leise die paar Schritte bis zur Mitte des Hofs, dann klapperte sie zum Holzlager.

Fabrizio kam aus dem Stall. »Ist das Holz für die Küche?« Er nahm ihr den Korb ab.

Mirella lief zum Kontor zurück. Dario saß nun am Tisch und schrieb. Marotti tauchte in ihrem Gesichtsfeld auf und verschwand dann wieder.

Mit leisen Schritten ging sie die Treppe hinunter und öffnete.

»... so wäre es von Vorteil, wenn eure Männer ...« Eine Bewegung Petrarcas zur Tür ließ Marotti innehalten und sich umdrehen. »... sich am Abend zuvor am üblichen Ort einfänden. – Hat Er das?« Der schleppende Tonfall des Mannes glich zwar der lässigen Sprechweise derer von Salerno; aber er sprach manche Wörter mit fremdem Akzent aus. Neapolitanisch war gewiss nicht seine Muttersprache; kein Mann des Südens.

Dario nickte und schrieb noch einen Moment weiter.

»Was möchte Sie?«

»Die Köchin braucht die Milch, Signore.«

»Dort steht sie.«

Mirella ging zum Fensterbrett und hob im Vorbeigehen den Deckel der Kaffeekanne. Sie war leer. »Möchten die *Signori* noch einen Kaffee?« Marotti erwiderte ihr Lächeln. »Oder etwas Anderes?«

»Ihr habt nicht so viel, dass Ihr es entbehren könntet. Doch ich danke Ihr für die Freundlichkeit.«

Als Mirella mit der Kanne die Küche betrat, tauchte Enzo aus dem Halbdunkel des Flurs auf.

»Vater, wer ist das? Wie kann Dario es wagen, sie in Seinem Kontor zu empfangen?«

»Wäre dir der Salon lieber?« Er beobachtete Gina, die mit dem Speckstück aus der Kammer kam und dann ihr großes Messer schliff.

»Gewiss nicht. So können sie als Kunden oder Lieferanten durchgehen.«

Aber Enzo machte ein Gesicht, als sei er da anderer Meinung. »Gina, wo kommt der Speck her?«

Die Zähne auf die Unterlippe gepresst, begann Gina, hauchdünne Streifen herunterzuschneiden und sie sorgfältig auf der Tischplatte auszubreiten. »Von Darios Besuch, *Padrone*.«

Mirella nahm das Messer zum Rübenschälen wieder in die Hand. »Gina macht einen Rübenauflauf heute Mittag. So hat dieser Besuch wenigstens ein Gutes.«

Enzos Gesicht lief rot an. »Gina, ich esse nichts heute Mittag.«

Gina blickte auf. »*Padrone*?« Sie zog die Schultern ein, als sie den Zorn in Enzos Gesicht sah, schnitt aber weiter. »Dem Speck ist es gleich, wo er herkommt.« Sie murmelte noch ein wenig mehr, aber so leise, dass er es gewiss nicht verstehen konnte, als er die Küche verließ.

»Du hast völlig recht.« Mirella beendete die Schälerei und holte die größte Auflaufform von der Wand, die sie besaßen. »Und es wird gewiss nicht schlecht werden.«

»Was sagst du ihm auch, dass er für das Mittagessen ist?«

»Aber Gina. Sollte ich Vater anlügen?«

»Tust du das neuerdings nicht sowieso?« Gina schnitt mit heftigeren Bewegungen. »Du hättest einfach den Mund halten können.«

»Damit habe ich nicht gerechnet.«

»Der gute Gott hat dir den Kopf nicht gegeben, damit du deine Hüte spazieren trägst.«

Mirella lachte, bis sie nach Luft japste. »Wenn es nach mir ginge ... Wer besteht denn darauf, dass ich nicht ohne Hut aus dem Haus gehe?«

Gina schien sich nicht erheitern zu wollen an diesem Tag. Gähnend stand Mirella auf. »Brauchst du noch etwas?«

Und wieder ein argwöhnischer Blick von Gina. »Du meinst, von draußen? Vielleicht findest du noch ein Ei mehr irgendwo im Stroh.«

Mirella lief hinüber zum Schober; noch einmal ins Kontor wagte sie sich nicht. Vorsichtig zerwühlte sie das Stroh und warf zwischendurch immer wieder einen Blick hinunter. Im Winkel zweier Balken fand sie schließlich ein Ei. Bald darauf an der Rückwand des Schobers ein zweites.

Stimmen drangen zu ihr herauf. Dario kam mit den beiden Männern in den Hof.

»Ich teile Seine Meinung nicht«, sagte Petrarca. »Es wird kein dauerhafter Schaden entstehen. Aber die Neapolitaner vielleicht zum Nachdenken bringen.«

»Er sollte eine Woche in der Stadt leben und seinen Diener auf die *Piazza del Mercato* schicken, wenn Seine Vorräte aufgebraucht sind.« Dario senkte die Stimme und Mirella verstand nichts mehr.

Auf dem Weg zum Hoftor kamen sie aber näher an den Schober heran.

»Ist das sicher?«, fragte Dario.

»Weiß Er nicht, dass wir eine zuverlässige Quelle haben?«

Marotti ließ sich anscheinend von der Aufgeregtheit der beiden anderen nicht anstecken.

Dario nickte. »Allerdings ...«

» ... muss es auch ankommen. Mit den Fuhren wird es ungehindert passieren ...«

Mirella saß an der Luke auf ihren Fersen und klopfte nervös die beiden Eier gegeneinander. Während Dario die Männer dann ans Tor begleitete, kletterte sie die Leiter hinunter.

»Dario!« Sie lief auf ihn zu. »Wer waren die beiden?«

Er stupste sie auf die Nase. »Bring deine Eier in die Küche.«

Sie zog ihren Flunsch.

»Deine Neugier ist gefährlich, Schwesterchen. Hast du nicht genug mitbekommen bei deinen ständigen Auftritten im Kontor?« Weil sie ihr Gesicht verzog, lachte er. »Dann bist du weniger raffiniert als ich erwartet habe.«

»Vater ist verärgert; weißt du das?«

»Ein Grund mehr, nicht über die beiden zu sprechen. Vergiss einfach, dass sie hier waren.«

Sie trottete neben ihm her. »Ich glaube, ich finde das auch nicht so gut.«

Er nickte, besänftigt. »Siehst du.«

Sie mäßigte ihre Stimme. »Dass sie einfach hierher kommen, meine ich.«

»Sie fanden, es sei das Unverfänglichste.«

»Wussten sie nicht, dass du wieder überall hingehen kannst?«

»Es ist besser, ich lasse mich nicht überall sehen.«

»Ach? Und wohin gehst du des Nachts?«

Dario öffnete die Küchentür und war so fürs Erste der Antwort enthoben. Aber Mirella stellte schnell das Körbchen mit den Eiern auf den Tisch und folgte ihm in den Flur.

Er warf ihr einen spöttischen Blick zu. »Sei nicht so neugierig. Was hättest du davon, wenn ich es dir sagte?«

Mirella packte ihn am Ärmel. »Begib dich nicht wieder in Gefahr! Schließlich ...« Sie stockte mit einem Blick zur Küche. »Wir können heute Abend weiterreden.«

»Ich gehe heute Abend aus. Stefania hat Billets für das Theater.«

»Das ist nicht wahr!«

»Doch!«

Mirella überlief ein kalter Schauer; fast versagte ihre Stimme. »Dass du mich auch noch anlügst, das hätte ich nie für möglich gehalten. Nach allem, was ich ...« Sie ließ ihn los und rannte die Treppe hinauf.

Vor der Tür zu Ritas Zimmer blieb sie stehen. Aber ihr war nicht nach Kleiderdiskussionen zumute. Sie ging in ihr Zimmer und setzte sich aufs Bett. Fabrizio hatte das Feuer ausgehen lassen. Fröstelnd zog sie die Beine hoch und wickelte die Bettdecke um die Füße. Aber davon wurde ihr auch nicht wärmer.

Sie lief zu Rita; bei ihr war sicher geheizt.

Rita saß mit einem Buch in der Hand vor dem Kamin und las, das Lorgnon auf die Nase geklemmt.

»Es ist kalt bei mir.«

»Wenn das der einzige Grund ist, dass du zu mir kommst ...« Sie klang traurig.

Mirella schluckte; hatte sie doch vergessen, wie gut das vertrauensvolle Gespräch ihr zuletzt getan hatte. Und dass sie neuerdings beschlossen hatte, Rita als Vertraute anzusehen. Zumindest in Herzenssachen.

Sie setzte sich auf das Fell vor ihren Füßen. »Im Gegenteil – ich wüsste Ihren Rat sehr zu schätzen.«

»Dafür bin ich da, mein Kind.« Rita legte das Buch mit der aufgeschlagenen Seite nach oben neben sich auf den Fußboden. Sie strich Mirella übers Haar. »Nun?«

»Ich weiß nicht recht, wie ...« Mirella lehnte ihren Kopf an Ritas Beine.

»Manchmal werden Gedanken klarer, wenn man sie ausspricht.«

»Ich fürchte um Dario.«

»Das tun wir alle. Seit ...« Rita streichelte sie weiter. »Aber es sollte jetzt vorbei sein.« Sie beugte sich vor und blickte Mirella ins Gesicht. Nachdenklich studierte sie ihre Miene. »Du glaubst das nicht. Warum?«

»Hat Sie die Männer gesehen, die heute Vormittag ins Kontor gekommen sind?«

Rita nickte. »So wie dein Vater auf sie reagiert hat, sind es keine Handelsleute.«

»Sie sind nicht von hier, auch wenn sie so taten ...«

Rita lächelte dünn. »Zwangsläufig mussten sie sich mir vorstellen.«

»Fürchtet Sie nicht, dass Dario uns alle in Gefahr bringen könnte?«

»Nicht, solange dieser Doge die Macht hat. Und ist es nicht besser, sie kommen hierher statt dass Dario sich wieder in irgendwelchen verdächtigen Wirtshäusern mit ihnen trifft?«

»Ich glaube, das tut er trotzdem. Und de Guises Macht ...«

Rita lehnte sich zurück. »Ich weiß. Die Spanier sind schon weit vorgedrungen.« Natürlich musste auch sie das wissen; trotzdem war es erstaunlich, dass Rita offensichtlich abwog.

»Warum nur hat Sie uns immer glauben lassen, Sie interessiere sich nicht für Politik?«

»Um den Schmutz nicht in unser Haus zu lassen!«

»Aber Vater ...«

»... tut, was er muss, damit der Handel floriert.«

»Dario kommt oft erst am Morgen nach Hause. So lange ist er gewiss nicht bei Stefania.«

»Und du bist neulich ausgeritten. – Ihr seid beide gleichermaßen leichtsinnig.«

»Keine Patrouille schießt auf ein Mädchen.«

»Warst du denn als Frau zu erkennen? Im Dunkeln? Im Regen?«

Mirella senkte den Kopf. Daran hatte sie nicht gedacht. Aber mehr noch überraschte sie, dass Rita klüger war als Enzo: Er hatte ihren Einwand ohne nachzudenken akzeptiert. Sie schmunzelte einen Augenblick. »Ich wollte nur ...«

»Hast du etwas in Erfahrung gebracht?«

»Ich war bei Stefania. Das Fenster war offen; ich bin wie früher in ihr Zimmer geklettert – wie Dario.« Müde rieb sich Mirella die Augen und gähnte unterdrückt.

Rita lächelte. »Sie lieben sich, Mirella. Dafür braucht es den Segen der Kirche nicht.«

»Aber sich segnen lassen wäre gewiss weise. Weil ...«

»Was, mein Kind?«

»Ist es nicht eine Strafe für die Sünde, ... weil damit die Sünde öffentlich wird ...« Wie sollte sie es Rita nur sagen; durfte sie es ihr überhaupt sagen?

»Es ist keine Sünde, beieinander zu liegen, wenn man sich aufrichtig liebt. Sonst hätte Gott es nicht so eingerichtet, dass wir Gefallen aneinander finden.« Rita starrte mit einem versunkenen Lächeln ins Feuer.

Sie hatte sie falsch verstanden, oder? Mirella kaute auf ihren Lippen herum.

»Freilich warten viele dennoch, bis ihr Bund öffentlich anerkannt ist. Um der Kinder willen.« Rita wandte den Blick zurück zu ihr. »Wie leicht kann es passieren, dass ein Kind ohne die offizielle Anerkennung durch die Familie aufwachsen muss. Eine Frau sollte gewiss sein, dass dem Vater des Kindes nichts zustößt. Oder dafür sorgen, dass sie nicht schwanger wird – in welcher Weise auch immer.«

Mirella fuhr hoch. »*Mamma*, wie meint Sie das?«

»Was denkst du, warum wir nur euch beide haben?«

Wenn sie nachdenken würde, hätte ihr schon längst auffallen müssen, dass Rita Enzo regelmäßig nicht einmal in ihr Zimmer ließ. Mirella schnaufte. »Weiß Dario das?«

»Das ist Frauensache.«

Endlich hatte sie das Gespräch an der richtigen Stelle. »Stefania hat es nicht getan.« Hatte sie das sagen dürfen? Sie musste wohl, damit Rita ihr half, Dario zur Vernunft zu bringen.

Sie schielte hoch. Das wandernde Licht der Flammen ließ Rita jung erscheinen. »Schade, dass ihr nicht mehr als zwei Kinder haben wolltet. Ich hätte gerne eine Schwester gehabt.«

»Stefania kann sie dir nicht ersetzen?«

»Stefania heiratet bald ...«

»Das tun alle Schwestern.«

Mirellas Gedanken waren schon wieder durcheinander geraten. »Sie haben beieinander gelegen; und das schon vor Monaten.«

»Darum hat Dario sich beeilt, das Aufgebot verlesen zu lassen. Und darum warst du beim Dogen. Damit er frei ist zu heiraten, bevor der Marchese erfährt, dass seine Tochter ein Kind trägt.«

»Oder die Marchesa.«

Rita lächelte. »Sie weiß es gewiss. Sie sieht es genauso gut wie du. Aber wenn wir nicht gezwungen sind, darüber zu sprechen, können wir so tun, als sei nichts.«

»Dann liegt es jetzt an Dario – und das macht mir Angst.«

»Er wird lernen, Rücksichten zu nehmen. Die Familie kommt stets an erster Stelle.«

»So verhält er sich nicht.«

»Weiß er es denn?«

Mirella nickte. »Ich habe es ihm gesagt. Aber Stefania selber sieht keinen Grund, ihn zu mäßigen. Es ist doch nicht damit getan, dass sie dem Kind seinen Namen geben kann. Wenn er noch einmal festgenommen wird ...« Sie kaute auf ihrer Wange herum. »Ich habe alles getan; und er ...«

»Sei gewiss, dass er es zu schätzen weiß. Er wird nichts Unüberlegtes tun.«

»Doch! Nein; gewiss hat er sich überlegt, was er tut. Und er ist zu dem Schluss gekommen, weiter mit den Baronen zu paktieren.« Ganz sicher waren es immer noch die Barone; die Spanier brauchten ihn nicht. »Wenn Sie mit ihm reden würde?«

»Dein Bruder ist ein Dickkopf; sprich mit deinem Vater darüber.«

»Ich glaube, das macht ihn nur noch sturer. Zudem wird er gerade jetzt wütend sein – sie sind beide wütend.«

Rita lachte. »Das ist nichts Neues in den letzten Monaten. Doch das ändert nichts daran, dass sie einander schätzen und füreinander da sind.«

»Aber Vater will nicht mit uns essen heute Mittag.«

»Wegen Dario?« Nun klang doch so etwas wie Panik in ihrer Stimme.

»Wegen dem Speck, den Gina heute servieren wird. Er ist ein Geschenk der beiden Fremden.«

Das war die falsche Antwort gewesen; Rita entspannte sich sichtlich. »Ich kann Dario nichts raten. Er hat seine eigenen Vorstellungen, was für die Stadt gut ist!«

»*Mamma!* Es ist vielleicht nicht so schwer. Dario scheint gerade nicht mit allem einverstanden zu sein. Vielleicht braucht man nur seinen Zweifel zu unterstützen und er zöge sich zurück von all dem.«

»Woher weißt du das?«

»Sie haben sich gestritten, als sie gingen. Sie planen etwas und Dario ist nicht einverstanden. Immerhin will er, dass Neapel kein weiterer Schaden zugefügt wird.«

»Ich kann ihm erklären, welche Verantwortung er gegenüber Stefania und seinem Kind hat. Doch wird er sagen, dass eben das der Grund sei, diesen Krieg um jeden Preis zu beenden. Und er wird mir gewiss antworten, dass Stefania und das

Kind ihm mehr gälten als alle Bürger Neapels zusammen.« Sie breitete die Arme aus. »Was kannst du dem entgegenhalten?«

»Dass es nicht ihn braucht, diesen Krieg zu beenden. Dass er dem Henker kein zweites Mal entkommen würde, bekäme man ihn in die Finger. Annese wartet doch nur darauf!«

»Annese sucht nach einen Weg, von den Spaniern Pardon zu erlangen, wenn der Vizekönig zurückkehrt.« Rita stand auf. »Gina kündigt, wenn niemand von uns zum Essen erscheint.«

***

Das ungewohnt üppige Essen ließ Mirella schläfrig werden und sie döste vor ihrem Teller, als Gina abzuräumen begann.

Sie schreckte hoch, als Dario seine Serviette zusammenfaltete und auf den Tisch legte. »*Mamma*, ich habe zu arbeiten.«

Aber Rita hielt ihn zurück. »Du hast gewiss trotzdem einen Augenblick für deine Mutter Zeit.«

»Natürlich, *Mamma*. Ganz wie Sie wünscht.«

Sie schickte Gina mit einer Kopfbewegung hinaus. »Jetzt hört uns niemand zu. Auch euer Vater nicht.«

»Worüber ...«

»Dario, für welchen Tag habt ihr die Trauung festgelegt?«

»Für den 15. April. Aber das weiß Sie doch.«

Rita nickte. »Es ist eher die Frage, ob du dich daran erinnerst. Und weißt, was es bedeutet.«

»Wie meint Sie das?«

»Das Wohlergehen einer Familie hängt vom Mann ab.« Sie lächelte ein wenig spöttisch. »Auch wenn ohne die Frau der Haushalt nicht funktionieren würde.«

Gewiss hätte Dario jetzt die Augen verdreht, hätte Rita ihn nicht fest im Blick.

»Wir tragen die Verantwortung für die Folgen unseres Tuns.«

Dario presste die Lippen zusammen.

»Stefania trägt dein Kind; und wäre Mirella nicht so mutig gewesen, würde es in Schande geboren. Selbstverständlich hätten wir es als unseren Enkel anerkannt. Aber es wäre für immer als Kind eines Verräters gezeichnet gewesen.«

»Was als Verrat gilt, muss sich erst noch erweisen.« Er hielt Ritas zornigem Funkeln stand. »Ich habe nichts getan, was ich mir vorwerfen müsste. Oder was Stefania kritisiert.« Er stand auf; er hielt das Gespräch damit wohl für beendet.

»Und was war das heute Morgen?« Mirella vermochte nicht mehr zu schweigen. »Du beteiligst dich an einem Plan, den du selbst falsch findest.«

Dario kniff zornig die Augen zusammen.

Sie triumphierte. »Ich bin doch so schlau, wie du von mir erwartest. Ich habe euch streiten hören.«

»Dann hast du auch gehört, dass man meinen Einwand berücksichtigen wird.«

»Bist du sicher?«

»Wenn du mir hilfst.«

»Was?« Rita sah Mirella schockiert an. Nun kam ans Licht, was sie ihr hatte verheimlichen wollen. »Willst du deine Schwester mit hineinziehen?«

»Mirella kann ich vertrauen.« Er legte ihr seine Hände auf die Schultern. »Eben deshalb, weil auch sie sagt, womit sie nicht einverstanden ist.« Er drückte sie fester. »Überdies ... Es ist nicht das erste Mal, dass sie mir – uns – Botendienste leistet!«

»Mirella!«

Mirella senkte den Kopf. »Wir dachten, es sei letztlich ungefährlicher, wenn ich gehe ... Wenn ich ihn schon nicht daran hindern kann ...«

»Warum sollte es weniger gefährlich sein?«

»Nun ja ...« Darios anzüglicher Blick hing an ihr fest. «Ich weiß, dass es so ist!« Es war ganz klar, was er damit meinte.

Die Erinnerung an die Verachtung in Alexandres Stimme drückte ihr das Herz ab. »Du hast noch immer nicht gesagt, um was es heute früh ging.«

Dario zuckte die Achseln. »Worum schon? Dass man diesen Krieg beenden muss.«

»Dazu brauchen sie uns nicht!«

Zu Mirellas Überraschung nickte er. »Sicher nicht; aber mit unserer Hilfe geht es vielleicht schneller. Wenn das Volk den Dogen nicht mehr will ...«

»Ihr wollt die Menschen gegen ihn aufhetzen!« Mirella hielt es nicht mehr auf ihrem Platz. Nach ein paar nervösen Schritten blieb sie vor Dario stehen. »Er ist auf unsere Bitte gekommen. Und setzt sein Leben für uns ein.« Sie schluckte. »Jedenfalls das seiner Männer!«

»Er hat gewusst, dass ein Krieg auf ihn zukommt.«

»Er hat nicht einmal Steuern erhoben, um diesen Krieg zu finanzieren. Hast du vergessen, dass er Vaters Uniformen aus seiner eigenen Tasche bezahlt? Es geht den Menschen so viel besser.«

»Die Neapolitaner hungern.« Darios Augen funkelten spöttisch, als er auf den Auflauf deutete. »Dieser Speck kommt nicht von de Guise.«

»Die Menschen sind frei ... Du auch, Dario.«

Der Spott verschwand aus seinen Augen; vielleicht käme sie doch an ihn heran und brächte ihn zur Vernunft. »Das verdanke ich dir, nicht de Guise.«

Sie schüttelte heftig den Kopf. »Der falsche Schwur war überflüssig. De Modène hatte einen Befehl des Dogen für das Gericht, wie sie mit dir verfahren sollten. Und Alex ...« Tränen liefen ihr über die Wangen. »Montmorency war da, um ein Auge darauf zu haben, dass sie gehorchen würden.«

Da kehrte der Spott in Darios Augen zurück. »Ich weiß wohl, worauf der hübsche Marquis ein Auge hatte.«

»Dario!« Rita schlug mit der flachen Hand auf den Tisch

und Mirella fuhr erschrocken zusammen. »Was haben diese Männer vor?«

»Sie haben zugesagt ... Sie werden dafür sorgen, dass die nächsten Getreidelieferungen Mazarins die Stadt erreichen.«

Mirella japste. »Mazarin hilft uns endlich?«

»Getreide ist gut; aber er sollte besser Soldaten schicken.« Wieder überraschte Mirella, dass aus Ritas Mund ein Kommentar kam, den man als politische Meinung werten konnte.

»Er denkt nicht daran, *Mamma*. Aber davon versteht Sie nichts.«

Mirella gluckste. »Du unterschätzt unsere Mutter.« Sie setzte sich langsam auf den Stuhl neben ihr. Irgendetwas war nicht richtig an dem, was Dario geantwortet hatte. »Wenn euer Ziel ist, das Volk gegen den Dogen aufzubringen, wieso lassen sie dann das Getreide in die Stadt?«

Dario wurde blass. »Weil ... Ich dachte, du hättest gelauscht und wüsstest, was ich gesagt habe. Es soll niemand zu Schaden kommen.«

»Und wozu braucht ihr nun Mirellas Hilfe?«

»Wir brauchen sie als Botin; das sagte ich doch.«

Rita schüttelte den Kopf. »Wohl. Aber es ergibt keinen Sinn. Deine Besucher verlassen Neapel wieder. Was hindert sie, selber den Befehl zu geben, die Fuhrwerke nicht mehr zu überfallen?«

»Woher wissen die überhaupt von Mazarins Lieferungen? Es war doch bisher ganz unklar ...« De Guise hatte die Lieferungen nicht angekündigt für eben den Fall, dass sie nicht ankämen. Er wollte keine falschen Hoffnungen wecken. Woher also hatten das die beiden Männer gewusst?

»Sie dürften unübersehbar sein. Der Weg ist lang.«

Dario log. Oder verschwieg ihnen etwas. Rita hatte recht; es ergab keinen Sinn.

Dienstag, 24. März 1648

Der Wirt war der Schlüssel zu allen Problemen. Sie brauchte Dario nicht zu verraten, wenn er entlarvt wurde. Aber wie, falls die Verschwörer den *Gallo bianco* nicht mehr nutzten?

Mangels einer anderen Idee ließ Mirella sich zwei Tage später dennoch wieder zum Pizzofalcone fahren. Da sie nun nicht ausschließen konnte – und sogar hoffte –, dass der *Gallo bianco* unter Beobachtung stand, ließ sie die Kutsche direkt davor halten. Nichts mehr wollte sie jetzt heimlich tun.

Sie stieg aus und wies zur Wirtshaustür. »Fabrizio, warte nicht hier draußen auf mich.« Sie gab ihm zwei Silber-Carlini. Nun hatte sie einen guten Grund, vor der Heimfahrt das Wirtshaus zu betreten.

Sie raffte ihre Röcke und stieg über die Pfützen auf die andere Straßenseite. Sie war noch nicht vor dem Haus angekommen, als Cristina schon ihr Fenster öffnete. »Ich komme, mein Kind.« Sie rief ihre Worte so laut, dass es die halbe Straße hören musste; nur dass sie bei diesem Regen menschenleer war.

Das Fenster schlug wieder zu und Augenblicke später stand Mirella in der Stube. »Ich habe Ihr Schokolade mitgebracht.« Sie nahm den Umhang von den Schultern und zog ein Päckchen aus dem Rock. »Da ich Ihr wohl bald alle Vorräte ausgetrunken habe.«

»Du warst so lange nicht hier ...« Cristina goss Milch in einen Topf, den sie auf den Herd stellte.

»Ich sehe, dass Sie sich inzwischen besser versorgen konnte.« Im Kamin brannte ein kleines Feuer ganz rauchfrei; Mirella stellte sich davor und streckte ihre Hände der Wärme entgegen. In dem Korb daneben lagen Buchenscheite. Woher mochte Cristina das teure Holz haben?

Ein Porzellandeckel klapperte leise; Zucker hatte sie auch immer noch. Cristina kochte ihn dieses Mal mit. Sie ließ einen Löffel in ihrem Milchtopf scheppern; dann rührte sie mit leisem Kratzen um. Ihr eigenes Rezept; Mirella schmunzelte. Der Geruch des kochenden Kakaos verbreitete sich in der Stube.

»Du hast dich lange nicht sehen lassen« wiederholte Cristina. »Ich habe mir Sorgen gemacht.« Sie stellte den Topf an den Rand des Herds und brachte Tassen und die Zuckerschale. »Dabei dachte ich anfangs, dieser Franzose ...«

Um ihre Verlegenheit angesichts der Erwähnung von Alexandre zu überspielen, nahm Mirella ihr die Tassen aus der Hand und holte die Löffel aus der Schublade des Schranks.

»Du hast es dir gemerkt.« Cristinas Stimme klang nach einem Lächeln, aber Mirella wagte noch nicht, sich umzudrehen.

»Ich dachte, er glaubt mir; aber dann ... Und als du nicht wiedergekommen bist ...«

Mirella legte die Löffel auf den Tisch. »Es war gefährlich, sich durch die Stadt zu bewegen. Und vielleicht noch gefährlicher, mich hier sehen zu lassen.«

»Und warum bist du nun gekommen? Weil die Franzosen bald nichts mehr zu sagen haben?«

»Nein.« Mirella zögerte nun doch. »Der Wirt ...« Sie wusste nicht recht, wie sie weitermachen sollte. »Der Wirt ist noch gefährlicher als die Kanonen der Spanier. Aber ich kann es nicht beweisen.«

»So bist du doch in Gefahr?«

Fast automatisch schüttelte sie den Kopf. »Vielleicht ... Der französische Offizier galt selbst als Verräter, weil er mich hat laufen lassen.«

Cristina holte den Topf vom Herd. Während sie sich unterhalten hatten, hatte sich auf dem Kakao schon eine dünne Haut gebildet. Mirella spannte sich, um sich nicht vor Widerwillen zu schütteln.

Mit einem der Löffel schob Cristina die Haut zusammen und hob sie hoch. »Die süße Schicht!« Sie streifte den Löffel in Mirellas Tasse ab, bevor sie protestieren konnte. Dann stellte sie den Topf zurück und setzte sich zu ihr. Mit dem Löffel deutete sie zum Fenster. »Was hast du eben gesagt? Der Wirt ... ja ... Eines Tages wird er noch die ganze Straße in die Luft sprengen.«

Mirella stand automatisch auf und ging ans Fenster. »Wie denn?«

Cristina sah auf die Uhr über dem Kamin. »Wenn du noch eine halbe Stunde bleibst, wirst du es sehen. – Aber schick deinen Kutscher fort.« Sie wedelte mit der Hand. »Ach nein, bleib hier. Besser, es sieht dich keiner.«

Mirella lächelte. »Ich bleibe gerne noch eine Weile bei Ihr.« Cristinas Bemerkung über den Wirt klang vielversprechend. Zudem war es immer noch eine gute Ausrede für Zuhause, dass die Spanier im Dunkeln ihren Beschuss einstellten. »Aber ich verstehe nicht ...«

»Erzähl mir von dem jungen Offizier. «

Mirella stieg die Hitze ins Gesicht. »Ich kenne ihn seit dem Tag der Krönung. Meine Freundin Stefania und ich – wir haben oft mit den Männern de Guises Billard gespielt.«

»Billard – was ist das?«

»Man spielt mit kleinen Bällen auf einem Tisch.«

»Mit kleinen Bällen – erwachsene Männer?«

Mirella lachte lauthals; so hatte sie es noch nie betrachtet. »Man braucht eine ruhige Hand, Augenmaß und muss Geometrie beherrschen.«

»Und das kannst du alles?« Cristina bekam plötzlich einen sehnsüchtigen Ausdruck in ihre Augen. »Was ihr Mädchen heute alles lernt.«

Zum ersten Mal fragte sie sich, wer Cristina überhaupt war. Diese Frau hatte uneingeschränkt auf ihrer Seite gestanden und noch immer wusste sie nicht mehr von ihr als den Namen. »Die Klosterschule gab es schon früher.«

»Aber sie haben nur Adlige aufgenommen.« Sie räumte mit heftigen Bewegungen den Tisch ab. »Heute reicht es, wenn eine Familie Geld hat.«

»Das hat früher auch gereicht,« entfuhr es Mirella. »Man kann sich den Titel doch kaufen, wenn man ihn denn braucht.«

Cristina stützte sich auf den Tisch und musterte sie. »Aber dein Vater hat das nicht getan. Warum?«

»Ich glaube ...«

»Ein guter Bürger steht nicht auf Seiten der Barone, die das Landvolk ausplündern.«

Mirella zuckte die Achseln; in Wahrheit hatte sie noch nie darüber nachgedacht. »Es geht uns gut. Wozu braucht er einen Adelstitel?« Wozu brauchte dann sie einen? Warum hatten die Eltern sie in ihrer Wahl bestärkt? Ursprünglich – vor dem Aufstand.

»Er öffnet manche Tür.«

»Muss man jede Tür öffnen können, die es gibt?«

Cristina strich ihr übers Haar. »Du bist ein kluges Kind! Manche Tür bleibt besser zu; ist bloß Unrat dahinter.«

Mirella griff nach Cristinas Hand und drückte sie aus purer Verlegenheit. Was würde sie davon halten, dass sie sich mit einem spanischen Granden verlobt hatte? »Die halbe Stunde ist gleich vorbei. Dort ist niemand.«

»Wird schon.«

Tatsächlich ratterten bald darauf schwere Räder über das Pflaster. Dann hielt ein Fuhrwerk hinter ihrer Kutsche und zwei Männer stiegen vom Bock, während ein dritter, jüngerer, zwischen den Fässern sitzen blieb.

Cristina zog die Vorhänge bis auf einen Spalt zu.

Fabrizio kam zusammen mit dem Wirt nach draußen. Der Wirt zeigte ans Ende der Straße und fuchtelte so heftig mit den Händen, dass eines der Pferde nervös mit dem Kopf schlug. Fabrizio stieg auf. Er sah sich suchend um; dann fuhr er ans Ende der Gasse und wendete. Er bremste, sah sich noch einmal um und hielt dann ein Stück vor dem Haus. So hatte Mirella sogar bessere Sicht als zuvor.

Einer der Fuhrleute kam mit einem Zinnbecher in der Hand heraus, trank einen Schluck und stieg dann auf den Karren. Den Becher reichte er dem Jungen zwischen den Fässern.

Mirella schob den Vorhang eine Handbreit weiter auf und reckte den Kopf. »Wein!« Die Fässer trugen das Wappen von Avellino. »Er bekommt immer noch Wein aus der Provinz geliefert.« Sie drehte sich um. »Was ist dabei?«

»Schau genau hin, wenn sie die alten Fässer aus dem Wirtshaus aufladen.«

Aber Mirella setzte sich an den Tisch. »Die Franzosen interessieren sich nicht für die Schmuggler.«

»Es kommt ganz darauf an, was geschmuggelt wird.«

Mirella stutzte und stand wieder auf. »Sie meint, es ist kein Wein, was da geliefert wird?«

»Geliefert schon.«

Der junge Mann auf dem Karren rollte ein Fass nach dem anderen an den Rand und die beiden anderen luden sie sich mit seiner Hilfe auf den Rücken und trugen sie ins Wirtshaus. Nachdem sie ein halbes Dutzend Fässer hineingebracht hatten, trug einer der Männer zusammen mit dem Wirt ein ebensolches, wenn auch kleineres, Fass heraus. Gemeinsam hievten sie es auf den Karren.

Mirella fand nichts Verwunderliches daran. Natürlich wurden die leeren Fässer zu den Winzern zurückgebracht. Sie ließ den Vorhang wieder fallen. »Die Fässer sind zu klein, um Arkebusen darin zu verstecken.«

»Aber die Fässer, die sie herausbringen, sind zu schwer, um leer zu sein.«

»Woran sieht Sie das?«

»Es braucht zwei Männer, sie auf den Karren zu heben.«

Mirella zuckte die Achseln. »Hoch ist es immer mühsamer.«

Aber Cristina schien sich das sehr genau angeschaut zu haben; Mirella sah noch einmal nach draußen. Der Junge bugsierte die aufgeladenen Fässer mit größerer Anstrengung als die vollen. Nachdenklich verfolgte sie seine Bewegungen.

»Pulver!« Sie fuhr herum. »Sie laden Pulverfässer auf. Warum bringen sie das Pulver hierher, wenn es für die Spanier ist? Wenn es für die Franzosen wäre, gäbe es keinen Grund, ein Geheimnis daraus zu machen.« Ihre Handflächen wurden feucht vor Aufregung. Vielleicht war das der Beweis, den sie brauchte. »Seit wann geht das so?«

»Eine Woche?« Cristina hob die Hände. »Ich habe mir anfangs keine Gedanken darüber gemacht.«

»Es heißt, Pulver sei knapp geworden. Vielleicht macht er Geschäfte damit? Vielleicht fürchtet er, dass es beschlagnahmt wird und deshalb so?«

»Bestimmt macht er Geschäfte damit. So viele ...« Die Alte zählte mit den Fingern nach. »Zwanzig Fässer sind es inzwischen wohl. Mindestens.«

An einem abgebrochenen Fingernagel knabbernd verfolgte Mirella weiter das Geschehen draußen. »Wenn wir herausbekämen ...«

»... wohin sie fahren.« Cristina öffnete das Fenster. »Junge – lassen sie dich im Regen stehen?«

Der Junge auf dem Karren drehte sich um zu ihr. »Mir ist nicht kalt.«

Sie beugte sich weiter hinaus. »Du bist das erste Mal dabei, nicht wahr? Pass auf, die machen jetzt da drin ihr Geschäft fertig. Das dauert. Ich habe noch eine heiße Schokolade und ein Feuer im Kamin ...« Sie wies mit einer einladenden Handbewegung zu ihrer Haustür. »Komm nur; von hier aus kannst du genauso gut auf die alten Fässer aufpassen.«

Der junge Mann blickte zum Wirtshaus, dann wieder zu ihnen. Mirella beugte sich nun gleichfalls hinaus, als sei sie neugierig geworden.

Sie ließ ihr Tuch von einer Schulter gleiten. »Tantes Schokolade ist köstlich.«

Er hauchte auf seine Finger und rieb sich dann die Hände, während er sie anstarrte. »Die anderen haben ihren Grappa.« Er sprang herunter und sicherte die Gespannleinen. Während er die Straße überquerte, ging Cristina die Haustür öffnen. Mirella schloss das Fenster und schob einen Stuhl direkt an den Kamin. Wenn er sich am Feuer trocknete, würde sie daneben sitzen.

Cristina stützte sich zu Mirellas Verwunderung auf die Schulter des Jungen und ächzte leise. »Ich werde auch nicht jünger. Diese Stufen ...« Sie nahm ihre Hand weg und lehnte sich gegen die Kommode neben der Tür. »Setz dich nur. In der Wohnung komme ich zurecht.«

Sie schlurfte zum Herd, während er sich neugierig umsah.

Mirella nickte ihm zu. »Ich bin Mirella.«

»Giovanni.« Er trat ans Feuer, dann wandte er sich halb zum Fenster.

Mirella lächelte breiter. »Hat Er Angst um die alten Fässer? Wen sollten die interessieren?«

»Ich will keinen Ärger.« Er sah sie noch einen Augenblick an, ging dann zum Fenster und schob den Vorhang beiseite.

Mirella ging dicht an ihm vorbei, um Tasse und Löffel aus dem Schrank zu holen. Seine Finger öffneten und schlossen sich nervös um den Vorhangstoff.

Sie stellte die Tasse auf den Tisch, setzte sich wieder und rückte ihre Röcke zurecht, um ihre Schuhspitzen zu bedecken. Sein Blick blieb am Saum hängen. Sie sah auf und lächelte ihn an. Sein Gesicht war sehr glatt; gewiss war er jünger noch als Cesare. Ob er trotzdem schon für ihre Reize empfänglich wäre? Sie zog das breite Schultertuch fester, sodass sich ihre Brüste deutlich darunter abzeichneten.

Cristina kam mit dem Topf. Sie schlurfte immer noch; stützte sich an der Türschwelle sogar kurz gegen den Rahmen ab. Sie hatte sich etwas ausgedacht, um Giovanni zum Reden zu bringen.

»Der *Gallo bianco* hat offensichtlich einen neuen Lieferanten.« Sie schenkte ihm ein. »Woher kommt er?«

»Ich?« Er guckte ein wenig verwirrt.

»Euer Wein.« Sie kniff die Augen zusammen. »Ich kann die Schrift auf den Fässern nicht lesen; meine Augen haben nachgelassen in den letzten Jahren.«

Giovanni nickte. »Das kenne ich; Vater sieht kaum noch genug, um die Reben zu schneiden. Schlimm.« Er setzte sich endlich hin, hielt aber weiterhin den Blick auf das Fenster gerichtet. Dabei konnte er vom Tisch aus allenfalls den Kopf seiner Pferde sehen.

»Das könnte ich wohl noch. Aber das Weinfeld unserer Familie ist beim letzten Ausbruch unter der Lava begraben worden.«

Giovanni bekam große Augen. »Man hat euch keinen Ersatz gegeben?«

Sie zuckte die Achseln. »Wer sollte das tun?«

»Unser Herr hat alle Pächter neue Felder anlegen lassen!«

»Großvater war ein freier Bauer.« Stolz klang plötzlich in Cristinas Stimme. So hatte sie sehr genau gesehen, woher die Fässer kamen. Mirella amüsierte sich über die Provokation und war gespannt, was sie bewirkte.

Der Junge schnaubte. »Wir Pächter sind keine Unfreien.«

»Aber die Schulden binden euch an den Grundherrn«, warf Mirella ein.

»Was weiß Sie davon?«

»Ich kann rechnen!« Mirella reckte den Kopf.

Giovanni wurde rot. »Das wollte ich nicht anzweifeln. Aber Sie ist doch Städterin.« Sein Blick ging zum Fenster zurück.

»Freilich.«

Als er eine Bewegung zum Aufstehen machte, hielt Cristina ihn fest. »Dies ist eine ehrbare Straße. Hier klaut niemand leere Fässer.«

»Sie sind nicht leer!«

Wie gut, dass Giovanni nicht Cristinas Gesicht hinter sich sehen konnte. »Tante, das ist sogar mir aufgefallen! Wer weiß, wer es noch beobachtet hat.« Sie wandte sich an Giovanni. »Aber was ist denn da drin?«

Giovanni wurde schon wieder rot. »Verzeiht, aber ...«

Sie lehnte sich zurück. »Natürlich, es geht mich nichts an.« Sie legte einen schnippischen Tonfall in ihre Stimme. »Mir fiel nur auf, welche Mühe Er hatte, sie aufzuladen.«

»Sie verzeih mir, ich wollte nicht unhöflich sein ...«

Er klang sehr kleinlaut; die Alte klopfte ihm auf die Schulter. »Schon gut, mein Junge. – Noch eine Schokolade?« Sie goss ihm nach; dann schüttete sie den Rest in Mirellas Tasse. »Wir wollen dich nicht in Verlegenheit bringen.«

»Die Frage ist mir von alleine über die Lippen gekommen.« Mirella schürzte sie und ließ dann einen Mundwinkel lächeln. »Meine Neugier ...«

Cristina tätschelte ihm die Wange. Mirella senkte schnell den Kopf über ihre Tasse, um ihr Grinsen zu verbergen. »Grüß Er Seinen Vater; vielleicht erinnert er sich noch an den Morandi und seine rothaarige Enkelin.« Sie ließ ihn los. »Das war nämlich ich!«

Der Junge zog die Brauen zusammen. Fiel ihm jetzt etwa auf, dass er die Frage nicht beantwortet hatte und Cristina trotzdem wusste, woher er kam?

Cristina schien es selber gerade gemerkt zu haben, denn

sie provozierte ihn erneut. »Vergesslich ist Sein Vater doch hoffentlich noch nicht.«

»Nein, aber vielleicht vergesse ich es: Wir fahren nur nach Formiello heute.«

Vor Aufregung bohrte sich Mirella die Fingernägel in die Handflächen. Das Aquädukt – oder sie brachten das Pulver in die Kavernen unter der Stadt. »Ein ungemütlicher Ort zum Übernachten zu dieser Jahreszeit.« Ihr Magen verkrampfte sich; war es das, was die fremden Besucher planten? Und Dario hatte ihnen gezeigt, wohin sie gehen mussten.

Giovanni zuckte die Achseln. »Es hat aber so wenig geregnet.« Sein Blick ging zum Fenster. »Außer ausgerechnet heute. – Andernfalls wäre es mehr als ungemütlich.«

Mirella lächelte. »Wenn Er morgen wiederkommt, hat die Tante bestimmt noch eine Schokolade übrig.«

Seine Augen glänzten. »Wird Sie auch hier sein?«

Sie verabscheute es immer noch zu lügen; so antwortete sie lieber überhaupt nicht. Aber sie ließ ihre Hand einen Moment länger als schicklich in der seinen liegen, als er sich gleich darauf verabschiedete.

Dann warteten sie darauf, dass die drei mit ihren Fässern davonfuhren. Als das Rattern der Räder verklungen war, stand auch Mirella auf. »Es wird Zeit.«

»Sie werden deine Kutsche wiedererkennen. Und Giovanni wird sich an dich erinnern.«

»Er wird mich gewiss nicht verraten. Dann käme doch heraus, dass er seinen Posten verlassen hat.« Sie hielt Cristina ihre Wange zum Kuss hin. »Auch werde ich ihnen nicht folgen, sondern in Formiello auf sie warten. An einer Stelle, wo sie auf jeden Fall vorbeikommen müssen.« Allerdings brauchte sie tatsächlich ein anderes Gefährt.

***

Vor dem Abendessen setzte Mirella sich mit ihrem Nähzeug auf die Stufen vor der Küchentür. Niemand wunderte sich darüber. Jetzt zahlte es sich aus, dass sie in den letzten Wochen Ritas Bitte gefolgt war, den Rest des Tageslichts zu nutzen und Lampenöl zu sparen. Auch eines der Dinge, die immer knapper und teurer wurden.

Cesare brachte Vareses Pferde aus dem Stall und schirrte die Kutsche an. Zwischendurch blickte er zu Mirella hinüber.

Sie winkte ihm mit einem Lächeln zu. »Ein schöner Abend, Cesare. Fährst du den *Padrone* wieder in die *Reggia?*« Sie raffte ihre Röcke enger und rückte ein wenig zur Seite, obgleich allemal Platz für zwei war auf den Stufen.

Cesare verstand die Aufforderung, die in der Geste lag, und setzte sich mit einem strahlenden Lächeln neben sie, als er mit seiner Arbeit fertig war. »Die Signorina ist zu fleißig. Sie wird sich die Augen verderben mit den kleinen Stichen.«

»Ehrlich gesagt«, sie schob den Stoff ein wenig von sich weg, »ich würde auch lieber etwas Anderes machen. Aber es muss ja fertig werden.«

»Ist es ...« Er nestelte an seinem Gürtel herum; das Strahlen in seinen Augen verlosch. »Man erzählt sich, sie wird bald den spanischen Prinzen heiraten.«

»Wir haben Krieg mit den Spaniern.«

»Deswegen ...« Konnte er heute nicht mal einen Satz zu Ende sprechen? »Sie ist doch auf unserer Seite.«

»Wenn kein Wunder geschieht, werden wir den Krieg verlieren.«

»Weil es so viele gibt, denen es gleich ist, wer gewinnt; wenn er nur aufhört.« Er ballte die Fäuste. »Sie haben schon vergessen, was es uns gekostet hat.«

Mirella legte das Nähzeug auf die Knie und ihre Hand auf seinen Arm. »Hast du jemanden verloren?«

»Wenn ich nur könnte ...«

»Wir können nichts machen.« Sie nahm die Hand zurück

und starrte eine Weile in die Luft. »Wenn es aber doch etwas gäbe, was du tun könntest«, – ihre Stimme wurde immer leiser – »damit der Doge den Krieg gewinnt ...« Sie schnaufte; jetzt redete sie auch schon in halben Sätzen.

Cesares Lippen bebten und das erinnerte sie an seinen Kuss. Es war vielleicht ein bisschen schäbig, ihn einzuspannen. Aber wenn niemand sonst ihr half ...

»Cesare, ich fürchte, es gibt Menschen, denen alles recht ist, den Krieg zu beenden. Auch das Unrecht.«

Sein Blick hing an ihren Lippen; er kam mit seinem Gesicht ein wenig näher zu ihr. Er würde es doch wohl nicht wagen, sie wieder zu küssen; hier unter den Augen aller.

»Ich muss etwas herausfinden. Wirst du mir dabei helfen?«

»Wie denn?«

Das Hoftor wurde geöffnet und er sprang hoch. »Der *Padrone*!«

»Nimm mich morgen Abend mit, wenn du den *Padrone* ausfährst.« Sie kam nicht dazu, ihm mehr zu erklären; Varese war in Hörweite.

Cesare schluckte; nun hatte es ihm vollständig die Sprache verschlagen.

»Cesare!« Der Nachbar schwenkte mit einem Grinsen den Spazierstock, als hole er zu einem Schlag aus. »Hat er Sie von der Arbeit abgelenkt, Mirella?«

»Ich habe mich gerne ablenken lassen.«

Es war gewiss nicht die untergehende Sonne, die Cesares Gesicht rot schimmern ließ, als er auf den Kutschbock stieg.

***

Einer Eingebung folgend zog Mirella ihre Gerbschuhe an, als sie sich am nächsten Nachmittag fertig machte, um nach Formiello zu fahren. Sie schob die Röcke tief in die Hüfte und ließ sie auf der Treppe schleifen, während sie hinunterging, damit Rita die Schuhe nicht sah. Die Mutter war klüger als sie sich für gewöhnlich anmerken ließ. Freilich, andernfalls würde Enzo sie gewiss nicht so schätzen und lieben nach all den Jahren noch.

Varese blickte erstaunt, als sie ihn bat, sie ein Stück des Weges mitzunehmen. »Woher weiß Sie, dass wir den gleichen Weg haben?«

Sie warf einen verschämten Blick zu Cesare.

»Die Signorina wird es sich denken können nach unserem Gespräch gestern Abend.«

Wieder hob Varese wie drohend den Gehstock; aber dieses Mal blieb sein Gesicht ernst – nachdenklich. »Junge, du solltest dir besser überlegen, was du erzählst.«

»Aber ... warum durfte die Signorina nicht erfahren ...«

»Die Signorina schon; aber gewöhne dir ab zu erzählen, was ich tue. Die Geschäfte deines Herrn gehen dich nichts an.«

»Ja, *Padrone*.« Kleinlaut stieg Cesare auf den Bock, während Varese Mirella in die Kutsche half.

»Wohin will Sie?«

»Zur *Principessa* d'Oliveto.«

Varese schwieg einen Moment. »Dort komme ich nicht vorbei.«

»Das letzte Stück kann ich laufen.«

»Das wird Ihr Vater nicht gerne sehen.«

Mirella lächelte keck. »Muss er es erfahren?«

»Oh, ihr Kinder! Wieso denkt ihr, euren Eltern bliebe etwas verborgen?«

Mirella erschrak ein wenig. Wenn nun Enzo bei nächster Gelegenheit gegenüber dem Marchese eine Bemerkung fallen ließe. Es stimmte schon, was die Nonnen sie gelehrt hatten: Eine Lüge zog die andere nach sich. Und wie anstrengend es war, sich immer neue auszudenken. Sie schloss die Augen; plötzlich verstand sie auch, dass immer mehr Leute sich nach der ruhigen Zeit vor dem Aufstand zurücksehnten.

Eine Berührung schreckte sie auf. Die Kutsche hatte angehalten.

»Sie ist eingeschlafen. Vielleicht sollte Sie besser in Ihrem Bett liegen als am Abend noch auszugehen.«

Mirella schob sich aus der Ecke der Kutsche in aufrechte Position. »Verzeih Er mir. Wo sind wir?«

»In der *via Toledo.*"

Sie erhob sich, aber wie sie erwartet hatte, drückte Varese sie wieder auf ihren Sitz zurück. »Ich habe länger zu tun. Cesare wird Sie inzwischen zu Ihrer Freundin fahren. Enzo wäre mir gram, ließe ich Sie alleine durch die Stadt laufen.«

Cesare öffnete die Tür.

»Wie kommt Sie hernach nach Hause?«

»Der Kutscher des Marchese wird mich morgen früh fahren.« Noch eine Lüge – und noch eine Person mehr in ihr Gespinst verwickelt. Nun würde sie tatsächlich wieder zu Stefania gehen müssen. »Vater zieht es vor, dass ich bei den Oliveto übernachte.« Das wenigstens war die Wahrheit.

Cesare blieb an der offenen Tür stehen, bis Varese an den Stufen der *Reggia* angekommen war. »Wohin soll ich Sie fahren, Signorina?«

»Genau weiß ich es nicht. Fahr nach Formiello und halte an der Kreuzung, die vom Pizzofalcone herunterführt.«

»Und dann?«

»Warten wir. Wann musst du den *Padrone* abholen?«

»Spät.« Cesares Gesicht glühte vor Aufregung. »Wir haben sicher Zeit genug.«

Eine Viertelstunde später hielt er an der Kreuzung und kam zu Mirella. »Worauf warten wir?«

»Auf ein Fuhrwerk mit Grappa- und Weinfässern.«

»Mit Fässern?« Ein wenig ratlos schnappte er nach Luft, wagte aber wohl nicht, sie nach dem Sinn des Ganzen zu fragen.

»Ich bin mir sicher, dass es keine halbe Stunde dauern

wird, bis das Fuhrwerk hier vorbeikommt. Und dann folge ihm – aber so, dass der andere keinen Verdacht schöpft.«

»Wozu das alles?« Cesare wirkte noch ratloser. Nun hatte er seine Neugier doch nicht bezähmen können.

»Ich bin sicher, dass in den Fässern kein Wein ist. Eigentlich sollten sie leer sein, denn sie kommen aus dem Keller einer Trattoria.«

Cesare beugte sich vor und stützte die Ellenbogen auf den Boden der Kutsche. Er blickte schnell nach rechts und links, bevor er leise weiterfragte. »Hat Sie deshalb gefragt gestern Abend?«

Mirella nickte. »Man hat sich gegen unsere Republik verschworen. Oder gegen den Dogen. Aber wenn ich es nicht beweisen kann, wird de Guise mir nicht glauben.« Cesare blickte so zweifelnd, dass sie lachte. »Oder sonst jemand. Wie du.«

Cesare errötete. »Ich glaube Ihr; wäre ich sonst hier?«

»Also warten wir.«

»Die Fässer sind nicht leer, sagt Sie. Wie hat Sie das herausgefunden?«

»Man sieht es doch, ob einer ein schweres Fass trägt oder ein leichtes.«

Er errötete noch mehr. Daraufhin fingerte sie verlegen an ihrem Rock herum. Es war nicht recht, Cesare gegenüber so großspurig aufzutreten. Sie hätte es bestimmt nicht gesehen, wenn Cristina sie nicht darauf aufmerksam gemacht hätte.

»Darauf hätte ich auch kommen können.« Er starrte auf Mirellas Füße. »Und nun will Sie herausfinden, was darin ist? Oder wohin sie gebracht werden?«

»Ich kann mir denken, was darin ist.«

»Ich auch. So weit reicht mein Verstand. Der übliche Schmuggel interessiert die Herren jetzt weniger denn je.«

Räderrollen näherte sich und Cesare trat einen Schritt zurück. Dann zog er seine Kappe und verneigte sich. Mirella schaute auf der anderen Seite aus dem Fenster. Nur die Kutsche eines hohen Beamten. »Das ist es nicht.«

Cesare grinste fröhlich. »Dachte ich mir. In einer Kutsche wird kein Pulver spazieren gefahren.«

»Glaub das nicht. Aber du hast recht; wir warten auf einen Karren.«

Die Sonne vergoldete schon die Dächer der *Chiesetta di San Lorenzo* auf dem Hügel vor ihnen, als das Fuhrwerk endlich kam.

Mirella zog sich schnell in den Schatten der Kutsche zurück, um nicht von Giovanni gesehen zu werden. »Fahr hinterher, aber halte Abstand.«

»Und wenn ich ihn aus den Augen verliere?«

»Folge dem Geräusch. Kannst du es nicht von anderen unterscheiden?«

Cesare brummte etwas, dann schwang er sich eilig auf den Bock und ließ die Pferde antraben.

Sobald die Straße einen Bogen machte, hatte Mirella das Fuhrwerk im Blick. Dieses Mal standen sogar fünf kleine Fässer zwischen den größeren Weinfässern. Es war auffällig, dass diese kleinen Fässer festgezurrt waren, die anderen aber nicht.

Die Straße wurde enger und der Verkehr geringer, als sie nach Formiello hinunterkamen. Mirella hatte erwartet, dass Giovanni irgendwo an einer einsamen Stelle die Fässer übergeben würde, aber er steuerte aufs alte Zentrum zu.

Bald darauf stoppte er vor dem Haus eines Böttchers.

Cesare hielt ein Stück entfernt gegenüber und kam zu Mirella. »Nicht schlecht. Fässer ins Haus eines Böttchers zu tragen, wird niemandem verdächtig erscheinen.«

Sie nickte und spähte über seine Schulter. Giovanni löste eines der kleinen Fässer und schob es an den Rand des Karrens. Dann stieg er ab und klopfte an die Tür des Böttchers. Zwei Männer kamen heraus und halfen ihm beim Abladen.

Als alle mitsamt der fünf Fässer im Haus des Böttchers

verschwunden waren, drehte sich Cesare zu ihr um. »Was machen wir jetzt?«

»Ich steige aus.«

»Und dann?«

Sie zuckte die Achseln. »Ich weiß nicht.«

Er öffnete den Gepäckkasten an der Rückseite der Kutsche. »Sie mag es brauchen.« Er hielt ihr Zunder und eine Lampe entgegen und warf einen Blick um die Ecke. »Sie sind immer noch alle im Haus des Böttchers.«

»Gut.« Sie nahm ihm Zunder und Lampe ab. »Fahr nur zurück.«

»Jetzt gleich?« Cesare schüttelte den Kopf. »Ich weiß nicht, was Sie vorhat. Aber wenn diese Männer ... Es könnte gefährlich werden.«

»Niemand tut einem jungen Mädchen etwas!« Sie war allerdings nicht recht überzeugt von dem, was sie da sagte. Diese Männer wüssten zu verhindern, dass ihnen jemand in die Quere käme. »Also gut. Warte hier auf mich. Ich bin bald zurück.«

Sie raffte ihre Röcke und überquerte die Straße. Zaghaft klopfte sie an die Tür. Doch niemand öffnete. Sie mussten wohl erst die Fässer verstecken.

Mirella trat einen Schritt zurück. Vor allen Fenster hingen dichte Vorhänge. Nicht ein bisschen Licht drang heraus; wie seltsam, dass ihr das jetzt erst auffiel. Sie legte das Ohr ans Holz, aber es drang kein Geräusch zu ihr.

Sie klopfte noch einmal, dann drückte sie die Klinke hinunter. Geräuschlos schwang die Tür auf. Dahinter war es dunkel.

Einen Moment lang stand Mirella mit offenem Mund da; dann trat sie auf die Schwelle. Ihre Augen gewöhnten sich an die Dunkelheit, die gar so dunkel nicht war, da von der Straße her ein wenig Mondlicht das Rechteck der Tür vor ihren Füßen markierte. Links gab es eine breite Tür, die einen Spalt offen stand. Doch auch dort war es dunkel. In dem Raum selber standen« mehrere Fässer an der Wand; alle aber größer als die Grappafässer aus der Trattoria. Der Tisch vor ihr war zu niedrig, um etwas zu verbergen; überdies standen zwei Schemel darunter.

Schritte klangen auf dem Pflaster hinter ihr und dann tauchte Cesare auf. »Will Sie dort etwa hineingehen?«

»Es bleibt mir wohl nichts anderes übrig.« Sie stellte die Lampe auf den Boden und strich den Zunder über die Wand. Es gab nicht einmal einen Funken.

Cesare nahm ihn ihr ab. Eine schnelle Bewegung und der Zunder flammte auf. Er zündete die Lampe an und reichte sie ihr. »Ich komme besser mit.«

»Vielleicht ist es doch nicht ganz ungefährlich.«

»Eben.«

»Darum musst du dafür sorgen, dass wir schnell verschwinden können. Bleib hier.«

Sie trat ein und hob die Lampe höher, um den Raum auszuleuchten.

Neben dem Tisch befand sich eine Falltür, deren Ränder an mehreren Stellen staubfrei waren. Sie stellte die Lampe ein Stück entfernt auf den Boden und hob die Falltür vorsichtig eine Handbreit an. Von dort kam ihr weniger Dunkelheit entgegen als es eigentlich sein durfte. »Dort unten sind sie irgendwo.«

Cesare kam zu ihr und nahm die Lampe auf. »Die Kavernen. Ich lasse Sie nicht alleine dort hinunter. Sie könnte sich verirren.«

»Du nicht?«

»Ich habe als Kind dort unten gespielt.«

»Ich gehe trotzdem alleine hinunter.«

»Sie muss ohne Licht gehen. Die Lampe könnte Sie verraten.« Er sah sie flehend an. »Bitte, Signorina.« Er hielt sie am Arm fest, als sie nach der Lampe griff. »Geh Sie nicht alleine.«

Vielleicht wäre es doch kein Fehler, ihn mitzunehmen. »Halt die Lampe höher, während ich die Leiter hinuntersteige.« Sie nahm ihre Röcke auf und verknotete sie in der Taille, bevor sie hinunterstieg.

Cesare blickte zur Seite. »Leise«, zischte er, als eine Sprosse knackte.

Mirella war selber erschrocken. Aber die Leiter sollte sie aushalten, wenn sie das Gewicht der Männer mit den Fässern zu tragen vermochte. Wie hatten sie das überhaupt geschafft? Wahrscheinlich waren die Fässer heruntergereicht worden.

Cesares Licht reichte bald nicht mehr bis zu ihren Füßen und sie setzte ihre Schritte langsamer, jede Sprosse einzeln ertastend. Sie zischte leise, um ihm mitzuteilen, dass sie unten angekommen war. Cesares Licht schwankte. Bevor er die Lampe löschte, trat sie von der Leiter weg. Die Wand, an der sie stand, bestand aus Tuffstein, aber die gegenüber sah aus, als sei sie zumindest teilweise gemauert.

Dann wurde es dunkel. Cesares Kleidung schabte leise an der Leiter, als er herabstieg.

Mirella betastete die Wand neben sich. Sie war kalt und feucht; kein guter Ort eigentlich, um Pulver aufzubewahren. Bestimmt sollte es nicht für lange sein; und vielleicht war es so viel, dass es nichts schadete, wenn ein Teil davon verdarb.

Die Wärme von Cesares Körper kam ihr entgegen. Sie streckte die Hand aus und zog ihn näher zu sich. »Was tun wir, wenn sie zurückkommen?« Plötzlich kam sie sich unglaublich leichtsinnig vor.

»Wir verschwinden in einem Seitengang; es gibt genug davon.«

»Und wenn jemand die Tür da oben verschließt, nehmen wir einen anderen Ausgang, ja?«

»Sie sieht, dass es klug war, nicht alleine zu gehen.«

Sie ließ ihn los und tat vorsichtig einen Schritt nach dem anderen, die Hand an der Wand. Der Boden war teilweise glitschig; einmal trat sie in eine tiefe Pfütze und das Wasser drang über die Schuhkante.

Dann griff ihre tastende Hand ins Leere; sie blieb stehen. Die Leere schien noch dunkler als die Dunkelheit um sie herum. »Ein Seitengang?«

»Ja«, hauchte Cesare hinter ihr. »Er führt hinunter zum Hafen.«

Sie blinzelte in dem Bemühen, die Dunkelheit zu durchdringen, aber dann konzentrierte sie sich wieder auf den Weg. Es war nicht völlig finster; die Lichter, die die Männer vor ihnen trugen, halfen ihr. Was aber bedeutete, sie waren ihnen so nah, dass sie fürchten mussten, entdeckt zu werden. Plötzlich sah sie die Umrisse eines Fasses vor sich, daneben ein zweites.

»Ab hier wird es mühsam für sie.« Cesare bewegte eines der Fässer. »Sie sind nicht wirklich schwer, aber der Gang wird sehr eng.« Er nahm ihre Hand und streckte ihren Arm bis zur anderen Seite aus, sodass sie beide Wände gleichzeitig berührte. Sie fühlten sich unterschiedlich an; man mochte sich daran orientieren können, um die Richtung zu finden.

»Dann kommen sie auf jeden Fall wieder hierher zurück.«

»Richtig; wir müssen uns darauf gefasst machen, schnell zu verschwinden. Aber sie werden sich durch ihr Licht verraten; das ist unser Vorteil. Wir machen unsere Lampe erst an, wenn wir allein sind.«

Und wenn sie sie doch entdeckten? Mirellas Herz setzte einen Schlag aus und begann dann zu rasen. Sie keuchte und lehnte sich gegen die Wand, ehe ihr schwindlig werden konnte. »Einen Moment nur.«

»Geht es Ihr nicht gut?«

Sie kaschierte ihr Keuchen in einem leisen Lacher. »Wir Frauen sind unpassend gekleidet für solche Abenteuer.«

»Wenn Sie gestattet, lockere ich Ihr das Mieder.«

Mirella schnappte schockiert nach Luft.

»Sie muss vielleicht rennen können.« Er fasste sie an der Schulter. »Hier.«

Ein paar Schritte weiter führte er sie in einen Seitengang.

»Hier überrascht man uns nicht plötzlich.« Er tastete nach den Verschnürungen ihres Kleides und lockerte sie. Trotz der Dunkelheit waren seine Finger schnell und geschickt; selbst Gina konnte es nicht besser. Sie grinste; er hatte wohl einige Übung.

Unbehaglich bewegte sie sich unter seinen Händen. »So beeile dich doch.« Cesare löste die mittleren Haken des Mieders und band die Schleifen an ihrem Kleid wieder zu. Mirella atmete mit dem Bauch und entspannte sich. Cesare ging ihr voraus zum Hauptgang zurück. Sie waren noch nicht ganz an der Ecke angekommen, da drückte er sie gegen die Wand und lehnte sich neben sie.

Seine Gestalt hatte ihr verdeckt, dass es heller geworden war: Die Männer kamen zurück. Sie würden sie entdecken, wenn sie in den Gang hineinleuchteten, das war gewiss. Mirella wagte nicht zu fragen, ob dieser Gang irgendwohin führte, wo sie entkommen konnten.

Stimmen wurden lauter.

»... zurück.« Das war die von Giovanni.

»Ja, mein Junge; fahr nur. Es soll sich niemand wundern, was dein Karren so lange vor meinem Haus macht.«

Mirella schloss die Augen, als könne sie sich so besser verstecken. Aber dann riss sie sie wieder auf. Es war unklug, nichts zu sehen, wenn Gefahr drohte.

Dann gingen die drei an ihrem Gang vorbei. Mirella presste die Hand vor den Mund, damit nicht zu hören war, dass sie erleichtert ausatmete.

»Das kann sich jeder denken, ohne einen Argwohn zu hegen. Aber es wäre besser, wenn morgen jemand anderes den Rest der Fässer brächte. Immer dasselbe Fuhrwerk; das ist doch merkwürdig.«

Der Lichtschein bewegte sich nicht mehr; vermutlich standen sie vor den beiden Fässern. Einer der Männer ächzte, als sei ihm das Gewicht zu groß.

Cesare stieß Mirella an und sie begriff. Leise liefen sie tiefer in den Seitengang hinein und pressten sich dann wieder an die Wand. Etwas rieselte Mirella in den Nacken. Sie griff danach; es war warm und klebrig. Von was für einem Tier mochte das stammen? Sie schüttelte sich vor Ekel.

»Wenn schon.« Das war wieder der Böttcher. Die Stimmen waren jetzt deutlich leiser. »Es findet doch niemand etwas. Die Franzosen ahnen nichts von den unterirdischen Gängen.«

»Wenn du dich da nicht irrst. Sei lieber vorsichtig.«

Das Licht kam zurück und ging an ihrem Gang vorbei. Die beiden Männer trugen die Fässer auf der Schulter und hielten jeder eine Fackel in der freien Hand.

»Wir warten besser hier«, hauchte Cesare in ihr Ohr.

»Aber ...«

Er presste ihr die Hand auf den Mund. »Leise! Wir schauen uns um, wenn sie fort sind.« Er ließ die Hand auf ihrem Mund liegen. Mit einem Finger strich er ihr sanft über die Wange. »Es kann nicht weit sein, so bald wie sie zurückgekommen sind.« Er ließ die Hand sinken.

Sie warteten eine schier endlose Zeit. Aber die beiden Männer kamen nicht zurück.

»Ich gehe zur Ecke.« Mirella stieß sich mit dem Hintern von der Wand ab. »Wir sehen es rechtzeitig, wenn es heller wird.« Sie tastete sich langsam zurück. Nach zwei Schritten spürte sie Cesares Bewegungen hinter sich. Es beruhigte sie ungemein, dass er ihr folgte.

Sie spähte vorsichtig um die Ecke. Das Ende des Gangs lag in tiefer Dunkelheit. »Kein Licht mehr. Sie sind in die andere Richtung gegangen.«

Cesares Atem streifte ihr Ohr. »Umso besser.«

»Warum? So wissen wir nicht, ob sie fort sind.«

»Aber sie bemerken auch die Kutsche nicht.«

Er nahm sie an der Hand und führte sie langsam den Tunnel entlang. Der Weg wurde wieder breiter und bald schien es abwärts zu gehen.

Dann hielt Cesare sie abrupt fest. »Aufpassen!«

Es kamen zwei Stufen. Hätte sie noch Zweifel gehabt, dass er sich hier auskannte, sie wären jetzt restlos beseitigt.

»Wieso haben wir den Lichtschein sehen können, obwohl dieses Stück tiefer liegt?«

»Die Decke ist höher.«

Gleich darauf kamen sie an eine Gabelung. Cesare blieb stehen.

»Weißt du nicht mehr weiter?«

»Was denkt Sie, aus welchem der Tunnel das Licht kam?«

»Wie soll ich das wissen? Wo sind wir hier überhaupt?«

»Unter der *Piazza del Mercato.*«

»So weit schon?"

Er antwortete nicht; vermutlich nickte er und hatte vergessen, dass sie es nicht sehen konnte.

»Welchen Tunnel auch immer sie benutzt haben; sie können nicht weit gegangen sein. Sonst hätten wir doch nichts gesehen.«

»Richtig. Wir könnten sie einfach beide ausprobieren. Oder nachdenken. Der eine führt zum Hafen, der andere unter die Kathedrale.«

»Eine Kaverne unter der Kathedrale?«

»Sicher. Was dachte Sie, woraus die Katakomben bestehen? Die Krypta ist ein Teil davon.«

Dieser Junge überraschte sie immer mehr. Er besaß mehr Wissen als einem Domestiken zustand.

»Wo würde Sie das Pulver deponieren, wenn Sie damit etwas vorhätte?«

»Unter den Mauern einer Festung natürlich.« Ihr stockte der Atem. »Der *Palazzo Reale* also.«

»Keiner dieser Wege führt dorthin.«

»Dann ...« Er hatte es eben gesagt. »Das glaube ich nicht. Kein Christenmensch würde so etwas tun.«

»Die Spanier beschießen auch unsere Kirchen, oder nicht?«

»Aber ...«

»Wenn Sie nicht selber überzeugt wäre, dass man sich gegen das Volk und den Dogen verschworen hat – wären wir dann hier?«

Mirellas Herz versäumte einen Schlag und begann dann, heftig zu pochen. Sie presste die Hände auf die Brust und wartete darauf, dass es vorbei ginge.

»Signorina?«

»Nehmen wir den Gang zur Kathedrale.«

Es ging schräg hinab; dann kamen wieder Stufen, die sie noch tiefer führten, und anschließend liefen sie durch Wasser. Mirella begann mit den Zähnen zu klappern und bald wusste sie nicht, ob vor Kälte oder vor Furcht.

Sie blieb stehen. »Niemals würde ein Neapolitaner die Kathedrale in die Luft sprengen. Cesare! So bedenke doch. All die Leute!«

»Es wird nicht die ganze Kirche einstürzen; das halte ich für unmöglich.«

»Führt die Kaverne nicht unter der ganzen Kirche entlang?«

»Doch, aber sie werden das Pulver gewiss an einer einzigen Stelle zünden, damit es seine Wirkung tut. Unter der Krypta.«

»So gibt es einen Zugang.«

»Vielleicht wollen sie auch gar nicht sprengen. Aus der Krypta heraus gelangt man durch die Sakristei in den Altarraum. Vielleicht ist nur ein direkter Angriff mit Arkebusen und Pistolen geplant. Allerdings bei der Menge an Pulver ...«

Mirella japste nach Luft. »Nur!« Der Platz des Dogen war dort oben. Und Alexandre an seiner Seite: Er würde ihn mit seinem Leben verteidigen. »Das darf nicht geschehen.«

»Die Spanier ... Vermutlich würde Annese ihnen eigenhändig die Schlüssel Neapels übergeben, um seinen Kopf zu retten.«

»Gehen wir weiter.« Sie stolperte gegen eine Stufe; Cesare

erwischte sie am Kleid, bevor sie stürzte. »Geht es hier nach oben?«

»Ich glaube, jetzt ist es ungefährlich.« Ein Ratscher, dann flackerte der Zunder auf und Cesare zündete die Lampe wieder an. »Ich habe Sie mit den französischen Offizieren gesehen. Sie kennt sie gut, nicht wahr?«

»Manche.«

Cesare packte sie am Arm. »Dann wird man Ihr glauben.«

Da hatte sie ihre Zweifel. Alexandre und Albert wussten zu gut, dass sie nicht immer die Wahrheit sagte. »Man braucht mir nicht zu glauben. Sie können doch selber nachsehen.«

»Sie kennen sich nicht aus.«

»Du musst sie führen, Cesare.«

Die Stufen wendelten sich in einem enger werdenden Schacht nach oben. Sie waren ungleichmäßig hoch und zuweilen so schmal, dass sie nur mit dem Ballen auftreten konnte.

Mirella stützte sich an beiden Wandseiten ab. Bei jedem Schritt tastete sie mit dem Fuß erst nach sicherem Halt, bevor sie ihn aufsetzte und den anderen hob. Plötzlich blieb sie stehen und fuhr mit den Handflächen über die Wände, so hoch sie reichen konnte.

»Cesare, hier gibt es nirgends eine Halterung für Fackeln. Sie können diese enge Treppe nicht mit Feuer in der einen und Pulver in der anderen Hand gegangen sein.« Sie lehnte sich gegen die Wand, unentschieden, ob sie diese Erkenntnis freuen oder enttäuschen sollte. »Wir haben uns geirrt; sie sind zum Hafen gegangen.«

»Das werden wir sehen, wenn wir oben sind. Es gibt noch einen anderen Zugang.« Darum hielt er diesen Weg für ungefährlich.

Es wäre ihr aber lieber, sie hätten sich geirrt. Noch konnte sie es hoffen.

Die Treppe endete abrupt; es ging zwei Schritte geradeaus und dann stand sie vor einer Wand.

Cesare kam an ihre Seite und seine Finger strichen in Kopfhöhe mehrmals über die Fläche. »Da!« Triumph klang in seiner Stimme. »Gleich sind wir draußen.« Er schob Mirella beiseite und lehnte sich gegen die Wand.

Ein Scharnier knarrte leise; dann löschte er die Lampe und bewegte sich nicht mehr.

»Was ist?«

»Ich glaube zwar, niemand kennt diesen Zugang. Aber wir sind besser vorsichtig.«

Stein schabte auf Stein. Die Wand vor Cesare bewegte sich und schleifte dabei irgendwo. Cesare musste Katzenaugen haben; sie sah nur Schwarz und Anthrazit. Er keuchte unterdrückt. Dann tastete er nach ihrer Hand; seine Finger waren inzwischen noch eisiger als die ihren. »Weiter!« Er schob sie vorwärts und drückte die Wand dann wieder zurück in ihre Öffnung.

Der Gang wurde breiter und öffnete sich in einen Raum, dessen immense Größe sie am Hall ihres nächsten Schritts erahnte. Sie erschrak über das Geräusch und setzte ihre Füße achtsamer auf.

»Keine Sorge! Wenn hier jemand wäre ...« Er blieb einen Moment stehen. »Wenigstens ein Messer hätte ich mitnehmen sollen. Aber Sie hat mich überrumpelt.« Er fasste ihre Hand fester und streckte den Arm zur Seite. »Wenn jemand kommt, dann von dort. Und wir merken es, bevor man uns sieht.«

»Und dann?«

»Dann müssen wir rennen, so schnell wir können. Oder uns eine gute Ausrede einfallen lassen.« Er führte sie ein paar Schritte seitwärts und streckte dabei die freie Hand tastend nach oben. Als die Decke niedriger wurde, blieb er stehen. »Sie wartet besser hier.«

Und wenn jemand kommt, hätte sie am liebsten gefragt. Ihr Herz klopfte heftiger. »Wo gehst du hin?«, presste sie hervor.

Cesare lachte halblaut. »Nur die paar Schritte bis zur

Wand. Ich möchte vermeiden, dass Sie sich den Kopf an der Decke stößt.«

»Wenn man uns hier antrifft?«

Einen Moment reagierte Cesare nicht. »Dann ...« Er schien nicht weitersprechen zu wollen. »Kommt darauf an, wer. – Mach Sie sich keine Sorgen.«

Gleich darauf klopfte er auf Holz; es war ein dumpfer, schwerer Klang. »Hier sind sie.«

»Wir brauchen Licht, damit wir sehen können, was hier noch liegt.«

»Vielleicht gibt es auch die Fackeln noch.« Sand knirschte unter Cesares Schritten. »Hat Sie noch einen Rest vom Zunder?«

Mirella vergrub die klammen Hände in ihren Rocktaschen. »Du weißt sogar, wo es hier Fackeln gibt?«

Der Zunder ratschte über Stein und gleich darauf brannte eine Pechfackel in Cesares Hand. Er hielt sie hoch über den Kopf und deutete auf einen eisernen Ring in der Wand. »Das ist der gewöhnliche Platz für sie.« Er zündete auch die Lampe wieder an und gab sie ihr.

Die Kaverne öffnete sich zu einem großen ovalen Raum. Die Seitenwand rechts von ihr schwang sich in zwei großen Absätzen hinauf zur Decke. Vor dem zweiten Absatz hatte Cesare sie angehalten. Hier hing die Decke noch über ihrem Kopf, aber drei Handbreit weiter reichte sie bis in ihren Nacken hinunter. Direkt an der Wand standen die Fässer.

Mirella bückte sich und ging näher, um zu zählen. »Zwanzig!«

Sie wandte sich nach Cesare um und hob dabei prompt zu sehr den Kopf. Sand rieselte ihr in die Haare und ins Gesicht.

Vorsichtiger geworden trat sie zurück und sah sich um, so weit das Licht es zuließ. »Es gibt nichts als diese Fässer.«

»Sie werden die Zündschnüre mitbringen, damit sie gewiss trocken sind.«

»Wir wissen nicht sicher, dass in den Fässern Pulver ist.«

Ungeduldig hieb er mit der Fackel durch die Luft; sodass der Zug sie fast zum Erlöschen brachte. »Was wird einer hier lagern? Gesalzenen Fisch?«

»Du hast recht! Ich will es immer noch nicht wahrhaben.«

Langsam kam er ihr entgegen. »Sie muss den Dogen warnen. Allerdings ...«

»Ich werde den Weg nicht finden. Du musst die Franzosen hierher führen.«

»Ich zeige Ihr, wie man von hier nach draußen gelangt; Sie muss sich nur diesen Zugang merken.« Er nahm sie an der Hand und führte sie ans andere Ende des Raums.

In einer Nische hing eine schmale Strickleiter. »Sieht Sie jetzt, warum die Fässer über den langen Weg gekommen sind. Und warum dieser Ort perfekt ist, sie zu verstecken, bis sie gebraucht werden?«

Sie reckte den Hals, aber sie konnte das Ende der Strickleiter im Dunkel hoch über sich nicht erkennen. »Müssen wir dort hoch?« Sie schluckte nervös.

»Ich halte die Leiter fest, bis sie oben angekommen ist.«

»Was ist dort oben?« Ein eisiger Schauer überlief sie.

»Wir befinden uns ungefähr unter der *San Giorgio Maggiore*. Sie sieht, das Pulver soll in der Stadt eingesetzt werden.«

Mirella zögerte. »Gibt es keinen anderen Weg hinauf?«

»Doch. Selbstverständlich.«

»Dann ... Wenn dort oben jemand ist ...«

Cesare rieb sich über die Stirn. »Ich bezweifle, dass Sie von einer anderen Stelle aus die Soldaten führen kann.«

»Dann musst du das tun.« Sie würde keinesfalls diese Strickleiter hochsteigen. »Du kannst mir diesen Zugang morgen von außen zeigen. Oder den Franzosen.«

Cesare blickte nach oben, dann sah er sie wieder an. »Über diese Leiter wären wir sehr viel schneller draußen. Sie wird sich erkälten, wenn wir noch lange hier unten bleiben.«

Automatisch blickte sie an sich herab. Ihre Zehen fühlte sie fast nicht mehr und ihre Waden waren eisig. Cesare hatte recht. »Dann sollten wir nicht länger hier stehen bleiben.«

Cesare griff nach der Strickleiter und straffte sie. »Bitte, Signorina.”

Mirella stampfte mit dem Fuß auf. »Doch nicht hier!«

Seufzend ließ Cesare die Leiter los und fasste sie an der Hand. Aber er führte sie nicht fort. »Wir können nicht an jeder beliebigen Stelle nach oben. Weiß Sie, zu wem die jeweiligen Bewohner halten?«

»Du wirst es sicher wissen.« Ihr war maulig zumute, sie hatte zunehmend Lust, mit ihm zu streiten.

Da führte er sie endlich zurück an den Eingang der Kaverne. »Ein paar Schritte von hier gibt es einen Gang zum Hof eines Fischhändlers. Von dort kommen wir leicht ins Freie, selbst wenn man uns entdeckt.«

Erleichtert schlug sie neben ihm den angezeigten Weg ein. »Was fürchtest du?«

»Ich bin mir nicht sicher ... Wenn die Verräter zu früh davon erfahren, dass ihr Pulver entdeckt worden ist, könnten sie ihren Plan ändern. Aufgeben werden sie ihn gewiss nicht.«

»Also dürfen sie keine Zeit mehr haben, ihn zu ändern. Ich gehe gleich in der Früh zum Chevalier de Grignoire. Er wird Rat wissen.« Lieber ginge sie zu Alexandre – aber sie würde nicht verbergen können, was sie trieb.

Sie gähnte; dies ließ sich an wie eine weitere Nacht, in der sie nicht zum Schlafen käme.

Sie betraten einen schmalen Seitengang. Von irgendwo kam ein plötzlicher Luftzug, der sie erschauern ließ. Sie wickelte den Umhang fester um sich.

Gleich darauf drückte Cesare sie plötzlich an die Wand und löschte die Lichter. »Ganz still!«

Es raschelte leise in ihrer Nähe; das musste eine Ratte oder ein anderes kleines Tier sein. Sand knirschte unter ihrem Fuß, als sie sich bequemer hinstellte. Es kam ihr vor, als warteten sie endlos – worauf eigentlich?

»Was ist?«, hauchte sie schließlich in Cesares Ohr. Er legte ihr die Hand auf den Mund.

Ergeben seufzte sie. Inzwischen spürte sie ihre Zehen überhaupt nicht mehr und die von Nässe vollgesogenen Schuhe hingen schwer an ihren Füßen. Aber ihre Augen gewöhnten sich wieder an die Finsternis und sie konnte die hellere Wand, an der sie lehnte, von dem finsteren Loch des Tunnels selbst unterscheiden. Nur zur Decke reichte ihr Blick noch nicht.

Schließlich tippte Cesare ihr auf die Schulter. »Vorsichtig!«

Cesare blieb nach jedem Schritt stehen und setzte die Füße nahezu geräuschlos. Mirella versuchte, es ihm gleichzutun, obwohl sie ihn am liebsten ungeduldig vorwärts gedrängt hätte. Außer ihnen und den Tieren gab es hier doch niemanden. Mirella klapperte anfallsweise mit den Zähnen. Der Versuch, es zu unterdrücken, ließ ihre Kiefergelenke schmerzen. Um sich abzulenken, begann sie ihre Schritte zu zählen.

Als sie bei fünfhundertvierundsechzig angekommen war, blieb Cesare erneut stehen. Er drehte sich um und tastete nach ihrer Hand. »Stufen. Zehn hinab, dann ein paar Schritte nach links; dann geht es nach oben. Sei Sie um Himmels Willen leise.«

Die freie Hand gegen die Wand gestützt, tastete sich Mirella von Stufe zu Stufe. Die unteren waren feucht und schmierig. Auf einer rutschte sie aus, aber Cesare hielt sie sicher und fing ihren Sturz auf. Einen Moment hielt er sie in den Armen und drückte sein Gesicht gegen ihre Stirn. »Wir haben es gleich geschafft.«

Eine Stufe tiefer trat sie in Wasser. Es war erst die achte. Bei der nächsten würde es ihr wieder in die Schuhe laufen. »Können wir nicht schneller gehen?«

Cesare zog sie dichter an sich heran, sodass sie gezwungen war, sich seinem Tempo zu fügen. »Wenn Sie stürzt, sind nicht nur die Füße nass.« Aber als sie das Ende der Treppe erreicht hatten, lief er schneller.

Das Wasser reichte ihr bis zur Wade; zu spät hatte sie den Saum der Röcke um ihre Taille geknotet. Nun schlug der nasse Stoff an ihre Beine.

Die Treppe nach oben war bedeutend länger als die vorherige. Anfangs zählte sie die Stufen. Aber bei der elften oder zwölften verzählte sie sich; und dann stützte sie sich nur noch schwer auf Cesares Arm und wartete darauf, am Ausstieg anzukommen.

Auch Cesare musste die Stufen gezählt haben, denn er stoppte sie, als ihr Kopf nur Fingerbreit unter einer Decke war. Wieder drückte er sie an die Wand und legte ihr die Hand auf den Mund.

Sie streckte eine Hand aus nach dieser Decke über sich. Es war ein wärmeres Material als die Wände – eine Falltür aus Holz. Und wenn dort etwas darauf stünde?

Gedämpft drang das Bellen eines Hundes zu ihnen; dann war es wieder still.

Cesare wartete wieder eine Weile; dann drückte er vorsichtig gegen die Falltür. Geräuschlos öffnete sie sich einen Spalt und das graue Licht der Nacht wirkte geradezu hell nach der Dunkelheit der Kaverne.

Cesare wartete regungslos und Mirella reckte lauschend den Kopf. Er trat eine Stufe höher und schob die Falltür zur Hälfte auf. Vorsichtig blickte er über die Kante, dann streckte er die Hand nach ihr aus.

Mirella stieß sich von der Wand ab und stieg hoch, während Cesare die Falltür festhielt.

Sie befanden sich in einem umfriedeten Hof; der Ausstieg direkt neben einem Schuppen. Bis zum Haus waren es an die zwanzig Schritte. Dort brannte kein Licht; aber der Karren in der Mitte des Hofs würde sie allemal den Blicken der Bewohner entziehen.

Eine Katze kam maunzend auf sie zu. Automatisch streckte Mirella ihre Hand aus, um sie zu streicheln. Da sprang die Katze sie mit einem wütenden Fauchen an. Entsetzt wich Mirella einen Schritt zurück und stürzte gegen Cesare.

Er ließ die Tür los, um sie aufzufangen. Mit einem lauten Knall schlug sie zu. Cesare gelang es, sich an der Wand abzufangen und den Sturz zu bremsen.

Der Hund begann zu kläffen.

»Verdammt!«

»Die Katze!« Mirella wimmerte. »Sie hat mich angefallen.«

»Weg hier!« Cesare schlug die Falltür auf, ohne sich weiter um den Lärm zu kümmern, den sie dabei machten.

Im Haus leuchtete eine Lampe auf; das Licht bewegte sich.

Er zeigte zur Mauer neben dem Schuppen. »Dorthin!«

Mirella raffte ihre nassen Röcke und lief los.

»Wer ist da?« Der Männerstimme folgten Schritte von der Haustreppe; die Schritte mehrerer Menschen.

Mirella erreichte die Mauer. Die Kante war fast eine Kopflänge über ihr. Sie griff mit beiden Händen danach und versuchte, sich mit einem Klimmzug hochzuziehen. Doch sie konnte sich nicht halten; sie war viel zu müde und steif gefroren. Ihre Knie schürften sich an der Mauer auf, als sie abrutschte. Sie müsste es mit einem Anlauf versuchen, aber dazu hatte sie nicht mehr die Kraft.

Sie blickte zurück. Cesare war dicht hinter ihr; drei Männer liefen brüllend und mit Messern fuchtelnd auf sie zu.

Cesare erreichte sie und hielt ihr halb gebückt die gefalteten Hände für eine Räuberleiter hin. »Schnell!«

Sie stieg mit einem Fuß auf seine Hände und klammerte sich an der Mauerkrone fest. Er schob sie hoch und half ihr, ganz auf die Mauer zu steigen.

Sie ließ sich in die dunkle Gasse hinunterrutschen.

Cesares Gesicht erschien über der Mauer.

»Bleib hier, Bursche!«

Cesare schien nach jemandem zu treten; dann stöhnte er auf. Mirella griff nach seinen Händen und hielt sie fest. Sie zog und Cesare kam auf die Mauer zu liegen.

Eine Hand streckte er abwehrend in Richtung Hof; dann krümmte er sich stöhnend und ließ sich zu Mirella herunterfallen.

Hinter der Mauer fluchte ein Mann.

Mirella starrte erschreckt auf Cesare; dann bückte sie sich. »Bist du verletzt?«

Es war zu dunkel, um ihn genauer anzuschauen. Und keine Zeit. Sie half ihm auf die Beine.

Cesare keuchte. »Weg hier!« Er taumelte vorwärts und presste eine Hand in die rechte Seite. »Da entlang!«

Mirella packte ihn unter einer Achsel, um ihn zu stützen, und er legte seinen Arm über ihre Schulter.

»Wo sind wir?«

»*Vico 'e f.asule*« Er lenkte sie in eine noch schmalere Gasse, in der sie kaum nebeneinander Platz zum Gehen hatten.

Am Ende der Gasse blieb Mirella stehen. »Wie kommen wir nach Hause?«

»Zu Fuß.« Cesare stieß die Worte zwischen zusammengebissenen Zähnen hervor.

»Wir müssen etwas mit deiner Wunde machen.«

»Es war bloß ein Messer; es wird schon gehen.«

Mirella zog seine Hand von der Hüfte. Was da dunkel auf seinen Fingern schimmerte, war Blut. Sie zerrte an seinem Hemd; aber bevor sie es aus der Hose gezogen hatte, hielt er sie fest.

»Das hat Zeit!«

Sie bezweifelte es, aber es war sicher gut, den langen Weg in Etappen zurückzulegen.

Von *Santa Maria del Carmine* schlug es zwei, als sie auf die *Piazza Sant'Eligio* heraustraten. Hier war die Nacht weniger dunkel und Mirella blieb stehen.

»Jetzt sind wir weit genug, dass ich deine Wunde verbinde.« Sie streifte einen ihrer Unterröcke ab. Das nasse Ende wrang sie aus und dann wickelte sie den trockenen Teil als Druckverband fest um Cesares Taille und verknotete ihn.

Er knurrte, aber ließ es sich gefallen.

Eine halbe Stunde später ließ sie sich erschöpft auf die Stufen der *San Giovanni a Mare* fallen. »Mir ist kalt und ich bin müde. So kommen wir nie nach Hause.«

»Mir wäre eine Patrouille sehr gelegen, auch wenn sie uns einsperren täten.«

Mirella legte den Kopf auf ihre Knie. »Was erzählen wir ihnen? Wir müssten beide dasselbe sagen.«

»Dass wir von Verrätern angegriffen wurden, als wir sie entdeckt haben.«

»Was für Verräter?« Sie seufzte.

»Das kommt darauf an, ob es eine Patrouille Anneses ist oder des Dogen.«

»Cesare, wie alt bist du eigentlich?«

Cesare räusperte sich. »Im April werde ich siebzehn. Ich habe am gleichen Tag Geburtstag wie unser Doge.« Stolz schwang in seiner Stimme.

Eine Uhr schlug drei. »Lass Sie uns weitergehen. Es dauert mindestens noch eine Stunde, bis die ersten Fischer unterwegs sind.«

»Niemand geht mehr fischen in diesen Tagen.«

»Und woher kommen die Fische auf dem Markt? Ein paar Männer haben ihre Boote in den Häfen von *Marechiaro* und *Torre del Greco* liegen; die machen sich um diese Zeit auf den Weg.«

Mirella schmunzelte unwillkürlich. »Cesare, mir scheint, auch du nimmst es mit der Ausgangssperre nicht so genau.«

Sie strich den Überrock glatt und erhob sich. »Gehen wir ein Stück weiter.«

Cesare zog sich mit ihrer Hilfe hoch; dann hakte sie ihn wieder unter und sie gingen langsam an den Häusern entlang ans gegenüberliegende Ende der Piazza.

Als sie eben die nächste Straße überqueren wollten, klang hinter ihnen das Rattern von Rädern. Sie drückten sich in den Schatten eines Hauseingangs.

Ein kleiner Karren ohne Lampe, vor den ein Esel gespannt war, rollte langsam auf die Piazza. Eine schmale Gestalt mit breitkrempigem Hut zeichnete sich gegen den Himmel ab; sie schien direkt auf dem Karren zu sitzen.

»Der ist bestimmt harmlos.« Sie ließ Cesare los und trat ein paar Schritte auf die Piazza. »Signore!« Sie griff nach ihren Röcken und hielt sie so weit ausgebreitet, dass ihre Silhouette sie unzweideutig als Frau zeigte.

Der Karren rollte weiter.

»Signore.« Mirella winkte und lief ihm entgegen. »Bitte! Er helfe uns.«

Der Karren hielt, kurz bevor Mirella ihn erreichte. Die Gestalt zog den Hut vom Kopf und helles langes Haar fiel auf ihre Schultern. Ein junges Gesicht blickte ihr entgegen, wohl noch jünger als sie selbst.

Mirella trat an den Esel und griff nach dem Leinenzeug. »Signorina, wir sind in einen Hinterhalt geraten. Mein Lakai konnte mich verteidigen; aber nun wird er sterben, wenn er nicht bald in die Hände eines Arztes kommt.«

Das Mädchen musterte sie von oben bis unten. »Wie kommt es, dass Sie zu Fuß unterwegs ist?«

»Das Kutschpferd ist tot.« Sie würde sich nicht wundern, wenn das Mädchen ihr nicht glaubte. Sie täte es auch nicht; aber was sonst sollte sie sagen? »Es soll nicht Ihr Nachteil sein, wenn Sie uns nach Hause bringt.«

»Sehe ich aus, als ließe ich mich bezahlen?«

Mirella senkte den Blick. »Ich wollte Sie nicht kränken!«

»Und wo hat Sie Ihren Diener gelassen?«

Eingeschüchtert wies sie zur Straßeneinmündung.

»Bring Sie ihn auf die Piazza. Ich will sehen, dass es keine Falle ist.«

***

Als Mirella erschöpft und durchgefroren in die heimische Küche schlich, stand Gina im Nachtkleid vor dem Herd und schichtete gerade Holz hinein. Sie starrte sie einen Augenblick an, dann schüttelte sie den Kopf und schob sie auf einen Stuhl.

Statt sich weiter um das Feuermachen zu kümmern, lief Gina hinaus und kam gleich darauf mit einer dicken Decke aus ihrem eigenen Bett zurück. »Ich will gar nicht wissen, wo du jetzt schon wieder warst. Wickel dich ein, solange, bis das Feuer brennt.« Sie hängte Mirella die Decke über die Schultern. »Nein, zieh erst diese schrecklichen Kleider aus.«

Sie zündete das Feuer an, während Mirella sich der Schuhe und Strümpfe entledigte und dann die Röcke abstreifte.

Aus den Augenwinkeln verfolgte Gina ihr Tun. »Gestern Abend hattest du einen Rock mehr an!«

»Jetzt willst du doch wissen, wo ich war.«

»Ich will wissen, bei wem du den Rock gelassen hast. Wenn das deine Mutter erfährt!«

»Den hat Vareses Kutscher jetzt. Und er braucht deine Hilfe nötiger als ich. Geh; ich kümmere mich um den Herd und mache mir das Wasser heiß.«

Gina ließ sich auf einen Stuhl fallen und starrte sie mit offenem Mund an. Dann räusperte sie sich zwei Mal – es klang wie das verunglückte Bellen eines altersschwachen Hundes. »Dieser Krieg ist nicht schnell genug vorbei; er wird euch vorher umbringen.«

Mirella schälte einen Arm aus der Decke und legte ihre

Hand auf Ginas Schulter. »Cesare ist verletzt; ich weiß nicht, wie schlimm. Geh und sag niemandem ein Wort.«

»Denkst du, es kann geheim bleiben?«

»Varese wird das Märchen von den Liebeshändeln glauben, das das Mädchen ihm erzählt hat.«

»Welches Mädchen?«

Mirella hob die Schultern. »Cesares Mädchen vielleicht?«

»Warum schickt Varese nicht nach einem Arzt?« Gina funkelte sie böse an. »Da ist der Junge besser aufgehoben.«

»Wir haben ihn gebeten, es nicht zu tun.«

»*Santa Madonna!*« Gina richtete einen flehenden Blick zur Küchendecke. »Aber zuerst kümmere ich mich um dich. Dafür kriege ich meinen Lohn.« So geschwind, dass Mirella alle geweckt hätte, hätte sie widersprechen wollen, lief Gina wieder hinaus.

Sie brachte den Grappa aus dem Esszimmer und schüttete eine Kaffeetasse voll. »Trink das aus!«

Mirella steckte vorsichtig die Zunge in die Flüssigkeit und schüttelte sich. Ginas Blick verfinsterte sich, als sie ihre Hand mit der Tasse in Richtung Tisch bewegte. Je schneller sie trinken würde, umso eher wäre Gina bei Cesare. Also leerte sie gehorsam die Tasse.

Der Grappa brannte in der Kehle, als hätte sie Feuer geschluckt, und ihre Augen tränten. Wie konnten die Männer so etwas trinken? Sie hustete unterdrückt.

Doch dann flammte eine angenehme Hitze in ihrem Magen auf und endlich hatte sie das Gefühl, sie würde doch noch auftauen. Entzückt hielt sie Gina die Tasse hin und bekam sie tatsächlich noch einmal vollgeschenkt.

»Wenn du nicht sehr bald in dein Zimmer gehst, wirst du die Treppe nicht mehr alleine hinaufkommen.«

Mirella hickste heftig und hielt sich das Zwerchfell. »So schnell wird man betrunken?«

»Du bist nicht daran gewöhnt.«

Gina nahm ihr wollenes Tuch vom Haken und hängte es sich über die Schultern; dann verließ sie die Küche durch die Hoftür.

Bald würden die anderen Dienstboten an ihre Arbeit gehen. Sie sollte tunlichst nicht in der Küche sitzen bleiben.

Mirella ging einen Krug holen, um heißes Wasser in ihr Zimmer zu nehmen. Dabei entdeckte sie in der Speisekammer einen Teller voll aufgeschnittenen Speck; sie stopfte sich zwei Scheiben in den Mund. Dann schlich sie über den Flur zur Treppe.

Der Schluckauf wurde heftiger und begann, weh zu tun. Sie hielt sich am Treppengeländer fest, während sie nach oben stieg. Wie viele Stufen waren das wohl gewesen in dieser Nacht?

Sie stolperte und nur die Hand am Geländer bewahrte sie vor einem Sturz. Aber das heiße Wasser ergoss sich über die Treppe.

»*Santa Madonna!*« Mirella setzte sich. Ihr schwindelte – war das schon die Wirkung des Grappas? Nach einem tiefen Atemzug stand sie wieder auf und zog sich Stufe um Stufe weiter.

Im ersten Stock angekommen, lehnte sie sich erschöpft gegen das Geländer. Sie fror schon wieder; zitternd drückte sie den Krug mit dem kläglichen Rest heißen Wassers an sich und starrte auf die Zimmertür, die fünf Schritte entfernt war. Fünf Schritte, die plötzlich endlos weit waren.

Sie betrachtete den Krug; mit dem bisschen Wasser konnte sie nichts anfangen. Sie stellte ihn auf die oberste Stufe; dann taumelte sie über den Gang.

Sie stürzte mit der Tür ins Zimmer und warf sich aufs Bett. Die Zimmertür fiel geräuschvoll ins Schloss; aber das war ihr nun egal.

Mirella schob sich das Kopfkissen auf den Rücken, aber da es nicht recht wärmte, zerrte sie die Bettdecke auch noch halb über sich. Fabrizio hatte das Feuer ausgehen lassen – wieder einmal. Er war entschieden zu sparsam. Konnten sie nicht immer noch Holz schlagen lassen in den Wäldern von Stefanias Vater, so viel sie brauchten?

Sie nieste und ein Kälteschauer lief ihr über den Rücken.

Vielleicht war das Wasser doch noch genug. Sie rutschte aus dem Bett und kroch hinaus, um den Krug von der Treppe zu holen. Dann stellte sie die Waschschüssel vors Bett und ihre Füße hinein. Langsam goss sie das mittlerweile nur noch handwarme Wasser darüber. Besser als gar nichts; immerhin spürte sie ihre Füße wieder. Sie beugte sich vor und wärmte auch ihre Hände darin.

Das Wasser kühlte ab, aber sie konnte sich nicht entschließen, irgendeine Bewegung zu machen.

Ohne anzuklopfen, betrat Dario ihr Zimmer. »Mirella, wo warst du?« Er trat auf sie zu und hob ihren Kopf. »*Madre de Dio*! Wie siehst du aus!«

»Gib mir ein Handtuch!«

Dario nahm eines aus der Schublade des Waschtischs, bückte sich und rieb ihre Füße trocken. Mirella schloss die Augen und genoss die Fürsorge. Vielleicht würde doch noch alles gut.

»Dario, was habt ihr vor?«

Er hörte auf, den linken Fuß abzurubbeln und sah auf. »Wovon sprichst du?«

»Von dem Pulver in den Katakomben unter der *San Giorgio Maggiore*.«

Dario versteinerte. »Was erzählst du da?« Aber er fing sich schnell. »Du fantasierst! Es gibt keinen Zugang zu den Katakomben dort.«

Sie packte ihn. »Dario, hör auf! Belüg mich nicht! Ich habe die Fässer gesehen!«

»Und nun glaubst du an eine Verschwörung?«

»Wie würdest du es nennen?« Sie zerrte an ihm. »Dario, das ist Verrat! Man wird euch alle hinrichten!«

Langsam nickte er. »Sofern der Doge davon erfährt. Und die Verschwörer kennt. Er wird es nicht erfahren, wenn du den Mund hältst.«

»Du hast ihm selber schon einen Namen genannt.«

Er schüttelte den Kopf. »Der Marchese gehört nicht dazu.«

»Wie kannst du erwarten, dass ich schweige, wenn ihr einen Mord plant? Gar einen Massenmord, wenn ihr die Kirche zum Einsturz bringt.«

»Mord – das ist dieser Krieg. Jeden Tag sterben Dutzende Frauen und Kinder in unseren Straßen.«

»So meint ihr, es sei gleich? Neapolitaner töten Neapolitaner.«

Er nahm ihre Hand von seinem Arm und hielt sie dann mit beiden Händen fest. »Hast du nicht gehört, was man mir den anderen Tag versprochen hat? Es werden keine Neapolitaner sterben – außer dem Kardinal vielleicht, der ein Verräter ist.«

»Und das glaubst du ihnen?« Der Zorn gab ihr Kraft; sie sprang auf. Plötzlich drehte sich das Zimxmer. Keuchend atmete sie aus.

Dario fing sie auf.

»Dario, du musst sie aufhalten!« Das Blut rauschte in ihren Ohren.

Er legte sie behutsam aufs Bett und deckte sie zu. »Du hast dich erkältet, Mirella. Und hast nicht geschlafen.«

Sie versuchte die Augen offen zu halten, aber ihre Lider waren zu schwer. Sie würde nie wieder ausgeschlafen sein. »Dario ...« Auch ihre Lippen waren zu schwer, um sie noch einmal zu öffnen.

Samstag, 28. März 1648

Es war dunkel, als Mirella wieder erwachte. Die Öllampe neben dem Bett brannte. Rita saß auf der Bettkante, für einmal ohne Handarbeit zwischen den Fingern.

Im Kamin loderte ein großes Feuer und Mirella klebte das durchgeschwitzte Nachthemd unter den Achseln fest. »Was?« Sie stützte sich auf die Ellenbogen, aber sie war zu schwach, um sich ganz aufzurichten.

»Bleib liegen, Kind. Eine Lungenentzündung ist eine ernste Sache. Du könntest dir den Tod holen.«

Den könnte sie sich auf ganz andere Weise als durch eine Lungenentzündung holen. Wenn sie nun zufällig dort wäre, wo das Attentat geplant war? Oder wie bei Varese eine spanische Kugel ins Haus einschlüge? »Ich bin nicht krank, *Mamma*.« Sie erinnerte sich nicht, wann sie sich das letzte Mal so schrecklich gefühlt hatte. »Ich habe Durst.«

Rita griff nach einem Krug, der hinter der Lampe stand, und schenkte eine Tasse mit einer grünlichen Flüssigkeit voll.

Mirella verzog angewidert das Gesicht. »Ich bin nicht krank. Ich habe nur Durst.« Sie schob sich an der Rückenlehne des Bettes hoch. Ihr schwindelte ein wenig; langsam zog sie die Beine an. »Ich kann nicht den ganzen Tag im Bett bleiben.«

Rita tätschelte ihren Arm. »Hast du Angst, etwas zu verpassen? Es ist erst früher Morgen.« Sie drückte sie ins Bett zurück. »Wir sind allein im Haus.«

»Ist Gina noch nicht zurück?«

Ihr Gesicht verdüsterte sich. »Worauf habt ihr euch bloß eingelassen?«

Mirella griff sich an die Schläfen; ein hämmernder Schmerz machte ihr das Denken schwer. »Es steht alles auf dem Spiel, was wir uns in den letzten Monaten erstritten haben. Das kann man doch nicht zulassen.«

Rita streichelte Mirellas Wange. »Mein tapferes Mädchen! Aber was können wir schon ausrichten gegen die Spanier? Welchen Einfluss haben wir?«

»Wir haben immerhin Einfluss auf Dario. – Hoffentlich.«

»Dein Bruder hat sich verändert in den letzten Monaten. Seit er in diesem Kerker war ...« Sie presste die Lippen zusammen.

Mirella rieb mit den Handballen die schmerzenden Schläfen. »Eben deshalb. Ich habe ihn dort gesehen – Sie nicht. Er dankt es de Guise, dass er noch am Leben ist. Einzig und allein dem Dogen.«

»Man wollte Enzo treffen mit dieser Festnahme. Das hat er nicht begriffen.«

»Weil es einer seiner verräterischen Kumpane war, der ihn ausgeliefert hat. Dieser Wirt vom Pizzofalcone ...«

Rita machte große Augen und erinnerte Mirella damit daran, dass sie nicht wusste, was sie alles getan hatte. Sollte sie sich ihr anvertrauen? Sie brauchte so sehr jemanden, mit dem sie reden konnte.

»Möchtest du es mir erzählen, Kind?«

Sie schüttelte den Kopf. Rita zog sie an sich und streichelte ihren Rücken. »Vielleicht solltest du mir wenigstens sagen, wer Cesare umgebracht hat.«

Mirella stöhnte entsetzt. »Umgebracht?«

Rita drückte sie fester. »Sie haben ihn nicht retten können. Bis ein Arzt kam, war es zu spät. Er ist gestern gestorben.«

»Gestern? *Santa Madonna!*« Wie lange hatte sie geschlafen? »Dann ist alles verloren.« Nie würde sie den Weg zum Pulver finden. Wer würde ihr dann glauben? »Ist er ...« Die Angst würgte sie.

»Was auch immer – er hat wohl nicht mehr das Bewusstsein erlangt. Er hat nicht gelitten.«

Mirella schloss die Augen und ließ lautlos die Tränen laufen.

»Außer Gina weiß niemand, dass du dabei warst. Hab keine Sorge.«

Ritas Sinn fürs Praktische brachte sie zum Nächstliegenden zurück. »Hat man sich denn nicht gewundert, als Gina aufgetaucht ist?«

»Auf dich kommt niemand. Und Varese hat schon lange aufgehört, Fragen zu stellen. Er dankt es uns immer noch, dass wir ihm damals geholfen haben.«

Ein Löffel klirrte auf Porzellan und Mirella öffnete die Augen. Rita rührte Zucker in die nächste Tasse Fiebertee.

»Ich mag das nicht.« Mirella setzte sich entschlossen auf. »Und ich bleibe auch nicht im Bett.«

Rita hielt ihr die Tasse unter die Nase. »Trink. Wenigstens das.«

Mirella kroch unter dem *Plumeau* hervor und setzte sich neben Rita auf die Bettkante. Wieder schwindelte ihr und sie stützte sich mit beiden Händen ab. Rita rückte mit der Tasse näher; Mirella nahm sie ihr mit einem Seufzer ab.

»Du bist auf einmal ganz blass. Trink.«

Es konnte nicht schaden und Rita würde es großzügiger stimmen. Also trank sie mit angeekelt verzogenen Lippen.

»Hilf mir beim Ankleiden, *Mamma*. Ich will nicht auf Gina warten.« Mirella rutschte von der Bettkante, machte mit wackligen Knien einen Schritt zum Schrank und griff nach der Tür.

Als sie die Kleider auf der Stange hin und her schob, wurde ihr einen Moment lang schwarz vor Augen. Vorsichtig drehte sie sich mit einem schlichten taubenblauen Kleid über dem Arm um.

»Du kannst nicht ausgehen, solange du Fieber hast.«

»Ich muss ja nicht zu Fuß gehen, oder?«

»Du meinst, wenn ich mich um dich sorge, dann sollte ich dir besser helfen. Andernfalls machst du, was du willst?« Zu Mirellas Erleichterung stand ein Lächeln in ihren Mundwinkeln.

Mirella beugte sich vor und küsste das Lächeln. »Danke, *Mamma*.« Es kam ihr wirklich aus dem Herzen.

Sie streifte sich ein Unterkleid und dann das Kleid über den Kopf. Konnten Mütter Freundinnen werden für ihre Töchter? Stefania reichte ihr nicht mehr; unmerklich hatte sie begonnen, sich von ihr zurückzuziehen. Sie misstraute ihr nicht wirklich, aber musste Stefania nicht zwangsläufig auf Seiten Darios stehen – und somit gleichfalls zur Verräterin werden? Als Tochter eines Adligen sollte es ihr leicht fallen. Sie war so kritiklos gewesen, als sie bei ihr war.

»Du siehst nachdenklich aus, Kind.«

Mirella langte sich über die Schulter nach den Verschlüssen; da stand Rita auf und begann, ihr das Kleid zuzuhaken. Ritas sanfte Bewegungen streichelten sie und Mirella lehnte sich unwillkürlich an.

»Man hat es auf den Dogen abgesehen!«

»Das ist schon lange der Fall.« Rita schloss den letzten Haken und drehte Mirella dann zu sich herum. »Was willst du mir damit sagen?«

»Dario hat unrecht: Es gibt Menschen, die sich nicht scheuen, eine Kirche voller Neapolitaner in die Luft zu sprengen, um de Guise umzubringen.«

»Ist Cesare deshalb tot?«

Wieder stiegen Mirella Tränen in die Augen. »Ohne ihn ...«

»Wenn du es beweisen kannst, wozu brauchst du ihn dann?«

»Um erklären zu können, wieso ich von dem Pulverlager weiß ... Nicht ich darf es gefunden haben, sondern Cesare. Es würde kein weiterer Verdacht auf Dario fallen.«

»Was musst du ihn ins Spiel bringen?« Rita setzte sich auf die Bettkante. Ihre Finger zuckten, als suche sie nach dem Nähzeug, das ihr sonst beim Denken half. »Modène und Montmorency liegt an den Neapolitanern.«

Mirella wurde es glühend heiß bei dem Gedanken an Alexandre. Sie drehte sich um und nahm eine Haarbürste aus der Kommode.

»Mit ihnen könntest du reden.«

»Modène ist noch immer im Kerker. Aber de Guise ist mir gewogen; ich könnte gewiss gleich zu ihm gehen.« Nicht zu Alexandre; er würde sofort begreifen, dass Dario etwas damit zu tun hatte.

»Worüber machst du dir also Sorgen?« Rita schüttelte verwundert den Kopf. Dann stand sie auf. »Ich lasse Fabrizio anspannen.«

Zehn Minuten später verabschiedete Rita Mirella mit einem Kuss auf die Wange und einer festen Umarmung.

Alexandre kommandierte die Wache an diesem Morgen. Sein Anblick schüchterte sie ein und sie zögerte auszusteigen, als Fabrizio ihr den Schlag der Kutsche öffnete.

Ein neapolitanischer Gardist kam die Stufen hinunter. »Signorina, Sie darf Ihren Kutscher hier nicht halten lassen.« Sein Blick unter zusammengezogenen Brauen blieb an der Türbemalung hängen. »Ihr Vater ist unser Lieferant?« Enzos Stolz, der ihn dazu veranlasst hatte, die Türen mit seinen Zunftinsignien zu schmücken, war doch zu etwas gut.

»So ist es, Signore.« Dieser Mann war ihr fremd; sie entschied sich für ein Lächeln. Und für Aufrichtigkeit. »Doch hat mein Vater nichts mit diesem Besuch zu tun. Ich möchte aus einem eigenen Grund den Dogen sprechen.«

Der junge Soldat wand sich unbehaglich in seinen Schultern. »Die heutige Audienz hat noch nicht begonnen.«

»Keine Bittstellerei. Staatsinteressen.« Warum redete sie eigentlich so viel? Damit sie einen Zeugen hatte, falls Alexandre sie abwies? Alexandre würde sie nicht abweisen.

Wie war das gewesen mit dem Erfolg von arrogantem Auftreten? Sie streckte dem Gardisten die Hand entgegen. »Wenn Er nun die Freundlichkeit hätte, mich aussteigen zu lassen? Der Marquis de Montmorency wird mich gewiss zum Dogen geleiten.«

Reflexhaft half er ihr die Trittbretter herunter und bevor er sich besonnen hatte, schritt sie an ihm vorbei zur Treppe.

In Alexandres Augen blitzte es auf, als sie auf ihn zuging. Er schien sich zu amüsieren. »Seid Ihr schon wieder mit Albert zum Billard verabredet?«

Die Frage überraschte sie und brachte sie aus der Fassung. »Ist er wieder in der Stadt?«

»Er war nicht fort.«

»Gut.« Die Erleichterung musste ihr anzusehen sein, denn Alexandre runzelte die Stirn, ein Zeichen, dass sie ihn irritiert hatte.

»Nein, wir sind nicht zum Billard verabredet. Ich muss den Dogen sprechen.«

Wieder folgte eine irritierte Bewegung Alexandres, aber dann lud er sie mit einer Geste zum Eintreten und der vertraute Duft der Marseiller Seife umfing sie.

Während sie an seiner Seite die Flure bis zum Vorzimmer des Dogen durchschritt, wurde ihr zunehmend unbehaglicher über das beharrliche Schweigen Alexandres. Aber wäre es nicht an ihr, ein Gespräch anzufangen? Nur worüber?

»*Marquis* ...«

Alexandre blieb stehen und für einen Moment lag Wärme in seinem Blick. »Mademoiselle?«

Warum traute sie sich eigentlich nicht, ihm von der Verschwörung zu erzählen?

Dann standen sie vor einer Tür und Alexandre öffnete ohne anzuklopfen.

Die Hitze im Zimmer ließ sie augenblicklich in Schweiß ausbrechen.

Albert saß lesend vor dem hoch lodernden Kaminfeuer.

»Signorina Scandore hat es eilig, den Dogen zu sprechen.« Alexandre klang belustigt.

»Allerdings.« Mirella war versucht, noch eine spitze Bemerkung hinzuzufügen. Aber es mochte einen schlechten Eindruck machen; das konnte sie nicht gebrauchen.

Albert stand auf, legte seine Papiere beiseite und begrüßte sie mit einem festen Händedruck. »Er ist nicht da. Was kann ich für Euch tun, Mirella?«

»Für mich nichts – für den Dogen alles.« Warum schickte er Alexandre nicht zurück auf seinen Posten?

Albert lachte amüsiert. »Was hat Euch de Guise dieses Mal aufgetragen?«

Alexandre stand noch immer neben der Tür. Er hatte offensichtlich nicht die Absicht zu gehen und Albert schien damit einverstanden zu sein.

Mirella zwinkerte in einem kurzen Moment der Verwirrung. »De Guise?« Sie schluckte und ihr Blick irrte zu Alexandre. »Man will ihn ermorden.«

»Das überrascht mich nicht.« Albert knurrte. »Er hatte schon immer Feinde und hier täten ihm selbst die eigenen Verbündeten am liebsten den Hals umdrehen.« Er wies auf den zweiten Stuhl.

Geradezu dankbar setzte sie sich. Ihre Beine hätten sie nicht mehr weit getragen.

»Ich habe ...« Ihr Blick ging wieder zu Alexandre. »Vor vier Tagen habe ich meine Tante auf dem Pizzofalcone besucht. Aus ihrem Fenster sieht man genau, wer im *Gallo bianco* ein und aus geht ...« Sie hüstelte, um ihre Stimme klarer zu kriegen.

Alexandres Blick verfinsterte sich; Furcht beschlich sie. Was, wenn er jetzt Albert sagte, dass sie gar keine Tante hatte?

Sie hatte es wieder einmal falsch angefangen. »Tante Cristina und ich ... Die Tante sitzt oft am Fenster ...« Alexandres Blick brachte sie ins Schwitzen und einen klaren Gedanken suchte sie in ihrem Kopf völlig vergeblich. »Wir haben ein Fuhrwerk mit Weinfässern beobachtet ... Die Tante sagte, dass die schon ein paar Tage hintereinander kämen ...«

Alexandre zog ironisch eine Braue hoch. »... was man bei einem Gasthaus nicht erwarten sollte.«

»Ich weiß wohl, dass Ihr mit dem Wirt einen Handel habt!« Sie fuhr zornig hoch und ging zwei Schritte auf ihn zu. »Der Wirt ist ein Verräter!«

Alexandre nickte unbewegt. »Sicher. Deswegen wurde Euer Bruder in Aversa von Anneses Leuten festgenommen.«

»Seht Ihr!«

Albert stand plötzlich neben ihr. »Ich erkenne keinen Sinn in dem, was Ihr erzählt, Mirella.«

Das tat sie auch nicht; sie schnaufte. »Die Fässer, die aus dem Wirtshaus gebracht wurden, waren deutlich schwerer als jene, die man hineintrug!«

»Und hätten doch leer sein sollen.« Albert feixte. »Halb Neapel lebt vom Schmuggel. War nicht auch euer Masaniello ein Schmuggler?«

»Doch wer sollte Schmuggelware unter der *San Giorgio Maggiore* verstecken? In diesen Fässern wird Schwarzpulver transportiert.«

»Wie kommt Ihr darauf? Habt Ihr hineingeschaut?« In Alexandres Stimme lag Spott. »Wer hat Euch die Gelegenheit dazu gegeben?«

Mirella starrte ihn an; dann zuckte sie die Achseln und ging zu ihrem Stuhl zurück. »Oh, Ihr braucht mir nicht zu glauben. Schaut einfach selber nach.«

»Unter der Kirche? Wie gelangt man dorthin?« Albert klang immerhin, als wolle er mehr wissen.

»Es gibt eine Verbindung von den Kavernen aus.«

»Die Ihr kennt?«

Mirella schüttelte den Kopf. »Ich war dort; aber ich weiß nicht, ob ich wieder dorthin finde. Wir sind den Männern heimlich gefolgt.«

»Wir?« Alexandre trat von der Tür auf sie zu. »Das habe ich schon bei anderer Gelegenheit festgestellt, dass Ihr leichtsinnig seid. Aber dass Ihr Männern mit Pulverfässern nachspioniert ...« Da war kein Spott mehr in seinen Augen. Er sorgte sich.

»Ich musste es doch herausfinden. Das darf doch nicht sein, dass ...« Sie schluckte, stellte sich vor, Alexandre bleich und blutüberströmt vor sich zu sehen. »Man darf Euch nicht ...«

Alexandre blickte über ihren Kopf hinweg zu Albert. »Wenn nicht Ihr uns führen könnt; wer war bei Euch?«

»Cesare ... der Kutscher eines Nachbarn ...« Ein Schluchzer stieg in ihre Kehle, aber es gelang ihr, ihn wieder hinunterzuschlucken. »Er ist tot.«

»Er wird nicht der Einzige gewesen sein, der den Zugang kennt.« Albert sah Mirella fragend an und sie nickte. »Doch darf niemand vorzeitig von unserer Suche erfahren.«

Mirella krampfte sich der Magen zusammen. »Ich weiß nicht ... Ich weiß nicht, wem man trauen kann. Von denen, die den Weg kennen mögen.«

»Dario?«

Mirella schüttelte den Kopf.

»Ihr traut Eurem eigenen Bruder nicht?« Alexandre ballte die Fäuste. »So müsst Ihr einen Grund dafür haben.«

»Er kennt die Wege in den Kavernen nicht!« Schweißtropfen rannen ihre Schläfen entlang; sie zerrte an ihrem Kragen. »Sie waren uns als Spielplatz stets verboten.«

»Und er hat sich an das Verbot gehalten?« Ein Grübchen tauchte neben Alexandres rechtem Mundwinkel auf. »Jeder Halbwüchsige hält sich nur dann an Verbote, wenn er Entdeckung fürchtet.« Er wusste wohl sehr genau, wovon er sprach.

»Fragen wir ihn.« Wieder nahm Alberts Sinn fürs Nächstliegende den Zündstoff aus der Situation.

Aber Mirella erschrak; sie verknotete ihre Finger ineinan-
der und nahm all ihren Mut zusammen. »Dario sollte besser
nichts davon erfahren ... Er würde sich Sorgen machen ...« Sie
probierte ein Lächeln und versuchte, verlegen zu wirken. »So
wie Ihr, Alexandre.«

Es schien zu verfangen; Alexandre knurrte grimmig. »Man
sollte besser auf Euch aufpassen.«

Sie strahlte ihn an. »Sorgt Ihr Euch um mich? Mir ist doch
nichts passiert.«

»Ihr hattet Glück!«

Das war wohl wahr. Der Gedanke an Cesare schnürte ihr
die Kehle zu; mit Mühe gewann sie den Kampf gegen die aufsteigenden Tränen. »Mutter wartet auf mich.«

Es war unerträglich heiß in diesem Raum. Hier hatte man
Holz in verschwenderischer Fülle zur Verfügung. Mit dem Un-
terarm wischte sie sich übers Gesicht, ohne über diese Bewegung groß nachzudenken. Als sie den Arm senkte, begegnete
sie erneut einem besorgten Blick Alexandres. »Bei uns im Haus
heizt man zu dieser Jahreszeit nicht mehr so viel.«

»Fühlt Ihr Euch nicht gut, Mirella?« Albert klang jetzt fast
ebenso besorgt wie Alexandre. »Alexandre, sorg dafür, dass Mirella wohlbehalten nach Hause kommt. Ich werde mich um
diese Sache kümmern.«

Mirella winkte ab. »Der Kutscher hat Anweisung zu warten.«

Alexandre streckte seine Hand aus, um ihr aufzuhelfen. Sie
spannte sich, damit er nicht merkte, wie schwach sie sich fühlte. Doch er ließ sie nicht los und draußen vor der Tür legte er
auch die andere Hand auf ihre Finger. »Ihr habt Fieber,
Mirella. Warum hat Euch Eure Mutter nicht ins Bett gesteckt?«

»Sie hat es versucht.«

Er knurrte entnervt. »Es gibt wohl wirklich niemanden, der auf Euch aufpasst.«

Sollte er es doch tun!

Nachdem sie in die Kutsche gestiegen war, ließ Alexandre sich das Pferd eines Wachsoldaten geben und ritt voran. Den längsten Teil des Weges galoppierte er und Fabrizio fluchte immer wieder bei dem Bemühen, mit ihm Schritt zu halten.

Schließlich fand Mirella diese Hetzjagd lächerlich. Sie beugte sich aus dem Fenster. »Fabrizio, du kennst den Weg nach Hause doch. Also lass dir Zeit und fahre lieber niemanden über den Haufen.«

Fabrizio fluchte noch lauter. »Der Franzose weiß besser als ich, wie man die spanischen Posten umgeht.«

»Woran erkennst du das?« Was für ein Disput. »Bring mich einfach so schnell wie möglich nach Hause, Fabrizio.« Sie kühlte ihr heißes Gesicht am Glas des Fensters.

Daraufhin zügelte Fabrizio die Pferde. Aber gleich darauf verstummte der Hall der Hufe von Alexandres Pferd; er wartete auf sie.

Zwei Schritte trabte er neben ihnen her; dann griff er nach den Zügeln in Fabrizios Hand. »Kutscher, ich fahre!« Er schwang sich auf den Bock. Die Zügel knallten heftig über den Rücken der Pferde und sie liefen wieder schneller. Alexandre lenkte sie mit fester Hand und ließ ihnen nur genug Raum, um in einen schnellen Trab zu verfallen.

Mirella kicherte leise. Zu gern hätte sie jetzt Fabrizios Gesicht gesehen, zumal er nicht einen Laut mehr von sich gab.

Ein lautes Sirren in der Luft und Alexandre stoppte die Pferde so abrupt, dass eines stieg. Er sprach auf Französisch auf die Tiere ein; dann lenkte er sie in einem spitzen Winkel in eine Seitenstraße. Die Kutsche schlingerte und fuhr eine Handbreit an einer Hausecke vorbei.

Ein paar Querstraßen weiter bremste Alexandre, gab Fabrizio die Zügel zurück und stieg wieder auf sein Pferd. »Hier seid Ihr außer Gefahr.«

Wollte er sie etwa nicht bis nach Hause begleiten? »Wie könnt Ihr sicher sein?«

Alexandre lächelte amüsiert. »Hattet Ihr vorhin meine Begleitung nicht gänzlich abgelehnt?«

Mirella zog sich ins Innere der Kutsche zurück, damit er nicht sehen konnte, dass sie errötete. »Da war mir auch noch keine Bombe vor die Füße gefallen. Und ich hatte vergessen, dass die Geschütze der Spanier des Nachbarn Haus gesprengt hatten.«

Alexandre lachte auf. »Ihr vergesst manches ...«

Als Fabrizio anfuhr, drehte sie sich um und starrte durchs Rückfenster auf die dunkle Gestalt, die reglos auf dem Pferd saß und wartete. Worauf? Könnte sie doch nur aufrichtig zu ihm sein.

Rita saß am Fenster; den Vorhang einen Spalt aufgezogen. Da das Buch verkehrt auf ihrem Schoß lag, hatte sie wohl auf sie gewartet. Sie streckte Mirella die Arme entgegen, als sie den Salon betrat, und Mirella lehnte sich erschöpft an sie. Rita drückte sie, verschonte sie aber mit der Frage, wie es ihr ginge. Vermutlich brauchte sie es auch nicht zu fragen.

Sie hieß Gina einen neuen Fiebertee kochen und für dieses Mal protestierte Mirella nicht. Während sie tapfer zwei Tassen trank, erzählte sie Rita von dem Gespräch mit Albert.

»Wenn der Chevalier das Pulver nicht schnell genug findet ...« Ritas Hände bewegten sich suchend hin und her; ihr fehlte die Handarbeit. Sie stand auf und öffnete den Korb mit den Häkelgarnen. Während sie einen hellgrün changierenden Seidenfaden einfädelte, sprach sie weiter. »Wir wissen weder, wann das Attentat stattfinden soll noch wo. Wenn Dario etwas damit zu tun haben sollte ...«

»*Mamma,* war Dario letzte Nacht aus dem Haus?«

Rita zuckte die Achseln. »Ich glaube nicht. – Aber tagsüber, während du schliefst. Konnte er wissen, was du in der Nacht getan hast?«

»Wir haben uns gestritten deswegen! Er vertraut den Baronen noch immer.«

»Und arbeitet für sie?«

Mirella seufzte. »Jedenfalls hält er die Verbindung zu ihnen; sonst wären die beiden nicht hierher gekommen. Sie werden wohl sowieso von der Suche erfahren. Dario ist Edoardos Mittelsmann ...«

»Wer ist Edoardo?«

»Einer der Lakaien, die de Guise behalten hat. Kürzlich ist er uns nach dem Billard gefolgt und hat Dario eine Nachricht zugesteckt. Draußen, damit es niemand merkt.«

»Es ist naheliegend, dass Annese eigene Leute im Schloss hat.«

»Oder die Barone. – Dario würde doch niemals Annese helfen. Annese wollte ihn umbringen.«

»Und de Guise hat ihn gerettet: Dennoch verschwört er sich gegen ihn.« Rita presste die Lippen zusammen. »Dario ist jeglicher Maßstab abhanden gekommen. Es würde mich nicht wundern.«

»Ich denke, es sind eher die Barone, für die Edoardo arbeitet. Der Wein kommt von einem der Güter am Vesuv.«

Rita nahm eine Häkelnadel und eine der beigen Tischdecken, um eine Spitze daran zu häkeln. Sie zeigte Mirella das Zählmuster, das sie ausgesucht hatte: stilisierte Eichblätter, die Wappenpflanze der León.

Mirella schüttelte den Kopf. »Das ist zu rustikal.«

Rita lachte. »Wie wäre es mit edleren Gewächsen – Lilien?«

»Sie würden uns auf immer an die Zeit der Franzosen erinnern.«

»Möchtest du sie vergessen?« Rita hob Mirellas Kinn, um ihr in die Augen zu schauen. »Sie hat auch Gutes gebracht.«

Palmsonntag, 29. März 1648

Wie immer war ein Altar gegenüber der Kathedrale aufgebaut. Aber nicht in der Mitte der Piazza; Masaniellos Podest hatte die Kirchenleute gezwungen, ihn dieses Mal ein Stück seitwärts aufzustellen. Von dort würde Filomarino feierlich in die Kirche einziehen, nachdem er die Olivenzweige und Palmwedel gesegnet hatte. Mönche hielten eine Gasse zum Eingang der Kirche frei. Die Piazza war voller Menschen; aber es schienen nicht so viele wie in anderen Jahren. Viele Männer von Anneses Miliz waren darunter, aber nur wenige Soldaten in der Uniform des Dogen.

Mirella nahm ihren Bund Olivenzweige in Empfang und schloss sich Rita und Enzo in der Nähe des Portals an. Als sie nach dem Einzug des Kardinals und der Priester die Kathedrale betrat, tauchte in ihren Augenwinkeln einen Moment lang eine Gestalt auf, die ihr Dario zu sein schien. Dann war sie hinter den Kolonnaden im Seitenschiff verschwunden. Achselzuckend folgte sie Rita und Enzo.

Die Marchesa d'Oliveto und ihr Mann standen im Mittelgang; ohne Stefania. Wagte sie sich nicht mehr in die Öffentlichkeit aus Sorge, man könne ihr die Schwangerschaft ansehen? Vielleicht hatte sie sich mit Dario getroffen. Es würde erklären, warum er am Morgen das Haus verlassen hatte und sie ohne ihn zur Messe fahren mussten.

Mirella verschränkte ihre Finger und begann zu zählen — tatsächlich! Es wurde höchste Zeit, dass sie heirateten.

Während die Marchesa Rita umarmte, war deren Mund an ihrem Ohr, nicht auf ihrer Wange; sie flüsterte. Die Marchesa schüttelte den Kopf.

Dann wandte sie sich an Enzo. »Ein prächtiger Tag!« Sie sprach ein wenig lauter als es sich an diesem Ort geziemte. »Stefania weint sich die Augen aus wegen ihrer unpassenden Erkältung.«

Rita nickte. »Das kenne ich. Die jungen Damen wollen prunken und vergessen, dass es zu früh ist für die dünnen Sommerkleider. Die Sonne betrügt uns.«

Nicht nur die Sonne ... Mirella kämpfte mit den Tränen.

Ein Milizionär Anneses forderte sie barsch zum Platzmachen auf.

»Was fällt Ihm ein, junger Mann?« Die Marchesa schien ihn mit ihrem Sonnenschirm erstechen zu wollen. Der Mann machte ein so verdutztes Gesicht, dass Mirella hell auflachte. Was ihn noch mehr irritierte. Er zog sich zurück, ohne noch einmal darauf zu bestehen, dass die Marchesa den Gang frei gab.

Auf der Piazza öffnete sich die Menge vor einer Abteilung von de Guises Garde, Albert an der Spitze. Hinter ihm ritten Soldaten mit den Bannern der de Guise und der Stadt.

Mirella überlief eine Gänsehaut bei ihrem Anblick und wieder stiegen ihr die Tränen in die Augen. Nicht einmal sechs Monate waren seit der Krönung des Herzogs vergangen. Es schien ein anderes Zeitalter gewesen zu sein. Damals hatte ein Leben an der Seite eines spanischen Granden auf sie gewartet ... und heute? An jenem Tag hatte sie Alexandre zum ersten Mal gesehen; nun war es wohl das letzte Mal. De Guise konnte die Stadt unmöglich halten. Es war nur eine Frage von Tagen, dass er aufgeben musste.

Trompeten kündigten die Ankunft des Dogen an. Die Soldaten mit den Standarten stiegen ab, übergaben die Zügel ihren Kameraden und flankierten das Portal. Wie damals im November.

Gewiss würde Alexandre zusammen mit dem Dogen kommen; nun, da sie einander wieder vertrauten. Ihr Blick ging zu dem Thron, der unweit des Altars neben der Tür zur Sakristei stand. Alexandre würde wieder dort stehen. Wenn Cesare recht hätte ... Sie schloss die Augen und sah die Staubwand vor sich, die sich vor Vareses Haus nach dem Einschlag erhoben hatte. Ein Anschlag, der hier auf den Dogen verübt würde, würde Alexandre unweigerlich mit sich reißen.

Vor dem Portal wurden Befehle auf Französisch erteilt und dann betrat de Guise die Kirche, ihm zur Seite Alexandre. Die Gespräche der Kirchenbesucher sanken zu einem Flüstern herab.

De Guise legte sein Schwert ab; Alexandre behielt das seine. Wie im November musterte er wachsam die Menge. Hinter den beiden folgten die Soldaten, die fünfeinhalb Monate zuvor mit de Guise an der amalfitanischen Küste gelandet waren. Diejenigen, die noch lebten. Zwei von ihnen trugen sichtbare Zeichen von Verwundungen. Der eine hatte den linken Arm in einer Schlinge; die rechte Hand gleichwohl fest um das Heft seines Rapiers. Der andere hinkte schwer und quer über seine Stirn zog sich eine flammendrote Narbe.

»So viel dazu, dass der Doge seine eigenen Männer nicht ins Feuer schicke«, raunte ein älterer Mann seiner Frau ins Ohr. Ein Lächeln stahl sich in Mirellas Gesicht. Noch gab es Neapolitaner, die zu ihrem Dogen standen.

Das Flüstern erstarb ganz und die Schritte der Männer im Mittelgang klangen überlaut durch das Kirchenschiff. Man musste sie bis in die Tiefen unter der Kirche hören. Mirella schrak zusammen: Wenn jemand in der Krypta auf der Lauer läge ... Ihr stockte der Atem. Sie hatte ihnen nicht gesagt, dass Cesare glaubte, man könne von den Kavernen aus in die Krypta gelangen. Sie hatte es schlicht vergessen.

»Ich bin kindisch«, flüsterte sie.

»Was?« Rita rückte näher zu ihr.

Mirella neigte sich zu ihrem Ohr. »Verzeiht, *Mamma*. Ich habe laut gedacht.«

Rita zog sie an sich. »Du machst dir Sorgen. – Ich auch.«

Erstaunt blickte Mirella zu ihr. Dabei fiel ihr eine Bewegung neben der Marienstatue im Seitenschiff auf. Ein Schatten, der kurz im Licht der Kerzen auftauchte und wieder verschwand wie jemand, der sich schnell bewegte. Mirella reckte den Kopf, aber da war nichts zu sehen.

Ein Ärmel streifte sie. Aber als sie sich umdrehte, war Alexandre schon an ihr vorbei. Sie mochte gerne glauben, dass es Absicht gewesen war. Ihr Blick ging wieder nach vorne, wo gerade de Guise die Stufen zum Altarraum hochstieg. Wieder nahm sie aus den Augenwinkeln eine schnelle Bewegung wahr. Jemand huschte durch die Seitentür in die Sakristei. Angst stieg in ihr hoch.

Es war Albert, der dem Dogen folgte und sich neben ihn stellte, nachdem de Guise Platz genommen hatte. Alexandre dagegen blieb an den Stufen stehen. Er sah übernächtigt aus; selbst auf die Entfernung wirkte er angespannt.

»Er macht sich auch Sorgen«, flüsterte Rita.

»Wer macht sich Sorgen?« Enzos Stimme war so laut, dass sich die Marchesa umdrehte.

Sie tätschelte seinen Arm. »Niemand. Stefania geht es gut; Dario weiß das.«

Der verschwörerische Blick, den sie dabei Rita zuwarf, ließ Enzo die Stirn runzeln. »Frauen.«

»Wo ist er überhaupt?« Auch der Marchese drehte sich nun um. »Er kann sich doch frei bewegen. Oder nicht?«

Leider. Mirella hustete unterdrückt. »Entschuldigt.« Sie schlug die Hand vor den Mund und hustete noch einmal, angestrengt sog sie die Luft ein.

»Kind, du wirst doch nicht von deiner Lungenentzündung einen dauerhaften Schaden davontragen?« Enzo langte an ihre Stirn. »Du schwitzt.« Sein Blick ging zu Rita. »Du hast sie viel zu warm angezogen.«

Mirella wich zurück. »Lass Er es gut sein, Vater.« Mit zusammengepressten Lippen hustete sie durch die Nase. Mehrere Leute wandten sich zu ihr um. »Es ist mir so peinlich.«

Alexandres wandernder Blick blieb an ihr hängen und er runzelte die Stirn; dann gingen seine Augen weiter. Wachsam, angespannt. Rita hatte recht; er war besorgt.

Mirella schnürte es die Luft ab; sie konnte unmöglich die ganze Messe lang hier ausharren. Sie räusperte sich und hüstelte erneut. »Ich fürchte, ich werde die Zeremonie stören. Überdies ist es draußen jetzt wärmer als hier drinnen.«

Rita sah sie zweifelnd an, die Augen misstrauisch zusammengekniffen. Enzo wollte ihr Platz machen, aber sie wollte nicht durch den Mittelgang gehen, wo sie jeder sah. Mirella drückte sich an Rita vorbei; vorbei an dem Platz, der für Dario frei gehalten worden war; vorbei an Fabrizio und Gina. Gina versuchte sie aufzuhalten, aber sie schüttelte sie ab und mahnte sie leise, still zu sein.

Die Säule, hinter der sie gleich darauf stand, versperrte Mirella den Blick auf Alexandre. Und umgekehrt. Falls er auf sie geachtet hatte, konnte er sie nun nicht sehen.

Sie drückte sich an der Wand entlang zur Sakristei. Nach einem Blick in die Runde, der ihr zeigte, dass die Aufmerksamkeit aller auf den Beginn der Messe gerichtet war, huschte sie durch die Seitentür. Die Sakristei war verlassen.

Mirella nahm eine der Kerzen, die auf einer Kommode lagen, und steckte ein Stück Zunder ein. Den Altarraum im Blick ging sie rückwärts bis zur Treppe, die zur Krypta führte.

»Niemand sprengt eine voll besetzte Kirche in die Luft.« Aber einer, der erfahren war mit dem Pulver, mochte wohl darauf vertrauen, dass seine Ladung nur dem Altarraum den Boden wegriss. Schließlich, diese Kirche war stabil gebaut, hatte selbst Erdbeben und den Kanonen der Spanier getrotzt.

So leise wie möglich stieg sie hinunter. Nachdem sie von der Sakristei aus nicht mehr gesehen werden konnte, hielt sie zudem auf jeder Stufe inne und lauschte nach Geräuschen.

Ein Pfeifen, ganz leise, und sie schrak zusammen. Aber ein Attentäter würde nicht pfeifen; nur eine Maus. Mit heftig klopfendem Herzen ging sie weiter und erreichte die Krypta. Ein Schauer lief ihr über den Rücken angesichts der Sarkophage, die ihr in der Dunkelheit den Weg zu versperren schienen.

Sie zog Kerze und Zunder aus ihrer Manteltasche und tastete nach der Wand, um daran Funken zu schlagen. Wie sie es von Cesare gelernt hatte. Ihr war nach Weinen zumute, als der Zunder schließlich aufflammte. Nach ein paar Schritten fand sie eine halb abgebrannte Fackel in einer Halterung; sie nahm sie an sich.

Die Kerze flackerte; von irgendwoher kam ein Luftzug. Mirella hielt sie höher, um die Stufen zu finden, die zur Ebene unter der Krypta führen sollten.

Es war totenstill hier unten; oder nicht? Von oben drang die Orgel zu ihr und dann der Gesang. Umso besser; niemand würde es hören, wenn sie jetzt hinunterstieg.

Über ihr erklangen gedämpft zwei Männerstimmen. Nun konnte sie nicht mehr zurück in die Sakristei, selbst wenn sie gewollt hätte.

Furcht jagte ihr eisige Schauer über den Rücken, als sie sich an den Abstieg machte. Das Licht verbarg sie zwischen ihren Händen, so gut sie vermochte, um niemanden frühzeitig auf sich aufmerksam zu machen.

Aber nach ein paar Stufen ging sie schneller; sie kam sich langsam lächerlich vor. Wer sollte dort unten sein?

Als die Stufen endeten, fiel sie die Schwärze der Kaverne an; ein hoher Raum mit losem Material auf dem steinernen Boden, das unter ihren Schritten knirschte. Die Kerze nützte ihr hier nichts; sie entzündete die Fackel an ihr und hob sie über den Kopf.

Cesare hatte recht gehabt! Mirella schloss die Augen. Als sie sie wieder öffnete, waren die Fässer immer noch da. Sie standen mitten im Raum.

Die Kälte begann ihr unter die Kleider zu kriechen; sie schüttelte sich. Aber bis sie wieder oben wäre ...

Von der Seite kam ein Geräusch, kein Rascheln, eher wie das Schleifen eines schweren Stoffs entlang einer Wand.

Mirella duckte sich hinter der Treppe, damit man sie vom Seitengang aus nicht sehen konnte. Ein schwacher Lichtschein kam von dort. Sie blickte auf ihre eigene Fackel, die sie verraten würde.

Sie zögerte noch einen Augenblick, dann trat sie heraus und hob die Fackel hoch. Man sollte sie sehen und wissen, dass das Pulverlager nicht geheim geblieben war.

Das Licht wurde heller. Sie schluckte nervös.

Dann betrat ein Mann in schweren Stiefeln den Raum, das Gesicht verborgen von seiner Kapuze.

»Mirella!« Mit drei langen Schritten stand Dario vor ihr. »Was machst du hier?«

Erschrocken ließ sie ihre Fackel fallen; sie rollte im Staub ein Stück weiter, erlosch aber nicht.

Dario stieß sie geschwind mit dem Fuß fort. »Pass auf, sonst sprengst du uns noch in die Luft.«

Sie gab einen kläglichen Laut von sich, bevor sie Worte fand. »Dario, was tust du hier?«

Er hob die Fackel höher und leuchtete ihr ins Gesicht; geblendet schloss sie die Augen.

»Man beantwortet eine Frage nicht mit einer Gegenfrage! Mach, dass du hier fortkommst, Mirella. Dort entlang.« Er wies in den Gang, aus dem er gerade gekommen war.

»Und du?«

»Ich hole dich ein.« Er packte sie an der Schulter, aber sie stemmte sich gegen ihn und er konnte sie nur zu einem stolpernden Schritt zwingen; dann hatte sie wieder festen Stand. Die Fackel ließ seine Augen glitzern. Oder funkelte er sie böse an?

»Geh weg, Mirella. Beeile dich.«

»Nein.«

Er seufzte. »Na schön, dann warte eben.«

Verblüfft riss sie die Augen auf. Aber er schien es ernst zu meinen, denn er ließ sie los.

Dario legte seine Fackel vorsichtig auf den Boden und zog eine lange Schnur aus der Tasche.

Als er begann, sie abzuwickeln und sich damit den Fässern näherte, gab es keinen Zweifel mehr.

»Dario!« Was ein Schrei werden sollte, misslang ihr zu einem Krächzen. Sie stürzte sich auf ihn und packte seinen Arm. »Dario, das darfst du nicht!«

Er wehrte sie ab und zog aus einem der vorderen Fässer den hölzernen Pfropfen heraus.

Sie stürzte sich wieder auf ihn; er gab ihr einen Stoß und sie fiel zu Boden.

Mirella keuchte. »Du hast gesagt, dass kein Neapolitaner zu Schaden kommen wird durch die Pläne der Barone.« Sie begann zu weinen. »Und du, was tust du?« Sie rappelte sich hoch; an ihrem rechten Knie breitete sich die Wärme ihres Blutes aus und es tat ihr weh, als sie auftrat.

»Dario, nein. Bitte.« Das konnte er doch nicht tun. Ihr Dario doch nicht!

Er hielt tatsächlich inne, den Stopfen in der einen Hand, die Pulverschnur in der anderen. »Mirella, dieser Krieg muss ein Ende haben. Und dafür gibt es nur einen Weg.«

Sie schluchzte. »De Guise verdankst du dein Leben.«

»Und ohne ihn und seinen Krieg wäre ich nicht im Kerker gelandet.«

»Seinen Krieg?« Sie packte seine Hand und versuchte, ihm die Pulverschnur zu entwinden. »Dario, sie kriegen dich. Denk an Stefania und euer Kind; das darfst du ihr nicht antun!«

Er stieß sie fort und sie stürzte wieder, schlug mit einem Ellenbogen hart auf, kaum geschützt durch den Stoff ihres Umhangs. Der stechende Schmerz lähmte sie; sie atmete langsam durch den Mund, um ihn zu beherrschen.

Dario stopfte die Pulverschnur ein ganzes Stück weit in die Öffnung, dann verschloss er sie wieder mit dem Pfropfen. Als er sich umdrehte, blinkte im Schein der Fackel der Dolch in seinem Gürtel auf, den Felipe ihm geschenkt hatte. Er lief an Mirella vorbei, dabei die Pulverschnur weiter ausrollend.

Er bückte sich nach seiner Fackel; sie kam wieder auf die Beine.

»Dario! Bitte!« Mirella hinkte ihm hinterher. Er würde Alexandre töten, wenn er die Fässer in Brand setzte.

Sie warf sich gegen ihn, gegen die rechte Seite, an der er den Dolch trug. Mit einer Hand wehrte er ihren Angriff ab. Sie fiel neben ihm auf die Knie, verbiss sich den Schmerzenslaut und konzentrierte sich auf seine Bewegungen.

Er beugte sich vor und hielt die Fackel an die Pulverschnur.

Mirella streckte den Arm aus und zog ihm sacht den Dolch aus dem Gürtel.

Es zischte und knisterte, als sich die Schnur entzündete und dann ein kleines blaues Licht an ihr entlang wanderte.

Er zog Mirella auf die Füße. »Beeil dich.« Er warf ihr noch einen halben Blick zu, während er auf den Seitengang zulief, aus dem er gekommen war.

Mirella lief an eine Stelle, wo die Schnur noch nicht brannte. Sie packte sie und begann mit dem Dolch an ihr herumzusägen. In eben dem Augenblick, als Dario den Gang erreichte, gelang es ihr, sie durchzuschneiden. Sie stieß das brennende Ende fort und richtete sich erleichtert auf.

»Mirella!« Dario hatte sich erneut nach ihr umgedreht. »Mirella!« Seine Stimme bebte vor Zorn. Er kam zu ihr zurück und hielt die Fackel höher, auf der Suche nach dem Ende der Pulverschnur.

Sie wich an die Wand zurück, versteckte in einem Reflex den Dolch hinter ihrem Rücken.

Über ihnen, in der Krypta, hallten Stiefelschritte.

»Ich mache sie doch wieder aus!«

»Du wirst uns umbringen, wenn du jedes Mal ein Stück abschneidest.« Dario knirschte mit den Zähnen. »Womit überhaupt?«

Beide fuhren herum, als die Schritte sich der Treppe näherten.

Dann lief aus dem Dunkel der Treppe ein Mann mit gezogenem Schwert auf sie zu. »Halt!« Alexandres Stimme!

Mirella taumelte ihm entgegen.

Alexandre musste mit einem Blick die Situation erfasst haben. Er schlug Dario mit der flachen Seite seines Schwerts die Fackel aus der Hand.

Dario brüllte auf und zog sein Rapier. Alexandre wich einen Schritt zurück und schwang das Schwert gegen Dario.

Mirella hob eine der am Boden liegenden Fackeln auf, wagte sich aber nicht an die beiden heran.

Dario drängte Alexandre zurück. Alexandres Schläge kamen flach; er schien mehr darauf bedacht, Dario abzuwehren als ernsthaft zu kämpfen.

Dario fletschte die Zähne, während er zustieß. Er traf nicht. Alexandre war wendig und Dario wenig geübt; im Zurücksetzen noch schlug er Dario die Waffe aus der Hand.

Mirella atmete erleichtert auf.

Alexandre stieß Darios Rapier mit dem Fuß beiseite. »Verschwindet!« Sein Blick war auf Mirella gerichtet. Dachte er etwa, sie stünde auf Darios Seite? Er kam auf sie zu.

Dario warf sich zu Boden und erreichte die zweite Fackel, bevor Alexandre danach greifen konnte. Noch im Liegen stieß er nach Alexandre und sengte ihm den Umhang, der zu schwelen begann.

Als Alexandre ihm die Fackel entreißen wollte, wich er aus, rollte sich weiter, erreichte sein Rapier und nahm es auf.

Erneut bedrängte er Alexandre; nun kämpfte er mit Flamme und Schwert zugleich. Alexandres Hemdsärmel begann zu brennen. Er ließ sich ablenken und verlor die Kontrolle über die Situation, als er ihn zu löschen versuchte. Dario schlug ihm mit der Fackel auf die Schwerthand.

Alexandre stieß einen Fluch aus. Immerhin, die Fackel fiel zu Boden; er musste es geschafft haben, sie wegzuschlagen. Zischend erlosch sie.

Dort, wo die beiden Männer kämpften, war es nun beinahe finster. Das einzige Licht, das sie hatten, war das Glimmen von Alexandres Umhang. Enzos solider Filz. Einer von beiden gab einen Schmerzenslaut von sich. Das Lachen, das den Laut quittierte, kam von Dario.

Mirella ertrug es nicht länger, nicht zu sehen, was geschah. Sie ging mit ihrer Fackel näher. Ihr Licht half freilich beiden gleichermaßen.

Alexandre stand mit dem Rücken zur Wand. Das bedeutete nichts; aber er schien noch immer nicht mit vollem Einsatz zu kämpfen, verteidigte sich mehr. Er müsste Dario doch weit überlegen sein.

»Gib auf, Dario.« Er keuchte gleichwohl von der Anstrengung. »Was willst du damit erreichen?«

»Fahrt zur Hölle! Ihr alle!« Dario drängte vorwärts.

Mirella schlich langsam an die Kämpfenden heran.

Alexandre schlug Dario das Rapier wieder aus der Hand, schleuderte es dieses Mal weit ins Dunkel. Aber dann ließ er sein Schwert gleichfalls fallen und griff Dario mit bloßen Händen an. Er wollte ihn nicht töten; merkte Dario das denn nicht?

Die beiden Männer wälzten sich fort von Mirellas Licht.

»Hört auf! Hört doch auf!« Schluchzend lief sie ihnen hinterher. Sie stolperte über etwas, und als es durch ihren Tritt wegrutschte, klirrte es auf dem Stein: Es war eines der Schwerter.

Im nächsten Moment stieß einer der Männer gegen ihre Beine und sie kämpfte mit dem Gleichgewicht.

Dario fand eine der Waffen und stürzte sich auf Alexandre, der sich eben wieder aufrichtete. Er schwang das Schwert über seinem Kopf.

»Nein!« Mirella ließ ihre Fackel fallen und rannte auf ihn zu.

Alexandre wich zur Seite; Darios Stoß traf ihn an der Schulter.

Er stieß erneut zu; von Alexandre kam ein langgezogener Schrei.

Mirella warf sich von hinten auf Dario.

Felipes Dolch traf auf ein Hindernis; Stoff riss und ein Blutschwall ergoss sich über ihre Finger.

Sie erstarrte.

Dario ging in die Knie, traf gleichzeitig Alexandre noch einmal, dieses Mal am Arm.

Mirella ließ den Dolch fallen. »Dario, *Madonna*! Dario!«

Dario hob den Kopf und stöhnte.

»Ich habe dich verletzt!«

Er hustete und beugte sich vornüber.

»Ich helfe dir!« Sie blickte sich nach der Fackel um und lief, sie zu holen.

Als sie das Licht auf Dario fallen ließ, war Alexandre neben ihm. »Warum nur, du Idiot?«

Mirella kniete sich hin und half Dario, sich hinzulegen. »Es wird alles gut!« Sie wischte das Rinnsal ab, das aus seinem Mund sickerte. »Es wird alles gut!« Sie sah zu Alexandre auf. »Ich habe gesehen, dass du ihn geschont hast. Du verrätst ihn nicht, nicht wahr?«

Etwas in Alexandres Blick jagte ihr panische Angst ein.

»Bitte. Er ist doch nur ...« Ihr Blick ging zu Dario zurück, der einen seltsamen Ausdruck in seinem Gesicht hatte. Sie wischte ihm das Blut vom Kinn.

Alexandre kniete sich neben sie und langte nach ihr. »Mirella!« Er krächzte.

Sein Umhang war zerrissen, wo Dario ihn getroffen hatte; das Hemd blutdurchtränkt. Sie griff in ihre Tasche, zog ein Tuch hervor und hielt es ihm hin. »Du blutest.«

Er nahm es ihr nicht ab, sondern zog sie an sich. »Du kannst nichts mehr für ihn tun.«

»Was?«

»Ich weiß, wie ein sterbender Mann aussieht.« Seine Stimme schwankte.

»Wir bringen ihn in die Sakristei. Sagt, dass er einen in die Flucht geschlagen hat.«

»Das können wir tun, ja.« Alexandre umarmte sie. »Deine Freundin soll nicht unter seiner Tat leiden. Kein Grund, eure Ehre zu beschmutzen.«

Dario stöhnte und er ließ sie los.

Mirella strich Dario eine Strähne aus dem Gesicht. Er quittierte es mit einem schwachen Lächeln.

»Er wird dich nicht anzeigen.« Wieder ging ihr Blick zu Alexandre; sein Gesicht war voller ... Mitleid? Verzweiflung? Sie würgte an ihren Tränen. Krächzte Unverständliches in dem Versuch, ihm eine Frage zu stellen, von der sie gar nicht wusste, wie sie lauten sollte.

Ihre Hand lag auf Darios Gesicht. Eben war es schweißnass gewesen; jetzt wurde es kalt. »Wir bringen dich in die Sakristei.«

Dario griff nach ihrer Hand. »Nein. Noch nicht.« Er bewegte den Kopf hin und her. »Nun hast du deinen Dogen doch gerettet.« Ein Hustenanfall trieb einen Schwall Blut aus seinem Mund. Er sah zu Alexandre. »Und ihn. Er hat dich genauso wenig verdient wie dein spanischer Grande.«

Sie grinste. »Es gibt nur einen Dario und der ist mein Bruder.«

»War, Schwesterchen.« Er stöhnte und hustete zugleich. »Sag Stefania ...«

Da begriff sie es: Dario starb. »Nein.« Entsetzt zog sie ihre

Hand zurück und starrte darauf. Sein Blut. Ihre Tränen tropften auf sein Hemd.

»Sag ihr, sie soll unsere Tochter Rita nennen. Und wenn es ein Junge ist … nein, nicht Enzo. Oder doch? Entscheide du, Mirella, was du ihr sagen wirst.«

»Das müsst ihr schon selber klären.« Sie versuchte sich an einem Lächeln und wusste doch, dass es nur eine hässliche Grimasse war.

Dario hob langsam eine Hand und strich ihr übers Gesicht. »Zu spät, Schwesterchen.« Seine Stimme war nur noch ein Hauch; sie beugte sich zu ihm herab.

Er schloss die Augen; sein Atem rasselte, dass es ihr in den Ohren dröhnte.

»Er braucht einen Arzt!« Sie richtete sich halb auf. »Unter den Kirchenbesuchern wird es welche geben. Ich hole einen der Messgänger.« Doch sie ging nicht, sondern nahm Darios Hand zwischen ihre Finger und drückte sie.

»Lass mich in Frieden hier.« So hatte er sie gehört. »Keiner von den Quacksalbern.« Er versuchte zu husten, aber es wurde nur ein schwacher Atemstoß. »Und kein Mönch auch nicht.«

Sie wischte mit einem Ärmel über sein Hemd, das von ihren Tränen nass war.

»Der Papst hat uns das alles eingebrockt. Wenn er nicht …«

»Dario, willst du nicht …« Er wusste doch, dass er starb.

»Es ist meine Schuld, Mirella. Einzig und allein meine Schuld. Nicht böse sein.«

Als sie die Augen schloss, sah sie den Moment wieder vor sich, als er im Begriff stand, Alexandre zu töten. Sie schlug die Hände vors Gesicht. »Was sollte ich denn tun?«

Der Druck seiner Hand auf ihrem Knie wurde noch einmal fester, dann öffnete er die Finger und die Hand glitt zur Seite. Er ächzte; dann bäumte er sich auf. »Sag ihr, mein …«

»Dario!« Mirella wimmerte.

Alexandre zog sie an sich.

»Was hätte ich denn tun sollen?«, klagte sie nach einer Weile leise.

»Du hast seine Seele vor der ewigen Verdammnis gerettet.«

Sie fuhr auf. »Glaubst du das? Glaubst du wirklich daran?«

Alexandre seufzte. »Es liegt nicht in unserer Hand.« Er strich ihr übers Haar. »Man wird uns bald vermissen. Albert hat gesehen, wohin ich ging.«

»Wie gut, dass Stefania nicht in der Kirche ist.«

»Es wird niemand fragen, wieso ihr überhaupt hier heruntergestiegen seid.«

Sie sah ihn flehend an, wagte aber nicht, ihre Bitte zu wiederholen. Nun, da Dario tot war, was spielte es noch für eine Rolle? »Er wollte dich umbringen.«

Alexandre richtete sich auf und zog sie dabei hoch. »Komm!« Dann lehnte er sich plötzlich schwer gegen sie. Seine Stirn glänzte schweißnass im Widerschein der Fackel.

Sie erschrak. Dario hatte ihn mehrmals getroffen; auch er war schwer verletzt. »Du musst dich versorgen lassen.«

»Später.«

Sie schlang ihren Arm um seine Hüfte und stützte ihn, während er taumelnd zur Treppe in die Krypta ging. Dort lehnte er sich ans Geländer; er atmete keuchend. »Nur einen Augenblick.«

Von oben drang der Choral des *Agnus Dei* zu ihnen herunter. Mirella blickte zurück in die Kaverne; doch da war nur Dunkelheit. Sie konnte nur ahnen, wo Dario lag.

»Ich habe ihn umgebracht!« Sie ächzte. »Ich habe meinen eigenen Bruder ...« Alexandres Hand auf ihren Lippen stoppte sie.

»Sprich niemals darüber. Niemand als dein Beichtvater darf es je erfahren. Du würdest sie alle in Verzweiflung stürzen – deine Eltern, deine Freundin ...« Er presste seine Hand noch fester auf ihren Mund. »Sprich diese Worte niemals, niemals wieder aus.«

Ein Weinkrampf schüttelte sie. Er hatte recht; sie musste diese Last alleine tragen, auch wenn sie daran zerbräche.

Mit dem unverletzten Arm drückte er sie an sich. »Weine, mein Engel; weine, bis du keine Tränen mehr hast.«

Das war aller Trost, der ihr je zuteil würde. Wenn er sie nur nie wieder los ließe, dann würde sie alles ertragen können ... Ihr einziger Trost lag in diesem Augenblick, lag in diesem schützenden Arm.

»Dein Leben geht weiter.«

Sie spannte sich aufmüpfig bei diesen Worten, aber er hielt sie fest. »Das bist du auch ihm schuldig.«

Mirella hob endlich den Kopf. »Glaubst du das wirklich?«

»Ich habe es erfahren.« Da schwang wieder die alte Bitterkeit in seiner Stimme. Jetzt hätte sie ihn trösten mögen. Aber sie würde wohl nie erfahren, welcher Schmerz in ihm brannte.

Freitag, 3. April 1648

Die Sonne brannte aus einem windstillen Himmel wie an einem Hochsommertag. Den Spaniern musste es gelungen sein, ihre Pulvervorräte zu ergänzen, denn unablässig dröhnte der Donner ihrer Geschütze vom Hafenbecken. Doch es war eher eine Demonstration ihrer Macht als ein Angriff, denn die Kanonen reichten bergan kaum weiter als über den von ihnen besetzten Teil der Stadt hinaus.

Am Vorabend hatten die Spanier das letzte Schlupfloch versperrt, durch das die Fischer noch ihren Fang in die Stadt gebracht hatten. Nun blieb für jegliche Lebensmittel nur noch der Landweg oder eine gefährliche Fahrt bei Nacht. Doch die Köchinnen und die Ehefrauen versuchten, Ostern vorzubereiten wie immer.

Rita lief mit verbissener Miene umher und half Gina bei der Vorbereitung des Leichenschmauses. Mehrmals wies sie die jammernde Magd zurecht, die mehr die Hände rang als zu arbeiten. Enzo saß unrasiert und mit rotgeränderten Augen im Esszimmer und starrte hinaus auf die Straße.

Mirella war im Laufe des Vormittags zu Stefania geflohen; doch sie ertrug nur schwer deren wortlose Trauer. Und noch weniger den Stolz des Marchese auf die Heldentat, die Dario nun zugeschrieben wurde.

Schließlich ließ sie Fabrizio anschirren. »Ich will wissen, wer die Schuld trägt«, begründete sie die Fahrt zum Pizzofalcone.

Und Rita, die ihre Weisheit wiedergefunden zu haben schien, erstickte Enzos Protest im Keim und ließ sie mit einem ermutigenden Wort gehen. Enzo schien darauf noch fassungsloser, aber Mirella wunderte sich gar nicht. Die Mutter, das hatte sie begriffen, hatte es faustdick hinter den Ohren. Mochte sie nie auch nur ahnen, was sich tatsächlich abgespielt hatte.

Die Kreuzwegstationen wurden auf dem Weg zur Kirche der *Santa Maria degli Angeli* aufgebaut, unerreichbar für die Geschütze der Spanier im Hafen. Entlang des Wegs für die Karfreitags-Prozession schmückten die Neapolitaner wie immer ihre Häuser mit Blumen, Kruzifixen und Ikonen.

In diesem hoch gelegenen Teil der Stadt bewegten sich die Menschen, als herrsche Frieden. Die ersten hatten ihre Bänke vor die Häuser gestellt und saßen, mit den Nachbarn plaudernd, in der Sonne. Doch es wurde kaum gelacht; nur die Kinder vergnügten sich. Und die Gespräche drehten sich allenthalben um die Belagerung und den Krieg, wie die Blicke zum Hafen und die Gesten zum Fort auf Nisida bewiesen.

Mirella betrat nach einem kurzen Plausch mit Cristina den *Gallo bianco*.

Die Trattoria war voll. Händler und gut angezogene Bürger drängten sich an den Tischen und um den Schanktisch. Der Qualm vieler Pfeifen verdunkelte die Decke des Schankraums und biss Mirella in die Nase, denn die Fenster waren trotz des sommerlichen Wetters geschlossen.

Am Schanktisch gab es eine erregte Debatte zwischen einem Fischer und zwei Männern. Sie waren wie gewöhnliche Händler in Mäntel aus solidem Hanfleinen gekleidet. Aber Halstücher, die wie ungeübt gebunden wirkten, und Schuhe ohne Gamaschen. Offensichtlich wollten sie den Eindruck vermitteln, sie seien weniger als sie waren. Den Älteren hatte sie gewiss schon einmal gesehen.

Der Jüngere schwenkte sein Weinglas. »Doch ich weiß, wovon ich spreche. De Guise hat die Stadt heute früh verlassen.«

Der Fischer schnaubte verächtlich. »Seine Standarte weht noch immer über dem Schloss.«

»Aber nicht mehr lange. Aus der Schlacht, in die er jetzt zieht, wird er nicht zurückkehren«, sagte der Ältere. Diese Stimme – sie blickte auf seine Finger. Hellere Streifen sagten ihr, dass er gewöhnlich mehrere Ringe trug. Sie war am richtigen Ort; sie hatte es schon lange gewusst.

Erst als sie von einer Gruppe Handwerker leidlich gedeckt war, wagte sie sich an den Schanktisch. »Wirt!« Sie zog einen schmalen Geldbeutel aus ihrem Rock. »Bring Er mir für die Tante einen Süßwein für die Ostertage.«

Der Wirt schoss hinter seinem Schanktisch hervor und starrte sie überrascht an. Dann fing er sich und begrüßte sie mit einer höfischen Verneigung, die sie als Ironie auffasste. »Sehr wohl, Signorina. Einen *Fiasco* Süßwein für Ihre Tante.« Er wandte sich der Tür zu, die hinaus in den Flur führte.

»Ich nehme ihn gleich mit.« Sie folgte ihm. »Er hat zu tun, wie ich sehe.« Mit einer Handbewegung umfasste sie die Schankstube, lächelte mehreren der Gäste zu, deren Blicke sie kreuzte.

Der Wirt wehrte lahm ab, wagte wohl aber angesichts der Gäste nicht, ernsthaft Einspruch zu erheben.

Als sie im Flur standen, zog sie geschwind die Tür hinter sich zu. »Er weiß, dass das Attentat in der Kathedrale gescheitert ist.«

Der Wirt grunzte. »Ein Attentat? Auf wen?«

»Spiel Er nicht den Dummkopf. Die Pulverfässer kamen aus Seinem Keller. Man hat beobachtet, wie sie verladen wurden.«

Er reckte den Kopf, sah sie frech an. »Davon weiß ich nichts. Ich war eine Woche auf dem Land, um die neuen Weine auszuwählen.«

»Er wird mir aber sagen können, wer Zugang zu Seinen Fässern hatte.« Sie lächelte und gab sich Mühe, freundlicher zu klingen. »Es ist in Seinem eigenen Interesse, dass kein Verdacht auf Ihn fällt.«

»Es spielt keine Rolle mehr, Signorina. Mit dem Dogen ist es vorbei. So oder so.«

»Aber noch ist er nicht geschlagen; und seine Truppen beherrschen diesen Teil der Stadt.«

Der Wirt nickte. »Und ich stehe mich gut mit ihnen.« Wieder sein freches Grinsen. »Wenngleich ich nicht weiß, wie es Ihr gelungen ist ...« In seinem Gesicht zeigte sich plötzlich Verwirrung, als habe er den Faden verloren. »Falsche Brut!« Zornig packte er sie mit beiden Händen und schüttelte sie. »Sie will uns verraten wie Ihr Bruder!«

»Dario hat sein Möglichstes getan.« Sie schluckte, weil ihr Tränen in die Augen stiegen. »Er starb, bevor er die Fässer in Brand stecken konnte.«

Er packte sie noch fester. »Woher weiß Sie das?«

Mirella hielt einen Augenblick die Luft an. »Ich war dabei. Was man über ihn erzählt, ist eine Lüge. Er wollte de Guise in die Luft sprengen. Und die halbe Kathedrale dazu.«

Der Griff des Wirts lockerte sich ein wenig. »Was will Sie jetzt hier?«

Mirella atmete so flach wie möglich, um ihre Aufregung zu beherrschen. »Mit dem Mann sprechen, von dem die Fässer stammen.«

Der Griff wurde wieder hart, sein Blick lauernd. »Wozu?«

Sie bemühte sich um ein albernes Kichern. »Jene Fässer unter der Krypta haben die Franzosen requiriert. Aber es waren mehr – vielleicht hat er noch Verwendung dafür.« Sie schüttelte den Wirt endlich ab. »Ich könnte ihm helfen, sie wiederzufinden.«

»Das glaube ich Ihr nicht.«

Sie trat einen Schritt zurück, wandte sich halb ab. »Wie es Ihm beliebt. Nur beklage Er sich nicht, wenn man Ihn schilt, dass er mich hat gehen lassen.« Sie klinkte die Tür zur Schankstube auf und blieb im Rahmen stehen. »Der Wein ist wirklich gut. Besser, Er bringe der Tante zwei *Fiaschi*. Sie wird ihn gewiss der ewigen Schokolade vorziehen.«

Sofort war der Wirt dicht hinter ihr.

Sie zischte ihn an. »Kein Aufsehen.«

Sie hatte leise gesprochen; dennoch drehten sich die beiden Händler nach ihr um. Nachdem sie dem Wirt das Geld auf den Schanktisch gelegt hatte, lächelte sie dem Jüngeren zu. »Signore, ich glaube fast, wir sind uns schon einmal begegnet.«

Er warf dem anderen einen schnellen Blick zu, dann schüttelte er den Kopf und schnitt eine Grimasse dabei. »Kaum. Eine Signorina, so bezaubernd wie Sie, würde ich gewiss nicht vergessen.«

Sie zuckte die Achseln. »Dann war es an einem Markttag und ich sah Ihn, ohne dass Er meiner gewahr wurde.« Ihr Blick ging zu dem zweiten. »Oder seid ihr oft in diesem Gasthaus? Dann habe ich euch wohl vom Fenster meiner Tante aus gesehen.« Sie deutete zur Straße hin.

»Das mag es erklären.« Der Jüngere wurde eifrig. »Und ich fühle mich geehrt ob Ihrer Aufmerksamkeit.« Er zupfte sein Halstuch zurecht. »Wenn Sie erlaubt? Ich bin Alcide Donati. Kaufmann in Taranto.« Schon wieder einer aus Taranto. Eine Stadt so weit weg hielten sie wohl für eine geschickte Tarnung.

»Was gibt es in Neapel noch zu tun für einen Kaufmann? Wir haben bald überhaupt nichts mehr.«

»Verzage Sie nicht, Signorina. Das wird sich ändern; schneller, als Sie denken mag.«

»Solcher Trost ist allzu billig. Und ich benötige ihn auch nicht.« Sie reckte sich. »Wir neapolitanischen Frauen wissen uns zu helfen.«

Sein Blick glitt an ihr herunter und dann wieder hoch zu ihrem Gesicht. »Davon bin ich überzeugt.«

Sie rückte näher an Donati heran. »Euren Optimismus in Ehren, Signore. Aber noch brauchen die Spanier viel Unterstützung, wenn sie mehr als diese eine Schlacht gewinnen wollen. Man sollte ihnen die Fässer bringen, die die Franzosen nicht beschlagnahmt haben.«

Beide fuhren hoch, hatten sich dann aber wieder unter Kontrolle.

»Wovon spricht Sie, Signorina?«, fragte der Ältere.

Sie lächelte. »Da Er häufig hier ist, weiß er es genauso gut wie ich: Die Pulverfässer in den Kavernen.«

Donati blickte sich schnell um und legte dann einen Finger auf seine Lippen. »Welcher Leichtsinn, Signorina.«

Also hatte sie die beiden richtig eingeschätzt. »Leichtsinn? Ja, es war leichtsinnig.« Die Verzweiflung überfiel sie wieder; eine Träne lief ihr über die Wange. »Meinem Bruder hat es das Leben gekostet.«

Die beiden warfen sich einen überraschten Blick zu.

»Was will Sie hier?«

»Was wohl? Ich suche den, von dem die Fässer stammen.« Sie blickte sich um. »Der Wirt tut, als wüsste er von nichts. Aber man kann sie doch nicht irgendwo herrenlos herumstehen lassen.«

Der Ältere nickte. »Sie hat nicht ganz unrecht.«

»Doch wir können Ihr nicht helfen.«

Sie lächelte. »Ihr kennt jedenfalls den Wirt. Ihr könntet ihn überzeugen, mir zu helfen.« Sie schnitt eine Grimasse in Richtung des Wirts. »Allerdings weiß ich nicht, wo er wirklich steht. Er hat versucht, mich den Franzosen als Verräterin auszuliefern.«

Der Ältere lachte. »Wie ich sehe, ist es ihm nicht gelungen.«

Mirella nickte, sehr sachlich dieses Mal. »Und er weiß nicht, warum.« Sie senkte ihre Stimme. »Ehrlich gesagt; dumm sind die Franzosen nicht. Sie wissen natürlich, wer ich bin. Und darum haben sie keinen Augenblick daran geglaubt, dass ich eine Spionin sei. Das wäre doch zu dämlich von den Spaniern. Bin ich doch«, sie hob das Kinn, »mit Don Felipe Toledo d'Altamira y León verlobt.«

Donatis zuvor amüsierter Blick wurde wieder nachdenklich. Dann zuckte er die Achseln und winkte dem Wirt. »Bring Er uns noch eine Karaffe von dem Wein.«

Der Wirt nickte, anscheinend aber auf Abstand bedacht. Er holte eine neue Karaffe unter dem Schanktisch hervor und schenkte sie voll. Nachdem er sie hingestellt hatte, wollte er sich schnell wieder zurückziehen, aber Donati packte ihn am Ärmel.

»Giacomo, was ist das für eine Geschichte mit den Pulverfässern?«

Der Wirt warf einen Blick auf Mirella. »Die Signorina war zu oft im Theater. Ich weiß von nichts.«

»So sollte Er von der zukünftigen Herzogin de Toledo d'Altamira y León nicht sprechen. Und nicht vor ihr.«

Der Wirt klappte den Mund auf; dann brach er in Gelächter aus. »Er meint doch nicht etwa dieses Gör? Sie ist eine Nichte der alten Cristina, die gegenüber wohnt.«

»Der Neffe des alten Vizekönigs ist tatsächlich mit einer Patrizierin aus Neapel verlobt.« Der Ältere musterte Mirella angestrengt. »Freilich, so blass und in dieser Kleidung ähnelt sie wenig der Schönheit, die ich beim Vizekönig die *Tammurriata* tanzen sah.«

Mirella streifte den Schal von ihrem Haar. »Der Wirt möge mehr Licht bringen.« Sie strahlte ihn an, obwohl Furcht ihr den Magen verkrampfen ließ. Der Mann bezeugte ihre Identität und das mochte den Wirt umgänglicher machen. Aber was wusste er noch von ihr? »Es tut mir aufrichtig leid, Signore, dass ich mich nicht an Ihn erinnern kann.«

Er winkte ab. »Ich bin nur ein einfacher Kaufmann, weit weniger von Bedeutung als Ihr Vater.« Er wandte sich an den Wirt. »Der alte Scandore hat es verstanden, sich beim Dogen unentbehrlich zu machen. So konnten seine Kinder ungehindert dort ein und aus gehen. Ohne ihre Hilfe hätte Edoardo nicht die Hälfte seines Wissens an den Mann bringen können. Zumal er ein rechter Hasenfuß ist.«

Edoardo! So war auch dieser Verdacht richtig gewesen.

»Das kann ich bestätigen.« Mirella stürzte sich mit Inbrunst auf die Ablenkung. Sie kicherte. »Ihr hättet ihn sehen sollen. Eines Abends, nach einem Billardspiel mit den Offizieren de Guises, musste Dario wegen ihm im eisigen Regen warten, statt mit uns nach Hause zu fahren, bis er da heimlich aus einer Seitenpforte geschlichen kam. Dabei hatte Edoardo während des Spiels alle Gelegenheit der Welt gehabt, seine Mitteilung an den Mann zu bringen.«

»In Gegenwart der französischen Offiziere?«

Sie prustete lauthals. »Ja glaubt Er denn, deren Liebe zu Neapel ginge so weit, dass sie unsere Sprache gelernt hätten? Bestenfalls Italienisch können sie. – Und das nicht alle.«

»Nun ja ... Dass man nicht vorsichtig genug sein kann, hat sich ja gezeigt. Es muss uns doch jemand an die Franzosen verraten haben.«

Donati schnaubte verächtlich. »Was uns verraten hat, war Feigheit! So wenige haben sich getraut ...«

»Hat Er sich denn getraut?«

Donati warf ihr einen nachgerade strafenden Blick zu. »Signorina, was versteht Sie davon?«

»Er meint, weil ich ein Mädchen bin, wüsste ich nicht, was Mut bedeutet?« Sie schluckte nervös, kämpfte mühsam mit den Tränen.

Donati tätschelte ihre Hand. Dann zog er sein Taschentuch aus der Jacke und reichte es ihr. »Sie muss doch nicht gleich weinen! Ich habe es ja nicht böse gemeint.«

Sie funkelte ihn unter ihren Tränen an. »Ich weiß zwischen Mut und Feigheit zu unterscheiden. Mein Bruder schließlich ...«

Der Ältere schnitt ihr das Wort mit einer heftigen Bewegung ab. »So sei Sie doch endlich still! Kennt Sie die Leute, die hier sitzen?«

Donati dehnte sich. »Das meinte Marco damit, dass wir nicht vorsichtig genug waren.« Wieder tätschelte er ihre Hand, rückte sogar noch näher. »Ihr Bruder hat den Preis für die Unvorsichtigkeit der anderen bezahlt. So nehme Sie es dem Wirt nicht übel, dass er jetzt den Mund hält. Wenngleich es nun zu spät ist.«

Sie stampfte mit dem Fuß auf und suchte den Blick des Wirts, der daraufhin einen Schritt näher kam. »Dario ist zu Weihnachten von Anneses Leuten festgesetzt worden. Jemand hatte ihn verraten. Wo hat man über seinen Plan, nach Aversa zu fahren, gesprochen? Hier, nicht wahr? Wo sonst?« Wieder einmal dachte sie, der Wirt müsse ein Doppelspiel betrieben haben. Mit zusammengekniffenen Augen starrte sie den älteren Händler an. »Wen noch hat der Wirt an die Franzosen verraten?« Diese beiden würden Dario rächen, wenn sie es geschickt anstellte.

»Ich bringe Ihrer Tante den Wein; Sie begleitet mich doch?« Der Wirt hatte die beiden *Fiaschi* in den Händen. Sie hatte gar nicht gemerkt, dass er sie inzwischen in die Schankstube gebracht hatte.

Nun war es ihr nicht recht; unter welchem Vorwand sollte sie anschließend zurückkehren? Schließlich nickte sie doch; es würde ihr eben etwas einfallen müssen. Wenn nicht sie, dann würde die gute Cristina etwas finden, was ihr weiterhalf; sie schmunzelte.

Zu ihrer Überraschung ging der Wirt aber nicht zur Tür des Gasthauses, sondern zurück zum Flur. »Hab was vergessen,« nuschelte er.

»Signorina, ich hoffe, wir sehen uns wieder.« Donati hatte plötzlich ein geradezu unverschämtes Grinsen im Gesicht.

Der Wirt klemmte sich einen *Fiasco* unter den Arm, den anderem stellte er ab, als sie im Flur waren. Dann kramte er umständlich in seiner Hosentasche; Schlüssel klirrten. Er zog zwei einzelne heraus, besah sie und steckte sie wieder zurück. »Nur einen Moment, Signorina.« Er begann, in der anderen Tasche zu kramen.

Mirella knurrte vor Ungeduld. »Wenn doch die Hoftür abgeschlossen ist, warum sind wir dann nicht geradenwegs auf die Straße gegangen?«

»Die Hoftür ist nicht abgeschlossen ... Wo habe ich denn nur ...«

Die Neugierde trieb sie einen Schritt näher zu ihm. »Was um Himmels willen sucht Er denn?«

Die Tür hinter ihr ging auf.

»Jetzt nichts mehr.« Der Wirt zog ein großes angegrautes Taschentuch hervor.

Angewidert trat Mirella einen Schritt zurück. Da erhielt sie einen Schlag auf den Kopf.

***

Mit ausgedörrter Kehle erwachte Mirella in Dunkelheit auf einem bitterkalten Boden. So kalt wie ihre Füße waren, musste sie schon eine Weile hier liegen. Sie tastete umher, fand eine Wand und schob sich daran hoch.

Eisbeine – das wurde neuerdings zur Gewohnheit. Sie versuchte, sie wieder warm zu bekommen, indem sie sie abwechselnd bewegte und mit den Zehen wackelte. Die Hände klemmte sie sich unter die Achseln.

Der Wirt! Also hatte sie recht gehabt mit ihrem Verdacht. Aber wieso spielte ein Mensch wie dieser Gastwirt eine so bedeutende Rolle? Andererseits – Masaniello war auch nur ein Fischer gewesen. Und ein Schmuggler wie der Wirt.

Währenddessen gewöhnten sich ihre Augen an das Dunkel, das immerhin nicht vollständig war dank eines schmalen Spalts sehr weit über ihr. Fässer standen in der anderen Hälfte des Raums; der Weinkeller des *Gallo bianco*.

Als sie sich ein wenig wärmer fühlte, löste sie sich von der schützenden Wand. Sie tat einen Schritt, dann einen zweiten. Vorsichtshalber stützte sie sich mit einer Hand ab. Dabei strich sie mit ihren Fingern über die Unebenheiten. Diese Wand war unverputzt. Sie fühlte jede Ritze, unterschied zwischen Mörtel und Stein: Daraufhin tastete sie sie im Weitergehen Stück für Stück ab, soweit sie mit den Händen reichte.

Sie kam nicht weit, da drangen streitende Stimmen gedämpft zu ihr. Sie nahm sie als Anhaltspunkt und bewegte sich mit ausgestreckten Armen in deren Richtung. Tatsächlich stieß sie gegen eine Holzfläche, an deren Kanten es einen schwachen Luftzug gab. Die Tür.

Recht bedacht, hatte sie nichts zu verlieren. Sie hämmerte mit beiden Fäusten dagegen und schrie um Hilfe.

Die Stimmen schienen sich zu entfernen; aber sie mussten sie doch gehört haben.

Mirella lehnte sich gegen die Tür und rieb die schmerzenden Fäuste. Man würde sie hier verhungern lassen ...

Wenn sie aufgab, war sie gewiss verloren. Sie trat zornig gegen die Wand. Dann zog sie einen Stiefel aus und hämmerte weiter gegen die Tür. Dass es draußen leiser geworden war, mochte die Chance erhöhen, dass jemand sie hörte.

Sie hämmerte und hämmerte; irgendwann brach der Absatz ab. Sie drehte den Stiefel um und hämmerte mit der Schuhspitze weiter, bis ihr der Arm weh tat. Keuchend hielt sie inne.

Durch den Spalt in der Decke drang kaum noch Licht.

Erbittert dachte sie an ihr warmes Bett zu Hause. Was hatte sie hier gesucht? Dario war tot und nichts würde ihn wieder lebendig machen. Wieder stiegen ihr Tränen in die Augen und dann folgte ihrem ersten Schluchzer ein schmerzhafter Schluckauf. Sie presste die Hände aufs Zwerchfell und versuchte, ihn durch Atemanhalten zu besiegen.

Inzwischen sah sie praktisch überhaupt nichts mehr. Sie sollte sich besser darauf vorbereiten, die Nacht hier unten zu verbringen. Niemand suchte sie hier.

Hicksend tastete sie sich zwischen den Fässern hindurch ohne eine Vorstellung, warum ein Platz nicht so gut wie ein anderer war. Aber sie durfte auf keinen Fall hier auf dem Boden schlafen; sie würde einen Rückfall kriegen.

Es raschelte leise, wenn sie mit dem Rock ein Fass streifte. Aber ein oder zwei Mal raschelte es auch, als sie still stand. Fraßen Ratten nicht manchmal die Menschen im Schlaf an? Sie brauchte einen sicheren Platz und sie durfte nicht einschlafen.

Mit einem Pfeifen landete etwas auf ihrer Schulter; Krallen bohrten sich durch den Stoff.

Mirella schrie entsetzt auf und schüttelte sich heftig. Etwas stach oder biss sie in den Hals. Sie langte danach und erhielt einen Biss in die Hand.

Sie atmete tief durch und griff auch mit der anderen Hand zu. Ein weiches Fell schmiegte sich an ihre Finger; es gelang ihr, das Tier abzustreifen.

Ihr Hals brannte, aber die Verletzung schien nicht einmal richtig zu bluten. Sie zog den Mantel fester um sich und schlug den Kragen hoch. Dann tastete sie weiter an den Fässern entlang, bis sie an welche kam, die deutlich niedriger waren als die anderen; niedrig genug, um hochzusteigen.

Sie rüttelte an jedem. Das erste wackelte ihr zu sehr; offensichtlich leer. Das zweite gar geriet völlig aus dem Gleichgewicht, als sie mit dem Fuß dagegen trat. Krachend stieß es gegen ein anderes, das hohl klang. Und seinerseits unter dem Anprall irgendwo dagegen kippte.

Wenige Augenblicke später rumpelte es mit viel Getöse um sie herum; zwei Mal schepperte es auch wie Metall oder ähnliches. Dieser Keller musste viel größer sein als sie geglaubt hatte.

Endlich begann ihr Gehirn wieder zu funktionieren. Wenn er so groß war, ein richtiges Lager eben, war es dann nicht auch möglich, dass er ein Stück in die Tiefe des Berges ging? Der *Monte Echia* war ein Labyrinth von Höhlen. Cesare hätte es gewusst.

Mirella stöhnte laut auf bei dem Gedanken an ihn. Ein Fiepen antwortete ganz in ihrer Nähe.

Mirella rüttelte am nächsten Fass; vorsichtig erst, dann fester: Es bewegte sich nicht. Stabil also. Sie schwang sich hoch und setzte sich mit angezogenen Knien darauf.

Irgendwann, nach endloser Zeit, tastete sie nach dem daneben stehenden und da es nicht wackelte, legte sie sich quer über beide hin.

***

Von draußen klang ein Ruf, eine heisere Stimme; drängend. Dann ein schmerzerfüllter Aufschrei und noch einer.

Mirella versuchte, die Augen zu öffnen; das rechte war von den Tränen zugeklebt. Vorsichtig pulte sie die Krusten ab, bis sie es aufbekam. Durch den Spalt in der Decke sickerte Licht.

Die Stimmen kamen näher und mit ihnen das Klirren von Waffen.

Dort schien ein Kampf stattzufinden. Sie rief erneut um Hilfe, aber gegen den Lärm kam ihre Stimme natürlich nicht an.

Mirella sprang von ihrem Fass und suchte nach den wackligen. Sie trat gegen zwei leere, aber keines stürzte um.

Zuerst tröstete sie sich mit dem absurden Gedanken, es würde wohl auch nichts nützen; aber dann schalt sie sich ob ihres Kleinmuts. Sie zwängte sich zwischen zwei große Fässer und stemmte sich dabei erst gegen das rechte, dann das linke. Das linke bewegte sich. Es schien leicht zu sein. Sie warf sich mit aller Kraft dagegen und es gelang ihr tatsächlich, es umzuwerfen. Aber sie fiel gleichfalls; ein stechender Schmerz durchzuckte ihren Arm, als sie sich abzufangen versuchte.

Das Fass knallte dröhnend gegen ein anderes; aber das war es dann auch schon an Lärm.

»Nicht aufgeben. Nicht aufgeben.« Sie stand auf und versuchte es mit dem nächsten, dem übernächsten. Dann gelangte sie wieder an ein leichteres. Wieso standen eigentlich volle und leere Fässer in dieser Weise durcheinander? Aber gleichwie, jetzt war wichtig, wie sie mit den Dingern den größtmöglichen Lärm machen konnte.

Sie lehnte sich mit dem Rücken gegen eines der vollen Fässer, um mehr Kraft zu entfalten. Mit dem zweiten Tritt brachte sie das gegenüberstehende leere ins Schwanken, daraufhin warf sie sich mit voller Kraft dagegen.

Das Fass stürzte um und dieses Mal fiel sie nicht mit ihm, sondern fing ihren Sturz mit einem Griff zum nächsten Fass ab. Sie bekam eine Daube zu fassen und klammerte sich daran.

Währenddessen knallte das Fass gegen ein anderes und brachte es zum Kippen. Nun wurde es wirklich laut. Zumindest in diesem Keller übertönten die stürzenden Fässer den Kampflärm.

Mirella setzte sich und lauschte den Geräuschen draußen. Zuerst vermochte sie es nicht zu entscheiden; aber gleich darauf war sie sicher, dass sich mehrere Männer waffenklirrend näherten.

Sie stand auf und begann erneut, um Hilfe zu rufen. Es musste sie doch jemand hören!

Sie versuchte, ein weiteres Fass umzuwerfen, und nach drei Versuchen gelang es ihr auch mit einem der kleineren. Es knallte gegen ein anderes und Holz knirschte; aber das fiel nicht und dann war es wieder still.

Stattdessen gab es ein anderes Geräusch.

Als sie es als Rieseln erkannte, bekam sie einen Schreck. Wenn dies nun Pulver war – konnte es sich womöglich entzünden? Sie hatte keine Ahnung, wie gefährlich es sein mochte.

Sie zog sich zurück, an mehreren Fässern vorbei, und kauerte sich hin, den Kopf zum Lauschen gereckt. Das Rieselgeräusch hörte nicht auf.

Da sonst nichts weiter passierte, atmete sie durch und begann wieder zu schreien.

Dann waren die Männer ganz nahe; ein Mann stotterte mit winselnder Stimme. Sie wünschte, es möge der Wirt sein, der dort eingeschüchtert wurde.

Sie verließ ihre Deckung und ging in Richtung der Stimmen. Gewiss war dort die Tür, die sie zuvor ertastet hatte. Inzwischen hatte sie die Orientierung verloren.

Dann quietschte ein Scharnier und gleich darauf blendeten sie zwei Fackeln. Wer auch immer das war, alles konnte nur besser werden.

»Dem Himmel sei Dank!«

Mirella blieb abrupt stehen. Sie fantasierte; das konnte nicht Alexanndres Stimme sein.

Die Brustpanzer zweier Soldaten schimmerten im Licht. Einer von ihnen trat einen Schritt zur Seite. Hinter ihm stand der Wirt. Dahinter war der Umriss eines weiteren Mannes.

Mit geballten Fäusten ging sie auf sie zu.

Sie hatte fast die Tür erreicht, als der Wirt einen Stoß bekam und vor ihr auf die Knie stürzte. Er wimmerte vor Angst und vielleicht – hoffentlich – auch vor Schmerz.

»Du verräterischer Hund! Möge sich die Hölle vor dir auftun!« Mirella wusste kaum, wohin mit dem Zorn, in den sich ihre Angst entlud. Sie starrte auf ihn hinunter. Dort gehörte er wahrlich hin, zu ihren Füßen.

»Mirella!« Nur dieses eine Wort, ein Hauch nur. Es jagte ihr einen Schauer durch den Körper, der ihre Kopfhaut kribbeln ließ.

Sie hob den Kopf.

Alexandre trat aus dem Schatten des Mannes, der den Wirt niedergestoßen hatte. Am Hals ragte ein Streifen Verband unter dem Umhang hervor; den Arm trug er in einer Schlinge.

»Du ...« Sie blickte auf die Soldaten. »Wie habt Ihr mich gefunden?«

Der andere Mann antwortete ihr. »Wir hatten den Wirt im Verdacht, seit er versucht hat, Euch zu verkaufen.« Er streckte ihr die Hand entgegen. »Wir haben uns schon einmal gesehen, *Mademoiselle.* Ich bin Marschall Duplessis-Besançon, der Gesandte des Königs.«

»Des Königs von Frankreich?« In ihrer Verblüffung vergaß sie alles andere.

Als er nickte, brach sich ihre Erbitterung Bahn. »Ist es nicht ein wenig spät, dass er sich um uns kümmert?«

Er nickte tatsächlich wieder. »Ich fürchte, Ihr habt recht. Viel zu spät.«

»Er ist mehr unseretwegen hier.« Alexandre klang genauso bitter wie sie sich fühlte; für einen Augenblick wärmte es ihr das Herz. »Henri ist auf Nisida geschlagen worden.«

Mirella lehnte sich gegen den Türrahmen. Bleierne Müdigkeit überfiel sie; sie hätte in der nächsten Minute im Stehen einschlafen können. »So war alles umsonst. Alles!«

»Herzog de Guise ist den Spaniern in die Hände gefallen. Meine Aufgabe war es, die Bedingungen der Übergabe ... und des Abzugs ... auszuhandeln.«

»Des Abzugs!« Sie starrte Alexandre an und meinte ihn allein mit ihren Worten. »So überlasst Ihr uns der Gnade der Spanier.« Sie ballte die Fäuste. »Sie werden sich rächen.«

Duplessis-Besançon blickte auf den Wirt, der mit angezogenen Knien auf dem Boden saß. »Aber bevor wir Neapel übergeben, werden wir noch zwei oder drei Dinge erledigen.« Er wies auf ihn und die beiden Soldaten packten den Wirt und führten ihn ab. Der Marschall folgte ihnen.

Alexandre wartete, dass Mirella den Gang betrat; er streckte ihr seine Hand entgegen, um sie nach draußen zu führen. Nach ein paar Schritten legte er seinen unverletzten Arm um ihre Schultern und zog sie an sich. »Törichtes Kind!«

»Es nützt euch nichts, den Wirt festzusetzen. Er hat Hintermänner.«

»Das wissen wir. Und unter anderen Umständen ...«

»Ihr gebt auf. Das ist es, nicht wahr?« Sie presste ihre Fingernägel in die Handflächen. »Dario ... Es war alles umsonst!«

Er drückte sie fester. »Es tut mir leid.« Und fast unhörbar: »Frankreich hat versagt.«

Plötzlich blieb er stehen. »Für Euch hat sich nichts geändert, Mirella. Die Spanier werden nie erfahren, welche Rolle Ihr gespielt habt. Und wenn – vermutlich wäre es dem Herzog de Toledo d'Altamira y León gleich. Eine Frau wie Euch gibt man nicht auf.«

»Und doch tut Ihr es!« Sie befreite sich aus seinem Arm.

Alexandre erstarrte.

»Wir haben den Marschall verloren. Findet Ihr den Weg denn im Dunkeln?«

»Nicht nur den Weg.« Seine Stimme war brüchig.

»Umso besser!« Sie wandte sich in die Richtung, wohin der Lichtschein verschwunden war.

Der Klang von Alexandres Stiefeln blieb dicht hinter ihr. Nach drei Schritten stolperte sie über eine Unebenheit; er hielt sie sofort fest.

In einem Anfall von Koketterie war sie versucht, ihn abzuschütteln. Aber das passte nicht zu dem Mädchen, das er schätzte. »Danke.«

Er trat neben sie und legte wieder den Arm um ihre Schultern, um sie sicher weiterzugeleiten.

Gleich darauf leuchteten ihnen die Fackeln entgegen; der Marschall wartete auf sie.

Der Gang mündete in den Hof der Trattoria. Auf der Straße wartete ein Trupp neapolitanischer Soldaten in der Uniform des Dogen.

»So haltet ihr noch immer einen Teil der Stadt!« Mirella begann sich zu empören. »Warum gebt ihr dann auf?«

»Die Spanier gewähren uns freies Geleit, Mirella. Das ist alles.«

»Hätten wir aufgegeben, hätten wir Euch nicht gefunden, *Mademoiselle*.«

Cristina drängte sich durch die Reihe der Soldaten. »Mein armes Kind! Was hast du durchgemacht! Du siehst schrecklich aus!«

Unwillkürlich sah Mirella an sich herab. Ihr Mantel hatte Flecken bekommen und eine Schließe fehlte; das war alles. Sie fühlte sich nur unendlich müde.

Cristina drückte sie an sich; dann nestelte sie ihr Brusttuch aus dem Ausschnitt und begann, ihr damit über Stirn und Nase zu wischen. Sie wandte sich halb zu Alexandre. »Sieht Er ein, dass ich recht hatte?«

Alexandre lachte; sein warmes Lachen, das tief in Mirellas Seele drang. »Das ist offensichtlich, Signora.«

»Ich habe darauf bestanden, dass du irgendwo bei diesem schrecklichen Wirt sein musst!« Sie zog Mirellas Haare auseinander und steckte eine Haarnadel in ihren Mund, während sie den Zopf neu flocht.

»Ich hatte keinen Zweifel, Signora. Aber nur Sie konnte den Marschall überzeugen, weiterzusuchen. Wir haben Ihr zu danken.«

»Wieso habt Ihr mich überhaupt gesucht?«

Die Alte steckte Mirellas Zopf an der Seite hoch und befestigte ihn. Mirella hielt ganz still; es tat so gut, bemuttert zu werden. Diese Frau wusste fast mehr von ihr als selbst Rita; von Enzo ganz zu schweigen.

»Henri hat bei Darios Beerdigung erfahren, dass Ihr verschwunden seid.« Und Alexandre wusste natürlich genug, um zu ahnen, wo man sie suchen musste.

»Dann lade Er mich zur Hochzeit ein!« Cristina ließ Mirella los. »Paris war der Traum meiner Kindheit, wie du weißt.« Sie blickte Mirella scharf an. »Ich habe nicht mehr viel Zeit, ihn mir zu erfüllen.«

Mirella wusste nichts dergleichen – sie konnte sich nicht erinnern, dass ihr die Alte je etwas davon gesagt hatte. »Ja, Tante.«

Alexandre hinter ihr lachte schon wieder. »Als Tante müssten wir Sie wohl einladen.«

Mirella fuhr herum.

Alexandre lachte noch immer; in seinen Augen glitzerte eine Heiterkeit, die sie nie zuvor darin gesehen hatte. Am liebsten hätte sie ihn umarmt.

Aber dann hörte er auf zu lachen. »Nur weiß ich nicht, ob es diese Hochzeit jemals geben wird.«

Cristina schnaubte aufgebracht. »Denkt Er noch immer, das Kind wäre auf diesen Granden aus?«

Mirella kämpfte ihre Erschöpfung nieder; dann legte sie so viel Festigkeit in ihre Stimme, wie sie noch aufbrachte. »Ich bin kein Kind. Nicht mehr.«

Alexandre nickte. »Das ist wohl wahr!« Sein ernster Blick hing an ihren Augen fest. »Bis morgen früh haben alle Franzosen die Stadt zu verlassen.«

Ihre Aussteuer trug das falsche Monogramm; Rita würde einsehen, dass sie sie nicht mitnehmen konnte. »Ich brauche keine Stunde, um reisefertig zu sein.«

ENDE

Historische Notiz:

Die Königliche neapolitanische Republik von 1647/48 bestand gerade mal ein halbes Jahr. Neapel war damals, mit - laut dem Historiker William McNeill - 350.000 Einwohnern, die größte Stadt Europas; das Reich Neapel umfasste ganz Süditalien.

Europa befindet sich kurz vor dem Ende des Dreißigjährigen Krieges. Der Glaubenskrieg verdeckt, dass Frankreich und Spanien um die Vorherrschaft in Europa ringen.

Militärisch und wirtschaftlich ist Spanien in Bedrängnis. Die Reichtümer aus der Neuen Welt sind aufgebraucht, vergeudet in langjährigen Kriegen: Neues Geld muss her. Der spanische Vizekönig, der Neapel regiert, dreht immer weiter an der Steuerschraube. Nachdem er die *Gabella* auf Obst eingeführt hat – eines der Hauptnahrungsmittel der Neapolitaner im Sommer – erhebt sich die Stadt.

Die Revolte wird geführt von dem Fischer und Schmuggler Tommaso Aniello d'Amalfi, genannt Masaniello. Nach dessen Ermordung erhält der Aufstand unter der Führung des Waffenschmieds Gennaro Annese eine anti-spanische Stoßrichtung. Im Oktober 1647 erklärt er Neapel zur unabhängigen Republik; Frankreich wird um Hilfe gebeten.

Henri de Guise, Herzog von Lothringen, ist ein Nachfahre der Anjou, die vor Zeiten Neapel regiert haben. Er nimmt die Einladung der Neapolitaner an, die Regierungsgewalt zu übernehmen. Mitte November 1647 wird er zum Dogen gekrönt und lässt eine Armee gegen die Spanier ausheben.

Doch das Kriegsglück währt nicht lange. Von Frankreich

nur halbherzig unterstützt, vom Streit zwischen de Guise und Annese geschwächt und von den eigenen Bürgern verraten, kann Neapel nicht lange standhalten.

Die Königliche Republik ist schon im April 1648 besiegt und die Spanier übernehmen wieder die Herrschaft.

Nicht nur die Protagonisten der Königlichen neapolitanischen Republik – Giulio Genoino, Gennaro Annese, Henri de Guise und sein Heermeister Comte de Modène – sind historische Figuren.

Auch die Komponisten und Kapellmeister Giovanni Trabaci und Andrea Falconieri haben in Neapel gelebt und gewirkt: Falconieri übernahm die Leitung des Hoforchtesters nach Trabacis Tod Ende 1647.

Das Zerwürfnis des Anwalts Francesco Antonio Scacciavento mit Annese und sein Wechsel auf die Seite des Dogen ist ebenfalls historisch belegt.

Dagegen ist der Marquis Alexandre de Montmorency ein Produkt meiner Phantasie. Aber es gab ein Haus Montmorency, dessen Mitglieder ein Anrecht auf den Thron Frankreichs hatten. Doch das ist eine andere Geschichte ...

Das Zitat im Kapitel 11. August 1647 stammt aus der »Göttlichen Komödie«:

Dante Alighieri. La divina commedia. Paradiso. Elfter Gesang Zeilen 11.1 bis 11.3.

Mein Roman beginnt nach der Ermordung Masaniellos Mitte Juli 1647 und endet Anfang April 1648 nach der Gefangennahme de Guises durch die Spanier.

Neugierig geworden, mehr über die Geschichte rund um die Königliche Republik von Neapel zu erfahren? Sie finden In-

formationen darüber auf meinem »Werkstatt«-Blog
http://annes-werke.blogspot.fr/.

Wenn Ihnen dieser Roman gefallen hat, dann empfehlen Sie
ihn bitte weiter. Rezensionen und Empfehlungen helfen
anderen, lesenswerte Bücher zu finden.

Über die Autorin:

Annemarie Nikolaus, gebürtige Hessin, hat zwanzig Jahre in Norditalien gelebt. 2010 ist sie mit ihrer Tochter in die Auvergne in Frankreich gezogen.

Anfang 2001 hat sie mit dem literarischen Schreiben begonnen. Seit 2011 veröffentlicht sie vorwiegend verlagsunabhängig. Sie können Ihre literarische Arbeit auf **Patreon** begleiten und unterstützen.

Sie hat Psychologie, Publizistik, Politik und Geschichte studiert und war u.a. als Psychotherapeutin, Politikberaterin und Journalistin tätig.

Die Biografie im Wikipedia:
http://bit.ly/r0mwoC

Im Internet:
Facebook: http://on.fb.me/JLAN6J

Substack: SUBSTACK.COM/@ANNEMARIENIKOLAUS1

Patreon: www.patreon.com/AnnemarieNikolaus

Abonnieren Sie Ihren Newsletter: http://eepurl.com/Ub86b

***

Romane und Erzählungen:

Königliche Republik. Historischer Roman. ISBN 9782902412471

Haus zu verkaufen. Familiendrama. ISBN 9782902412983

Bitterer Wein. Reihe »Médoc« Kriminalroman. ISBN 9782493398017

Die Piratin. Fantasy-Roman. Reihe *»Drachenwelt«.* ISBN 9782902412495

Das Feuerpferd. Fantasy-Roman. ISBN 9782902412501

Magische Geschichten. Kurzgeschichten für Kinder. ISBN 9782902412488

Die Enkelin. Liebesroman. Reihe *»Quick, quick, slow – Tanzclub Lietzensee«.* ISBN 9782493398093

Flirt mit einem Star. Liebesroman. Reihe *»Quick, quick, slow – Tanzclub Lietzensee«.* ISBN 9782493398109

Zurück aufs Parkett. Eheroman. Reihe *»Quick, quick, slow – Tanzclub Lietzensee«.* ISBN 9782493398116

Verjährt. Historische Krimi-Kurzgeschichten. ISBN 978-9782902412549

Ustica. Ein Mini-Thriller. ISBN 9782902412556

Tot. Krimi-Kurzgeschichten. ISBN 9782902412587

Leuchtende Hoffnung – Adventskalender. Bebilderter Science Fiction-Roman. ISBN 9782902412563

Sachbücher:

Aquitanien: Das Ende eines Krieges. Reihe »*Am Rande des Weges ...*« ISBN 9782902412570

Suche Reisebegleitung. Reihe »Fliegende Blätter« ISBN 9781499608427.

Junge Welten. Reihe »*Fliegende Blätter*« ISBN 978500971991